Knaur

Von Christine Dorsey sind außerdem erschienen:

Pirat meiner Träume
Wildnis der Sehnsucht

Über die Autorin:

Christine Dorsey lebt mit Mann und Kindern in Richmond, Virginia. Der große Erfolg ihrer prickelnd erotischen Liebesromane erlaubt es der früheren Lehrerin, sich nur noch dem Schreiben zu widmen.

CHRISTINE DORSEY

Zärtlicher Korsar

Roman

Aus dem Amerikanischen von
Jutta-Maria Piechulek

Knaur

Die amerikanische Originalausgabe erschien unter dem Titel
Sea Fires bei Kensington Publishing, New York

Besuchen Sie uns im Internet:
www.droemer-knaur.de

Deutsche Erstausgabe März 2000

Redaktion Ilse Wagner
Umschlaggestaltung Agentur Zero, München
Umschlagabbildung Pino Daeni/Bildagentur Schlück
Satz MPM, Wasserburg
Druck und Bindung brodard & taupin, La Flèche
Printed in France
ISBN 3-426-69063-2

2 4 5 3 1

Meinem Erstgeborenen, Ben,
meinem einzigen blonden Kind,
das gerade flügge wird –
dieser blondhaarige Held
ist für dich.
Und wie immer für Chip –
meinem sicheren Hafen.

Prolog

SEPTEMBER 1686
PORT ROYAL, CAROLINA

»Es ist eine Gemeinheit, daß er so fest schläft. Vielleicht bewegt er sich, wenn wir ihn ein bißchen ärgern.« Jack Blackstone beugte sich vor, balancierte seinen Körper entlang dem gebogenen Ast der immergrünen Eiche aus, die ihren Wipfel graziös über dem Salzsumpf ausbreitete. Er und Nafkebee waren den Stamm hinaufgeklettert, um den Alligator besser sehen zu können, der von dem Spartgras dort unten fast völlig verborgen wurde.

Ein rotschwänziger Habicht segelte hoch über ihnen am Himmel, und Nafkebee verfolgte seinen Flug mit dunklen Augen. Er war ein Cheraw-Indianer und mit seinen fünfzehn Sommern älter und vorsichtiger als sein Freund. »Paß auf, daß er nicht seine Fastenzeit mit deinem Arm beendet, Jack«, warnte er in seiner Muttersprache.

Jack warf sein von der Sonne goldblond aufgehelltes Haar zurück und prahlte mit der Großspurigkeit seiner Jugend: »Der Alligator kann sich auf einen schönen Kampf gefaßt machen, ehe ich ihm meinen Arm überlasse.« Er drehte sich mühsam herum, um den Lederbeutel zu erreichen, der über seinem Rükken hing. Er zog eine Handvoll Steine hervor und warf sie nur ein paar Zentimeter vor den Kopf des Alligators. Nicht einmal ein Flackern war in den Augen des Tiers zu erkennen, dem einzigen, was über dem trüben Wasser sichtbar war.

Schulterzuckend setzte sich Jack rittlings auf den Ast. »Ich geh jetzt besser nach Hause. Vater glaubt, daß ich Holz hacke.« Das hatte er auch getan, bis er Nafkebees Ruf gehört hatte, der dem Ruf eines wilden Truthahns so ähnlich war, daß alle außer Jack in der schottischen Siedlung Stuart's Town das auch annahmen. Da Jack jedoch das verabredete Zeichen kannte, ließ er ein letztes Mal die Axt herabsausen und rannte zum Pinienwald hinüber.

»Elspeth hat mich am Rand der Lichtung erwischt«, sagte Jack, als er auf den sumpfigen Boden hinabsprang. »Sie wollte mit zu dir kommen, aber ich habe sie davon überzeugt, daß es zu gefährlich sei.« Die Jungen grinsten sich an. Jacks Schwester war erst fünf und kaum mehr als ein Baby, aber sie konnte eine richtige Landplage sein. Als Jack sie einmal zu einem Treffen mit Nafkebee mitgebracht hatte, hatte sie den schweigsamen Indianer fast verrückt gemacht mit ihrem Geschnatter.

Nachdem er mit Nafkebee verabredet hatte, daß sie sich in drei Tagen wieder treffen wollten, ging Jack zurück zu der Siedlung, die sich an einem indianischen Pfad entlangzog.

Seit 1683 lebte Jack schon in Stuart's Town. In jenem Jahr hatte sein Vater, ein schottischer Edelmann und Liberaler, die Verfolgung durch James II. befürchtet und beschlossen, sein Heimatland zu verlassen. Zusammen mit neun anderen Familien waren sie zur südlichen Grenze von Carolina gekommen. Jeder Familie wurden zwölftausend Morgen Land in Port Royal überlassen und die Möglichkeit gegeben, nicht länger unter einer tyrannischen Regierung zu leben.

Das Leben in der Kolonie war hart. Krankheiten schwächten den Körper, und das Ausbleiben des versprochenen Schutzes von Charles Town entmutigte den Geist. Sie wurden ständig von den Spaniern aus dem Süden bedroht und von

Piraten, die übers Meer kamen. Doch Jacks Vater versicherte ihnen allen, daß das Land die Mühe wert sei.
Jack hatte die Ansichten seines Vaters mit Nafkebee besprochen, doch der hatte nur den Kopf geschüttelt und gesagt, daß das Land niemandem gehörte.
Der Gedanke an seinen Freund zog Jacks Mundwinkel nach oben, doch im nächsten Augenblick gefror ihm das Lächeln auf den Lippen. Schüsse klangen durch den Wald und ließen einen Schwarm Tauben in den blauen Septemberhimmel auffliegen.
Jack begann mit großen Sprüngen zu rennen, und als das Schießen stärker wurde, rannte er noch schneller. Zweige rissen an seiner Kleidung, als er den Pfad verließ, um auf schnellerem Weg nach Stuart's Town zu kommen. Seine Lungen brannten, und er schnappte heftig nach Luft, die stark nach Angst schmeckte.
Jetzt hörte er Schreie, und als er auf die Rodung kam, schrie auch er entsetzt auf. Im Hafen lagen drei Schiffe spanischer Bauart. Ätzender und stechender Rauch hing über dem Dorf, als Jack zu seinem Blockhaus rannte.
Seine Mutter lag in der Türöffnung, und ihre ehemals weiße Schürze war mit roten Flecken übersät. Sein eigenes Blut hämmerte ihm in den Ohren, als er sich auf die Knie fallenließ. Ein Schluchzen stieg ihm die Kehle herauf, doch er schluckte es in brennender Wut hinunter. Jack sprang wieder auf und rannte zum Dock hinunter, den spanischen Soldaten entgegen.
Tote Körper lagen überall herum. Als er seinen Blick über das Horrorszenario gleiten ließ, entdeckte er seinen Vater. Jack hielt gerade so lange inne, wie es dauerte, die Muskete aus dessen schlaffen, leblosen Fingern zu ziehen.
Er ging mit einer Wut auf die spanischen Soldaten los, die sie

schockierte. Sein Vater war gestorben, noch ehe er das Gewehr neu hatte laden können, also verwendete Jack es als Knüppel. Er schwang es mehrmals herum und hörte zufrieden das Knirschen von Knochen.
Worte wurden ihm in dem barbarischen Spanisch zugeschrien, doch er hörte nicht auf. Er kämpfte wie ein Besessener und nicht wie der Junge, der er war.
Jemand umfaßte ihn von hinten, Jack wirbelte herum, und dann sah er seine kleine Schwester. Sie schrie hysterisch und wand sich mit ihren geringen Kräften in den Armen eines stämmigen Spaniers. Jack sprang auf sie zu.
Doch diesmal wurde sein Angriff abgewehrt. Ein gräßlicher Schmerz explodierte in seinem Kopf, und er fiel mit einem dumpfen Aufschlag zu Boden. Ein gestiefelter Fuß rollte ihn herum, und noch ehe Jacks Welt schwarz wurde, schaute er in das Gesicht, an das er sich bis in alle Ewigkeit erinnern würde.

»Ich bin ein freier Prinz und habe das gleiche Recht, auf der ganzen Welt Krieg zu führen, wie der, der über hundert Schiffe verfügen kann …«

Captain Charles Bellamy, Pirat

Erstes Kapitel

MAI 1699

»Schauen Sie doch bloß mal, wie sie das Kreuz von St. George wehen lassen, Cap'n. Genau wie die Spanier, die etwas vorgeben, was sie nicht sind.«

Captain Jack Blackstone ließ sein Fernglas sinken und wandte seine Aufmerksamkeit von der Brigg ab, die auf dem von weißen Schaumkronen bedeckten Südatlantik tanzte, und seinem Steuermann zu. Phineas Sharp stand mit entrüstetem Gesichtsausdruck neben Jack auf dem Achterdeck der *Sea Hawk*. Jack deutete auf die rotweiße Flagge, die am Mast des Schiffes flatterte, das sie durch eine immer schmaler werdende Meerenge verfolgten. »Wir können es uns kaum leisten, diesen Trick zu kritisieren.« Er lachte glucksend in sich hinein.

Er und Phin waren sich bewußt, daß die rote Flagge der englischen Handelsmarine über dem Deck ihrer eigenen Schaluppe flatterte.

Und daß die britische Admiralität als erste bestätigen würde, daß die *Sea Hawk* kein englisches Schiff sei.

»Da gibt es einen Unterschied, Cap'n, und das wissen Sie auch. Regeln sind nichts für uns.« Phin verzog sein walnußbraunes Gesicht bei dem Wort »Regeln«, als ob sein bloßes Aussprechen schon einen bitteren Geschmack auf seiner Zunge hinterließe.

»Das ist nur zu wahr.« Jack stützte seine gebräunten Unterarme auf der polierten Reling ab. Er hatte es schon vor Jahren aufgegeben, sich um Regeln zu kümmern. Nein, nicht aufgegeben, man hatte ihn dazu gezwungen. Er atmete die salzhaltige Luft tief ein. »Aber leider fährt das Schiff dort wirklich unter seiner eigenen Flagge.«

»Ein englisches Schiff?« Phins Stimme klang ungläubig.

»Ja.« Jack drückte sich von der Reling ab.

»Aber ...« Phin folgte seinem Captain eilig die Leiter zum Hauptdeck hinunter. Hier unten übertönte der Lärm der Besatzung das Peitschen des Windes in den Rahsegeln. Die Männer schoben Kanonen durch Schandeckel und stapelten Zusatzmunition auf.

Phineas erreichte Jack in der Nähe des dicken Masts aus Kiefernholz. »Aber wenn es wirklich englisch ist, warum ...«

»Keine Regeln, Phin. Hast du das nicht gerade gesagt?«

»Ja, aber, Cap'n, das ist was anderes. *Mir* macht das wirklich nichts aus. Ich meine, ich habe schon genug britische Schiffe angegriffen. Aber Sie ...«

»Ich habe immer eine Grenze gezogen, wenn es ums Kapern der Briten ging«, beendete Jack den Satz für ihn und fuhr sich mit schlanken, gebräunten Fingern durch das goldblonde Haar. Phineas war zu Recht überrascht. Seit Jack Captain der *Sea Hawk* geworden war, hatte er darauf bestanden, daß sie sich von den Briten fernhielten. Spanische Galeonen hatten sie mit Wonne gejagt, und französische Kaperschiffe fielen ihren Piratenkanonen zur Beute. Doch niemals die Briten. Bis heute nicht.

Jack sah auf seinen Steuermann hinab. Trotz seines wilden Aussehens und seiner rauhen Stimme hatte er tief in sich eine weiche Ader, besonders, wenn es um Jack ging. Das hatte er sich elf Jahre zuvor schon anmerken lassen, als Jack verängstigt und allein über das Deck der *Sea Hawk* gehastet war.

Diese Weichheit zeigte sich noch immer in seinen besorgt dreinschauenden, tiefliegenden schwarzen Augen.
»Es wird gemunkelt, daß ein Spanier an Bord dieses Schiffes mitfährt ... bis St. Augustine.«
»Und Sie glauben, daß das de Segovia sein könnte?«
Jacks Finger ballten sich zur Faust. »Es ist möglich. Laut Nafkebee erwartet man seine Rückkehr aus Spanien, um die Garnison im Kastell von San Marcos zu befehligen.« Er sprach ruhig, um den Tumult in seinem Innern zu kaschieren. Hatte jetzt die Stunde der Rache geschlagen? Nach all diesen Jahren?
»Wir gehen längsseits, Sir.«
Jack nahm das von King Tabrue, seinem ersten Kanonier, mit einem Kopfnicken zur Kenntnis. Kings schweißbedeckte Muskeln wölbten sich unter seiner ebenholzfarbenen Haut, als er mit dem Befestigen der Kanonentakelage weitermachte.
Jack hob den Arm und zögerte dann. Er fühlte, daß Phin ihn mit angespanntem Körper beobachtete. Jack biß die Zähne zusammen, weil ein Wirrwarr an Zweifeln in ihm wühlte. Wie kam ein Pirat wie er dazu, sich mit Gewissensbissen herumzuplagen? Diese Ironie ließ Jack fast auflachen.
Das Schiff mochte ja britisch sein, doch wenn die Möglichkeit bestand, daß auf ihm Don Diego de Segovia reiste, wenn Jack ihn schließlich doch noch fand ...
Gegen seinen Willen hörte er das Echo von Schreien. Die seiner Mutter ... seines Vaters ... Elspeths ... und seine eigenen. Jack schluckte, schloß die Augen und versuchte, die nach all der Zeit verblaßten Bilder ganz zu verdrängen. Als er sie wieder öffnete, war der Blick seiner grünen Augen durchdringend.

Die Entscheidung zum Angriff war einfach – genauso einfach wie zu der Zeit, als er ein Junge von vierzehn Jahren gewesen war.
Jacks Arm durchschnitt mit einer schnellen Abwärtsbewegung die von Spannung erfüllte Luft, während sein Befehl über das mit Sand bestreute Deck donnerte.
»Feuer!«

»Newton sagt also, daß die Zentrifugalkraft einen äquatorialen Druck auf alle Himmelskörper ausübt.« Miranda Chatwick kaute einen Moment lang auf dem Ende ihres Federkiels herum und schaute dann von dem Band der *Principia* hoch, der aufgeschlagen vor ihr auf dem rauh behauenen Tisch lag. Don Luis de Mancera thronte in der engen Kabine auf der Kante einer Seekiste. Der Ausdruck auf seinem von tiefen Linien durchzogenen Gesicht ließ sie lächeln. Er war dem von Großvaters Gesicht so sehr ähnlich.
Nicht, daß der Spanier in irgendeiner Weise dem Mann glich, der Miranda aufgezogen hatte. Großvater war groß und hager gewesen, hatte dünnes graues Haar gehabt, das ihm in alle Himmelsrichtungen vom Kopf wegstand, und Kleidung getragen, die weder gut paßte noch mit Verzierungen und Spitze aufwarten konnte.
Don Luis war knapp einsfünfzig groß und schien auch beinahe so breit zu sein. Seine lange Lockenperücke umrahmte ein Gesicht, das in dicke Falten gelegt war, und er war eher wie ein Dandy am Königshof gekleidet als wie der ernsthafte Wissenschaftler, der er war. Wenn man sie nebeneinander gesehen hatte, hatten Don Luis und ihr Großvater ein seltsam anmutendes Paar abgegeben. Doch trotz der Unterschiede in ihrer Erscheinung und ihrer Nationalität waren sie die besten Freunde – Brüder im Geist.

»Exzellent, Miranda!« Don Luis' Wurstfinger klatschten Beifall und setzten damit die Rüschenreihen in Bewegung, die seine Hände fast ganz verbargen. »Dein Verständnis von Newtons Theorie ist vorzüglich. Dein Großvater wäre sehr stolz auf dich.«

Tränen schossen Miranda in die Augen. Sie beugte sich rasch über das Buch und glitt mit dem Finger über das schwere Pergamentpapier, um die richtige Stelle zu finden. Ihr Großvater war jetzt seit einem halben Jahr tot, und es wäre nur vernünftig, wenn sie endlich mit dem Trauern aufhörte. Schließlich hatte er ihr alles auf ganz moderne Weise erklärt.

Sie wußte, daß der Körper nur aus Muskeln und Knochen bestand und aus Blut, das die Farbe veränderte, wenn es Luft von den Lungen aufnahm. Sie wußte von Halleys »Sterblichkeitstabelle«, daß die Sterblichkeit mit dem Alter zusammenhing. Und Großvater war in seinem dreiundachtzigsten Jahr gewesen, als er einem Lungenleiden erlegen war.

»Für alles gibt es eine wissenschaftliche Erklärung.« Das hatte Großvater ihr sehr oft gesagt. Und im Laufe der Jahre, seit sie ihm erstmals zu seinem Laboratorium in der Nähe von London gefolgt war und ihm später bei seinen Experimenten geholfen hatte, hatte sie diese Äußerung nach und nach als die Grundwahrheit der Welt akzeptiert.

Doch das linderte offensichtlich nicht ihren Kummer.

Miranda seufzte und schaute blinzelnd auf die Seite hinab, während sie versuchte, die Gerüche von Bilgenwasser und Teer zu ignorieren, die durch die unteren Decks zogen. Bei dem schwankenden Licht der hin und her schaukelnden Laterne über ihr übersetzte sie die nächste Zeile aus Newtons Buch aus dem Lateinischen ins Spanische. Obwohl Don Luis

auf dem Gebiet der Mathematik einfach genial war, beherrschte er nur seine eigene Sprache.
»Glaubst du, daß Newton daran gedacht ...«
Eine donnernde Explosion weitete Mirandas dunkle Augen und erstickte ihre Frage. Die Kabine und alles, was sich in ihr befand, kippte gefährlich, und sie griff nach dem Buch, noch ehe es auf den Boden fallen konnte. »Was war denn das?«
Don Luis trampelte zur Tür und riß sie auf. Der Niedergang war ein einziges, lärmendes Durcheinander, und Mitglieder der Besatzung rannten zur Luke. Er schlug die Tür zu, lehnte sich schwer dagegen und schnappte heftig nach Luft.
»Was ist los, Don Luis? Geht es dir gut?« Miranda preßte Newtons *Principia* noch immer an sich, als ein weiterer Schlag das Schiff erschütterte und sie gegen die Koje schleuderte.
»Wir werden angegriffen.« Der Spanier wischte sich mit einem parfümierten Taschentuch über das schweißnasse Gesicht.
»Angriff! Aber wer würde ...«
»Piraten!« Don Luis stieß sich von der Tür ab. »Ich verstehe zwar nur wenig Englisch, aber das Wort kenne ich wirklich sehr gut.«
»Piraten.« Mirandas Stimme war nur noch ein Flüstern. Sie wußte natürlich, daß es sie gab. Doch sie waren ihrem geordneten Leben so fremd, daß sie nie auf die Idee gekommen wäre, einmal mit ihnen zu tun zu bekommen. Was machte man mit Piraten?
»Ich hätte dich nie mit auf diese Reise nehmen sollen.« Don Luis hatte seine Fassung schon fast wieder zurückgewonnen, obwohl sein Atem noch immer pfeifend seinem grimmig verzogenen Mund entwich.
»Ich wollte mitkommen«, erinnerte Miranda ihn. Sie machte

sich auf einen weiteren, ohrenbetäubenden Kanonenschuß gefaßt, doch alles blieb still. »Vielleicht sind sie wieder fort.« Ein erneutes, plötzliches Schlingern des Schiffs zeigte ihr, wie naiv ihre Worte gewesen waren.
»Ich glaube, sie entern uns.« Don Luis warf Miranda einen schnellen Blick zu. »Schnell, du mußt dich verstecken.«
Verstecken. Ja, das war natürlich eine Lösung. Miranda drehte sich einmal im Kreis, wobei ihre schweren Röcke um ihre Knöchel herumschwangen. »Wo?« Don Luis' Kabine war klein und vollgestopft mit Kisten voller Ausrüstungsgegenstände und Bücher, und es gab keine Möglichkeit für sie, sich zwischen sie und das Schott zu quetschen.
Laute Schritte im Niedergang ließen sie aufhorchen. Mit einem Zischen zog Don Luis sein Schwert aus der Scheide, die von seiner mächtigen Taille herabhing. »Ich habe deinem Großvater versprochen, dich bis zu meinem Tod zu verteidigen«, verkündete er, als die Kabinentür aufgestoßen wurde. Mirandas Mund öffnete sich, doch der Schrei erstarb ihr auf den Lippen. Der Schock bezwang für den Moment ihre Angst. Alles Blut wich ihr aus dem Gesicht, und ihre Fingernägel gruben sich in den Ledereinband der *Principia.*
Der Pirat war riesig. Er ließ die Tür und die gesamte Kabine schrumpfen, als er mit gespreizten, in Stiefeln steckenden Beinen dort stand. Seine Hose war pechschwarz und saß eng wie eine zweite Haut. Darüber trug er nur ein Lederwams, das eine breite, schweißbedeckte Brust und nackte, muskulöse Arme freiließ. Sein Haar war hell und windzerzaust, und sein Gesicht hart und furchterregend. Miranda hatte noch nie zuvor so etwas Großes und Bedrohliches gesehen. Sie hatte nicht einmal gewußt, daß solche Menschen überhaupt existierten. Der Pirat schien keine Notiz von ihr zu nehmen, da sich sein finsterer Blick auf Don Luis konzentrierte.

Miranda sah, daß seine Größe auch den Spanier einschüchterte, denn Don Luis schluckte krampfhaft, und seine Wangen zitterten, ehe er das Schwert hob.
Diese Bewegung rüttelte Miranda auf, und der Schrei, den sie zuvor unterdrückt hatte, erklang mit blutgerinnender Lautstärke. Der Ton überraschte den Piraten. Er drehte den Kopf, nahm Miranda wahr und musterte sie mit so hartem Blick, daß ihr Mund wieder zuklappte.
Der Pirat starrte Miranda an, und sie konnte nur zurückstarren, minutenlang, wie es ihr schien. Dann ließ eine Bewegung neben ihr sie herumwirbeln. Anfangs konnte sie gar nicht glauben, was geschah. Kein vernünftiger Mensch würde einen Kampf mit diesem Piraten beginnen. Niemand, außer einem Mann, der geschworen hatte, sie bis zu seinem Tod zu schützen.
Don Luis stürzte nach vorn und versuchte, die tödlichen Bewegungen seiner Jugend zu wiederholen. Doch das Alter und zuviel Kuchen hatten ihren Tribut gefordert, und sein Angriff war eher tölpelhaft. Obwohl er auf das Herz zielte, streifte sein Schwert nur den Arm des Piraten. Ein kleines Blutrinnsal quoll aus der gebräunten Haut hervor.
»Au! Verdammt!« Jack sprang zur Seite und prallte gegen die Frau. Er hatte sich kaum von seiner Enttäuschung darüber erholt, daß dieser Zwerg von einem Spanier nicht de Segovia war, als dieser verdammte Narr beschloß, ihn aufzuschlitzen. Er wollte nur weg hier. Doch der kleine Spanier schrie auf ihn ein, und obwohl er versucht hatte, das Spanisch zu vergessen, das er während seiner Gefangenschaft gelernt hatte, verstand er ein paar Worte – ›töten‹ und ›Bastard‹.
Jack versuchte, seine Hände zu heben, doch sein Arm schmerzte, und als er hinschaute, sah er, daß Blut durch die blonden Haare über seinen Unterarm lief. Jack fluchte wie-

der und sprang zurück, als der alte Mann versuchte, seine Drohungen wahrzumachen. Diesmal entging er dem kalten Biß des Stahls, doch dafür schlug er sich den Kopf am Schanzkleid an.

Gott, wie er diese Spanier haßte.

Jack widerstand dem Impuls, seine Pistole aus dem Gürtel zu ziehen. Statt dessen wich er dem nächsten Stoß aus, und da der kleine Mann sich weit vorgestreckt hatte, beendete er den Kampf mit einem rechten Haken gegen das Kinn des alten Mannes. Das Schwert fiel scheppernd auf den Holzboden, dem ein rüschenbesetzter Fleischberg folgte.

Mit der Spitze seines Stiefels schob er das altmodische, mit einem Säbelkorb versehene Schwert klappernd über den Boden. Er streckte gerade die Hand aus, um dem alten Mann aufzuhelfen, als er ein Sperrfeuer von Spanisch hinter sich hörte, und dann schoß Schmerz durch seinen anderen Arm.

»Himmel noch mal!« Jack wirbelte so schnell zu der Frau herum, daß sie zurücksprang. Doch sie hielt noch immer das Schwert in der Hand, das sie vom Boden aufgehoben hatte. Er sah, daß sie Angst hatte. Ihre Augen waren geweitet und dunkel, doch die Klinge zeigte noch immer auf seine Brust. Aber im Gegensatz zu ihrem Vater, oder wer immer dieser alte Mann war, schien sie ihn nicht angreifen zu wollen.

Jack machte einen Schritt auf sie zu.

Miranda wich zurück. Ihre Armmuskeln zitterten, da sie das schwere Schwert hielt. Am liebsten hätte sie es fallen lassen und wäre fortgerannt. Doch der Pirat würde sie erwischen. Und selbst wenn er das nicht schaffte, konnte sie Don Luis nicht mit diesem Monstrum allein lassen.

Der Pirat schaute auf sie herab. Er hatte die kräftigen Arme vor seiner breiten Brust verschränkt. Blut sickerte aus den Wunden, die sie und Don Luis ihm beigebracht hatten, doch

der Pirat schien das gar nicht zu bemerken, während er sie mit Augen beobachtete, die die Farbe des tiefsten Meeres hatten.
Dann sprang er plötzlich nach rechts. Mit einem leisen Aufschrei versuchte Miranda, dieser Bewegung mit der Waffe zu folgen. Doch noch ehe sie ihren Fehler erkannte, sprang er zurück und auf sie zu.
Das Schwert flog davon.
Miranda schrie.
Der Pirat griff zu.
In dem Versuch, seinen Händen zu entkommen, sprang Miranda zur Seite. Doch ihre Füße verhaspelten sich in ihren Röcken, und sie purzelte zu Boden. Der Pirat verlor auch sein Gleichgewicht und folgte ihr.
Luft entwich aus Mirandas Lungen, als sein Körper auf sie fiel. Vergeblich versuchte sie zu atmen, sich zu bewegen. Sie war zwischen dem unnachgiebigen Holz unter ihr und dem ebenso harten Gewicht auf ihr gefangen. Und so würde sie nun sicherlich sterben.
Miranda bemühte sich, sich daran zu erinnern, daß der Körper nur aus Knochen und Muskeln bestand ... daß sich das Sterben wissenschaftlich erklären ließ und daß sie nichts zu befürchten hatte. Doch das half ihr überhaupt nicht. Sie würde sterben – sterben, während sie unter einem Piraten lag –, und dazu hatte sie keine Lust.
Dann hob sich plötzlich das Gewicht auf ihr. Miranda schnappte heftig nach Luft und blinzelte erleichtert ein paar Tränen weg. Schließlich wurde sie doch nicht zu Tode gequetscht.
Aber der Pirat war noch da.
Während sie ein paar tiefschwarze Haarsträhnen aus ihrem Gesicht blies, sah Miranda ihn an. Und er starrte auf sie

herab. Der goldene Ring in seinem linken Ohr blitzte auf. Sein Gesichtsausdruck wechselte von Ärger zu Belustigung, während sie ihn beobachtete. Ihr gefiel der Ärger besser. Wie konnte er es wagen, sich über ihre mißliche Lage auch noch lustig zu machen. Wenn er die Absicht hatte, sie zu töten, dann konnte sie leider nichts dagegen tun, doch sie würde es nicht hinnehmen, daß er sie auslachte.

Wut durchfuhr sie. Normalerweise hatte sie ein ausgeglichenes Naturell – ihr Großvater hatte immer gesagt, daß das daher kam, weil sie sehr wenig von dem wahrnahm, was um sie herum vor sich ging. Doch er hatte auch gesagt, daß sie gewaltig explodieren konnte, wenn die Wut sie erst einmal gepackt hatte.

Jetzt war es soweit.

»Runter von mir, Sie Ungeheuer.«

»Ich verstehe kein Spanisch«, erwiderte Jack. In Wirklichkeit hatte er das Wort Ungeheuer sehr wohl verstanden.

Die Frau bestätigte es damit, daß sie sich in einer Sprache wiederholte, die er mühelos verstehen konnte.

»Ach, die kleine spanische Prinzessin spricht ja das gute Englisch des Königs.« Jack mußte lächeln.

»Natürlich. Stehen Sie endlich auf.« Miranda verzog das Gesicht und stemmte sich mit den Händen mit aller Kraft gegen seine Brust. Sein Haut fühlte sich warm und weich an. Er rührte sich nicht von der Stelle.

Ja er preßte seinen Körper sogar noch fester auf ihren. Miranda versuchte, sich freizukämpfen, doch dann hielt sie inne, als sie sein tiefes glucksendes Lachen hörte.

»Sosehr es mir zwar gefällt, wenn Sie so weitermachen«, sagte er mit einer Stimme, die durch ihre Hände vibrierte, die sich noch immer gegen seine Brust preßten, »glaube ich nicht, daß Sie mich auf diese Weise loswerden können.«

»Oh«, seufzte Miranda frustriert auf. Sie konnte sich nicht daran erinnern, daß sie jemals so wütend gewesen war ... und so völlig kopflos. Dieser Pirat konnte weder logisch noch wissenschaftlich noch auf irgendeine andere Art erklärt werden, die sie kannte. Und das konnte sie überhaupt nicht ertragen.

Ihre Augen waren dunkelblau, nicht braun.

Jack wußte nicht, warum er das überhaupt bemerkte, vielleicht weil er bei ihrem ersten Anblick gedacht hatte, daß sie braun waren. Sie waren so groß und dunkel, und sie starrten ihm mit so frustriertem Ärger entgegen, daß ihn das einfach amüsieren mußte. Sie sollte besser verängstigt sein. Nicht, daß er vorhatte, ihr noch mehr weh zu tun, als das durch den unglücklichen Sturz schon geschehen war. Doch das konnte sie ja nicht wissen.

Jack hatte einen Ruf zu wahren. Angst vor ihm ließ seine Opfer meist kampflos aufgeben, und Jack gefiel das. Das war weniger blutig. Doch wenn die Schiffskapitäne nur halb soviel Feuer wie diese Frau hier hätten, würde er ständig bis zum letzten Mann kämpfen müssen, und dabei würde weit mehr Blut fließen. Er sah auf seinen verwundeten Arm herab: mehr Blut als jetzt.

»Wissen Sie, wer ich bin, meine kleine spanische Prinzessin?« Eine gesunde Portion Angst wäre für das Mädchen ganz gut.

»Ich bin ... keine ... spanische ... Prinzessin.« Miranda versuchte noch einmal, sich von ihm zu befreien, und ließ sich dann stöhnend zu Boden fallen. »Und es interessiert mich überhaupt nicht, wer Sie sind.«

»Nun ja, vielleicht sollte es Sie doch interessieren.« Ihr weicher Körper begann, eine unangenehme Wirkung auf seine Männlichkeit auszuüben, und Jack dachte, daß er besser aufstehen und verschwinden sollte – de Segovia befand sich

ja nicht in dieser Kabine. Aber eine teuflische Ader in ihm ließ ihn bleiben. »Ich bin ...«
»Ist alles in Ordnung hier, Cap'n?«
Jack drehte den Kopf und sah Phin in der Tür stehen. Seine Pistole zielte auf den alten Spanier, der sich langsam erhob. Doch seine Augen schauten Jack an und die Frau, die ausgestreckt unter ihm lag.
»Entschuldigung, ich wollte Sie nicht stören. Hab gedacht, daß Sie vielleicht Hilfe gebrauchen könnten.« Phins Lächeln entblößte drei Zahnlücken. »Hätte ich auch besser wissen können.«
Jack starrte seinen Steuermann nur an, als er sich hochstemmte. Die Frau übersah die Hand, die er ihr entgegenstreckte, und rappelte sich ohne seine Hilfestellung auf. Sie drängte sich an Jack vorbei und eilte zu dem alten Mann hinüber. Jack sah zu, wie sie ihm beim Hinsetzen half und ihm mit der Hand sanft über die Wange strich. Dann zog sie ihm die Perücke zurecht. Als sie sich Jack zuwandte, sah sie ihn herausfordernd und mit erhobenem Kinn an.
»Machen Sie, was Sie wollen, aber beeilen Sie sich dabei.«
Jacks Stirn kräuselte sich. Sie gab ihm Befehle. *Ihm.* Und dabei sah sie aus, als hätte sie sich schon auf das Schlimmste gefaßt gemacht. Plötzlich stand ihm das Bild vor Augen, wie er sie sich über die Schulter warf und mit an Bord der *Sea Hawk* nahm. Doch diese Idee verwarf er sofort wieder. Er mochte zwar ein Pirat sein, doch unwillige Frauen raubte er nicht. Himmel, das hatte er auch gar nicht nötig.
Außerdem, was sollte er mit so einer überhaupt anfangen? Ihr Kleid war unelegant, ihr Haar ein einziges Durcheinander, und sie sah nicht so aus, als hätte sie für eine aufregende Erforschung genügend Fleisch auf den Knochen.
Doch seltsamerweise schien er ihre gegenseitige Betrachtung nicht beenden zu können.

»Was wollen Sie denn mit denen machen, Cap'n?«
»Was?« Etwas in Phins Gesichtsausdruck sagte Jack, daß Phin klar war, daß sein Captain Schwierigkeiten hatte, seine Blicke von der Frau loszureißen. »Was?« wiederholte er noch einmal mit harter Stimme.
Phin nahm das nicht übel. Die Jahre hatten ihn gelehrt, daß die Gereiztheit seines Captains schnell verging. Außer er hatte es mit Spaniern zu tun. Bei denen kannte er keine Gnade. »Ich hatte eine kleine Unterhaltung mit dem Cap'n von dieser Badewanne. Und der hat geschworen, daß das hier der einzige Spanier an Bord ist.« Phin strich mit dem Finger liebevoll über die Mündung seiner Pistole. »Ich glaube, daß er die Wahrheit sagt.« Er deutete auf Don Luis. »Der ist nicht der Richtige, was?«
»Nein.« Jack drehte sich zur Tür und zu Phin um, dessen Mund aufklappte.
»Gott im Himmel, was ist denn mit Ihnen passiert? Sie sehen ja aus wie eine tranchierte Weihnachtsgans.«
Jack betrachtete seine Arme und schnaubte. »Diese beiden.« Er wies mit dem Kopf in Mirandas Richtung. »Sie wollten unbedingt einen kleinen Kampf ausfechten.«
»Die müssen Ihnen ganz schön zu schaffen gemacht haben«, sagte Phin gackernd. »Ich habe noch nie gesehen, daß Sie mehr als einen Kratzer abbekommen haben.«
»Mehr ist es auch jetzt nicht«, beharrte Jack, obwohl die Schnitte höllenmäßig brannten. Aber er wollte nicht, daß die Frau das erfuhr.
»Wenn Sie es sagen, Cap'n. Was wollen Sie denn nun mit diesen Spaniern machen?«
»Nichts.« Jack hatte sich umgedreht und sah das Feuer in den Augen der Frau aufblitzen, als sie Phins Frage hörte.
»Nichts? Wir machen nichts mit ihnen?«

»Nicht mit ihnen und nichts mit dem Schiff.«
»Aber, Cap'n ...«
»Wir verlassen das Schiff, Mr. Sharp. Ruf die Männer zusammen.«
Wenn er ihn Mr. Sharp nannte, meinte der Captain es ernst. Doch davon ließ Phin sich nicht aufhalten. »Die Mannschaft wird das nicht leiden können, Cap'n. Wir haben das Schiff hier offen und ehrlich gekapert, jawohl. Und es ist so plump wie eine Taube.« Phins Blick glitt durch die Kabine. »Sehen Sie sich bloß diese Kisten an. Könnten mit Gold und Juwelen gefüllt sein.«
»Faßt ja nicht die Kisten an.«
Sie bewegte sich so schnell, daß Jack das erst mitbekam, als sie sich schützend vor eine der Kisten stellte.
Er hatte sich wirklich schon dazu entschlossen, diese Kabine und das Schiff so zu verlassen, wie er sie vorgefunden hatte – ob das nun Phin und der Mannschaft gefiel oder nicht. Aber nun reizte das Benehmen dieser Frau seine Neugier.
Er verschränkte die Arme. »Was ist in den Kisten?«
Ihr Kinn hob sich weiter an. »Nichts, was Sie verstehen würden.«
Nicht etwa nichts Wertvolles oder nichts, was Sie haben wollen, sondern nichts, was Sie verstehen würden. Die Frau mußte verrückt sein, daß sie so mit ihm sprach. Wieder dachte er daran, sie sich über die Schulter zu werfen, doch diesmal stellte er sich vor, wie er sie über die Reling ins Meer warf. Er schob den Gedanken beiseite. Als er zu sprechen begann, war seine Stimme so laut, daß sie von dem Deckenbalken der kleinen Kabine zurückgeworfen wurde. »Ich habe gefragt, was sich in den Kisten befindet. In dieser Kiste?« Jack wies auf die Kiste, die sie mit ihrem Körper schützte.
Ihr Gesicht verlor alle Farbe, und Jack unterdrückte ein

zufriedenes Lächeln. Es war gut, daß er das Mädchen in Angst versetzte. Doch ihre nächsten Worte zogen ihm die Augenbrauen runzelnd zusammen.

»Eines von Leeuwenhoeks Mikroskopen.«

Einen Augenblick lang dachte Jack, daß sie wieder spanisch sprach. Doch dann merkte er, daß er einige der Wörter verstanden hatte: »Eines von« und das Wort »Mikroskop« klangen vertraut ... dachte er. Er hatte natürlich keine Ahnung, was das war. Auf irgendwelche Erziehung hatte de Segovia bei ihm wenig Wert gelegt.

»Zum Studium von animalcules«, fügte Miranda noch an, als hätte sie seine Gedanken lesen können.

Jacks Augen lösten sich ruckartig von der Betrachtung der Holzkiste, um in die dunkelblauen Augen der Frau zu sehen. »Ich verstehe«, sagte er, obwohl er in Wahrheit überhaupt nichts begriff. Sein Unterkiefer spannte sich an. »Und wo finden Sie diese animalcules?« Sie sprach offensichtlich von einer Tierart, von der er nie zuvor gehört hatte. Vielleicht lebten diese Tiere im Dschungel oder ...

»Oh, die sind überall. Im Teich, im Meer und sogar in dem Wasser, das Sie trinken.«

»Gott im Himmel, was sagt sie denn da?« stieß Phin hervor. »Gut, wir haben Maden im Schiffszwieback. Aber ich habe noch nie etwas getrunken, in dem Tiere herumgeschwommen sind. Wenn ich die sehen würde, würde ich sie rausfischen.«

Trotz ihrer mißlichen Lage mußte Miranda lachen. Der kleinere Pirat schien so entsetzt darüber zu sein, daß sie ihm unterstellt hatte, daß er Tiere tränke. »Nein, Sie verstehen nicht. Wir können die animalcules nicht sehen.«

»Und woher wissen Sie dann, daß sie da sind?«

Hervorragende Frage, dachte Jack und warf seinem ersten Maat ein selbstgefälliges Lächeln zu.

»Ich erkläre es Ihnen gern. Sie können sie mit bloßem Auge nicht sehen. Aber mit einem Mikroskop, einem von Antonie van Leeuwenhoeks Mikroskopen, sind sie deutlich sichtbar. Leeuwenhoek verwendet eine einzige Linse, und er schleift sie ...«

»Schluß jetzt!« Jacks Gebrüll erschreckte Phin, die Frau und den kleinen Spanier, der zusammengekauert auf dem Stuhl saß. Und es sicherte ihm auf jeden Fall ihrer aller Aufmerksamkeit. Das hier war wirklich lächerlich. Diese Frau hielt einen Vortrag in dem gleichen Ton wie sein Lehrer in Schottland. Und Phin sog jedes ihrer Worte wie ein entzückter Schuljunge in sich auf. Sie waren Piraten, verdammt noch mal, und sie würden sich nicht einen Haufen Mist anhören über unsichtbare Tiere.

»Geh nach oben und ruf die Männer zusammen. Und denk dran, daß ich keine Plünderung will.«

»Aber, Cap'n, könnten wir nicht wenigstens dieses Mikroskopding mitnehmen? Ich würde mir wirklich gern diese kleinen Tiere mal näher ansehen.«

»Nein!« Jack atmete tief ein, doch das vertrieb seinen Ärger auch nicht. »Wir nehmen gar nichts mit. Und, Phin, es gibt keine kleinen Tiere, verflixt noch mal.«

»Doch, es gibt sie. Man kann sie sehr deutlich mit dem ...«

Der große Pirat spießte sie mit einem Blick auf, der Miranda innehalten ließ. Egal, sie wollte nicht eine Bande von Piraten unterrichten. Und ganz sicherlich wollte sie nicht, daß sie ihr Mikroskop stahlen.

Und zu ihrer großen Erleichterung schienen sie ihre Sachen und Don Luis und sie selbst in Frieden zu lassen. Miranda sah zu, wie die Piraten die Kabine verließen. Erst der kleine schmutzige. Dann der große Piratenkapitän. Ihre Blicke trafen sich, und sie hatte den Eindruck, als würde seine Miene weicher werden, ehe er die Tür zuknallte.

Die Beine, die sie während des Zusammenstoßes mit dem Piraten aufrecht gehalten hatten, verwandelten sich plötzlich zu Brei. Miranda hielt sich an der Kiste fest, die sie noch vor wenigen Minuten verteidigt hatte.
»*Mon Dieu!*« Don Luis sackte in seinem Stuhl zusammen. »Ich habe wirklich geglaubt, daß sie uns töten würden.«
»Ja«, stimmte Miranda zu, »ich auch.«
»Und aus gutem Grund. Als ich gesehen habe, was dieser Unmensch dir angetan hat ... dich einfach zu Boden zu schlagen. Geht es dir wirklich gut? Dein Gesicht ist geradezu gespenstisch weiß.«
»Ja.« Miranda brachte ein schwaches Lächeln zustande, um das zu beweisen. »Bist du verletzt?«
»Nein.« Don Luis setzte sich so aufrecht auf, wie es seine kleine Gestalt zuließ. Mit besonderer Sorgfalt rückte er seine Perücke zurecht und glättete die Rüschen um seinen Hals. »Es braucht mehr als zwei Freibeuter, um mich zu verletzen.«
Don Luis kehrte zu seinem üblichen Gehabe zurück, und Miranda konnte auch wieder lächeln. Sie löste sich von der Kiste und hob die *Principia* vom Boden auf. Das Buch hatte den Kampf genauso gut überlebt wie sie selbst und Don Luis. Als sie wieder am Tisch saß, beugte sich der alte Spanier vor und tätschelte ihre Hände. »In ein paar Minuten werde ich hinauf an Deck gehen und sehen, wie es um den Rest des Schiffes steht. Und bis dahin sollten wir diesen ganzen Vorfall einfach vergessen.«
»Oh, das finde ich auch.« Miranda öffnete vorsichtig Newtons Buch. Die ordentlichen Worte, die die Gesetze der Bewegung erläuterten, beruhigten und trösteten sie. Newton erklärte die Anziehung zwischen Erde und Mond wissenschaftlich. Universale Schwerkraft.
Miranda schloß die Augen und versuchte, ihre Gedanken

ganz auf Newtons Worte zu konzentrieren. Doch das gelang ihr nicht. Eine großer, blonder Pirat geriet ihr immer wieder dazwischen. Als sie am Boden ausgestreckt unter ihm gelegen hatte, hatte sie einen Moment lang etwas gefühlt, das einer Anziehung in gewisser Weise ähnelte.
Um den Schock über diese Erkenntnis zu verbergen, hustete Miranda artig in ihr Taschentuch. Wie war es möglich, daß sie etwas anderes für den Piraten fühlte als Abscheu? Er war roh und hassenswert, arrogant und ungebildet. Das ergab überhaupt keinen Sinn. Es konnte auch nicht logisch erklärt werden.
Also existierte es nicht.
Nachdem sie das Problem zufriedenstellend gelöst hatte, verdrängte Miranda den Piraten aus ihren Gedanken und konzentrierte sich auf etwas, das sie erklären und verstehen konnte: auf die Erdanziehungskraft.

Zweites Kapitel

Hast du dir das so vorgestellt?«
Miranda schob sich eine Strähne ihres windzerzausten Haars aus dem Gesicht und zuckte die Schultern. Lächelnd drehte sie sich Don Luis zu, der zu ihr an die Reling getreten war. Sie war heute morgen sehr früh an Deck geklettert, um die Einfahrt des Schiffs in den Hafen von Charles Town zu beobachten. »Nicht ganz.« Ihr Blick kehrte zu der eichelförmigen Halbinsel zurück, die in den Hafen ragte, und sie wechselte problemlos in die Muttersprache des alten Mannes. »Aber ich wußte ja auch nicht genau, was ich hätte erwarten sollen.« Sie hob die Hand und beschirmte die Augen vor dem in der Sonne grell glänzenden Wasser. Eine steife Brise füllte die Segel, als das Schiff zum Land hinüberglitt.

»Ich habe Sanfords Forschungsberichte von 1666 gelesen, und mein Vater hat mir mehrmals aus Charles Town geschrieben, aber ...« Miranda hielt inne und klammerte sich an der polierten Reling fest. »Was ist, wenn er mich gar nicht hier haben möchte? Vielleicht hätte ich doch lieber seine Antwort auf meinen Brief abwarten sollen.«

»Unsinn. Er wird entzückt sein, dich zu sehen. Und die Stadt sieht gar nicht so primitiv aus. Schau doch nur! Eine Kirchturmspitze. Wo eine Kirche steht, blüht auch die Zivilisation.«

Miranda lachte über seinen Versuch, sie aufzuheitern. Don Luis verstand einfach nicht, daß sie sich vor einer Begegnung mit ihrem Vater fürchtete. Er schien zu glauben, daß sie sich Sorgen über die Lebensbedingungen in der Neuen Welt machte, er schien auch ein wenig verwirrt zu sein über den Kirchturm, den sie sahen.

Don Luis war ein frommer Katholik. Obwohl die Ansichten der Menschen in Carolina sich in vielerlei Hinsicht an John Lockes Überzeugungen anlehnten, einschließlich der Toleranz in religiösen Dingen, glaubte Miranda nicht, daß die Stadt eine katholische Kirche hatte. Spanien und England mochten ja jetzt Verbündete gegen die Franzosen sein, doch die Feindseligkeit zwischen ihnen war noch immer ziemlich stark.

Was Don Luis' Freundschaft mit ihrem Großvater noch außergewöhnlicher und wertvoller machte. »Ich wünschte, du könntest auch hierbleiben.« Miranda griff nach der Hand des alten Spaniers und umfaßte sie mit ihren beiden Händen.

»Es wird dir hier bei deinem Vater gutgehen.«

»Aber ...«

»Und wir werden uns Briefe schreiben. Ich werde dir von meinen Planetenentdeckungen berichten. Und du ...«

»... ich werde mit meinem Mikroskop animalcules beobachten«, beendete Miranda lächelnd den Satz. »Und ich werde die Flora studieren. Sieh doch nur die vielen seltsamen Bäume.« Mirandas Gesichtsausdruck hellte sich auf, als sie die üppige grüne Vegetation betrachtete, die sich an die von einer Mauer umgebenen Stadt schmiegte. »Ich werde all meine Erkenntnisse aufzeichnen ...«

»Und ich werde sie an die Royal Society schicken.« Don Luis schüttelte den Kopf so heftig, daß seine langen Locken herumwirbelten. »Zu schade, daß du nicht selbst mit der Society in Kontakt treten kannst, weil du eine Frau bist.«

Miranda zuckte die Schultern. »Vielleicht irgendwann mal. Erst einmal werde ich soviel lernen, wie ich kann. England und die Royal Society sind weit entfernt.« Und im Moment war diese hehre Körperschaft das letzte, womit sie sich beschäftigen wollte. Sie war fast dreitausend Meilen gereist, um mit einem Vater zusammenzusein, an den sie sich kaum erinnerte. Ein Vater, der ihre Mutter und sie verlassen hatte, als Miranda kaum älter als ein Wiegenkind gewesen war, um in die Neue Welt zu reisen. Ein Vater, der sie heute vielleicht genausowenig haben wollte wie damals.
Das Gebrüll von Befehlen und das Hasten der Männer, die sie befolgten, erregten Mirandas Aufmerksamkeit. Sie schaute hinauf zu dem Netz von Takelage und sah, daß die Matrosen die Segel trimmten. Sie atmete tief ein. Was auch immer geschehen mochte, sie war in Carolina.

»Oh, bitte seien Sie vorsichtig damit. Sie enthält ein äußerst wertvolles Mikroskop. Die Linsen wurden von Leeuwenhoek selbst geschliffen.« Der Seemann sah Miranda an, als hätte sie in einer fremden Sprache gesprochen, obwohl sie sich sicher war, daß sie Englisch sprach. Sein Gesichtsausdruck verriet Ärger, doch er schien etwas besser aufzupassen, als er die Kiste auf seine muskulöse Schulter hob.
Miranda folgte ihm über die Planke, und sie hielt einen Moment inne, bis sich ihre Beine an den festen Boden gewöhnt hatten. Das Dock war voller Menschen, und Miranda führte den Seemann winkend durch die Menge und zu einem Karren, den sie gemietet hatte.
Don Luis stand unter einem riesigen Baum daneben. Er wedelte mit seinem Spitzentaschentuch in dem schwachen Versuch herum, die schwüle Luft in Bewegung zu setzen oder die lästigen Insekten zu verscheuchen.

»Es ist warm«, stellte Miranda fest, nachdem der Matrose ihr Mikroskop in den Karren gestellt hatte und zum Schiff zurückkehrte, um ihr restliches Gepäck zu holen. Sie blieb einen Moment lang unter den ausladenden Ästen des Baums stehen. »Glaubst du, daß es immer so heiß ist?« Miranda mußte ganz einfach an ihren abgeschiedenen Garten in Essex denken. Ein klarer, kühler Wasserlauf floß mäanderförmig vom Wald herab und ergoß sich in einen spiegelglatten Teich.

Ein Teich voller animalcules, die nicht einmal ein Mikroskop sichtbar machen konnte.

Miranda schaute so lange um sich, bis ihr Blick einen stehenden Weiher mit sumpfigem Wasser entdeckte. Der bloße Gedanke an all die winzigen Tiere, die in einem Tropfen dieses Wassers lebten, ließ ihre Augen aufleuchten. Als sie das Dock in Richtung Schiff überquerte, war ihr Schritt viel lebhafter, und sie konnte die Ausdünstungen fast ignorieren, von denen sie umgeben war.

Sie konzentrierte sich so sehr, daß sie den Kapitän des Schiffes übersah, mit dem sie hierher gesegelt war, bis er ihren Namen rief. »Dort ist sie. Das ist Mistress Chadwick.«

Miranda sah zum Kapitän, doch ihr Blick glitt zu dem Mann hinüber, der neben ihm stand – einem Mann, der ihr mit Augen entgegensah, deren Blau fast die gleiche Schattierung wie ihre hatten. Sie blieb wie angewurzelt stehen.

»Miranda?« Der Mann trat ihr entgegen. Er überragte sie, obwohl man sie für eine große Frau hielt. Er war von der Sonne gebräunt und kräftig. Das Gesicht schien voller zu sein und hatte mehr Falten als das auf Porzellan gemalte Bildnis, das sie an ihrem Mieder befestigt trug. Und er schien verblüfft zu sein.

»Ja.« Miranda klatschte in die Hände und fragte sich, ob ihr

Vater das Zittern in ihrer Stimme bemerkte. Sie hatte sich kaum gefürchtet, als sie Tausende von Meilen über den weiten Ozean gereist war. Selbst die Begegnung mit dem Piraten hatte ihr weniger angst gemacht als seine Reaktion auf sie.

Großvater hatte ihr die Geschichte erzählt, wie es gekommen war, daß sie und ihre Mutter, Großvaters Tochter, mit ihm zusammenlebten. Wie ihr Vater England nach der Enthauptung von Charles I. verlassen hatte. Ihr Vater war ein eiserner Königstreuer und Abenteurer gewesen und war nach Barbados gegangen, um für seine junge Familie ein besseres Leben vorzubereiten. Er hatte geplant, seine Frau und die kleine Tochter nachkommen zu lassen, doch bevor er das tun konnte, war Mirandas Mutter gestorben. Danach hatte Henry Chadwick die überfüllte Zuckerrohrinsel in Richtung Carolina verlassen und hatte offenbar den Gedanken, seine Tochter zu sich zu holen, ganz aufgegeben.

Miranda schluckte und wischte sich die Hände an ihrem besten Unterrock ab. Durch ihre Wimpern hindurch sah sie, daß ihr Vater sie so genau betrachtete, wie sie etwas unter dem Mikroskop untersuchte.

»Aber ... aber, was macht du hier? Wie?« Für jemanden, der in ganz Carolina als beredter Mensch bekannt war, stotterte Henry Chadwick mächtig.

»Großvater ist gestorben«, stieß Miranda hervor und senkte dann den Blick zur staubigen Straße herab. »Ich kann auch nach England zurückkehren – wenn dir das lieber ist.« Miranda biß sich auf die Unterlippe. Der Gedanke, noch einmal zwei Monate lang in einer winzigen Kabine lebendig begraben zu sein, war bei weitem nicht so unerträglich wie der, daß ihr Vater sie zurückwies. Und da er einfach nur vor ihr stand und sie anstarrte, fühlte sie genau das.

Vielleicht hatte Großvater sich vor Jahren geirrt, als Miranda ihn nach den Gründen fragte, warum ihr Vater sie verlassen hatte. »Dein Vater liebt dich sehr«, hatte Großvater gesagt. »Aber er konnte nicht in England bleiben, und er war nicht der Meinung, daß Carolina der geeignete Ort für ein kleines Kind sei. Und das besonders, da deine Mutter gestorben war.«

Miranda glaubte ihm damals, denn tief in ihrem Herzen wollte sie, daß das der Wahrheit entsprach. Als die Jahre verstrichen, ohne daß sie viel von ihrem Vater hörte, gab sie den primitiven Bedingungen, unter denen er zu leben hatte, die Schuld. Schließlich hatte Großvater gesagt, daß ihr Vater sie liebte.

Doch als sie nun in diesem fremden Land stand und ihr einziger Freund ein Spanier war, den man noch merkwürdiger empfangen hatte als sie, erinnerte sich Miranda daran, wie schwer sich Großvater damit getan hatte, die Gefühle der Menschen einzuschätzen. Das war nicht seine Absicht, aber seine Gedanken beschäftigten sich immer mit irgendeinem hochfliegenden wissenschaftlichen Experiment oder ...

Kräftige Arme umschlangen Miranda, und sie hob noch gerade rechtzeitig den Blick, um festzustellen, daß sie an die Brust ihres Vaters gezogen wurde. »Ich habe nie gedacht, daß ich dich noch einmal wiedersehen würde«, murmelte er in ihr Haar. »Du siehst deiner Mutter ungeheuer ähnlich.«

So unvermittelt sie in seine Umarmung gezogen wurde, wurde Miranda auch wieder auf der staubigen Straße abgesetzt. Ihr Vater lächelte auf sie herab, und sie mußte sein Lächeln einfach erwidern, und dabei war ihr Herz leichter als damals vor Großvaters Tod.

»Komm, wir gehen zu mir nach Hause und sprechen miteinander. Du darfst dich nicht so lange in dieser Sonne aufhal-

ten.« Henrys Arm legte sich um Mirandas Schultern und führte sie vom Kai fort.
»Warte. Meine Sachen und ...« Miranda setzte sich in Richtung Karren in Bewegung.
»Amos wird sie gleich bringen.«
»Aber sie dürfen nicht kaputtgehen.«
»Mach dir keine Sorgen. So lange bin ich auch noch nicht von der großen Welt weg, daß ich vergessen hätte, wie sehr ihr Damen eure Kledage liebt.«
Miranda stemmte sich gegen ihn. »Es geht nicht um Kleider. Ich habe ein Mikroskop mitgebracht, und obwohl es sehr empfindlich ist, ist es bisher unversehrt geblieben, trotz der Stürme auf See und sogar Piratenangriffen.«
»Piraten!«
»Ja, Piraten.« Miranda lächelte über den besorgten Gesichtsausdruck ihres Vaters. Doch sie wollte ihn nicht unnötig ängstigen. »Das sind gräßliche Kreaturen. Aber mach dir keine Sorgen. Sie haben meinem Mikroskop keinen Schaden zugefügt.«
Henry schüttelte den Kopf, um seine Gedanken zu klären. Er hatte nicht die geringste Ahnung, worüber sie sprach, und hörte nur heraus, daß sie ihr Leben aufs Spiel gesetzt hatte, um zu ihm zu kommen. »Geht es dir gut? Haben diese Piraten dir etwas angetan?«
»Nein ... nun ja, einer von ihnen hat mich zu Boden geschlagen ... sozusagen. Aber wir haben seine Pläne durchkreuzt.«
»Wir?«
»Oh, wie konnte ich ihn nur vergessen?« Miranda wirbelte mit wehenden Röcken herum und eilte zu Don Luis zurück. Sie umfaßte seinen Arm und zog den alten Mann zu ihrem Vater. »In der Aufregung, dich zu sehen, habe ich ...« Mirandas Hände machten eine weit ausholende Bewegung. »Das

ist der Mann, der mich vor dem monströsen Piraten gerettet hat. Vater, das ist Don Luis de Mancera.«
Miranda wandte sich dem Spanier zu und stellte ihm in seiner Muttersprache ihren Vater vor. Als sie ihren Vater wieder anschaute, war sein Willkommenslächeln verschwunden, und seine Augen, die ein paar Augenblicke zuvor noch so heiter gewesen waren, waren jetzt eisig.
»Er ist ein Spanier!«
Mirandas Blick flog über den Kai. Der Ausruf ihres Vaters hatte die Aufmerksamkeit mehrerer Männer in der Nähe erregt, und sie näherten sich ihnen, um mehr zu hören. Sie trat dichter an den kleinen Mann heran und legte die Hand auf seinen mit Volants besetzten Ärmel. »Don Luis ist mein Freund.«
»Miranda. In Carolina haben wir mit den Spaniern ständig Ärger und Schwierigkeiten. Ich glaube nicht ...«
»Ich kann dir versichern, daß Don Luis weder dir noch Carolina irgend etwas antun wird.«
»Ja, aber ...«
»Er ist mein Freund, Papa. Er war Großvaters Freund. Und er hat mich hierher begleitet und mich vor dem Piraten geschützt.«
Henry blieb noch einen Moment still stehen, dann verbeugte er sich achselzuckend vor dem Besucher. »In Ordnung. Ich hoffe nur, daß Jack das nie erfährt.« Henry war ein Mann, der wußte, wann er verloren hatte. Und das war ihm schon in dem Augenblick klargeworden, als seine Tochter zu ihm aufgeschaut hatte.
»Was meinst du? Wer ist Jack?«
»Das ist unwichtig.« Wieder nahm Henry den Arm seiner Tochter. »Dein Freund ist in meinem Haus willkommen.«
»Danke, Papa.« Miranda übersetzte Don Luis die Begrüßung

ihres Vaters und ließ sorgsam all das aus, was den Stolz des alten Mannes hätte verletzen können.

Don Luis blieb nicht lange. In wenig mehr als einer Woche war die Schiffsladung gelöscht und der Laderaum mit Reis gefüllt. Und Don Luis segelte nach St. Augustine, da er ganz begierig darauf war, Jupiter von der Neuen Welt aus zu betrachten und diesen Anblick mit dem zu vergleichen, der sich ihm von Madrid aus geboten hatte.

Als er fort war, fragte sich Miranda, warum sie je an der Liebe ihres Vaters zu ihr gezweifelt hatte. Henry konnte gar nicht genug für seine Tochter tun. Ihr Zimmer im oberen Stockwerk seines Hauses an der Tradd Street war entzückend eingerichtet. Er brachte leichte Seiden- und Leinenstoffe aus seinem Lagerhaus mit und stellte gegen Mirandas Protest eine Frau ein, die ihr eine neue Garderobe schneidern sollte – eine, die diesem warmen Klima mehr entsprach.

Henry ging auch mit seiner Zeit so großzügig um. Er und Miranda verbrachten Stunden miteinander auf der Veranda, entspannten sich dort in der kühlen südlichen Brise und redeten.

»Wir haben so vieles nachzuholen«, sagte Henry. »Du mußt mir alles von deinem Leben in England berichten.«

Und das tat sie auch. Er hörte aufmerksam zu, obwohl Miranda nicht sicher war, ob er sie wirklich ganz verstand, als sie die Experimente beschrieb, die sie und ihr Großvater gemacht hatten.

Als sie geendet hatte, lehnte Henry seinen Stuhl gegen die Stuckwand und verschränkte die Arme vor seinem gewölbten Bauch. »Aber was ist mit dem Gesellschaftsleben gewesen? Dein Großvater war ein Graf. Hat er dich nicht bei Hofe vorgestellt?«

»O nein. Wir haben ruhig auf dem Land gelebt, außer natürlich, wenn Großvater nach London zu den Treffen der Royal Society fuhr.« Miranda lächelte über seinen erstaunten Gesichtsausdruck. »Wir hatten natürlich Gäste. Isaac Newton, Nehemiah Grew, der Botaniker ...«

»Aber keine Bälle? Keine Partys?«

»Nein, nein.« Mirandas Schultern wurden rund. Ihrem Vater schien das nicht zu gefallen.

Henry drückte sich aus seinem Stuhl hoch, überquerte die Veranda und lehnte sich gegen den weiß gescheuerten Pfeiler. »Ich habe dich in England zurückgelassen, weil ich der Ansicht war, daß dein Großvater dich besser großziehen könnte als ich.« Er schüttelte den Kopf und sah zu Miranda hinüber. »Ich kannte sein ... sein Hobby, aber ich hätte nie gedacht, daß es sein ganzes Leben vereinnahmen würde – und deines auch.«

»Aber das Studium der Wissenschaft ist faszinierend.« Mirandas Augen leuchteten, und sie schob sich achtlos eine Locke von der Wange. »Es gibt so viel zu lernen, und obwohl wir schon mehr wissen, als du dir vorstellen kannst, glaube ich doch, daß es noch ...«

»Und wie steht es mit dem Heiraten?«

»Was soll damit sein?« Ihre Hände fielen schlaff in ihren Schoß.

»Möchtest du denn nicht heiraten und Kinder zur Welt bringen?«

»Nun ja, ja, ich glaube schon.« Miranda legte ihren Kopf schräg. »Ich habe noch nicht darüber nachgedacht.«

»Noch nicht darüber nachgedacht!« Henry verlagerte sein Gewicht auf seine Absätze und verfluchte insgeheim den alten Dummkopf, der sie aufgezogen hatte, und sich selbst dafür, daß er es zugelassen hatte. Doch er brauchte ihr nur in ihre großen Augen zu sehen, um zu wissen, daß sie es überhaupt nicht seltsam fand, nicht über das Heiraten nachzudenken.

In all den Jahren, seit er sie zurückgelassen hatte, hatte Henry sich Miranda in England vorgestellt, wie sie auf Bällen tanzte und Verehrer ohne Ende um sich scharte. Statt dessen hatte sie sich über ein Mikroskop gebeugt und sich über Gott weiß was mit einem alten, senilen Mann unterhalten.

Seine arme verstorbene Frau hätte der Schlag getroffen, wenn sie es gewußt hätte. Zum ersten Mal in seinem Leben war Henry froh darüber, daß ihr früher Tod ihr das erspart hatte.

Gott sei Dank war Miranda zu ihm gekommen, bevor es zu spät war. Henry griff nach ihrer Hand und sagte mit weicher Stimme: »Jemand so Hübsches wie du hat hier in Carolina viele junge Männer zur Auswahl.«

Miranda war sich nicht sicher, ob sie das überhaupt wollte, doch sie wunderte sich darüber, daß ihr Vater sie als hübsch bezeichnet hatte. Spielte er einfach nur den sanften Vater? Niemand zuvor hatte jemand irgend etwas Außergewöhnliches an ihrer Erscheinung festgestellt. Oh, sie wußte, daß ihre Gesichtszüge ebenmäßig waren und ihre Haut klar ... daß sie recht ansehnlich war. Aber davon abgesehen hatte niemand jemals ihrem Gesicht Beachtung geschenkt. Großvater hatte oft über ihren Geist gesprochen, ihr logisches Denken gelobt, also war er von einer gewissen Schmeichelei nicht frei gewesen. Aber hübsch ... Miranda beschloß, heute abend ein wenig Zeit vor dem langen, kippbaren Spiegel in ihrem Zimmer zu verbringen. Vielleicht mußte sie sich doch mal etwas genauer betrachten.

Hatte der Pirat sie hübsch gefunden?

Miranda hatte keine Erklärung dafür, wie sie darauf kom-

men konnte. Es war einfach da, tauchte genauso in ihrem Kopf auf wie die Gedanken an ihn, die sich schon mehrfach zu den unerwartetsten und ärgerlichsten Augenblicken eingeschlichen hatten, seit sie ihn zum ersten Mal gesehen hatte. Miranda schüttelte den Kopf, um dieses Bild loszuwerden.
»Was ist los? Du siehst ziemlich betrübt aus.«
Miranda starrte zu ihrem Vater auf, der sie besorgt betrachtete. »Ach, nichts weiter.«
Henry zog seinen Stuhl neben sie. »Es sieht nicht so aus, als sei es nichts weiter.« Seine Stimme war sanft. »Bringt dich der Gedanke an das Heiraten durcheinander?«
»Nein. Jedenfalls glaube ich das nicht.« Das war noch so etwas, über das sie nachdenken mußte, wenn ihre Zeit es ihr erlaubte.
»Was denn dann?«
»Ich habe über den Piraten nachgedacht«, erwiderte Miranda ehrlich und wünschte sofort, daß sie das nicht gesagt hätte. Wie würde ihr Vater reagieren, wenn er wüßte, wie oft dieser Barbar sich in ihre Gedanken drängte? »Warum wird ein Mann bloß zu einer solch abscheulichen Kreatur?« fügte Miranda hastig hinzu.
»Gier, vermute ich.« Henry schaute zur Bucht hinaus und wünschte, er wüßte die Antwort auf diese Frage nicht mehr als genau. »Es tut mir leid, daß du den Angriff des Piraten erdulden mußtest.«
Henry hatte nichts gegen Piraten, doch er konnte die Vorstellung nicht ertragen, daß seine Tochter unter diesem Schurken gelitten hatte. Er hatte auch überhaupt keine Ahnung, welcher Freibeuter das gewesen sein könnte. Er kannte die Piraten, die in diesen Gewässern kreuzten, ziemlich gut, doch keiner von ihnen paßte zu der Beschreibung, die Miranda ihm gegeben hatte. Henry wünschte, er hätte

den Captain des Schiffs gefragt, bevor er gegangen war. Doch am liebsten wäre es ihm gewesen, wenn Jack hier gewesen wäre.
Ja, Jack würde wissen, wer es gewagt hatte, Miranda anzugreifen, und er hätte sich um diesen Bastard auch gekümmert. Und Jack würde das seinem Partner zu Gefallen tun.
Doch Jack war nicht hier. Und Henry hatte keine Ahnung, wann er heimkehrte. Mit einem Seufzer setzte Henry sich in dem Stuhl zurück. »Erzähl mir noch mal von diesem Piraten, der dich angegriffen hat.« Er konnte wenigstens alle korrekten Informationen sammeln, bis Jack nach Charles Town zurückgesegelt kam.
»Ich habe dir doch gesagt, Vater, daß ich mich kaum an ihn erinnere. Ich hatte sehr viel Angst.« Miranda atmete tief ein und wiederholte ihre Beschreibung der Ereignisse, wie sie sich an sie erinnerte. »Er war groß ... nein riesig, hatte böse Augen und ein höhnisches Grinsen, das dich in deinen Schuhen erzittern lassen würde. Und er drohte, mir mein Mikroskop abzunehmen. Jedenfalls einer von ihnen drohte damit«, schloß sie und faltete die Hände im Schoß. Letzteres reichte aus, um sie zu Mirandas Feinden zu machen.
»Und du sagtest doch auch noch, daß der Piratenkapitän dich zu Boden geschlagen hat?«
»Ja ... nun, so ungefähr.«
»Und dann hat er versucht, dich zu töten?«
»Mich zu zerquetschen«, korrigierte Miranda.
»Aber du kannst dich nicht weiter an sein Aussehen erinnern?«
Miranda schloß die Augen, und das Bild des Piratenkapitäns tauchte vor ihrem inneren Blick auf. Er hatte dieses arrogante Lächeln, und sein goldblondes Haar umrahmte sein gebräuntes Gesicht. Er sah wild und gefährlich und sehr gut

aus, und es war das Unlogischste der Welt, daß sie so etwas überhaupt dachte.
Mirandas Augen öffneten sich ruckartig. »Nein, Papa. Ich kann mich an nichts mehr erinnern.« Miranda erhob sich und ging zur Tür. »Ich glaube, ich werde bis zum Abendessen ein wenig lesen. Mach dir keine Sorgen über die Piraten. Ich bin sicher, daß wir sie nicht wiedersehen werden.«

»Es ist gut, wieder zu Hause zu sein, Phin.« Jack stand auf dem Achterdeck und sah zu, wie seine Besatzung das Schiff am Kai von Charles Town festmachte.
»Ja, Cap'n, jedenfalls für eine Weile.« Phineas grinste. »Das wird die Ladys entzücken.«
»Ach wirklich?« sagte Jack lachend. »Dann paß bloß auf, daß du dein Entzücken auf die Damen in der Taverne beschränkst. Wir wollen doch nicht wieder das gleiche wie in Barbados erleben.«
»Tja, Cap'n, es war ja nicht meine Schuld, daß die Frau so wild auf mich war.«
»Ihr Ehemann scheint das aber angenommen zu haben.«
Phin verzog sein faltiges Gesicht. »Aber wir sind doch davongekommen, oder?«
»Mit Mühe und Not.«
»Was soll das? Sie gehen nicht gerade sanft mit mir um, oder?«
»Himmel, nein!« Jack starrte seinen Steuermann an. »Aber ich möchte nicht, daß wir hier irgendwelche Probleme bekommen. Die Tatsache, daß der Steuerbeamte des Königs in der Stadt ist, macht mir schon genug Kopfschmerzen.« Jack rieb sich die Haut oberhalb seiner Steinkirk-Krawatte.
»Sie denken mal wieder an John Sparkes, was?«

»Ich denke, daß ich nicht am Galgen des Richtblocks enden möchte.«
»Gott im Himmel, Cap'n, dazu sind Sie doch viel zu gerissen.«
»Gerissen oder nicht, ich möchte, daß die Ladung so schnell wie möglich gelöscht wird. Es hat keinen Zweck, darauf zu warten, daß der Steuerbeamte hier herumschnüffelt.«
»Da haben Sie ganz recht, Cap'n. Er könnte sich fragen, woher wir all diese spanischen Goldstücke und Seidenballen haben.«
Jacks Lächeln zeigte eine Reihe gleichmäßiger weißer Zähne. »Das könnte gut sein.« Er stieß sich von der Reling ab und überquerte das Deck. »Ich treffe mich mit Chadwick und sage ihm, was wir für ihn mitgebracht haben.«
»Grüßen Sie ihn von mir.«
»Mit Sicherheit.« Jack machte eine Verbeugung vor seinem Steuermann, fing dann seinen Blick auf und zwinkerte ihm zu. »Und du reservierst mir ein paar Damen. Ich denke, daß auch ich eine oder zwei entzücken werde.«
Als Jack den Kai betrat, holte er tief Luft. Die Gerüche nach Schlamm und Oleander vermischten sich mit dem Seetanggeruch der salzhaltigen Luft. Das erinnerte ihn daran, wie er zum ersten Mal nach Carolina gekommen war. Er war ein Junge von zehn Jahren gewesen, und obwohl die Reise von Schottland hart gewesen war, hatte Jack seine Begeisterung kaum zügeln können.
»Ein neues Land. Ein neuer Anfang«, hatte sein Vater gesagt, als sich die Siedler südlich von Charles Town in Port Royal niederließen. Doch der Neuanfang hatte plötzlich geendet, und das neue Land war vom Blut von Jacks Verwandten rot durchtränkt worden.
Jack verdrängte die Erinnerungen aus seinem Kopf, wäh-

rend er den mit zerstoßenen Austernmuscheln bedeckten Weg in Richtung Water Street entlangging. Es hatte keinen Zweck, über die Vergangenheit zu lamentieren. Das war ihm schon vor Jahren klargeworden. Außerdem war es ein wunderschöner Tag, und sein Laderaum war voller Waren, die ihn noch reicher machen würden, als er ohnehin schon war. Und die herzliche Aufnahme, die ihm die guten Bürger von Charles Town zuteil werden ließen, bewies, daß niemand sich darum kümmerte, wie er zu diesen Waren gekommen war.

Jack lächelte einer einheimischen Dame zu, die ihm einen guten Tag wünschte, und bog in die Tradd Street ein. Die Brise vom Hafen kühlte die Luft, als er an die Tür von Henry Chadwicks einzeln stehendem Haus klopfte.

»Ach, Master Jack, sind Sie es wirklich?«

»Wer sollte es denn sonst sein?« Jack schwang Chloe, Henrys Dienerin, mit einer heftigen Umarmung herum, daß der mit einem Turban bedeckte Kopf der alten Frau nur so herumwirbelte.

»Lassen Sie mich sofort wieder runter, Master Jack. Master Henry hat Ihnen doch gesagt, daß ich solche Belästigung nicht leiden kann.« Ihr zahnloses Lächeln strafte ihre Worte Lügen, als Jack sie auf den Boden zurückstellte.

»Ist Henry zu Hause?« Jack folgte der schwarzen Frau auf die Veranda.

»Natürlich. Und ich wette, daß er auch ganz begierig auf Sie ist.«

»Warum das?« Henry Chadwick war ein guter Freund, und sie hatten schon viel Geld zusammen gemacht. Doch Chloe schien etwas anzudeuten, das über den Empfang hinausging, der ihm normalerweise zuteil wurde.

»Ach, ich glaube, daß Master Henry Ihnen das selbst erzählen

möchte«, sagte Chloe, ehe sie sanft an die Tür zur Bibliothek klopfte.
Als er den Raum betrat, bestätigte Henrys Gesichtsausdruck Jacks Vermutung, daß etwas nicht stimmte.
»Jack!« Henry erhob sich aus seinem Ledersessel. Nachdem er Jack ins Zimmer gezogen hatte, schloß er die Tür fest. Er drehte sich um und musterte Jack mit kritischem Blick – von den ordentlich gebürsteten goldblonden Haaren, die ihm auf die breiten Schultern seiner königsblauen Weste fielen, über die passenden Hosen bis hinab zu den glänzend schwarzen Stiefeln. Henry stieß einen Seufzer aus, als er sich umdrehte. »Ich glaube nicht, daß sie die Wahrheit erahnen wird.«
»Welche Wahrheit?«
»Da0 du ein Pirat bist, mein Junge.« Henrys Stimme hatte sich zu einem Flüstern gesenkt. »Du siehst wirklich nicht wie ein Pirat aus, weißt du?«
Jacks Lachen erfüllte den großen Raum, und Henry eilte zu ihm.
»Sei ruhig. Sie wird dich hören.«
»Wer wird mich hören? Was geht hier vor, Henry? Ich mag ja nicht wie ein Pirat aussehen, aber du verhältst dich jedenfalls närrisch.«
Mit ungehaltenem Gesichtsausdruck deutete Henry auf einen Schaukelstuhl und zog seinen Sessel näher heran, nachdem Jack sich gesetzt hatte. »Meine Tochter ist hier.«
»Deine Tochter?«
»Ja, ich habe dir doch bestimmt von ihr erzählt.« Henry lehnte sich vor und stützte die Unterarme auf den Knien ab. »Sie hat bei Lord Waverly, dem Vater meiner Frau, gelebt.«
»Und warum ist sie hier?«
»Ihr Großvater ist gestorben.« Henry hob die Hände. »Ich

weiß auch nicht genau, warum sie hergekommen ist, aber sie ist gekommen. Und sie hält mich für einen ehrlichen Kaufmann.«

Jacks Stirn runzelte sich. »Aber du *bist* ein Kaufmann.«

»Ich sagte, ehrlich, Jack. Miranda ist sehr ...«, weil ihm kein besseres Wort einfiel, fuhr Henry fort, »... sanft aufgezogen worden. Die Härten des Lebens sind ihr fremd.«

»Wie zum Beispiel Habgier und Geiz?« fragte Jack mit teuflischem Gesichtsausdruck.

»Ich meinte das Schiffahrtsgesetz und die Tatsache, daß die Kolonien für die Einfuhr von einfachsten Waren Wucherpreise bezahlen müssen.«

»Ach, diese Wahrheiten meinst du.«

»Spar dir deinen Sarkasmus für eine andere Gelegenheit.« Henry sprang von seinem Sessel hoch und begann vor dem Kamin auf und ab zu gehen. »Mir ist es damit wirklich ernst.«

»Das ist nicht zu übersehen.« Jacks Bemerkung brachte ihm einen weiteren vernichtenden Blick ein. »Möchtest du dich ein wenig aussprechen? Himmel noch mal, worüber machst du dir Sorgen?« Jetzt stand auch Jack auf. »Hast du gedacht, daß ich mich deiner Tochter als Gentleman Jack Blackstone, berüchtigter Pirat und Geißel der sieben Meere, vorstellen würde?«

»Könntest du bitte leiser sprechen?« zischte Henry. »Ich möchte wirklich nicht, daß sie das weiß.«

»Dann schwöre ich bei dem Glaubensbekenntnis der Piraten, daß ich mit keinem Wort etwas über das Entern oder Ausplündern der Spanish Main verlauten lassen werde.«

»Könntest du nur ein Mal ernst bleiben?«

Jack hob beschwichtigend die Hand. »Ich bin ernst«, verkündete er feierlich. »Außerdem liegt es nicht in meinem Interesse, mich selbst als Pirat zu enttarnen.« Er fühlte dieses vertraute Jucken in seinem Nacken, doch er widerstand dem Drang, sich zu kratzen.

»Gut.« Mit einem Seufzer ließ Henry sich wieder auf seinen Sessel sinken.

Jack war überrascht über die offensichtliche Erleichterung des anderen Mannes und setzte sich ihm gegenüber. »Hast du wirklich gedacht, daß ich dir Probleme machen würde?«

»Nein.« Henry bedeckte das Gesicht mit den Händen. »Es ist nur so, daß ich Miranda verlassen habe, als sie noch ein Kind war.«

»Ich kenne die Geschichte. Es war zu ihrem Besten gedacht.«

»Aber ich habe das Gefühl, daß sie glaubt, ich hätte sie im Stich gelassen.«

»Hat sie das gesagt?«

Henry schüttelte den Kopf. »Vielleicht läßt mich mein eigenes schlechtes Gewissen glauben, daß sie so empfindet.«

»Henry, du ...«

»Ich möchte meine Gründe dafür, daß ich sie bei ihrem Großvater zurückgelassen habe, nicht erörtern. Tatsache ist, daß sie jetzt hier ist und daß ich nicht will, daß sie weiß, was mit mir los ist.«

Jack schwieg einen Moment und betrachtete forschend den entschlossenen Gesichtsausdruck seines Freundes. Schließlich nickte er. »Von mir wird sie nichts erfahren. Aber ich bin noch immer der Meinung, daß du zu hart mit dir umgehst. Du bist nicht wirklich ein ...«

»Du verstehst mich nicht. Miranda haßt Piraten, und zwar aus gutem Grund. Ihr Schiff wurde angegriffen.«

»Wurde sie ... verletzt?« Jack wußte nicht, was er einen Vater sonst noch über all die Millionen Dinge fragen sollte, die einem jungen Mädchen in der Gewalt von Piraten gesche-

hen konnten. Bei ihm war das anders. Jack war stolz auf seinen Umgang mit dem schönen Geschlecht. Er war zwar ein Pirat, doch keine Frau hatte bisher durch ihn ihre Unschuld verloren – es sei denn, sie hatte es selbst gewollt.
»Gott sei Dank nicht. Soweit ich sie verstanden habe, hat ein anderer Passagier sie vor … nun vor … Ich möchte gar nicht darüber nachdenken, was alles hätte geschehen können.« Henrys Blick traf sich mit Jacks. »Und Miranda möchte auch nicht darüber sprechen.«
»Das ist verständlich.«
»Aber ich möchte, daß du mir herauszufinden hilfst, wer Miranda das angetan hat.«
»Und ihm vielleicht eine kleine Abreibung verpassen«, fügte Jack augenzwinkernd hinzu. Henry fand zu seinem gewohnten Verhalten zurück.
Henry lächelte. »Vielleicht. Das Problem dabei ist, daß ich wenig Konkretes weiß. Mirandas Beschreibung des Schufts paßt zu niemandem, den ich kenne. Gibt es irgendwelche neuen Piraten hier in der Gegend?«
»Nicht, daß ich wüßte. Andererseits war ich ja mehr als zwei Wochen lang in der Karibik gewesen. Wie sieht dieser Mann denn aus?«
Jack hörte sich die Beschreibung an und schüttelte den Kopf. »Riesig und wild ist wirklich nicht viel, aber ich werde mich mal unten am Hafen umhören. Es ist erstaunlich, was die Tavernendamen so alles wissen«, sagte Jack lächelnd.
Henry erwiderte sein Lächeln. »Ich bin sicher, daß du all das, was sich herausfinden läßt, auch herausfinden wirst.«
»Ganz recht. Habe ich denn jetzt das Vergnügen, deine Tochter kennenzulernen?«
»Natürlich.« Henry schlug sich auf die Knie und stand auf. Doch auf halbem Weg zur Tür hielt er inne. »Jack, ich muß

dich doch nicht daran erinnern, daß Miranda meine Tochter ist und keine ... keine ...«
»Keine Tavernendame?« Jacks Augenbrauen gingen in die Höhe.
»Nun ja, du hast immerhin einen gewissen Ruf bei den Damen.«
»Nur bei den willigen.« Jack sprach schnell weiter, ehe Henry ihn unterbrechen konnte. »Und mit Sicherheit nicht bei der Tochter meines lieben Freunds.«
Jack lachte fast über Henrys erleichtertes Gesicht. Er konnte sich gut vorstellen, daß es sich bei dieser Tochter um eine steifleinene Prüde handelte, die Henry soviel Kummer machte. Doch um Henrys willen würde er herzlich und charmant sein – bis er sich höflich entschuldigen und sich zurückziehen konnte. Es gab eine ganz bestimmte Frau unten am Kai, von der er gern mehr als nur ein paar Informationen haben wollte.
Während Jack auf Henrys Tochter wartete, wanderte er gedankenverloren in der Bibliothek herum. Die Fenster waren geöffnet und ließen eine angenehme Brise herein. Als er an einem Mahagonitisch vorbeiging, entdeckte Jack etwas Neues in diesem Raum. Es war ziemlich klein und zylindrisch, und er hatte so etwas noch nie zuvor gesehen.
»Was ist denn das?« fragte er und ließ einen Finger über die glatte Seite gleiten.
Henry sah über die Schulter zurück. »Das gehört Miranda. Wie hat sie es noch gleich genannt? Ah, ja, ein Mikroskop.«
»Ein was?« Jack kratzte sich im Nacken.
»Ein Mikroskop. Damit studiert man ... Was ist mir dir los?«
Aber bevor Jack etwas erwidern konnte, öffnete sich die Tür. Miranda betrat lächelnd den Raum, doch das Lächeln gefror, als sie den Gast ihres Vaters erkannte. Sie sah Jack an, und

Jack sah sie an. Einen Augenblick lang schien sie unfähig zu sein, das Offensichtliche zu begreifen. Dann weiteten sich ihre Augen und ihre Hand griff zitternd an ihre Kehle. »Mein Gott! Das ist ja der Pirat!«

Drittes Kapitel

Das ist deine Tochter?«
»Was macht der Pirat hier?«
»Wie konntest du nur, Jack!«
Drei aufgeregte Stimmen dröhnten durch den Raum.
Miranda sah aus, als würde sie gleich ohnmächtig werden.
Henry hastete herbei, um ihr zur Couch zu helfen.
Und Jack lockerte die Krawatte, die ihm plötzlich zu eng zu sein schien.
»Ich verstehe das nicht.« Miranda stemmte sich gegen ihren Vater, als der versuchte, sie zum Sitzen zu bewegen. »Was macht er hier? Chloe sagte mir, daß ich einen Freund von dir kennenlernen solle.«
»Das muß ein Mißverständnis gewesen sein.« Henry schaute sich verzweifelt um, nahm den einen Frachtbrief von seinem Schreibtisch und fächelte damit seiner Tochter Luft zu.
»Das ist kein Mißverständnis.« Miranda entriß ihm das Papier und schleuderte es zu Boden. »Er ist der Pirat, von dem ich dir erzählt habe.«
Zwei Augenpaare, eines anklagend und das andere fragend, sahen Jack an. Und er konnte nur die Schultern zucken.
»Siehst du. Er streitet noch nicht einmal ab, was er mir angetan hat.«
»Was ich Ihnen angetan habe?« Jack machte einen drohen-

den Schritt vorwärts und war wütend, als Henry herbeisprang, um ihm den Weg zu versperren. »Ich habe Ihnen überhaupt nichts angetan, verdammt noch mal.«

»Also, Jack, das ist wirklich kein Grund zum Fluchen.«

»Natürlich nicht, zum Teufel«, sagte Jack, ehe er aus der Tür hinausstakste.

»Willst du ihn einfach so laufenlassen?« Miranda stand ruckartig auf. »Er ist ein Verbrecher und muß bestraft werden.«

»Nun ja, hm ...« Henry konnte sich nicht daran erinnern, daß er jemals zuvor dermaßen verwirrt gewesen war. »Geht es dir gut genug, daß ich dich allein lassen kann?«

»Natürlich. Es geht mir absolut gut. Unternimm etwas gegen diesen Piraten. Einer seiner Männer hat gedroht, mir das Mikroskop zu stehlen.«

Diese Worte klangen Henry noch in den Ohren, als er zur Tür hinauseilte. Er fand Jack auf der Veranda, wo er hin und her lief. »Was hast du meiner Tochter angetan?« fragte Henry übergangslos.

Jack sah mit finsterem Blick auf. »Ich habe deiner kostbaren Tochter überhaupt nichts getan.«

»Nun, sie sagte, daß du ...«

»Es interessiert mich überhaupt nicht, was sie sagt, verdammt noch mal. Was, zum Teufel, hast du mit einer spanischen Tochter zu schaffen?«

»Sie ist keine Spanierin.«

»Nun, sie spricht aber Spanisch.«

»Sie spricht auch noch Englisch, Französisch und Latein.« Und auf Jacks ungläubigen Blick hin fuhr Henry fort: »Ihr Großvater hat ihr die Sprachen beigebracht – unter anderem«, schloß er murmelnd. Er straffte die Schultern und trat Jack entgegen. »Aber das spielt hier überhaupt keine Rolle, sondern nur das, was du mit meiner Tochter gemacht hast.«

»Nein!« Jack und Henry standen sich Auge in Auge gegenüber. »Das allerwichtigste ist, daß du mir nicht glaubst, wenn ich dir sage, daß ich ihr nichts getan habe.« Und mit diesen Worten machte Jack auf dem Absatz kehrt und stürmte durch die Tür in den hellen Sonnenschein hinaus.

Er bemitleidete sich selbst.
Jack kannte die Symptome und wußte, daß er etwas unternehmen sollte, und entschied sich dagegen.
Er hatte seinen Stuhl gegen die Wand der kleinen Hafenschenke gekippt, schwenkte sein Ale in dem Zinnkrug und trank dann einen großen Schluck davon. Hier war er schon seit ... Himmel, er wußte gar nicht mehr, wie lange er schon hier war. Und er hatte auch eine ansehnliche Menge Ale getrunken. Nicht genug zwar, doch trotzdem eine beträchtliche Menge.
Jack setzte den Krug mit einem Schlag auf dem rohbehauenen Tisch ab. Hier betrunken herumzusitzen war einfach lächerlich. Er sollte lieber die *Sea Hawk* startklar machen und Charles Town verlassen – für immer.
Nachdem Henrys Tochter seinen Ruf zerstört hatte, würde er in der Stadt nicht mehr willkommen sein, wie sehr die Menschen auch die Fracht haben wollten, die er mitgebracht hatte. Die guten Bürger konnten seinen wahren Beruf so lange ignorieren, solange man sie nicht mit der Nase daraufstieß. Sobald jedoch jemand »Pirat« schrie – und Henrys Tochter könnte dazu sicherlich fähig sein –, konnten sie nicht mehr darüber hinwegsehen.
Wenn er hierblieb, würde er so enden wie der alte John Sparkes. Jack löste die Krawatte von seinem Hals. Er hatte sich die modische Seidenweste schon heruntergerissen, die in einem Knäuel auf dem Tisch lag.

Jack ließ die Vorderbeine des Stuhls auf den Boden zurück krachen und schüttelte den Kopf. Er sollte vielleicht zur Meeting Street hinübergehen und sich von seinem Onkel verabschieden. Und danach mußte er von hier verschwinden.

Jack trank einen weiteren Schluck Ale und bedeckte das Gesicht mit den Händen. O Gott, er wollte Charles Town nicht auf diese Art verlassen.

»Hast du ein Problem, Jack?« Ein Händepaar glitt wollüstig in die weite Öffnung seines Hemdes. »Ich garantiere dir, daß Lottie es lösen kann.« Die Hände glitten tiefer, als Jack den Kopf hob.

»Na siehst du.« Lotties volle Brüste rieben sich an Jacks Schultern, während sie mit den Fingern über die Wölbung streichelte, die sich unter seiner Hose gebildet hatte. »Dir geht es ja schon besser.«

»Das stimmt zwar, Lottie-Schatz, doch ich fürchte ...«

»Jack! Ich muß mit dir sprechen.«

Jack schaute mit vom Trinken verschwommenen Augen auf und sah Henry vor sich stehen, der seine Hutkrempe nervös in den Händen drehte. Seine gutaussehenden Gesichtszüge waren angespannt. »Willst du mich verhaften, Henry?«

»Sei nicht albern.« Henrys Blick irrte zu Lottie ab, die Jack noch immer umschmeichelte. »Ich muß dich unter vier Augen sprechen.«

Jacks Hand legte sich auf Lotties, und er bewegte sich auf dem harten Stuhl hin und her, um etwas von dem Druck in seinen Eingeweiden loszuwerden. »Sei ein liebes Mädchen, Lottie, und hole meinem *Freund* etwas zu trinken.«

»Aber Jack ...« Die Lippen des Mädchens liebkosten Jacks Ohr. »Ich dachte, wir beide könnten nach oben gehen.«

»Später vielleicht«, vertröstete Jack sie, obwohl er vermutete,

daß er gerade mal Zeit genug haben würde, um die Stadt eilig zu verlassen.
»Ich habe dich überall gesucht«, sagte Henry und zog sich einen Stuhl heran, um sich dicht neben Jack zu setzen.
»Ich war hier.«
»Das sehe ich. Wieviel hast du getrunken?« Henry machte eine wegwerfende Handbewegung. »Egal. Das ist nicht wichtig. Ich habe mit Miranda gesprochen.«
Jack runzelte die Stirn. »Und *das* ist wichtig?«
»Schluß mit deinem Sarkasmus. Sie möchte, daß du wegen Piraterie vor Gericht gestellt wirst.«
»Ich hasse es, deine charmante Tochter enttäuschen zu müssen, doch ich werde längst fort sein, ehe das geschieht.« Jack warf dem älteren Mann einen Blick zu. »Es sei denn, sie hat dich hergeschickt, damit du dafür sorgst, daß ich hierbleiben muß.«
»Sei kein Dummkopf.« Henry betupfte seine feuchte Stirn. »Obwohl ich dazu verpflichtet bin, die Polizei zu informieren.«
»Was?« Jacks Faust schlug so krachend auf den Tisch, daß der Tisch wackelte und das Getränk überschwappte, das Henry noch gar nicht angerührt hatte.
»Schrei nicht so.« Henry sah nervös über die Schulter. Die meisten Gäste der Schenke waren Seefahrer, die sogar noch lauter und ausgelassener waren als Jack. »Das mache ich natürlich nicht.«
»Ach, wie beruhigend.« Jack trank sein Ale aus, fuhr sich mit dem Handrücken über den Mund und ließ Henry nicht aus den Augen.
»Es ist zwar lächerlich, wenn du so willst, doch meine Tochter möchte, daß dem Gesetz Genüge getan wird. Das hat irgendwas mit den Gesetzen der Wissenschaft oder Logik zu tun – oder irgendeinem anderen verdammten Zeug.«

Jack nahm seine Weste und versuchte, die Falten zu glätten. »Gut, dann laß sie versuchen, dem Gesetz Genüge zu tun, wenn ich draußen auf hoher See bin.« Jack ließ die Falten Falten sein, warf sich die Weste über den Arm und versuchte aufzustehen. Henrys Arm hielt ihn auf.
»Du kannst nicht fortgehen.«
Jack fiel auf den Stuhl zurück und starrte Henry schockiert an. »Was, zum Teufel, sagst du da? Ich werde nicht hierbleiben und meinen Kopf freiwillig in die Schlinge legen, nur weil diese kleine Range, die du Tochter nennst, das will.«
Henrys Rücken versteifte sich. »Sei vorsichtig, was du über Miranda sagst, Jack.«
»Der Himmel möge mich vor Vätern bewahren.«
»Du wirst das erst verstehen, wenn du eines Tages selbst einer geworden bist«, schoß Henry zurück.
»Und bitte, Gott, bewahre mich auch davor.«
Henry beugte sich vor. »Könntest du mal einen Moment lang ernst bleiben?«
»Himmel, ich *bin* ernst! Deine Tochter möchte mich hängen sehen, und ich plane ernsthaft meinen Abgang von hier.« Jack stand auf. »Komm mit mir zum Pier hinunter, und laß uns ausrechnen, was du mir für die Waren schuldest, die ich mitgebracht habe. Ich vermute, daß meine Männer schon einen Großteil der Ladung gelöscht haben.«
»Nein.«
»Nein?« Jack glitt zurück auf seinen Platz. »Was meinst du mit nein?« Er beugte sich so weit vor, daß seine Nase fast gegen Henrys stieß. »Meine Männer riskieren ihr Leben für unsere Fracht, und ich habe vor, Sie dafür zu bezahlen.«
»Oh, ich werde dich schon bezahlen. Habe ich das nicht immer gemacht?«
Henry ignorierte Jacks gemurmelten Kommentar, daß das

vor seiner neu entdeckten Vaterschaft gewesen war. »Ich meinte, nein, du kannst nicht fortgehen. Zumindest nicht jetzt. Das würde gar nichts regeln.«

»Das wird mit Sicherheit das Problem meines langgezogenen Halses regeln.«

»Und was wird aus mir?« Henrys Stimme quiekte bei dem letzten Wort.

»Aus dir?« Jack schüttelte den Kopf. »Du bist kein Pirat.«

»Das ist klar, aber ich mache mit Piraten Geschäfte – und vor allem mit dir«, fügte Henry mit anklagendem Blick hinzu.

»Und bist dadurch ziemlich reich geworden.«

»Ich weiß, ich weiß.« Henry wischte sich wieder übers Gesicht. »Doch Tatsache ist, daß Miranda das nicht weiß. Sie glaubt, daß ich ein angesehener Kaufmann bin. Sie bewundert mich.«

Jack sagte nichts dazu. Er wartete einfach darauf, daß Henry weitersprach, und versuchte dabei, das nervöse Gefühl am Ansatz seines Nackens zu ignorieren.

»Wenn sie zum Steuerbeamten des Königs geht, wird es zu einer Untersuchung kommen – auch wenn du fort bist. Und es wird mich mit Sicherheit treffen.«

Jack musterte seinen Freund einen Moment lang und konnte sich eines gewissen Gefühls von Mitleid nicht erwehren. Doch wenn alles vorbei war, würde Henry nur einen milden Verweis bekommen – wenn überhaupt. Für ihn bestand gewiß nicht die Gefahr, gehängt zu werden. Jack sagte ihm das auch –. doch das schien Henry nicht aufzuheitern.

»Aber Miranda wird es herausfinden.«

Jack seufzte und lehnte sich zurück. »Sie ist deine Tochter. Sie wird es nicht glauben, wenn andere schlecht von dir sprechen.«

»Nein, nein.« Henry schüttelte den Kopf. »Ich könnte es nicht ertragen, daß sie Gerüchte über mich zu hören bekommt.«

»Dann sag es ihr selbst. Mach reinen Tisch und bitte sie um Vergebung.« Jack hatte in der Vergangenheit diese Methode erfolgreich bei Frauen angewandt, doch er konnte von Henrys Reaktion ablesen, daß er für diese Idee nicht viel übrig hatte.
»Das würde nicht funktionieren. Du hast ja gesehen, was sie von Piraten hält.« Henry hatte Anstand genug, verlegen den Blick zu senken. »Sie glaubt, daß Piraten Geißeln der Menschheit sind.«
Jack holte tief Luft und versuchte, ruhig zu bleiben. »Meiner Ansicht nach wird es langsam Zeit, daß deine Tochter das wirkliche Leben kennenlernt.«
»Ich fürchte, sie ist ein wenig ... wie soll ich das beschreiben ...«
»Seltsam?« bot Jack an.
»Ganz bestimmt wollte ich meine Tochter nicht so nennen. Immerhin hat sie einen schrecklichen Schock erlitten. Du hast ihr Schiff angegriffen – ihr englisches Schiff. Und hast sie zu Boden geschlagen. Jack, das paßt einfach nicht zu dir.«
»Ich habe sie nicht niedergeschlagen. Wir sind umgefallen. Und dieser Angriff war auch kein richtiger Angriff, weil sie nämlich kapituliert haben. Und als ich deine kostbare Tochter sah, war sie in Begleitung eines Spaniers.«
»Hm«, stimmte Henry zu. »Don Luis.« Henry zog seinen Stuhl noch ein wenig näher heran. »Doch dieses Gespräch führt zu gar nichts. Ich habe über das Dilemma nachgedacht, und ich glaube, daß ich die Lösung für unser Problem gefunden habe.«
»Unser Problem?«
Henry übersah geflissentlich Jacks skeptisch hochgezogene Augenbrauen. »Ich möchte, daß du Miranda entführst.«
»Was? Bist du noch gescheit?«
»Sei doch ein bißchen leiser und setz dich wieder.«

Jack hob achtlos den Stuhl wieder auf, den er beim Aufspringen umgestoßen hatte, und nahm wieder Platz.
»Ich weiß, daß dir mein Plan absonderlich vorkommt, aber ...«
»Warum, zur Hölle, möchtest du, daß ich deine Tochter entführe?« Jack flüsterte die Worte, da Henry ihm ein Zeichen machte.
»Wenn du mal einen Moment lang den Mund halten könntest, werde ich es dir erklären. Es ist nämlich ...«
Jack hob die Hand. »Moment! Ich möchte es nicht wissen. Ich segele nämlich mit der Abendflut davon.«
»Bitte, Jack. Ich kann nicht zulassen, daß sie alles über mich herausfindet.«
Die Bitte hatte Erfolg. Jack schloß die Augen und wünschte, er könnte die Manieren vergessen, die seine Mutter ihm so geduldig beigebracht hatte. »Ich werde zuhören«, sagte er, »aber ich werde deine Tochter nicht entführen.«
Henry rückte sich auf seinem Stuhl zurecht. »Miranda hat vor, dem Steuerbeamten des Königs mitzuteilen, daß du ein Pirat bist.«
Da er eine Pause einlegte und offensichtlich auf eine Reaktion wartete, nickte Jack. »Meinetwegen.«
Henrys Lippen wurden schmal, doch er fuhr fort: »Joshua Peterson, der derzeitige Steuerbeamte, kehrt in zwei Wochen nach England zurück.«
Jack kippte den Stuhl nach hinten. »Dann sperr doch Miranda zwei Wochen lang in ihrem Zimmer ein«, schlug er scherzend vor.
»Das kann ich nicht tun.«
Jack zuckte die Achseln.
»Jedenfalls wird Nathan Peabody seinen Posten übernehmen, bis ein neuer Anwalt aus England kommt.«

»Nathan Peabody.« Jack lachte. »Der kennt sich ja mit der Piraterie bestens aus.«
»Genau.« Henry verschränkte die Arme und lächelte. »Wenn Miranda ihn aufsucht, wird er ihr höflich zuhören, Verständnis für ihre Sorge kundtun und prompt überhaupt nichts unternehmen. Miranda wird glücklich sein, nichts über mich herausfinden zu können, und du könntest weiter in Charles Town Handel treiben – natürlich ohne Wissen von Miranda.«
»Soweit ich das sehen kann, gibt es nur ein kleines Problem in deinem Plan. Was soll ich mit deiner Tochter zwei Wochen lang anfangen?«
Henry hob die Hände. »Ich weiß es nicht. Halte sie meinetwegen gefangen – aber tu ihr nichts zuleide, natürlich.«
»O nein, natürlich nicht. Bist du der gleiche Vater, der mir gerade vorgeworfen hat, daß ich seine Tochter zu Boden geworfen habe?«
»Ich habe nie wirklich daran geglaubt, daß du das getan hast. Habe ich dir nicht eben gesagt, daß dir das gar nicht ähnlich sieht? Sperr sie einfach in eine Kabine ein ... und versorge sie mit viel Seeluft ...« Henrys Gesicht hellte sich auf. »Ja, halte sie gegen Lösegeld gefangen. Das ist die Lösung. Ich werde dir Lösegeld für sie bezahlen, und daran wird sie erkennen, wie sehr ich sie liebe.«
»Und sie wird Himmel und Hölle in Bewegung setzen, um mich hängen zu sehen.«
»Genau das hat sie ja jetzt bereits vor«, betonte Henry vernünftig.
Jack konnte nicht widersprechen, doch das hieß nicht, daß er Henrys Plan zustimmte. Er verschränkte die Arme und musterte seinen Freund ruhig. »Es gibt noch ein paar andere Dinge, die du nicht berücksichtigt hast.«

Mit entsetztem Gesichtsausdruck hob Henry die Hände, die Handflächen nach oben gedreht. »Und zwar?«

»Und zwar, wo sich deine Tochter auf einem Schiff voller Piraten aufhalten soll.« Ein blasiertes Lächeln begleitete das, was Jack für einen offensichtlichen Fehler in dem Plan hielt.

»Ich hatte an deine Kajüte gedacht. Sie ist die schönste, und ich möchte nicht, daß Miranda unbequ...«

»Und wo, zum Teufel, soll ich dann schlafen?«

»Ich bin sicher, daß du schon ein Plätzchen für dich finden wirst«, erwiderte Henry mit so viel Überzeugung, daß Jack vorübergehend sprachlos war.

Als er seine Stimme wiedergefunden hatte, konterte er: »Und was ist mit meinen Männern? Sie sind es nicht gewöhnt, daß eine Frau an Bord ist, und sie sind ein lüsterner Haufen. Gott sei Dank sind sie Piraten!«

»Verkünde das nicht gleich vor der ganzen Stadt.« Henry warf einen Blick über die Schulter.

»Nein, diese kleine Aufgabe überlassen wir doch lieber deiner Tochter.«

»Sarkasmus führt zu gar nichts«, betonte Henry.

»Aber das Anhören dieses Unsinns schon, ja?«

»Das ist kein Unsinn.« Henry hielt inne. »Und was die Tugend meiner Tochter angeht ... so gehe ich davon aus, daß du dafür garantierst.«

»Himmel noch mal.« Jack ließ sich auf seinen Stuhl zurückfallen. »Ich habe schon befürchtet, daß du das sagen würdest.« Mit einem Seufzer richtete er sich auf. »Hör zu, Henry. Ich weiß gar nicht, wie ich dir das beibringen soll ... Aber vielleicht sollte ich es einfach gerade heraus sagen. Ich möchte mit deiner Tochter nicht zwei Wochen lang zusammensein. Ja ich möchte nicht einmal zwei Minuten mit ihr zusammensein, verdammt noch mal.«

Jack zerrte die Ärmel seines weißen Leinenhemds hoch. »Schau dir an, was sie mit mir gemacht hat.« Er streckte die Arme über den Tisch hinweg aus. Sie waren gebräunt, ziemlich muskulös und mit goldblonden Haaren bewachsen. Und jeder Arm trug eine gut fünfzehn Zentimeter lange Narbe.

»Das hat Miranda getan?« fragte Henry mit kaum unterdrücktem Stolz in der Stimme.

»Sie und ihr spanischer Freund«, erwiderte Jack empört.

Henry räusperte sich und versuchte, ein Lachen zu verbergen. »Dann müssen wir eben verhindern, daß sie scharfe Gegenstände in die Hände bekommt.«

Während er die Ärmel wieder herunterzog, stand Jack auf. »Das ist hier keine Frage von ›wir‹, Henry. Sie ist deine Tochter. Du hast dich um sie zu kümmern.«

»Ich hatte gehofft, daß ich dich nicht daran erinnern müßte.«

Jack war schon auf dem Weg zur Schenkentür, und obwohl er es haßte, fragte er dennoch: »An was?«

»An unsere Freundschaft.« Henry legte den Kopf schräg. »An die Zeiten, in denen ich dir geholfen habe. Daran, daß ich Männer dazu gebracht habe, dir und deiner Schwester zu folgen und sich an den Spaniern zu rächen, die deine Eltern getötet haben.«

Jack verschränkte die Arme. Was Henry sagte, stimmte alles. Als Jack schließlich den Spaniern entkommen konnte und nach Charles Town zurückkehrte, erfuhr er, daß ein Feldzug organisiert worden war, um St. Augustine als Vergeltung für den spanischen Angriff auf die schottische Siedlung in Port Royal anzugreifen.

Zu dieser Vergeltung war es nie gekommen, da der neue Gouverneur James Colleton nach Charles Town gekommen war und sie untersagte. Doch Henry Chadwick hatte sich gegen die Entscheidung aufgelehnt und seither alles in sei-

ner Macht Stehende getan, um Jack dabei zu helfen, de Segovia zu finden, den Spanier, der seine Eltern getötet und seine Schwester und ihn gefangengenommen hatte.
Doch das zu wissen und gleichzeitig den Preis zu akzeptieren, den Henry von ihm für diese alte Schuld verlangte, waren zwei völlig verschiedene Dinge. Jack ließ sich mit einem resignierten Brummen wieder auf seinen Stuhl fallen.
»Was willst du von mir?«
»Ich wußte, daß du meinen Plan gut finden würdest. Ich möchte nur ...«
»Laß uns in einem Punkt Klarheit schaffen, Henry. Ich bin der Ansicht, daß du verrückt bist, so etwas überhaupt vorzuschlagen. Ich bin fest davon überzeugt, daß diese ganze Sache uns über die Köpfe wachsen wird. Und« – Jack bohrte den Zeigefinger in Henrys Brust –, »ich glaube noch immer, daß du als ihr Vater die Pflicht hast, ein ernstes Wort mit Miranda zu reden und diesen Fratz dann einzusperren, wenn sie nicht zustimmen will. Ich weiß, ich weiß, du möchtest nicht, daß ich dieses Muster an Weiblichkeit Fratz nenne. Von jetzt an werde ich ihr die größte Hochachtung zollen. Ich werde Ihre Ladyschaft mit meinem wertlosen Leben schützen und sie wie meine eigene Schwester behandeln.«
Nach diesem Gelöbnis beugte Jack sich vor. »Und nun solltest du mir ganz schnell – und noch ehe ich meine Meinung ändern kann – deinen idiotischen Plan erläutern.«

Miranda konnte nicht schlafen.
Sie versuchte sich einzureden, daß es an der Hitze lag, doch eine Brise vom Meer ließ das Moskitonetz um ihr Himmelbett herum flattern.
»Das Bett ist zu weich«, murmelte sie. Obwohl sie die mit Feder gefüllte Matratze bisher recht bequem gefunden hatte.

Da sie jedoch wußte, daß der beste Weg, ein Problem zu lösen, darin bestand, es erst einmal zu identifizieren, gestand Miranda sich schließlich die Wahrheit ein. Ihre Gedanken waren viel zu beschäftigt, als daß sie Schlaf finden konnte, zu sehr davon in Anspruch genommen, über den Piratenkapitän nachzudenken.

Wieso besaß er die Frechheit, einfach in das Haus ihres Vaters hereinzumarschieren und vorzugeben, daß er ein respektabler Bürger sei? Das überstieg Mirandas Verständnis völlig. Schließlich war jemandem, der plünderte, auch alles andere zuzutrauen: stehlen, töten.

Sie hatte bei ihrem Zusammentreffen auf dem Schiff großes Glück gehabt.

Miranda setzte sich ruckartig auf, lehnte sich gegen das Kopfteil aus Walnußholz und zog die von ihrem Nachthemd bedeckten Knie unter ihr Kinn. Morgen würde sie den königlichen Steuerbeamten aufsuchen – ihr Vater hatte ihr versprochen, sie zu ihm zu bringen – und würde den Piraten verhaften lassen. Es war zu schade, daß ihr Vater heute den Polizeibeamten oder einen seiner Stellvertreter nicht verständigen konnte, doch sie hatte einen Diener für Erkundigungen zum Kai hinuntergeschickt. Das Schiff des Piraten lag noch immer im Hafen.

Ja, morgen würde er gefangengenommen werden. Dann würde er vor Gericht gestellt – und natürlich für schuldig befunden werden und dann ... Miranda richtete sich noch ein wenig mehr auf.

Sie hatte zwar nie zuvor einen Piraten zu Gesicht bekommen, doch sie erinnerte sich an eine Unterhaltung mit ihrem Großvater, als ein berüchtigter Pirat gefangen und abgeurteilt worden war.

Er wurde gehängt.

In Ketten.

Und seinen Körper hatte man im Hafen als Abschreckung baumeln lassen.
Miranda verschränkte die Finger ineinander und knabberte an ihrem Daumennagel herum. Würden sie das auch mit ihrem Piraten machen? Sie konnte sich einfach nicht vorstellen, daß dieser große Körper in Ketten gelegt wurde, oder daß seine meerblauen Augen ihm von dem Druck des Seils aus den Höhlen traten, oder daß Vögel ihm seine herrlichen goldblonden Haare ausrissen.
Miranda gab ein Geräusch von sich, das halb Keuchen und halb Schluchzen war, als dieses groteske Bild vor ihrem inneren Auge Gestalt annahm. Wie konnte sie das tun?
Miranda schob das hauchdünne Netz beiseite und glitt aus dem Bett. Sie würde jetzt sofort zu ihrem Vater gehen und ihm sagen, daß er die ganze Sache vergessen sollte. Sie konnte nicht die Schuld am Tod eines anderen Menschen auf sich nehmen.
Miranda ließ sich nicht einmal so lange Zeit, um die Kerze neben ihrem Bett anzuzünden. Sie eilte zur Tür, doch als sie nach dem hohen Messingknauf griff, fiel ihr etwas anderes ein. Sie war gar nicht für die Zwangslage des Piraten verantwortlich. Er selber war es. Er war sich mit Sicherheit der Konsequenzen seiner Taten bewußt. Wenn er also gehängt wurde, war das allein sein eigener Fehler.
Außerdem mußten sie ihn ja vielleicht gar nicht hängen. Vielleicht sah die Strafe für Piraterie in Carolina ganz anders aus. Vielleicht war sie weniger – Miranda rieb sich den Nakken – nachhaltig.
Nachdem sie ihre Entscheidung erneuert hatte, am nächsten Morgen den Steuerbeamten aufzusuchen, beschloß Miranda, sich Newtons *Principia* von unten heraufzuholen und darin zu lesen. Das hatte sie schon immer einschlafen lassen.

»Sind Sie sicher, daß Sie keine Hilfe wollen, Cap'n?«
Jack lehnte sich gegen die Stuckwand und versuchte, seinen Steuermann in der Dunkelheit auszumachen. Heute stand nur eine zarte Mondsichel am Himmel, und Jack dachte, daß der Mangel an Licht zu seiner Stimmung paßte.
»Nein. Ich brauche keine Hilfe, um den Fratz einzusacken.« Jack erinnerte sich an sein Versprechen, Henrys Tochter mit Respekt zu behandeln, und machte ein finsteres Gesicht. »Ich werde mit der Dame schon fertig«, korrigierte er sich. »Du wartest einfach hier am Fuß der Leiter.« Jack griff nach dem morschen Holz und stieg auf die erste Sprosse.
»Mir wäre es wirklich lieber, wenn Sie mich mitgehen ließen.«
Jack schloß die Augen vor Ungeduld. »Nein, habe ich gesagt. Ich kann das allein schaffen.«
»Aber das Mädchen hat auf dem englischen Schiff ganz schön auf Sie eingehackt.«
»Gott im Himmel, sie ist mit einem Schwert hinterrücks auf mich losgegangen, und es war doch nur ein Kratzer. Außerdem wird sie jetzt schlafen – wenn nicht irgend jemand sie mit seinem Gerede mittlerweile aufgeweckt hat.«
Offensichtlich war der Seitenhieb für Phin zu wenig direkt gewesen, denn statt zu schweigen, stellte er eine weitere Frage. »Was ist, wenn Henry oder einer der Diener dazukommt?«
»Ich habe dir gesagt, daß den Dienern heute abend freigegeben worden ist, und Henry ist in seinem Zimmer eingesperrt worden, bis die gemeine Tat begangen ist. Darf ich jetzt weitermachen?«
»Ja … aber Cap'n, Sie werden sie doch nicht verletzen, oder?«
»Nein.« Ohne auf weitere Äußerungen zu warten, kletterte

Jack geschickt die Leiter zum Fenster von Mirandas Zimmer hinauf. Henry hatte ihm versichert, daß es offen sein würde. »Miranda hat keine Angst vor der Nachtluft«, hatte er so stolz gesagt, daß Jack das töricht fand.
»Wen kümmert es, vor was der Fratz Angst hat«, murmelte er in sich hinein, als er vorsichtig das Fenster höher schob. Doch selbst dann mußte er seinen langen Körper noch durch die Öffnung zwängen.
Es dauerte einen Moment, bis Jacks Augen sich an die Dunkelheit im Zimmer gewöhnt hatten. Er konnte nur ein großes, reich verziertes Bett erkennen. Jack lächelte boshaft, als er sich heimlich heranschlich und den Jutesack unter seinem Gürtel hervorzog. Er würde ihn ihr über den Kopf ziehen, sie schultern und an Bord der *Sea Hawk* pünktlich zurück sein, um mit der Morgenflut davonsegeln zu können.
Er schaute auf das Bett. Er wußte zwar, daß sie klein war, doch trotzdem konnte sie unter der Bettdecke nicht völlig verschwinden. Jack schaute noch einmal nach und tastete dann schließlich mit der Hand auf dem Bett herum. Sie war nicht da.
»Verdammt noch mal.«
Jack wirbelte herum und durchforstete den Raum, um seine Beute in einer dunklen Ecke zu erspähen. Hatte sie ihn kommen hören und sich versteckt? Wütend schlug er einen Funken mit dem Feuerstein und zündete die Kerze neben dem Bett an.
Keine Miranda.
Er war schon fast bereit, diesen lächerlichen Plan aufzugeben, als er vom Flur her ein Geräusch hörte, und dann sah er, daß sich der Türknauf drehte. Hastig drückte er die Flamme aus, preßte sich flach an die Wand und zog gleichzeitig das Schwert.

Wenn das hier eine Art Verrat war, dann würde er Henry den Magen rausreißen, Freundschaft oder nicht. Jack hielt die Luft an und machte sich darauf gefaßt, vorzuspringen und sich gegen den Polizeibeamten und seine Stellvertreter zu verteidigen, als sich die Tür öffnete.

Doch kein wilder Haufen stürmte ins Zimmer. Statt dessen erkannte er Miranda, die leise vor sich hin singend hereinkam. Da sie etwas Weißes und Fließendes trug, konnte er ihren Weg zum Bett leicht verfolgen.

Jack schob das Schwert so leise wie möglich in die Scheide zurück und beobachtete, daß sie nach irgend etwas auf dem Nachttisch zu tasten schien. »Wo ist denn diese Kerze geblieben?« hörte er sie fragen, ehe er sich ihr langsam näherte. Das war zwar nicht so gut, wie sie im Schlaf zu überraschen, doch alles, was mit Miranda Chadwick zu tun hatte, schien ja nicht wie geplant abzulaufen.

Miranda erstarrte. Da war noch jemand im Zimmer. Und wer immer das auch sein mochte, schlich sich an sie heran. Sie konnte ihn atmen hören und seine Wärme fühlen. Ihr Mund wurde trocken. Miranda holte Luft, um zu schreien, doch kein Ton kam heraus.

Was konnte sie tun? Ein Dielenbrett knarrte, und sie wußte, daß ihr Angreifer kurz davor war, zuzuschlagen. Mirandas Hände umfaßten Newtons *Principia* fester. Dann drehte sie sich um und schwang das schwere Buch herum, so heftig sie konnte. Mit dumpfem Schlag traf es auf etwas, und Miranda hörte, daß jemand vor Schmerzen aufstöhnte. Sie ließ das Buch fallen und rannte zur Tür.

Jack hielt sich den Unterleib und klappte nach vorn. Einen Augenblick lang wurde alles schwarz um ihn. Dann kamen die Umrisse seiner Stiefel in Sicht, und Wellen von übelkeiterregendem Schmerz breiteten sich in seinen Eingeweiden

aus. Er stöhnte, und mit diesem Geräusch kam auch die Erkenntnis. Der Fratz hatte ihn mit einem Schlag in sein Gemächt außer Gefecht gesetzt.
Er drehte sich um und sah, daß sie die Tür zum Flur öffnete. Mit einem Sprung griff Jack nach ihrem Hemd. Er hörte Stoff zerreißen, und dann erschütterte ihr Schrei die Nachtluft.
Jack ballte die Faust um den Baumwollstoff und schaffte es, sich weit vorzustrecken und ihren Arm zu ergreifen. Ihre Schreie wurden noch lauter, und gleichzeitig schlug sie mit der freien Hand auf ihn ein.
»Sind Sie wohl still«, zischte er durch zusammengebissene Zähne. Sie tat ihm – jetzt – nicht richtig weh, doch es war verdammt ärgerlich. Einen Moment lang dachte Jack, daß sie seiner Anweisung Folge geleistet hätte. Sie wurde stocksteif.
Miranda kannte diese Stimme. Und plötzlich wurde diese schreckliche Situation noch gräßlicher. Der Pirat war doch mit Sicherheit hierhergekommen, um sie zu töten. Und warum reagierte ihr Vater nicht auf ihre Schreie? Oder war auch er schon dem Piratenzorn zum Opfer gefallen?
Mit noch größerer Energie schlug sie auf den Piraten ein. Wenn er sie schon töten würde, wollte sie es ihm nicht leichtmachen.
Verdammtes Mädchen, verdammt, verdammt. Sie wehrte sich so heftig, daß er ihr den Sack nicht über den Kopf ziehen konnte. Und dann das Geschrei. Er hatte donnernde Kanonengefechte überstanden, die ihm längst nicht so in den Ohren geklungen hatten.
Und seine Männlichkeit schmerzte noch immer. Verdammt, vielleicht hatte sie ihm ja einen echten Schaden zugefügt ...!
Jack mochte den Gedanken nicht zu Ende denken.
Das schlimmste war, daß er sie nur mit einem kräftigen Schlag zum Schweigen bringen und ihre Abwehr brechen konnte. Doch seine Mutter hatte ihn gelehrt, Frauen nicht zu schla-

gen. Henrys Tochter zerkratzte gerade seinen Arm mit ihren Fingernägeln, und Jack biß die Zähne zusammen. Verdammt, nie zuvor hätte er eine Frau lieber erwürgt als jetzt.
Miranda prügelte noch weiter auf den Piraten ein und zerrte dann ihren anderen Arm mit aller Kraft an sich, so daß sie zum zweiten Mal in ihrer kurzen und stürmischen Bekanntschaft gemeinsam auf dem Fußboden landeten.
Er fiel – wieder – auf sie. Und wieder entwich die Luft zischend aus ihren Lungen. Diesmal erhob er sich jedoch schneller, blieb rittlings auf ihr sitzen und ließ sie damit noch Entsetzlicheres fürchten. »Ich werde nicht zulassen, daß Sie ...« keuchte sie und beugte das Knie, um ihre Drohung wahrzumachen.
»O nein, das werden Sie nicht tun.« Jack wich seitlich aus. »Nicht noch einmal.« Mit einer Hand ergriff er ihre beiden Hände und streckte sie hoch über ihrem Kopf aus. »Und ich werde Sie auch nicht vergewaltigen, um Gottes willen.«
Jetzt hatte er sie außer Gefecht gesetzt. Unter seinem Gewicht und an beiden Händen gefesselt, konnte sie nichts mehr unternehmen. Ihr Hals schmerzte von ihrem Geschrei, und sie kniff die Augen zusammen, als Tränen in ihnen aufstiegen. Sie wollte nicht als Feigling sterben.
Muskeln und Knochen und Blut und Gewebe. Miranda versuchte, sich selbst davon zu überzeugen, daß das, wissenschaftlich gesehen, einen Menschen ausmachte, und dennoch wollte sie nicht sterben. Und als sie fühlte, daß der Pirat ihr irgend etwas über den Kopf stülpte, hörte sie zu ihrer eigenen Schande, daß ihr genau diese Worte entschlüpften. »Ich möchte nicht sterben«, krächzte sie.
Als er ihr Gesicht bedeckte und alles um sie herum schwarz wurde, glaubte Miranda, den Piraten behaupten zu hören, daß er sie nicht töten würde. Doch wer konnte schon einem Piraten trauen?

Viertes Kapitel

Das also war der Tod.

Miranda spürte den Gefühlen nach und war recht zufrieden, daß sie auch im Leben nach dem Tod noch immer vernünftig denken konnte.

Sie schwebte … Nein, schweben war nicht das korrekte Wort, nach dem sie suchte. Schaukeln. Ja, es fühlte sich eher wie ein Schaukeln an. Und sie war hungrig. Hungrig? Und roch es im Himmel tatsächlich nach Bilgenwasser, und was war das bloß für ein knarrendes Geräusch?

Miranda riß die Augen auf.

Das war gar nicht der Himmel. Das war nicht einmal die Hölle – obwohl das der Wahrheit näherkam. Und sie war auch nicht tot! Wie hatte sie das nur glauben können?

Miranda setzte sich auf und schwang die Beine über die Kante der Koje, als die Erinnerung sie überfiel. Sie war in ihrem Zimmer im Haus ihres Vaters gewesen, und der Pirat war dort gewesen. Er hatte versucht, sie zu töten und … Sosehr Miranda sich auch bemühte, sie konnte sich an nichts weiter erinnern.

Sie stand auf und schaute sich um. Sie war in einer Kabine, die zwar größer war als die, in der sie in die Neue Welt gesegelt war, die sich aber unmißverständlich auf einem Schiff befand.

Panik erfaßte sie. Sie mußte hier herauskommen und das Schiff verlassen, ehe es Charles Town verließ. Miranda kümmerte sich nicht darum, daß sie nur ein zerrissenes und schmutziges Nachthemd trug. Sie rannte zur Tür und zerrte am Riegel.

Die verdammte Tür war verschlossen!

Miranda eilte zu dem Sprossenfenster und schaute hinaus. Tränen verschleierten ihren Blick, doch sie konnte trotzdem den endlosen Ozean sehen, der im Kielwasser des Schiffs schäumte. Sie ließ sich auf den Platz am Fenster fallen, lehnte die Stirn gegen die Scheibe und schluchzte. Es war feige, zu heulen und wertvolle Zeit zu verschwenden, statt über eine Lösung dieses Problems nachzudenken. Aber es sah ganz so aus, als könne sie gar nichts tun.

Sie fuhr herum, als sie ein Geräusch an der Tür hörte. Als sie sich öffnete, stand Miranda auf und wischte sich mit dem zerrissenen Ärmel über das Gesicht. Als ein Mann hereinkam, weiteten sich ihre Augen. »Sie!«

Jack mußte einfach über den Ekel lächeln, den sie mit diesem einen Wort ausdrückte. Er betrat seine Kajüte und ärgerte sich über sich selbst, als er den Blick senkte und nach einer möglichen Waffe in ihren Händen suchte. »Na ja«, sagte er erleichtert, als er keine sah, »Sie sehen heute morgen wirklich sehr charmant aus.« Tatsächlich war sie jedoch ein aufgelöstes Etwas mit zerzaustem Haar und schmutzigem Gesicht. »Haben Sie gut geschlafen?«

»Sie ... Sie ...« Weil ihr die Worte fehlten, ließ sie alle Vernunft fahren und stürzte sich auf ihn.

Jack packte sie mühelos bei den Handgelenken und hielt sie auf Armeslänge von sich fern. »Nun, nun, wir sind ja ganz schön wütend.«

Miranda blies sich schwarze Haare aus dem Gesicht. »Ich will

wissen, wo ich bin.« Auf sein boshaftes Lachen hin verdrehte sie die Arme, doch er verstärkte nur seinen Fesselgriff.
»Wollen Sie, ja? Wo glauben Sie denn zu sein?« Jack gab einem perversen Charakterzug in sich die Schuld dafür, daß es ihm Freude machte, diese Frau so zu quälen.
»Ich weiß es nicht ...« Miranda hielt inne und schnitt sich selber ihre Antwort ab. Er war Pirat, also war es nur logisch, daß sie auf ... »O nein.« Ihre Schultern sanken nach vorn. »Ich bin auf einem Piratenschiff.«
»Ja. Auf der guten *Sea Hawk*«, sagte Jack mit einigem Stolz.
»Wohin bringen Sie mich, und warum haben Sie meinen Vater getötet?« Ein Schluchzer begleitete den Rest ihres Satzes.
»Ihren Vater getötet?« Jack ließ eine ihrer Hände los und schob die mitternachtsschwarzen Haare beiseite, die noch immer ihr Gesicht bedeckten. Er hatte ihr einen kleinen Schrecken einjagen wollen als Ausgleich für all den Ärger, den sie ihm bereitet hatte, und auch für den Angriff mit dem Buch, doch er mochte sie nicht weinen sehen. Und er wollte, verdammt noch mal, schon überhaupt nicht, daß sie glaubte, er hätte Henry getötet. »Ihr Vater ist nicht tot.«
»Lügen Sie mich nicht an.« Miranda entzog ihm auch ihre andere Hand und wischte an den Tränen herum, die ihr jetzt unaufhaltsam aus den Augen quollen. »Ich weiß, daß Sie ihn getötet haben.«
»Ich habe Ihren Vater nicht getötet, um Gottes willen!«
»Warum hat er dann nicht auf meine Hilfeschreie reagiert?«
»Warum?«
»Ja, warum?« Miranda schob ihr Kinn kämpferisch vor, daß er sich ja nicht erdreisten sollte, sich aus seiner Lüge herauszuwinden.
Einen Moment lang starrte Jack sie und ihren herausfordern-

den Gesichtsausdruck an. Was sollte er ihr antworten? Der wahre Grund kam natürlich nicht in Frage. Henry würde es ihm nie verzeihen, wenn er der kleinen Range die Wahrheit sagte. Daß ihr Vater hinter einer verschlossenen Tür gekauert und diese Entführung selbst geplant hatte.

Da er ihr diese Erklärung nicht geben konnte, welche Entschuldigung *konnte* er dann vorbringen? »Ich habe ihn gefesselt.«

»Was?« Miranda wich vor ihm zurück.

»Ja. Ich habe ihn gefesselt und geknebelt.« Jack stand mit gespreizten Beinen da und hielt die Hände hinter dem Rükken verschränkt. Er erwärmte sich für dieses Szenario. »Ich habe ihm gesagt, was mit Ihnen geschehen würde, wenn er sich einmischen würde.«

»Aber warum wollten Sie mich denn haben?« Es schien ein wahrer Kern in der Geschichte über ihren Vater zu stecken. Zumindest hoffte Miranda das inständig. Jetzt mußte sie sich nur noch um sich selbst kümmern.

»Lösegeld.«

»Das verstehe ich aber nicht.«

»Lösegeld«, wiederholte Jack. »Ich entführe Sie. Ihr Vater zahlt mir das, was ich haben will, und ich gebe Sie zurück. Himmel noch mal, Piraten tun so etwas dauernd.« Natürlich war es das erste Mal, daß er zu solch einem Mittel gegriffen hatte, und wenn alle Lösegelderpressungen so schwierig wie diese hier waren, dann würde Jack in Zukunft mit Sicherheit die Finger davon lassen.

»Ich verstehe.«

Jack sah zu, wie seine Gefangene an ihrem Daumennagel knabberte und offensichtlich über seine Worte nachdachte. Er fragte sich, ob ihr klar war, daß ihr Nachthemd so zerrissen war, daß er die cremefarbene Erhebung ihrer rechten Brust sehen konnte?

»Was ist, wenn er nicht zahlt?«
»Er wird bezahlen.«
»Doch wenn er nicht zahlen kann? Vielleicht hat er nicht genügend Geld.«
»Er hat das Geld. Glauben Sie, daß ich irgendwelche Leute entführe, ohne daß ich weiß, was ich für sie ergattern kann? Ich bin ein Pirat, zum Teufel noch mal!«
»Oh.« Das schien logisch zu sein. Ihr Vater konnte nur bezahlen, wenn er tatsächlich noch lebte, und der Pirat schien keinen anderen Grund zu haben, sich ihrer zu bemächtigen. Jedenfalls konnte sie sich keinen anderen denken. Doch da war noch etwas zu klären. »Wieviel werden Sie für mich bekommen?«
»Wie bitte?« Er hatte noch keine Frau – nein, noch niemanden – kennengelernt, der so viele Fragen stellte.
»Als meine Auslösung. Wieviel bin ich wert?« Das war zwar eine dumme Frage, doch Miranda wollte einfach wissen, wieviel von ihrem Vater für sie verlangt wurde.
Jack kam langsam zu dem Schluß, daß zwei Pennies schon zuviel für sie waren, doch das behielt er lieber für sich. »Das geht Sie gar nichts an«, grollte er. »Sie bleiben hier unten, und wenn Sie keinen Ärger machen, dann sind Sie im Handumdrehen wieder in Charles Town.« Als sie, nach seinem Geschmack, viel zu erleichtert aussah, fügte Jack hinzu: »Aber wenn Sie irgend etwas tun – ich meine irgend etwas –, was mich ärgert ...« Jack sprach seine Drohung nicht aus, sondern machte nur einen einschüchternden Schritt auf sie zu.
»Ich verstehe.«
Jack starrte sie so lange an, bis sie seiner Meinung nach genügend entmutigt war. »Gut. Ihre Sachen sind dort drüben.« Er deutete auf einen Berg Kleidung, der auf seinem Schreibtisch lag. Er hatte Phin heute morgen zu Henrys Haus

geschickt, um ein paar Kleider für seine Gefangene zu holen, bevor sie in See stachen. Und Jack war froh, daß er daran gedacht hatte. Denn je eher sie dieses zerrissene Nachthemd auszog, das entschieden zuviel von ihr zeigte, desto eher konnte er damit aufhören, sich einfachere Möglichkeiten auszudenken, um ihre schönen Lippen zum Schweigen zu bringen.

Verdammt, er hatte noch gar nicht bemerkt, wie schön sie war. Oder vielleicht hatte er es doch bemerkt und es nur nicht wahrhaben wollen. Wie auch immer, er würde jedenfalls froh sein, wenn er sie vor der Tür ihres Vaters wieder abgeben konnte.

Im Augenblick sah sie das Bündel auf dem Schreibtisch durch. Und dann blickte sie mit strahlendem Lächeln zu ihm auf. »Sie haben auch mein Mikroskop herbringen lassen.«

»Habe ich? Ich meine, ja, das habe ich.« Was, zum Teufel, machte dieses verdammte Mikroskop hier? Er hatte von Kleidung gesprochen. Laß Henry ein paar Kleider für sie zusammenpacken. Mehr nicht. Überlasse es Henry, seine Tochter mit allem häuslichen Komfort zu versorgen. Jack war überrascht, daß der ältere Mann nicht darauf bestanden hatte, daß auch noch sein Koch und eine Zofe Miranda auf ihrer Entführung begleiten sollten.

Doch das Mikroskop schien sie glücklich zu machen, und sie schien sich überhaupt nicht für die Kleider zu interessieren, die sie um sich verstreut hatte. Und wenn sie glücklich war, würde sie ihm vielleicht nicht im Wege ...

»Was?« fragte er. Seine Gefangene schaute ihn mit einem Ausdruck blanken Abscheus an. Jack gab es ungern zu, doch ihr Lächeln gefiel ihm viel besser.

»Sie hatten vor, es zu stehlen, nicht wahr?«

»Was? Das Mikroskop?« Er sah, daß sie das blöde Ding an die

Brust preßte wie eine Mutter, die ihren Sprößling zu schützen versucht. »Seien Sie nicht albern. Warum sollte ich das Ding haben wollen?«
»Nun, erstens ist es schrecklich teuer. Und zweitens könnten Sie alle Arten von Insekten und Pflanzen damit betrachten, und in nur einem Wassertropfen ...«
»Ich kenne all die kleinen Tiere, die in meinem Wasser herumschwimmen«, sagte Jack in reichlich zweifelndem Ton.
»Animalcules«, korrigierte Miranda. »Und sie *sind* da.« Er war so unerträglich arrogant. Miranda wünschte, daß sie sein Gesicht und seinen Körper nicht so anziehend finden würde. Herrgott noch mal, was dachte sie denn?
»Wenn Sie es sagen.«
Und ungebildet, stellte Miranda erneut fest. Er war ganz und gar ungebildet und offenbar sogar zufrieden damit. »Ein Mann mit auch nur einem Hauch von Intelligenz würde das selbst herausfinden wollen.« Ihre zarten schwarzen Brauen hoben sich leicht.
Blöd! Das Mädchen nannte ihn blöd! Ihn! Jack fühlte, wie eine Welle von Ärger in ihm hochwallte. Er hatte zwar nach dem spanischen Angriff auf Port Royal keine formelle Ausbildung mehr genossen, doch er war mit Sicherheit nicht blöd. Er konnte ein Schiff segeln und jeden Feind austricksen und seinen Standort nach den Sternen bestimmen und natürlich auch den Wert der von ihm gestohlenen Fracht schätzen.
Leider war Jack sich nicht sicher, ob er das als Beweis für seine Intelligenz anführen konnte. Er begann zu fürchten, daß die Entführung ihre schlechte Meinung von ihm noch verstärkt haben könnte.
Doch unter den gegebenen Umständen mußte die Frau verrückt sein, ihn so zu tadeln. Jack verschränkte die Arme vor

der Brust und sah ihr in die Augen. »Ich muß von Wasser nur wissen, daß es meinen Durst stillt und mein Schiff trägt.« Jack machte auf dem Stiefelabsatz kehrt und schwor sich, sich nicht mehr um diesen Fratz zu kümmern, bis er sie Henry zurückbringen konnte.

Miranda stand da und starrte die Tür an, während sie an ihrem Daumennagel herumnagte. Sie hatte den Piraten wütend gemacht – wirklich wütend. Sie hatte es an der Röte gesehen, die unter seiner Bräune in sein Gesicht gestiegen war, und auch daran, daß er seinen Kiefer so angespannt hatte, daß ein Muskel zu zucken begann.

Sie hatte *ihn* für arrogant gehalten, doch sie hatte bewiesen, daß sie noch viel arroganter war. Wer auch nur ein wenig Verstand hatte, ärgerte doch keinen Piraten. Und noch dazu nicht den Piraten, der ihr Leben in seinen großen Händen hielt. Miranda schüttelte den Kopf.

Und daß sie ihm gesagt hatte, daß das Mikroskop teuer war, lud ihn ja geradezu dazu ein, es zu stehlen. Miranda sank auf einen Stuhl. Sie mußte in seiner Gegenwart wirklich vorsichtiger sein.

Wenn sie ihm glauben konnte – und Miranda fühlte, daß sie es konnte –, dann war Vater in Sicherheit, und sie würde das auch sein, sobald das Lösegeld bezahlt worden war. Miranda wünschte, sie hätte ihn gefragt, wann das soweit sein würde. Miranda verzog das Gesicht und beschloß, ihr Glück nicht noch mehr aufs Spiel zu setzen, indem sie noch einmal nachfragte.

Außerdem – sie schaute sich in der Kabine um – war ihre Unterbringung gar nicht so schlecht, und sie hatte auch noch das Mikroskop. Miranda schob einen Unterrock beiseite und lächelte, als sie das Pergamentpapier sah. Sie hatte alles, was sie zur Arbeit und zum Studium brauchte.

Zufrieden blieb Miranda stehen. Als erstes würde sie sich anziehen. Und nun sah sie zum ersten Mal an diesem Morgen an sich herunter und schrie entsetzt auf. Ihr Nachthemd war zerrissen. Sie griff nach dem Stoff und versuchte, ihre Brust damit zu bedecken, während sie sich innerlich vor Verlegenheit wand, weil sie wußte, daß es dafür viel zu spät war.
Kein Wunder, daß die Blicke des Piraten immer wieder von ihrem Gesicht abwärts geglitten waren. Dieser Schuft! Dieser gemeine Kerl! Dieser Bastard! Miranda fielen keine weiteren Schimpfwörter mehr für ihn ein.

»Warum, um Himmels willen, hast du dieses Mikroskop mit an Bord gebracht?«
Phin befestigte gerade Takelwerk an einem Poller. Er sah auf und entblößte lächelnd sein schadhaftes Gebiß.
»Ihnen auch einen guten Morgen, Cap'n.«
Jack überging seinen Sarkasmus, was vielleicht gar nicht so gut war. Der Steuermann brauchte wohl eher ein paar Schläge mit der neunschwänzigen Katze, um wieder etwas mehr Respekt zu zeigen. Doch sie beide wußten, daß Jack ihn nicht auspeitschen lassen würde. Und wenn er überhaupt jemanden auspeitschen lassen wollte, würde es die kleine Dame dort unten sein ...
Jack verscheuchte diese Gedanken. Er wußte, daß er das ohnehin nicht tun würde. »Ich habe dich etwas gefragt, Phin.«
Phin zog das Tau noch ein wenig strammer. »Ich habe nur Ihre Befehle befolgt, Cap'n. Ihre Befehle«, fügte er mit besonderer Betonung hinzu.
»Ich weiß sehr gut, was ich befohlen habe. Und dazu gehörte nicht dieses ... dieses Instrument.«
Phin zuckte mit den Schultern. »Mr. Chadwick muß es mit ihren Sachen zusammengepackt haben.«

»Und du hattest keine Ahnung, daß es dabei war?« Jacks Hände stemmten sich auf seine schmalen Hüften. »Du konntest keinen Unterschied feststellen zwischen ein paar Rüschenkleidern und einer Holzkiste?«
»Nun.« Phin verzog das Gesicht. »Vielleicht habe ich mir ja gedacht, daß es dieses Mikroskop ist. Aber ich kann mich nicht daran erinnern, daß Sie gesagt haben, ich solle es *nicht* mitbringen.«
Jack konnte ihn ob dieser Begründung nur sprachlos anstarren.
»Außerdem – sind Sie nicht auch ein ganz klein wenig neugierig darauf, sich diese kleinen Tiere anzusehen?«
Jack schloß die Augen. »Herr im Himmel, nicht du auch noch.« Als er sie wieder öffnete, hätte sein Blick auch den mutigsten Mann erzittern lassen. »Zum letzten Mal: Es gibt keine kleinen unsichtbaren Tiere!«
»Aber sie sagt doch ...«
»Phin!« Jack holte tief Luft. »Es gibt darüber nichts mehr zu sagen. Hast du mich verstanden?«
»Ja, Sir.«
Das Verhalten des Steuermanns war nicht so überzeugend wie seine Worte, doch Jack ließ es dabei bewenden. »Gut. Jetzt geh hinunter und bring unserer Gefangenen Frühstück.«
»Ja, Sir.« Diese Reaktion war viel freudiger.
»Nein, warte.« Jack griff nach Phins Arm. »Laß der Dame noch eine Viertelstunde Zeit.« Jack hatte nichts dagegen, seine Gefangene in einem zerrissenen Nachthemd zu betrachten, ja er hatte es sogar ziemlich genossen. Doch es war eine ganz andere Sache, wenn andere sie so sahen.
Und Jack wollte der Frage nicht auf den Grund gehen, warum das so war.

Obwohl diesmal dem ratternden Aufschließen der Tür ein kräftiges Klopfen voranging, erwartete Miranda beim Aufschauen, den Piratenkapitän in der Tür stehen zu sehen.
Sie wunderte sich über den Anflug von Enttäuschung in ihr, als statt dessen ein kleiner, drahtiger Pirat seinen grauhaarigen Kopf durch die Öffnung schob.
»Ich habe ein bißchen was zu essen für Sie«, kündigte er an, ehe er den Raum betrat. »Ist nicht viel. Aber wenn man nicht genug Zeit hat, Proviant zu beschaffen, darf man nicht zu wählerisch sein.«
Der faltige kleine Mann sah sie mit einem Blick an, als ob er sie dafür verantwortlich machen wollte. Er blieb stehen, als erwartete er eine Antwort von ihr. Sie sah, daß er das schwere Zinntablett fast auf den Schreibtisch fallenließ. Ein dünner, graugrüner Haferschleim schwappte über den Rand des Metalltellers. Miranda räusperte sich. »Ich bin sicher, daß es gut schmecken wird.«
»Sie haben es noch nicht probiert.«
Und wenn sie nicht so hungrig gewesen wäre, hätte sie das auch sicher nicht getan; doch zu essen war für sie schon immer nur wichtig gewesen, um ihren Magen zu füllen, daher überhörte sie seine Bemerkung einfach. Sie hoffte nicht, daß sie auf diesem Schiff lange gefangengehalten werden würde.
Miranda erwartete, daß der Mann, dessen Haut von einem dunklen Nußbraun war, gehen würde, doch er blieb einfach stehen. Jetzt richteten sich seine schwarzen Augen auf die Schreibtischplatte.
»Ist das dort dieses Skop-Dings?« fragte er und rieb mit einem knorrigen Zeigefinger über sein graues Kinn.
»Mein Mikroskop, ja«, erwiderte Miranda zögernd. Sie hatte den Mann gerade als den zweiten Piraten erkannt, der an

dem Angriff auf das Schiff teilgenommen hatte, mit dem sie aus England gekommen war. Er war derjenige gewesen, der das Mikroskop hatte stehlen wollen. Miranda schob sich langsam zwischen den Schreibtisch und den Piraten.
Der Pirat schien das nicht zu bemerken. Er rieb sich noch immer das Kinn und begann nun, mit seinen rissigen und abgetragenen Stiefeln hin und her zu scharren. »Sie würden mir nicht erlauben ...«
»Das Mikroskop gehört mir.« Hatte der Piratenkapitän das nicht gerade gesagt?
Phins schwarze Augen schauten sie an. »Ich habe auch nicht vor, das zu ändern. Ich würde nur mal gern einen Blick auf diese Tiere werfen, die herumschwimmen.«
»Die animalcules.« Mirandas Schultern entspannten sich.
»Ja, diese Dinger. Ich bin nur irgendwie neugierig darauf, solch ein Ding mal zu sehen.«
»Wirklich? Ich meine, wollen Sie wirklich? Natürlich wollen Sie.« Konnte es sein, daß dieser knorrige, von der Gesellschaft Geächtete tatsächlich ein Gleichgesinnter war? Miranda wußte nur, daß auch sie von der gleichen Neugierde angetrieben und begeistert war. Und so wie der Mann aussah, begeisterte sie ihn auch.
»Warten Sie nur einen Augenblick, dann zeige ich es Ihnen.«
Miranda schob alle Karten zusammen, die den Schreibtisch bedeckten, und stapelte sie auf dem Fußboden. Dann stellte sie ihr Mikroskop auf. Aus dem Eimer neben der Tür nahm sie ein wenig Wasser. »Wenn Sie die Kerzen anzünden, können Sie es wahrscheinlich besser sehen.«
Es schien eine Ewigkeit zu brauchen, das verdammte Ding auf den richtigen Punkt zu bewegen und die kleinen Spiegel einzustellen, doch schließlich trat sie beiseite und bedeutete

Phin mit einer Handbewegung, ihren Platz einzunehmen. »Bitte. Haben Sie keine Angst.«
Phin richtete sich auf. »Ich fürchte mich nicht vor kleinen Tieren. Und vor großen auch nicht«, erklärte er.
»Natürlich nicht. Ich meinte auch nur, daß Dinge, die wir nicht verstehen, manchmal irgendwie ... beängstigend sein können.« Miranda redete schnell weiter, weil sie sah, daß sie seinen Stolz verletzt hatte. »Das geht jedem Menschen so, schätze ich mal. Doch wirklich mutige Menschen wie Sie tun es trotzdem. Feiglinge scheuen davor zurück und nutzen nicht einmal die Chance, etwas zu lernen.«
»Der Cap'n ist kein Feigling.«
»Ich meinte auch nicht ...« Miranda hielt inne, weil sie den Verdacht nicht los wurde, daß sie tatsächlich den Piratenkapitän gemeint hatte, und nun nicht lügen wollte.
»Ich habe noch nie gesehen, daß er einem Kampf ausgewichen ist.«
»Ich bin sicher, daß er ein wunderbarer Kämpfer ist.« Offensichtlich hielt dieser Mann große Stücke auf seinen Captain.
»Selbst als er noch ein Junge war und den dreckigen, räuberischen Spaniern entkommen war, ist er nie vor einem Mann zurückgewichen.«
Sie wollte wirklich nichts über die Vergangenheit des Piratenkapitäns wissen – oder überhaupt etwas über ihn. »Kommen Sie her. Halten Sie das hoch. Nun kneifen Sie eins Ihrer Augen zu und schauen Sie durch dieses kleine Loch«, sagte sie in dem Versuch, den Informationsfluß einzudämmen.
Der Pirat folgte ihren Anweisungen – nur leicht zögernd. Miranda konnte deutlich erkennen, wann genau er die animalcules entdeckte. Er zuckte zurück, und sein Gesicht war starr vor Unglauben.

»Die haben Sie da reingetan«, beklagte er sich.
»Nein, das habe ich nicht.« Miranda bemühte sich sehr, ihr Lächeln zu unterdrücken. »Das ist einfach nur ein Tropfen Wasser.«
Er schaute wieder hinein – diesmal länger. Dann schaute er Miranda mißtrauisch an. »Wie kommt es, daß ich sie nicht schmecke. Oder nicht fühle, daß sie in meinem Mund herumkrabbeln.« Er hob das Gesicht, und einen Moment lang fürchtete Miranda, daß er auf den Boden spucken wollte.
»Weil sie so klein sind. Sie können sie doch nicht einmal ohne das Mikroskop sehen. Niemand kann das.«
»Aber …«
»Ihr Captain hat doch ein Fernrohr, nicht wahr? Haben Sie da schon mal durchgeschaut?«
»Klar.« Der Pirat nickte.
»Das holt doch Dinge, die weit entfernt sind, nah heran, indem es sie vergrößert. Das Mikroskop macht das auch so. Es hat speziell geschliffene Linsen, die die Dinge größer aussehen lassen.« Sie war nicht sicher, ob der Pirat ihre Erklärung verstand. Er zuckte nur die Schultern und kniff das Auge wieder zu, um noch einmal zu schauen.
»Natürlich gibt es unterschiedliche Arten von animalcules. Man hat sie in Regen- und in Meerwasser entdeckt.«
»Kann ich davon auch welche sehen?«
»Es tut mir leid, aber ich habe nur Süßwasser hier in der Kabine.«
»Dann gehen Sie doch an Deck. Dort finden Sie mehr Seewasser, als Sie brauchen.«
»Dessen bin ich sicher. Allerdings hat mir Ihr Captain untersagt, die Kabine zu verlassen.«
»Hat er wirklich?« Phin rieb sich das Kinn. »Machen Sie sich

keine Sorgen, ich kümmere mich um den Cap'n.« Er warf noch einen schnellen Blick durch das Mikroskop. »Ich muß jetzt gehen. Heiße Phin, Eure Ladyschaft. Ich komme wieder.«

* * *

Miranda wußte nicht, wie Phin das erreichen konnte, doch am nächsten Morgen kehrte er zu ihr zurück und sagte, daß er sie zu ihrem Morgenspaziergang zum Deck hinaufbegleiten würde. »Und einen Abendspaziergang bekommen Sie auch«, vertraute er ihr an.

Die Sonne war hell, der warme frische Wind sang in den Segeln, und Miranda war glücklich, an Deck zu sein.

Wenn sie es nicht besser gewußt hätte – was sie natürlich tat –, hätte Miranda denken können, daß sie sich auf einem ganz normalen Schiff befand. Die Besatzung sah vielleicht ein wenig wilder aus als die auf dem Schiff, das sie von England herübergebracht hatte, aber nicht sehr viel.

Miranda schirmte ihre Augen ab, suchte mit ihren Blicken das Deck ab und hielt erst inne, als ihr klar wurde, daß sie nach dem großen, goldblonden Captain Ausschau hielt. Was war bloß mit ihr los? Wenn überhaupt, sollte sie doch eher hoffen, diesem arroganten Mann nicht plötzlich über den Weg zu laufen.

Sie hatte ihn gestern morgen das letzte Mal gesehen, und der Tag war ohne ihn recht nett vergangen. Sie brauchte und wollte keine weitere Begegnung mit ihm.

Und sie konnte sich keinen Reim darauf machen, warum sie in der vergangenen Nacht von ihm geträumt hatte.

»Sagt Phin die Wahrheit?«

Miranda wirbelte bei dem Klang der tiefen Stimme hinter ihr

herum und sah sich einem Neger mit nacktem Oberkörper gegenüber. Sie mußte den Kopf in den Nacken legen, um ihm ins Gesicht sehen zu können, dann wich sie vor ihm zurück, bis die Reling sich in ihren Rücken preßte. Er war riesig – sogar noch größer als der Piratenkapitän, obwohl sie das gar nicht für möglich gehalten hätte. Und seine Wangen waren mit seltsamen Zeichen tätowiert.
Er musterte sie genauso intensiv wie sie ihn, doch obwohl er bedrohlich aussah, machte er keine Anstalten, sich ihr zu nähern.
»Kannst du nicht sehen, daß du Ihre Ladyschaft erschreckst.« Phin gab dem gigantischen Mann einen kleinen Stoß. »Das hier ist King. Ich habe ihm von den Tieren im Wasser erzählt.«
Miranda richtete sich so weit wie möglich auf und glättete ihren Rock. »Sie erschrecken mich überhaupt nicht, Mr. King, wirklich nicht.« Miranda sagte *nicht immer* die Wahrheit. »Und ja, Mr. Phin hat die animalcules im Wasser gesehen. Wir sind ja vor allem deshalb an Deck gekommen, um ein wenig Seewasser zu holen, damit wir sie mit denen vergleichen können, die im Süßwasser vorkommen.«
Bis Miranda schließlich durch die Luke hinunterkletterte, hatte sie nicht nur King, sondern etlichen anderen Piraten versprochen, ihnen die Geheimnisse zu zeigen, die ihr Mikroskop enthüllte.
»Ich hätte nie gedacht, daß die Besatzung sich so für die Wissenschaft interessieren könnte«, bemerkte sie, als Phin sie den Niedergang entlangführte.
»Nachdem ich ihnen erzählt habe, was ich gesehen habe, waren sie alle neugierig.«
»Nun, ich finde es wunder...« Miranda hielt abrupt inne, als sie bemerkte, daß die Kabinentür angelehnt war. Sie stieß sie

weit auf und ging in den Raum; sie stemmte die Hände auf die Hüften, und in ihren Augen glitzerte Wut, als sie sah, daß jemand ihr Mikroskop mißhandelte.

»Was machen Sie da eigentlich?«

Jack richtete sich auf und durchbohrte die ärgerliche Frau mit wildem Blick. »Was *ich* tue? Meiner Ansicht nach lautet die Frage, was Sie tun!«

Miranda schob das Kinn vor. »Ich hatte den Eindruck, daß meine Ausflüge an Deck von Ihnen erlaubt worden seien. Dessen ungeachtet gibt Ihnen das nicht das Recht ...«

»Mich interessieren Ihre *Ausflüge an Deck* überhaupt nicht.« Obwohl sie es natürlich doch taten. Als Phin sie vorschlug, hatte Jack gedacht, daß er dann die Möglichkeit hatte, in seine Kajüte zu gehen, ohne seiner Gefangenen zu begegnen. »Ich möchte jedoch wissen, wo Sie mit meinen Karten abgeblieben sind.« Mit jedem weiteren Wort wurde seine Stimme lauter, so daß Jack am Satzende schließlich schrie. Und er schrie selten. Nicht umsonst war er als Gentleman Jack Blackstone bekannt.

»Das waren Ihre?«

»Ja, natürlich. Was haben Sie denn gedacht? Und wo, zum Teufel, sind sie?«

»Cap'n, das ist doch kein Grund, so ...«

Jacks starrer Blick glitt zu Phin hinüber, den er bisher noch gar nicht bemerkt hatte. »Haben Sie nicht andere Arbeiten zu erledigen, Mr. Sharpe?«

»Ja, Cap'n, aber ...«

»Phin!«

Miranda sah, wie der Pirat, den sie schon fast als ihren Verbündeten betrachtet hatte, sich durch die Tür zurückzog und sie leise hinter sich schloß. Als sie sich dem Piratenkapitän wieder zuwandte, schaute dieser sie aufmerksam an.

»Nun?«
»Ich habe sie in die Seekiste dort gelegt.« Miranda deutete auf die Truhe, die neben dem Fußende der Koje stand. Doch noch ehe der Pirat eine Bewegung machen konnte, fuhr sie fort: »Könnten Sie wohl bitte mein Mikroskop hinstellen sanft?«
Jack hatte ganz vergessen, daß er das verdammte Ding noch immer festhielt, doch er tat, worum sie ihn bat, und machte schließlich noch eine spöttische Verbeugung, nachdem er es auf seinem Schreibtisch abgestellt hatte. Dann suchte er nach seinen Karten. Sie befanden sich in ordentlichen Stapeln und Rollen in der Kiste. Als Jack einen Blick über die Schulter warf, sah er, daß sie ihr Mikroskop untersuchte, als hätte er sonstwas damit gemacht. »In Zukunft«, sagte er, »lassen Sie Ihre Finger von meinen Sachen.«
Sie stand da und erwiderte seinen starren Blick. »Dann würde ich vorschlagen, daß Sie Ihre Sachen aus meiner Kabine entfernen.«
»Ihre Kabine!« Jack ließ die Karten fallen. »Dies hier ist *meine* Kajüte.«
»Ihre?«
»Wessen dachten Sie denn sonst?«
»Ich weiß es nicht.« Miranda nagte einen Moment lang an ihrem Daumennagel. »Ich vermute, daß ich dachte, daß das die Kabine für die Leute ist, die Sie gegen Lösegeld entführen. Sie haben selbst gesagt, daß das ständig gemacht wird, und ich kann mir nicht vorstellen, daß Sie Ihre Kajüte ewig ausleihen.«
»Ich habe nicht gesagt, daß ich das ständig mache«, korrigierte Jack sie. »Das passiert hier zum ersten Mal. Und offen gesagt wird es auch zum letzten Mal geschehen sein.«
Miranda zuckte die Schultern. »Das wäre wahrscheinlich auch am besten.«

»Da bin ich ganz sicher.« Jack begann, seine Karten zu sortieren. »In der Zwischenzeit entfernen Sie Ihre Sachen von meinem Schreibtisch, damit ich ...«

»Und wo soll ich mein Mikroskop hinstellen?«

Jack schloß die Augen und holte tief Luft. »Ich weiß es wirklich nicht, und es ist mir auch egal.«

Miranda sah, daß er wütend war – sehr wütend. Und allein seine Größe flößte ihr Angst ein. Vorsichtig nahm sie ihr Mikroskop hoch und legte es in einen Packkorb.

Der Piratenkapitän bedachte sie mit einem blasierten Lächeln und breitete die Karten auf seinem Schreibtisch aus. Danach setzte er sich rittlings auf den Stuhl und begann, die Karten zu studieren. Miranda stand neben ihm. Sie versuchte, nicht darauf zu achten, wie sich seine Oberschenkel durch den Stoff seiner Hose abzeichneten. Doch sie schien auch nicht wegschauen zu können.

Sie hatte Kopien von da Vincis Zeichnungen der menschlichen Muskulatur gesehen, doch sie hatte nie zuvor so ein vorzügliches Exemplar kennengelernt. Der Piratenkapitän hätte für die Zeichnungen Modell gestanden haben können. Doch da er das nicht getan hatte, konnte sie ihn ja vielleicht zeichnen.

Großvater hatte ihr immer gesagt, daß sie sehr gut im Kreidezeichnen war. Sie konnte dem Piraten zwar nicht sagen, was sie vorhatte, doch wenn sie ihn sorgsam studierte, würde vielleicht etwas Gutes dabei herauskommen. Obwohl er heute ein weißes, gebauschtes Hemd trug, konnte sie sich gut daran erinnern, wie seine nackte Brust und seine Arme aussahen.

Miranda schluckte. Als sie in der Vergangenheit die Darstellungen menschlicher Körper studiert hatte, hatte sie nie dieses warme, zittrige Gefühl in sich gespürt, doch als sie jetzt den Piraten ...

»Was machen Sie denn?«
Mirandas Blick schnellte zu den Augen des Captains hoch, und sie fühlte, wie eine Hitzewelle ihr Gesicht überflutete. Er sah sie in einer Weise an, daß ihr noch heißer wurde. »Ich ... ich ...« Sie konnte keine logische Erklärung für das geben, was sie tat, weil sie es selber nicht wußte.
»Was auch immer Sie tun, Sie sollten daran denken, daß ich der Pirat bin und Sie die Gefangene, und damit aufhören, mich so anzuschauen.«
»Ich ... weiß gar nicht, wovon Sie sprechen.«
Er stand auf, und Miranda widerstand dem Drang, vor ihm zurückzuweichen.
»Ich glaube doch. Und wenn Sie nicht mit ihren Röcken über dem Kopf auf dem Rücken landen wollen, sollten Sie an meine Warnung denken.«
Mirandas Gesicht wurde nur noch röter, wegen all dieser Unverschämtheiten. Der Mann war ein unvergleichlicher Halunke. »Ich glaube, Sie haben mir versichert, daß mir keine Vergewaltigung droht.«
»Ich spreche nicht über Vergewaltigungen, Mistress Chadwick. Und ich glaube, daß wir das beide wissen.«
Miranda wich nun tatsächlich einen Schritt zurück, und dann noch einen. Seine Augenbrauen waren zusammengezogen, und er hatte einen selbstzufriedenen Ausdruck auf seinem Gesicht, den sie als aufreizend empfand. »Ich habe keine Ahnung ...«
Er war so schnell neben ihr, daß Miranda keine Zeit mehr blieb, seine Handlungen zu hinterfragen. »Sie lügen sehr schlecht«, war alles, was er noch sagte, bevor sein Mund auf ihren herabstürzte.
Sie hatte vom Küssen schon gehört – auch, daß die Küsse von Mann und Frau nichts zu tun hatten mit den Küssen, mit

denen ihr Großvater und ihr Vater sie begrüßten. Doch niemals hatte sie sich etwas Derartiges vorgestellt.
Diese seltsamen Gefühle, die sie so mühsam in Schach gehalten hatte, blühten geradezu auf. Er war hart und heiß, und Miranda dachte, daß sie alle Muskeln seines Körpers fühlen konnte, während ihre eigenen einfach dahinschmolzen.
Seine Hände umfaßten ihre Arme. Sein Mund bewegte sich wollüstig auf ihrem. Und dann zog er sich zurück.
Miranda starrte ihn wie betäubt an. Was, in aller Welt, war gerade geschehen? Vergeblich versuchte sie, eine vernünftige Erklärung für das zu finden, was sie empfand. Denn in diesem Augenblick hätte sie sich am liebsten an seinen Arm gehängt und ihn darum gebeten, sie noch einmal zu küssen.
Doch statt dessen machte er kehrt und verschwand blitzartig aus seiner Kajüte. Er überließ es Miranda, sich einen Reim auf das zu machen, was geschehen war.

Fünftes Kapitel

»Verdammt!«

Jack schlug mit der Handkante gegen das Schanzkleid und fluchte wieder. Was, zum Teufel, war mit ihm los? Wie hatte er so etwas Dummes nur tun können?

Na gut. Vielleicht hatte er ja auch schon andere dumme Sachen gemacht. Doch Miranda Chadwick zu küssen, das verdiente den ersten Preis für Dummheit.

Sie war Henrys Tochter. Und wenn das noch nicht reichte, dann war sie auch noch seltsam. Seltsam und kompliziert. Jack mochte keine komplizierten Frauen, und er war auch nicht sehr angetan von seltsamen Frauen. Wenn man ihm ein nettes, einfaches und gutherziges Mädchen mit einem knackigen Körper gab, dann war er glücklich.

Warum dann verbrachte er soviel Zeit damit, über seine Gefangene nachzudenken? Vielleicht fand er ihre Erscheinung ja tatsächlich angenehm. Doch große, tiefblaue Augen und ein rosiger Mund konnten weder ihr verrücktes Verhalten noch das wettmachen, was sie war.

Wie jeder andere Mann mochte auch er nettes Herumtoben und vielleicht sogar mehr. Doch er konnte sich auch bremsen. Und mit Sicherheit hatte er nicht die Absicht, Henry Chadwicks Tochter zu verführen.

Warum also hatte er sie dann geküßt?

»Vielleicht hatte ich ihren Hochmut und dieses verdammte Mikroskop einfach satt.«
»Wie bitte, Cap'n?«
Jack wirbelte herum und sah Scar Smite den Niedergang entlangkommen. Das Licht der hin und her schwingenden Laterne warf groteske Schatten über das entstellte Gesicht, dem der Mann seinen Spitznamen verdankte. »Nichts«, sagte Jack und drehte sich wieder zu der Leiter um, die nach oben durch die Luke führte. »Es war nichts.«
Jetzt sprach er auch schon mit sich selbst. Herr im Himmel, nichts hatte geklappt, seit er das britische Schiff angegriffen hatte und mit Miranda Chadwick zusammengetroffen war. De Segovia war nicht an Bord gewesen, wie Jack gehofft hatte. Dann war er nach Süden gesegelt, um noch mehr über das Gerücht herauszufinden, daß de Segovia nach St. Augustine zurückkehren wollte – und hatte nichts erfahren. Wenn die *Sea Hawk* nicht wenigstens noch die spanische Galeone aufgebracht hätte, wäre es eine völlig nutzlose Fahrt gewesen.
Dann war er wie immer in den Hafen von Charles Town eingelaufen, um ein wenig Frieden und Ruhe zu finden und auch ein wenig weibliche Gesellschaft. Und dort hatte ihm Henry mit seinem irrwitzigen Plan aufgelauert.
Jack schüttelte den Kopf, als er an Deck kam. Kein Wunder, daß er seine Gedanken nicht von Miranda Chadwick lassen konnte. Er hatte schon zu lange auf eine Frau verzichtet, aber das würde er ändern, sobald er im nächsten Hafen an Land ging.
Nachdem er damit das Problem des Kusses für sich geklärt hatte, hob Jack den Blick, um die Segel zu begutachten. Er verdrängte den Gedanken aus seinem Kopf, daß da mehr dahinterstecken könnte, und ignorierte völlig die Flamme

des Verlangens, die er in sich auflodern gefühlt hatte, als seine Lippen ihre berührten.

»Kommen Sie und schauen Sie sich das hier an.« Miranda stand vom Stuhl auf und bedeutete Phin, sich zu setzen. King und ein anderer Pirat, der ihr mit dem wenig schmeichelhaften Namen Scar vorgestellt worden war, standen auf der gegenüberliegenden Seite des Tisches.
»Gott, ist das widerlich.« Phin verzog das Gesicht vor Ekel.
»Heb deinen Hintern aus dem Stuhl und laß mich mal sehen.«
Scar drückte gegen Phins Schulter, und Miranda widerstand dem Drang, ihr Mikroskop schützend an die Brust zu drükken. Doch Phin machte Platz, weil es ihm offensichtlich wichtig war, daß sich noch jemand anderer diese gräßlichen Tiere ansah.
»Jesus.« Scars Gesicht zeigte genausoviel Abscheu wie Phins. »Wenn ich dran denke, wie viele von denen ich im Laufe der Jahre runtergeschluckt habe, wird mir wirklich fast schlecht. Schau dir diese Teufel an, King.«
Der riesige Schwarze reagierte ähnlich wie die beiden anderen Männer, nur drohte er wenigstens nicht damit, sich gleich zu übergeben.
Als alle die Made genauestens studiert hatten, die Miranda unter die Linsen ihres Mikroskops gelegt hatte, bot man ihr wieder den Stuhl an. Nachdem sie ein Stück Pergamentpapier auf die Tischplatte gelegt hatte, tauchte sie ihren Federkiel in das Tintenfaß.
»Was machen Sie denn jetzt?«
»Ich mache eine Zeichnung von dem, was ich gesehen habe«, erklärte Miranda, als sich die Piraten näher an sie herandrängten. In den letzten vier Tagen, seit Phin zum ersten Mal

durch das Mikroskop geschaut hatte, hatten immer wieder Piraten bei ihr in der Kabine vorbeigesehen, um herauszufinden, ob das, was der Steuermann gesehen haben wollte, auch wirklich der Wahrheit entsprach.

Die meisten Männer waren von einer Neugierde, die Miranda entzückte. Und auch wenn sie noch so viele Fragen stellten und noch so oft durch die Linsen schauen wollten, daß sie kaum mehr Zeit für ihre eigenen Experimente hatte, machte ihr das nichts aus.

Doch nicht alle Piraten kamen in ihre Kabine. Der Piratenkapitän blieb ihr fern. Miranda hatte ihn seit dem Tag, an dem er sie geküßt hatte, noch nicht wiedergesehen. Selbst wenn sie an Deck ging, war er nirgendwo zu finden. Da die *Sea Hawk* kein sehr großes Schiff war, vermutete Miranda, daß er ihr absichtlich aus dem Weg ging.

Und das fand sie prima. Sie wollte genausowenig mit ihm zusammensein wie er offenbar mit ihr. Allein die Erinnerung an die Frechheit, daß dieser Mann sie derart geküßt hatte, machte Miranda wütend. Und auch noch durchblicken zu lassen, daß sie es so gewollt hatte. Miranda zitterte fast vor Wut. Sie hätte ihn schlagen sollen! Ja, genau das hätte sie tun sollen.

Und das hätte sie auch getan, wenn dieser Kuß sie nicht völlig betäubt hätte. Sie konnte sich kaum mehr daran erinnern, daß der Pirat die Kabine verlassen hatte.

Miranda blinzelte, schaute um sich und sah, daß die Piraten sie aufmerksam beobachteten. Erst jetzt merkte sie, daß sie reglos dasaß und den Federkiel über das Pergament hielt. Schnell begann sie mit der Zeichnung der Made.

Doch genau in dem Augenblick, da die Spitze des Federkiels das Papier berührte, ließ ein durchdringender Schrei sie aufschrecken. Sie zuckte zusammen und ruinierte die Zeichnung.

Von dem riesigen King bis zu dem drahtigen Phin nahmen alle Piraten Haltung an, als das Gebrüll wieder ertönte.
»Phil! Wo, zum Teufel, sind denn alle?«
»Guter Gott, ich sollte ja eine Karte für den Cap'n holen.«
»Und er hat mich geschickt, um dich zu holen«, gab King zu.
Scar zuckte mit den Schultern. »Und ich soll das Deck schrubben.«
Miranda sah von einem Piraten zum anderen. Sie waren alle unter ihrer gebräunten Gesichtshaut blaß geworden – außer King, doch auch der wirkte angespannt. Und alles nur, weil sie ein wenig Zeit mit ihr verbracht hatten. Nun ja, vielleicht war es ja mehr als nur ein wenig gewesen, aber trotzdem …
»Ich bin sicher, daß Ihr Captain es verstehen wird, wenn ich ihm einfach erkläre, daß Sie ein großes Interesse …«
»O Gott, Eure Ladyschaft, machen Sie das bloß nicht.« Phin wühlte eilig in den Karten herum, die Miranda auf dem Schreibtisch zur Seite geschoben hatte. Sie hatte nicht den Mut gehabt, alle wegzuräumen, auch wenn sie sie bei ihrer Arbeit störten.
Phins Gesichtsausdruck hellte sich auf, als er endlich die Karte fand, die der Captain haben wollte. »Bleiben Sie einfach hier, Eure Ladyschaft, und zeichnen Sie diese Maden. Wir kommen schon klar.«
Eine zustimmendes Brummen war zu hören, als die drei aus der Kabine eilten. Und Miranda fragte sich, womit der Piratenkapitän sie alle in der Hand hatte, daß sie vor Angst schlotterten, sobald er die Stimme erhob.

»Wo, zum Kuckuck, wart ihr alle?« Jack starrte Phin an, als der die Leiter zum Achterdeck hinaufeilte. »Ich habe fast das Ablesen des Nachmittagsstands verpaßt.«

»Verzeihung, Cap'n.« Phin übergab ihm die Karte. »Ich war am Bug vorn. Da war irgendwas nicht in Ordnung.«
Jack schüttelte den Kopf und betrachtete dann den Horizont durch den Quadranten. Er gab sich selbst einen Teil der Schuld an der verspäteten Ablesung. Er hätte nach unten gehen und die Karte holen können, doch er wollte Miranda Chadwick nicht sehen. Herr des Himmels, diese Frau hielt ihn auch noch von seiner Kajüte fern.
Es schien ja fast so zu sein – Jack schrak bei dem Gedanken zusammen –, als ob er sich vor ihr fürchtete. Verflixt noch mal, er war Pirat! Er fürchtete niemanden, und schon gar nicht solch einen Hauch von Frau.

Er konnte sich nicht daran erinnern, daß seine Männer derart heikle Esser waren. Jack schob sich ein großes Stück Rindfleisch in den Mund und kaute ... und kaute. Zugegeben, es war zwar zäh wie ein altes Tau – sie nannten es ja nicht umsonst gesalzenes Leder, doch so wie Phin, King und die anderen daran herumstocherten, konnte man glauben, daß es Gift sei.
Vielleicht aßen sie immer so, und er hatte einfach zu selten mit ihnen zusammen gegessen, um das zu bemerken. Vor diesem schlecht geplanten Kidnapping, für das Jack seine Entführung von Miranda Chadwick mittlerweile hielt, hatte er in seiner Kajüte gegessen. Doch dieses Privileg stand ja nun der kleinen Dame zu.
Von an der Wand aufgehängten Brettern in den Unterkünften der Besatzung zu essen war noch nicht das schlimmste. Er mußte hier auch schlafen. Als er jünger – und kleiner – war, ehe er Captain der *Sea Hawk* wurde, hatte er hier unten geschlafen, und das hatte ihm überhaupt nichts ausgemacht. Doch da er jetzt an eine Koje gewöhnt war, die seiner Größe

angepaßt worden und mit einer mit Federn gefüllten Matratze ausgestattet war, war eine Hängematte aus einem Stück Segeltuch von einsachtzig mal einszwanzig Größe höllisch unbequem.

Mit seinem zusammengefalteten, einsneunzig langen Körper und inmitten der Rülpser und des Schnarchens der Besatzung hatte Jack seit der Entführung so gut wie keinen Schlaf gefunden.

Und er konnte sich vorstellen, wie weich und warm Miranda Chadwick in seinem Bett schlief. Jack nahm einen weiteren Bissen und merkte, daß seine Gedanken sich damit beschäftigten, wie es wäre, wenn er sich mit ihr zusammenkuscheln würde, ihre weiche blasse Haut spüren und ihren warmen fraulichen Geruch einatmen. Dann würde er sie so küssen wie vor ein paar Tagen. Dann würde sie ihre Arme um ihn schlingen und sich ihm mit einem süßen Seufzer öffnen. Sie hatte wirklich eine nette Stimme – außer, wenn sie ihn gerade anschrie. Oder wenn sie dieses unzivilisierte Spanisch sprach.

Jack riß sich aus seiner Träumerei heraus. Gott im Himmel, er mußte aufhören, über diese Frau nachzudenken. Seine Augen richteten sich auf Phin und wurden schmal. »Was machst du denn da?«

Phil sah schuldbewußt auf und schob mit einer Bewegung seiner knorrigen Hand Zwiebackkrümel auf den Boden. »Nichts, Cap'n.«

»Nun, für mich sah das so aus, als ob ...«

»Ich habe Maden herausgepickt, wenn Sie es genau wissen wollen«, unterbrach Phin ihn.

»Warum, zum Teufel?«

Phins Gesichtsausdruck war ungläubig. »Ich möchte sie nicht gern mitessen.«

Jack sah auf seinen eigenen Schiffszwieback hinunter und konnte keinen Unterschied zwischen ihm und den Hunderten von Zwiebacken feststellen, die er im Laufe der Jahre gegessen hatte. Dann sah er Phin wieder an. »Das verstehe ich nicht.«

»Wenn Sie einen von diesen schleimigen Teufeln sehen könnten, würde es Ihnen nicht anders gehen«, warf Scar ein.

»Worüber redest du eigentlich?« Seine Besatzung verhielt sich immer seltsamer.

»Nichts. Er redet über gar nichts«, sagte Phin. Er schob sich von der Bank herunter und trat Scar im Vorbeigehen gegen das Schienbein. »Ich bin nicht mehr hungrig. Ich geh lieber zurück an Deck.«

Jack hatte vor, Scar und King zu fragen. Doch die stopften sich jetzt die Münder mit dem Zwieback voll und sahen aus, als würden sie gleich kotzen. Und plötzlich war Jack auch übel, als er auf das Rindfleisch und den madenverseuchten Schiffszwieback starrte, die in der fettigen Brühe herumschwammen. Er schob seinen Teller beiseite, stand auf und eilte auch an Deck.

In der Kabine war kaum mehr genügend Platz, um sich umzudrehen.

Miranda glitt von ihrem Stuhl und erlaubte einem Piraten mit dem bezeichnenden Namen No Thumb, ihren Platz einzunehmen. Sie hatte nicht gezählt, wie viele Piraten sich in der Kajüte des Piratenkapitäns zusammendrängten, doch sie schätzte, daß es fast ein Dutzend war.

Sie waren gekommen, um darüber zu sprechen, wie schnell Licht sich fortbewegte. Eigentlich waren sie gekommen, um sich ihre Erklärung von Olaus Roemers Schlußfolgerungen darüber anzuhören, wie schnell es sich bewegte. Am Vortag hatte Miranda Phin gegenüber die Entdeckung der Satelliten des Jupiters durch den dänischen Astronomen erwähnt und wie dieser zu der Feststellung kam, daß das Licht länger vom Jupiter zur Erde brauchte, je weiter die beiden Planeten voneinander entfernt waren. Er hatte begonnen, ihr Fragen zu stellen, doch die Zeit hatte nicht gereicht, um ihm eine erschöpfende Auskunft zu geben.

Sie hatte versprochen, ihm das heute morgen genauer zu erklären. Doch als Phin kam, hatte er die anderen Piraten mitgebracht. »Sie wollen das auch wissen«, gab Phin als Erklärung an.

Doch einer von ihnen – No Thumb – mußte erst noch die animalcules im Wasser sehen, daher baute Miranda für ihn das Mikroskop auf.

»Was war das, was Phin über die Lichtbewegung gesagt hat? Es ist doch einfach da, oder es ist nicht da«, meinte Scar, nachdem No Thumb ausgiebig sein Erstaunen über die kleinen Tiere geäußert hatte, die im Wasser herumschwammen.

»Es scheint so zu sein«, erklärte Miranda. »Doch nur, weil es sich so unglaublich schnell bewegt – schneller, als Sie und ich uns überhaupt vorstellen können.«

»Die *Sea Hawk* ist ein verdammt schnelles Schiff. Wenn sie unter allen Segeln fährt, kann sie jedes andere Schiff auf See überrunden. Und das hat sie auch schon mehr als einmal gemacht«, fügte Scar lachend hinzu.

»Ja, das glaube ich gern«, erwiderte Miranda lächelnd. »Doch die Geschwindigkeit, die ich meine, ist höher, als wir sehen können.« Miranda streckte die Hände mit den Handflächen nach oben aus, als ein allgemeines, ungläubiges Brummen die Kabine erfüllte. »Ah, ich weiß jetzt, was Sie denken«, sagte sie, und die Männer beruhigten sich wieder. »Was man nicht sehen kann, gibt es auch nicht. Aber wir wissen doch alle, daß das nicht wahr ist. Wir konnten die animalcules ohne Mikroskop auch nicht sehen, aber das hieß doch nicht, daß sie nicht da waren.«

»Da hat Eure Ladyschaft wirklich recht«, sagte Phin, und einige andere Männer murmelten zustimmend.

»Nun, die Tatsache, daß Licht wandern kann, ist sehr schwer zu beweisen. Galileo hat es versucht, doch ...«

»Wer ist dieser Gallo-Typ?«

»Galileo. Er war ein Astronom, der vor über fünfzig Jahren gelebt hat. Und er hat versucht, die Geschwindigkeit des Lichts mit Hilfe von Laternen zu messen. Er und ein Freund standen auf zwei weit voneinander entfernten Hügeln und ... Ach, egal, es hat nicht funktioniert. Doch 1675 hat Olaus Roemer bei der Beobachtung der Jupiter-Satelliten eher zufällig nicht nur entdeckt, daß Licht sich fortbewegen, sondern auch gemessen werden kann.«

»Was sind denn das für Satelliten-Dinger?«

»Die sind so etwas wie unser Mond. Unser Mond dreht sich um die Erde, und die Jupiter-Satelliten drehen sich um den Jupiter.« Als Miranda Phin anschaute, war sie sich nicht sicher, ob er sie verstanden hatte, doch sie fuhr fort. »Es geht darum, daß Roemer herausfand, daß die tägliche Finsternis zunehmend früher auftaucht, wenn die Erde sich Jupiter nähert, und weit später, wenn die Erde sich entfernt.« Miranda schloß mit einer schwungvollen Geste und war glücklich, daß sie den Piraten dieses aufregende Stückchen Wissenschaft hatte erklären können.

Einen Moment lang senkte sich eine Stille auf alle in der Kabine herab. Miranda schaute ein Gesicht nach dem anderen an und hoffte, in ihnen einen Hauch von Verstehen entdecken zu können. Genau in dem Augenblick, als ihr klar wurde, daß dem nicht so war, setzte das allgemeine Fragen ein.

»Das hab ich nicht kapiert.«
»Worüber hat sie eigentlich gesprochen?«
»Das beweist überhaupt nichts.«
Sie sprachen alle gleichzeitig, und Miranda versuchte vergeblich, ihre Aufmerksamkeit zurückzugewinnen. Sie beschwerten sich immer lauter, und Miranda versuchte erneut, sie zu beruhigen. Sie war kurz davor, aufzugeben, als die Kabinentür aufgestoßen wurde und eine gebrüllte Frage alle zum Schweigen brachte.
»Was, zum Teufel, geht hier vor?«
Miranda schaute in das ärgerliche Gesicht des Piratenkapitäns. Seine hochgewachsene Gestalt und seine breiten Schultern füllten die Türöffnung. Und er erschien ihr sehr wild und ungezähmt zu sein in seinem bauschigen weißen Hemd, das bis zur Taille offenstand und in enge schwarze Hosen geschoben war.
Miranda warf einen verstohlenen Blick in die Runde. Wie ein Mann standen die Piraten da und starrten ihren Captain entsetzt an. Es war ein fast komischer Anblick.
Phin trat vor, und Miranda sah, daß sein Adamsapfel beim Schlucken auf und ab hüpfte. »Wir wollten gerade gehen, Cap'n.«
»Ach ja, wolltet ihr?« Jacks ausgeglichen klingende Stimme wurde durch seinen wilden Gesichtsausdruck Lügen gestraft.
»Ja, Cap'n. Ich und meine Freunde wollten gerade ...«
»Wer, glaubst du eigentlich, soll die *Sea Hawk* segeln, wenn du und deine Kumpane hier unten Tee trinkt?«
»Oh, wir haben keinen Tee getrunken, Cap'n«, warf Scar ein, und Miranda mußte sich ducken. Der finstere Blick des Piratenkapitäns wurde nur noch drohender.
»Scar meint ...« Phin zögerte, denn ihm war klar, daß er weder Scars Bemerkung noch den Grund, warum sie alle

hier waren, erklären konnte. »Wir haben uns darüber keine Gedanken gemacht, Cap'n. Es wird nicht wieder vorkommen.«

»Davon gehe ich mal aus.« Jack schaute in die Runde, und dabei sah er nacheinander in jedes Augenpaar, bis jeder Blick sich senkte. Das heißt, er schaute in jedes Augenpaar bis auf das dunkelblaue, das ihn weitgeöffnet musterte. Über diese Augen glitt sein Blick hinweg.

Während er in den Raum trat, holte Jack tief Luft. »Nur schieres Glück hat uns davor bewahrt, daß wir einer spanischen Galeone oder einem französischen Freibeuterschiff begegnet sind, während ihr alle hier unten ein Schwätzchen gehalten habt. Ihr habt euch alle der Pflichtverletzung schuldig gemacht, und eigentlich sollte ich jeden von euch auspeitschen lassen.«

»Kann er das tun?« Miranda hatte Phin ihre Frage flüsternd gestellt, doch in der Stille, die dem Ausbruch des Captains folgte, klang ihre Stimme ungewöhnlich laut und erreichte deshalb auch mühelos seine Ohren.

Er konnte sie nicht länger übergehen. Jack durchbohrte seine Gefangene mit einem brennenden Blick. »Und was ist mit Ihnen? Ich hätte wissen müssen, daß Sie mal wieder dahinterstecken.«

»Cap'n, sie hat überhaupt nichts ...«

»Danke, Phin.« Miranda zog die Schultern hoch. »Aber ich kann gut für mich selbst einstehen. Sehen Sie, Captain, ich ...«

»Oh, wir werden natürlich miteinander sprechen müssen. Aber unter vier Augen. Der Rest verschwindet nach oben. Und es wird keine Besuche mehr in dieser Kabine geben ... von keinem von euch. Und ich möchte, daß dieses Schiff blitzartig glänzt wie eine spanische Goldmünze.«

»Ja, Sir.«
»Sehr wohl, Cap'n. Wie ein Juwel.«
Die Piraten beeilten sich, die Befehle ihres Captains auszuführen. Alle außer Phin. Er blieb unter der Tür stehen, und sein schrumpeliges Gesicht war mehr gefältelt denn je. »Sie werden ihr doch nichts tun, Cap'n, was?«
Jack schloß die Augen und versuchte, sich zu beherrschen. Was glaubte Phin eigentlich? Er hatte doch noch nie erlebt, daß Jack jemanden mit Absicht verletzt hatte, außer in einer Schlacht. Und er hatte auch noch nie Frauen etwas angetan – nicht einmal spanischen Frauen. Doch aus irgendeinem Grund schien Phin der Meinung zu sein, daß er diese Seehexe vor Jack schützen mußte. Diese Frau stellte sich zwischen ihn und seine Besatzung!
»Nein, ich werde ihr nichts tun.«
»Geben Sie mir Ihr Piratenehrenwort darauf?«
»Phin!« Jack drehte sich seinem drahtigen ersten Maat zu, und der rannte aus der Tür.
»Sie müssen mit ihm nicht herumschreien. Er hat nur versucht ...«
»Ich weiß genau, was er versucht hat. Und ich brauche auch Ihre Ratschläge nicht, wie ich meine Männer zu disziplinieren habe.« Gott im Himmel, er schien überhaupt nicht mehr mit dem Schreien aufhören zu können, wenn er mit ihr zusammen war.
»Meinetwegen, *Captain*.«
Sie sprach das Wort Captain mit so viel Verachtung aus, daß Jack die Augenbrauen zusammenzog. Doch er hielt seine Stimme – mühevoll – ruhig. »Hätten Sie etwas dagegen, mir zu erklären, was meine Männer hier unten zu suchen hatten?«
»Keineswegs.« Miranda faltete die Hände. »Wir haben uns über die Lichtgeschwindigkeit unterhalten.«

»Über was?«
»Die Lichtgeschwindigkeit. Ich habe Olaus Roemers Beobachtungen des Jupitermonds erklärt und wie sie verdeutlichen, daß ... oh, Jupiter ist übrigens ein Planet.«
»Ich weiß, was Jupiter ist.«
»Nun, jedenfalls hat Roemer entdeckt, daß die tägliche Finsternis des Jupitermondes desto später auftaucht, je weiter entfernt sich die Erde vom Jupiter befindet. Und umgekehrt, je näher die Erde ist, desto ...«
»Moment mal.« Jack hob eine Hand. Diese verdammte Frau versuchte, ihn zu verwirren. »Sie versuchen mir weiszumachen, daß Scar und No Thumb und Phin hier unten mit Ihnen über die Roemersche Theorie der Lichtwanderung vom Jupiter gesprochen haben?«
»Nein, sie haben eigentlich nicht gesprochen, sie haben mir zugehört.« Und während es so aussah, als könnte der Captain die Bedeutung der Roemerschen Entdeckung würdigen, war sie sich bei seinen Männern nicht so sicher. »Ehrlich gesagt, kann ich nicht behaupten, daß sie das Wesentliche verstanden haben.«
Jack konnte sich nicht mehr zurückhalten. Er warf den Kopf in den Nacken und lachte. Als er sich wieder gefaßt hatte, ging ihm auf, daß er zum ersten Mal seit dieser unseligen Entführung wirklich herzhaft hatte lachen können. Er sah auch, daß Miranda Chadwick ihn anlächelte. Gott, sie war aber auch wirklich wunderschön, wenn sie lächelte, und dieser Gedanke ließ ihn sofort wieder ernst werden. Was ging es ihn an, wie sie aussah. Doch die Wirkung, die sie auf seine Besatzung hatte, stand auf einem ganz anderen Blatt.
Jack näherte sich ihr. »Sie verlangen von mir doch nicht wirklich, daß ich diesen Unsinn glaube, den Sie mir da erzählen, oder?«

Miranda hob zwar das Kinn, doch trat sie zu ihrem eigenen Ärger einen Schritt zurück. »Ich kann Ihnen versichern, daß das die Wahrheit ist. Allerdings nicht die ganze Wahrheit.«

»Aha!« Nun würde er erfahren, was sie wirklich getan hatten. Doch wenn er ehrlich war, konnte er sich nichts vorstellen.

»Manchmal möchten Ihre Männer durch mein Mikroskop schauen.«

Jacks Ärger flackerte wieder auf. Sie mußte einfach lügen. Sie sprach hier von Piraten, von halsabschneidenden Geißeln des Meeres. Sie hatten kein Interesse an ...

»Besonders gern betrachten sie die animalcules und Maden.«

Jack fühlte, wie alle Farbe aus seinem Gesicht wich. »Was sagen Sie da?«

»Ich sagte, daß sie neugierig sind ...«

»Nein.« Jack trat noch einen Schritt näher. »Die Maden. Was haben Sie über die Maden gesagt?«

»Sie interessieren sich sehr dafür.«

»Aber essen wollen sie sie nicht.« Jack rieb sich das Kinn. Das gab ein kratzendes Geräusch, weil er sich nicht ordentlich hatte rasieren können, da er ja seine Kajüte abgegeben hatte und seinen Spiegel dazu.

»Ich denke, niemand würde sich darum reißen, eine Made zu essen, nachdem er sie unter einem Mikroskop betrachtet hat. Sie brüten in Fliegen, wissen Sie.«

Jack gab einen genervten Seufzer von sich. »Haben Sie ihnen das auch gesagt?«

Miranda legte den Kopf schräg und dachte über ihre Gespräche mit den Piraten nach. »Nein, ich glaube nicht. Aber ich bin sicher, daß sie das faszinierend finden würden.«

»Und dann überhaupt nichts mehr essen wollen«, fügte Jack hinzu. »Machen Sie sich eigentlich eine Vorstellung davon, welches Chaos Sie hier veranstalten?« Ihre weitgeöffneten,

unschuldigen Augen erzürnten Jack nur noch mehr. Wie konnte sie denn nicht um die Wirkung wissen, die sie auf seine Männer – und auf ihn – hatte? Dieser letzte Gedanke machte ihn sogar noch wütender.
Mit in die Hüften gestemmten Händen ging er in der Kajüte auf und ab und warf ihr im Vorbeigehen gelegentlich einen Blick zu. »Phin, King, Scar und alle anderen zerkrümeln ihren Schiffszwieback, um die Maden herauszupicken. Tote Maden, sollte ich noch erwähnen«, sagte er, als er sich ihr zuwandte.
»Nun, das ist völlig verständlich. Möchten Sie die Zeichnung sehen, die ich von einer Made gemacht habe?«
»Zur Hölle, nein. Ich möchte keine Zeichnung sehen! Und ich möchte auch keine Made unter Ihrem verdammten Mikroskop anschauen.« Er beugte sich so weit herab, daß sich ihre Nasen fast berührten. »Ich möchte über Maden nicht einmal nachdenken.«
Seine Worte verklangen, und noch immer stand er da und starrte sie an. Er war ihr nahe genug, um ihren weichen, berauschenden Duft riechen zu können. Nahe genug, um ihren Atem an seinem Kinn zu fühlen.
»Gott im Himmel!« Jack richtete sich auf, ging zu den Sprossenfenstern hinüber und schaute über die unendliche Weite des Meeres hinaus. Als er ihr nahe gewesen war und in diese blauen Augen geschaut hatte, die ihn an den karibischen Himmel kurz vor Sonnenuntergang erinnerten, hatte er alles über Maden und auch das vergessen, was sie mit seiner Besatzung gemacht hatte. Da jetzt ein gewisser Abstand zwischen ihnen bestand, konnte er versuchen, ein wenig von dem Ärger zurückzuholen. Doch selbst das schien unmöglich zu sein.
Er schaute über die Schulter und sagte: »Glauben Sie, daß ich

Freude daran habe, wurmverseuchtes Essen zu essen? Mir macht das keinen Spaß. Doch auf einem Schiff hat man keine Wahl. Man ißt es, oder man verhungert.« Seine Stimme wurde sanfter. »Ich möchte nicht mit ansehen müssen, wie meine Männer verhungern.«

Miranda wußte nicht, was sie erwidern sollte. Eine Woge von Hitze überschwemmte sie, als sie ihn anstarrte. Er sah noch immer so aus wie zuvor, herrlich goldbraun und mit einem Körper, dessen Muskulatur sie liebend gern gezeichnet hätte; er hatte auch noch immer diesen arroganten Zug um sein eckiges Kinn, und seine grünen Augen schauten auch noch ganz leicht finster drein. Doch in diesem einen Augenblick, als er von seinen Männern sprach, war er ihr verändert vorgekommen – menschlicher und auch weniger ungebildet.

Er hatte sie auf etwas hingewiesen, das sie nicht bedacht hatte. Obwohl sie klug genug war, zu wissen, daß es vieles gab, was sie noch nicht kennengelernt hatte – sie vermißte schrecklich die Erklärungen, die ihr Großvater oder einige andere Mitglieder der Royal Society ihr gegeben hatten –, hätte Miranda es nie für möglich gehalten, daß sie ausgerechnet von einem Piratenkapitän etwas würde lernen können.

Und er hatte recht. Sie hatte sich keine Gedanken darüber gemacht, welche Auswirkungen es auf die Piraten haben würde, wenn sie ihnen die Maden oder die animalcules zeigte. Sie kannte sie seit Jahren, und sie selber störten sie nicht. Aber diese Männer ... Offensichtlich war dieses bißchen Wissen, das sie ihnen über ihr Essen und das Wasser gegeben hatte, nur zu ihrem Schaden gewesen.

»Es tut mir leid.«

Jack wirbelte herum. »Was haben Sie gesagt?«

»Ich habe mich dafür entschuldigt, daß ich Ihren Männern

Probleme bereitet habe. Ich wollte ihre Eßgewohnheiten nicht ändern, und es tut mir leid.« Da Miranda zu Boden schaute, konnte sie seinen überraschten Gesichtsausdruck nicht sehen.

Er hätte nie gedacht, daß sie sich entschuldigen würde und sich so vernünftig verhalten könnte. Er hätte auch nie für möglich gehalten, daß sie mit ihrem gesenkten Kopf und den hängenden Schultern so niedergeschlagen aussehen könnte. Jack widerstand dem Drang, eine Locke ihres glänzend schwarzen Haars aus ihrem Gesicht zu streichen. Er ballte die Finger zu Fäusten und eilte zur Tür.

Doch da er zugeben mußte, daß sie wirklich nicht so böse war, obwohl sie versucht hatte, ihn hängen zu lassen, zögerte er. »Ich bin sicher, daß sie sich bald keine Gedanken mehr über die Maden machen und wieder essen werden.«

Miranda sah auf. »Das hoffe ich sehr.«

Jack sah zu, wie sie die widerspenstige Locke hinter ihr perfektes, muschelförmiges Ohr schob, und griff dann nach der Klinke.

»Captain ... Blackstone, nicht wahr?«

»Ja.« Jack hatte nicht gewußt, daß sie seinen Namen kannte.

»Ich frage mich ...« Sie zögerte, und Jack drängte sie, weiterzusprechen. »Nun, Sie sagten, daß niemand von der Besatzung mehr hierherkommen darf.« Ihr Kopf neigte sich ein wenig. »Wer wird mir dann mein Essen bringen?«

Einen Augenblick lang war Jack sprachlos. Dann sehnte er sich ein Stück Schanzkleid herbei, um mit der Faust dagegenzuschlagen. Daran hatte er nicht gedacht, als er den Befehl gab, daß sich alle von der Kabine fernzuhalten hatten. Doch offensichtlich hatte sie daran gedacht. Das allein schon brachte ihn in Rage. Und außerdem noch die Wahl, einen Befehl zurückzunehmen oder ... oder. Jack biß die Zähne zusammen und bellte seine Erwiderung heraus. »Ich werde dafür sorgen, daß Sie Ihr Essen bekommen.« Nun mußte er herunterkommen und mit ihr zusammensein.

»Ich danke Ihnen. Und, Captain?« Miranda versuchte, sich nicht zu ducken, als er sich umdrehte. Der verständnisvolle Funke in seinen Augen war längst verschwunden. Sie holte Luft und fuhr fort: »Darf ich noch immer an Deck kommen?«

»Auch darum werde ich mich kümmern«, schnappte Jack zurück. Nun mußte er sie auch noch auf Deck begleiten. Gott, er wünschte bloß, daß ihn ihre Nähe nicht so erregte.

»Ich werde mit der Besatzung nicht mehr sprechen«, bot sie an, weil er so wütend auf sie war.

»Sie können auch mit der verdammten Besatzung sprechen. Nur nicht über ...«

»Maden, ja, ich weiß.«

»Oder über diese kleinen unsichtbaren Tiere, die im Wasser herumschwimmen.«

»Ich werde mich hüten, die animalcules noch einmal zu erwähnen.«

»Dann sind wir uns also einig?«

»O ja.« Miranda lächelte. Jack riß die Tür fast aus den Angeln, als er die Kabine fluchtartig verließ. Kaum war er draußen, schlug er mit der Handkante gegen einen Sparren.

Sechstes Kapitel

Sie hatten die Richtung geändert.

Seit man sie zum ersten Mal an Deck gelassen hatte, wußte Miranda, daß die *Sea Hawk* nach Norden gesegelt war. Doch als sie jetzt durch die Luke kletterte und die Sonne auf ihrem Hinterkopf fühlte, wußte sie, daß sie nach Süden segelten.

Sie nahm die Hand, die der Captain ihr entgegenstreckte, und erlaubte ihm, ihr an Deck zu helfen. Seit jenem Nachmittag vor zwei Tagen herrschte zwischen ihnen so etwas wie Waffenstillstand. Er ließ ihr die Freiheit, das Schiff zu erforschen – nachdem er sie an Deck gebracht hatte –, und sie gab keine Silbe über Maden oder animalcules von sich.

Captain Blackstone konnte charmant sein. Miranda mochte das zwar nicht eingestehen, doch es war trotzdem wahr. Phin vertraute ihr an, daß der Captain seiner höflichen Manieren wegen als Gentleman Jack bekannt war. Und Miranda konnte das durchaus glauben. Er lächelte sie nun an, und sie mußte sich mühevoll daran erinnern, daß er der Pirat war, der sie entführt hatte. Doch vergessen konnte sie es auch nicht.

»Segeln wir wieder landwärts, Captain?«

Jack ließ sich Zeit, ehe er sich umwandte. Er wollte sie gerade an der Reling zurücklassen. Er hatte alles mögliche zu tun, und er hatte nie daran gezweifelt, daß sie sich selbst beschäftigen konnte. Sie schien immer irgend etwas zu tun zu haben, entweder zeichnete sie auf Pergamentpapier oder unterhielt sich mit seiner Besatzung.

Über was sie mit ihnen sprach, wußte er nicht. Aber es gab keine Probleme mehr mit dem Essen von Schiffszwieback und dem Trinken des Wassers. Es gab überhaupt keine Probleme mehr. Offenbar hatte er die Angelegenheit damit bereinigt, daß er der gesamten Besatzung untersagt hatte, Miranda in ihrer Kabine aufzusuchen, und außerdem befohlen hatte, daß sich alles im Freien abzuspielen hatte.

»Ja, wir segeln landwärts. Wir werden es wahrscheinlich noch vor Einbruch der Nacht ausmachen können.« Er fragte sie nicht, woher sie das wußte.

»Ist es eine Stadt?«

»Nein, nur eine kleine Insel, die ich kenne.« Jack folgte damit Henrys Rat, die Zeit bis zur Rückgabe seiner Gefangenen dadurch zu nutzen, den Rumpf der *Sea Hawk* überholen zu lassen. Die Entenmuscheln mußten dringend abgekratzt werden, und so würde er nicht noch mehr wertvolle Zeit verlieren, bis er wieder Jagd auf de Segovia machen konnte.

»Werden Sie dort das Lösegeld bekommen?«

»Was …? Ach, das Lösegeld.« Wie konnte er denn auch diesen Teil von Henrys Plan vergessen haben? Er hielt ja die kleine Lady gegen Lösegeld fest. »Ja, Ihr Vater wird das Geld dort übergeben.«

»Werde ich ihn dort treffen und mit ihm nach Hause zurückkehren können?«

»Nein.« Verdammt, sie stellte aber auch wirklich ärgerliche Fragen. »Er wird nur einen Boten schicken.«

»Kann ich mit ihm zurückkehren?«

»Nein, verdammt noch mal, das ist nicht möglich.« Jack

fühlte, wie ihm die Kontrolle über sein Temperament schon wieder zu entgleiten drohte.
»Aber, das verstehe ich nicht. Sobald Sie das Geld haben, werden Sie doch froh sein, mich endlich loszuwerden, denke ich mal.«
Er konnte dem nichts entgegensetzen, weil für ihn ja schließlich auch kein Geld in diesem haarsträubenden Plan drin war. Er ärgerte und frustrierte ihn nur.
Seit sie Charles Town verlassen hatten, hatte er nicht sehr gut geschlafen, und Jack konnte die Schuld daran nicht länger der kleinen Hängematte geben oder der schnarchenden Besatzung. Die Träume waren schuld – erotische Träume, aus denen er heiß und hart und stöhnend erwachte. Und sie alle drehten sich um Miranda Chadwick. Miranda Chadwick! Das allein schon verwirrte ihn.
Es war ja nicht so, daß sie nicht hübsch war. Auf ihre sanfte, zarte Art war sie schön. Doch ihm waren Frauen mit deutlicheren Formen lieber und auch solche, die ihn nicht mit Millionen Fragen bombardierten.
Und trotzdem träumte er jede Nacht von seiner Gefangenen. Er umarmte sie. Küßte sie. Machte alle möglichen wilden und lustvollen Dinge mit ihr, die sie sicherlich wortlos mitmachen würde – eine Situation, die er sich gerne gönnen würde.
Um diesen Träumen Einhalt zu gebieten, hatte er versucht, sich von ihr fernzuhalten, doch das hatte überhaupt nichts geholfen. Gestern beschloß er, ihr seltsames Gebaren zu ignorieren und sie so zu behandeln, wie er auch jede andere Frau behandeln würde. Denn es konnte ja sein, daß er sogar noch viel mehr an sie dachte, wenn er zu ihr Abstand hielt.
Noch konnte er nicht sagen, ob sein Zusammensein mit ihr

diese verdammt frustrierenden Träume tatsächlich verringerte. Doch eines wußte er schon jetzt: Er machte sich damit zur Zielscheibe für ihre endlosen Fragen.

Er holte tief Luft. »Sie können nicht mit dem Boten zurückgehen, weil es so nicht vereinbart wurde.« Sie wollte schon etwas dazu sagen, doch er hob die Hand. »Vergessen Sie nicht, daß ich hier der Pirat bin. Ich sollte doch wohl am besten wissen, wie eine Entführung abzulaufen hat.« Er wand sich ein wenig unter ihrem Blick. Im Sonnenlicht sahen ihre Augen heller aus. Sie waren jetzt eher azurblau und hatten nicht mehr das Blau der Dämmerung. Doch warum er das bemerkte oder sich überhaupt darum kümmerte, überstieg sein Begriffsvermögen.

»Wenn Sie dann keine weiteren Fragen mehr haben, würde ich jetzt gerne an meine Arbeit zurückgehen.« Damit machte Jack kehrt und eilte in Richtung Achterdeck davon. Er mußte etwas finden, um sich diese Frau aus dem Kopf zu schlagen, doch außer über Bord zu springen und zum nächstgelegenen Land zu schwimmen, fiel ihm nichts ein.

»Lassen Sie sich von ihm nicht ärgern. Das Bellen des Cap'ns ist normalerweise schlimmer als sein Biß.«

Miranda drehte sich Phin zu und schenkte ihm ein Begrüßungslächeln. »Ich weiß«, sagte sie. »Jedenfalls glaube ich das.« Sie konnte diesen Kuß nicht vergessen. Es gab Dinge, die er mit ihr machen könnte, wenn sie ihn zu sehr reizte. Doch sie hatte nicht vor, ihn zu reizen.

Jetzt wollte sie nichts anderes tun, als sich zurücklehnen und den Sonnenschein auf dem Wasser genießen und die Meeresbrise in ihrem Haar. Sie fing Phins Blick auf. »Ihr Captain hat mir gesagt, daß wir landwärts segeln.«

»Ja, zur Snebley-Bucht.«

»Ich schätze mal, daß es dort Flora und Fauna in Fülle gehen wird.« Als sie Phins verwirrten Gesichtsausdruck bemerkte, klärte sie ihn auf: »Pflanzen und Tiere.«
»Da haben Sie ganz recht, Eure Ladyschaft. Dort gibt es viele Pflanzen und Insekten. Manche davon sind so groß, daß sie einem Menschen den Körper leersaugen können.«
»Um Gottes willen«, sagte Miranda und legte den Kopf schräg. »Dann werde ich ja mein Mikroskop nicht benötigen, um sie zu betrachten, oder?«
Phins walnußbraunes Gesicht wurde dunkelrot. »Vielleicht habe ich ein wenig übertrieben. Aber sie sind ehrlich groß.«
Miranda lachte nur und befestigte ihren Hut auf ihrem Kopf. »Haben Sie noch mehr Zeichnungen von diesen Maden gemacht?«
»Ich habe Ihnen ja gesagt, daß ich über sie nicht mehr sprechen kann.«
»Ich werde nicht mehr mit dem Essen aufhören.«
»Das ist alles schön und gut, aber ich habe Captain Blackstone versprochen, daß ich mit seiner Besatzung nicht mehr über Maden und animalcules sprechen werde. Und ein Versprechen ist ein Versprechen. Auch wenn er ein Pirat ist …«
Miranda hielt inne und biß sich auf die Lippe. »Es tut mir leid, ich wollte Sie nicht beleidigen.« Trotz seines Berufs mochte sie Phin recht gern. Und sie mochte auch King und Scar und die meisten anderen Piraten.
»Keine Ursache«, sagte Phin und schnitt eine Grimasse. »Es ist einfach so, daß ich und die Männer gerne zuhören, wenn Sie über solche Sachen sprechen.«
»Ich weiß«, sagte Miranda seufzend. »Aber ich habe mein Wort gegeben …« Ihr Gesicht hellte sich auf. »Aber nichts kann uns daran hindern, uns über andere Themen zu unterhalten.«

»Nein, nichts.«
»Wir müssen unsere Unterhaltungen natürlich an Deck führen. Aber ich glaube nicht, daß Ihr Captain etwas dagegen haben wird ... Solange es Sie nicht von der Arbeit abhält.«
»Vielleicht könnten Sie uns noch mehr über die Lichtgeschwindigkeit erzählen. Obwohl ich noch immer glaube, daß das Licht entweder da ist oder nicht.«
Als Jack eine Viertelstunde später an seiner Gefangenen vorbeiging, saß sie auf einer Rolle Hanftau und zeichnete etwas auf ein Blatt Pergamentpapier, und Phin und No Thumb saßen zu ihren Füßen.
»Hilft diese Zeichnung?« fragte Miranda und hielt die Zeichnung hoch, die sie von der Sonne und deren Planeten angefertigt hatte.
Die Falten auf Phins Stirn vertieften sich. »Ich weiß nicht genau, ob ich das schon kapiert habe.« Er drehte den Kopf zur Seite und entdeckte Jack. »Was halten Sie denn davon, Cap'n?«
Mirandas Blick flog zu dem großen Captain hinüber, und sie hielt den Atem an. Sie glaubte wirklich nicht, daß er sich für die Wissenschaft interessierte oder das, was sie dazu zu sagen hatte. Und er hatte ihr ja auch gerade erklärt, daß er beschäftigt sei. Er mußte sich diese Unterbrechung einfach verbitten. Sie wartete darauf, daß er Phin lautstark auffordern würde, ihn mit solch belanglosem Kram nicht zu belästigen. Doch sie hatte sich geirrt.
Statt dessen ging er so dicht vor ihr in die Hocke, daß seine muskulösen Oberschenkel fast ihren Rock streiften. Er nahm das Pergamentpapier und breitete es auf seinen Knien aus. Sein Gesicht war ernst, als er die Zeichnung begutachtete.
»Das ist ...?« fragte er und lenkte Mirandas Aufmerksamkeit von seinem langen, bronzefarbenen Finger auf einen von ihr gezeichneten Kreis um.

»Jupiter.« Miranda schluckte. Sie hatte bisher noch nicht bemerkt, daß seine Augen aus kleinen kristallgrünen und silbernen Prismen bestanden. »Und das ist der Mond.« Sie streckte die Hand aus und berührte das Papier.

»Und vermute ich recht, daß diese ›Gestalt‹ auf der Erde steht.« Jack deutete auf das kleine Strichmännchen, das sie vor einer langen zylindrischen Form stehend gezeichnet hatte.

»Das ist Olaus Roemer, der durch ein Teleskop schaut.« Miranda hielt inne. »Es sieht ihm nicht sehr ähnlich, fürchte ich.«

»Hoffentlich nicht. Wenigstens um Olaus' willen.« Das entlockte ihr ein Lächeln, und Jack mußte ebenfalls lächeln. »Was macht er da?«

»Er überprüft die Zeit einer Finsternis, Cap'n.«

Jack sah sich um. Er hatte vergessen, daß Phin und No Thumb noch immer da waren. »Warum macht er das?«

Phin rieb sich über das stoppelige Kinn. »Nun, das ist genau der Teil, bei dem ich mir nicht so sicher bin, Cap'n.«

»Er überprüft die Zeitdifferenz der Finsternis des Jupitermonds hinter dem Planeten, wenn die Erde dem Jupiter am nächsten steht und wenn sie am weitesten weg ist.«

»Und?«

Der Captain sah sie mit einem Blick an, als verstünde er, was sie sagte. Miranda beugte sich vor. »Und er fand heraus, daß, je näher wir dem Jupiter sind ... Roemer war im Pariser Observatorium.«

»Ein Franzose«, sagte Phin angewidert.

»Oh, nein. Roemer ist kein Franzose. Er ist Däne. Er hat nur das Observatorium in Paris benutzt, weil ... nun ja, das ist wirklich nicht wichtig. Wie auch immer.« Miranda holte tief Luft und war überrascht, daß der Captain ihr noch immer zuhörte. »Roemer fand heraus, daß, wenn die Erde sich zusammen mit Jupiter auf der gleichen Seite der Sonne befand, er die Finsternis früher sehen konnte. Und das bedeutet, daß das Licht von Jupiters Mond weniger Zeit benötigte, um die kürzere Entfernung zu durchlaufen.«

»Ergibt das für Sie einen Sinn, Cap'n?« Phin blinzelte auf seinen Captain herab.

Jack hockte auf seinen Absätzen und zuckte die Schultern. »Ein wenig.« Jack betrachtete die Zeichnung noch einmal. Er vermutete, daß sie meinte, daß das Licht zwischen zwei Orten, die weit voneinander entfernt waren, länger brauchte als zwischen zwei Orten, die dichter beieinander lagen. Und das wiederum bedeutete, daß das Licht sich fortbewegte. Das war ungefähr damit zu vergleichen, daß er länger brauchte, um von Charles Town nach Barbados zu segeln, als von Charles Town zur Snebley-Bucht.

Er hob den Blick und sagte ihr das so. Und er war dann fast stolz, daß sie ihn bewundernd anschaute. So wie ihre Augen glänzten, hätte man meinen können, daß er gerade die Geheimnisse des Universums aufgedeckt hatte. Er hätte über ihre Reaktion eigentlich verärgert sein müssen, doch statt dessen hörte Jack sich fragen: »Und hat dieser Däne eine Idee, wie schnell sich das Licht fortbewegt?«

Jack konnte durch das stündliche oder zweistündige »Anheben des Logs« die Geschwindigkeit der *Sea Hawk* bestimmen. Natürlich gab es keine Möglichkeit, im Himmel zwischen der Erde und dem Jupiter hin und her zu reisen.

»Ja, er weiß es tatsächlich.« Miranda konnte es kaum glauben. Sie war jetzt sicher, daß der Captain nicht nur verstand, worüber sie sprach, sondern daß er sich auch dafür interessierte. »Mit Hilfe der Differenzen in der Zeit, die das Licht braucht, um vom Jupiter zur Erde zu kommen, hat er errechnet, daß es sich mit ungefähr 141 000 Kilometer pro Sekunde fortbewegt.«

Jack pfiff durch die Zähne.

Phin zerrte an seinem wild wuchernden Bart. »Können Sie sich das vorstellen, Cap'n? Nichts kann sich doch so schnell bewegen, oder?«

»Ich weiß es nicht.« Jack gab Phin die Zeichnung zurück und stand auf. »Was bewegt sich da eigentlich?«

Miranda starrte bei dieser Frage voll Ehrfurcht zu ihm auf. Das war etwas, das sie mit ihrem Großvater Stunde um Stunde diskutiert hatte. »Niemand weiß genau, was Licht eigentlich ist. Newton glaubt natürlich, daß es aus Teilchen besteht. Huygens dagegen besteht darauf, daß es aus Wellen besteht.«

»Wie im Meer?« fragte Phin.

»Ja, so ähnlich. Bloß daß diese Wellen sich nur in eine Richtung fortbewegen.«

Der Captain schien über das nachzudenken, was sie gesagt hatte, dann schaute er sie wieder an. »Was könnte es denn Ihrer Meinung nach sein?«

Miranda empfand einen Anflug von Überraschung und etwas anderem Freude? darüber, daß er sie nach ihrer Meinung fragte. Doch sie ließ die Schultern sinken. »Ich weiß nicht, was es ist«, gab sie zu.

Jack zuckte die Achseln. »Nun, was immer es auch sein mag, es bewegt sich sehr schnell.«

»Oh, ja, das tut es«, stimmte Miranda zu. »Viel schneller, als wir sehen können. Deshalb erscheint es uns ja auch so, als sei das Licht einfach da oder als bewege es sich mit grenzenloser Geschwindigkeit.«

»Es bewegt sich schneller, als man sehen kann?« Phins Gesichtsausdruck war voller Zweifel.

»Ja. Denken Sie daran, daß es viele Dinge gibt, die man einfach nicht sehen kann.«

»Ah, wie diese animalcules, die im Wasser herumschwimmen.«

Miranda warf einen schnellen Blick in Jacks Richtung. Seine Augen musterten sie mißtrauisch. »Nein, das habe ich nicht gemeint.« Phin mußte gemerkt haben, was er gesagt hatte, denn er scharrte mit den Füßen und zerrte wieder an seinem Bart herum.

Jack bemühte sich nach Kräften, ein Lächeln zu unterdrücken. »Möchten Sie jetzt in meine ... ich meine, Ihre Kabine zurückkehren?« fragte er Miranda.

»Nur wenn ich muß.« Sie war sich nicht sicher, wie wütend er über Phins Erwähnung der animalcules war.

Doch offensichtlich war er überhaupt nicht wütend, denn er verbeugte sich und sagte, daß das ganz an ihr liege. Und Miranda fragte sich, ob alle Gefangenen an Bord eines Piratenschiffs mit so viel Liebenswürdigkeit behandelt wurden wie sie.

Captain Blackstone entschuldigte sich, weil er nach unten gehen mußte, und Miranda fühlte unwillkürlich einen Hauch von Bedauern. Es war wirklich nett, mit jemandem über Olaus Roemer zu sprechen, der etwas davon verstand. Vielleicht konnte sie aber auch nicht gut genug erklären, denn Phin und No Thumb sahen noch immer ziemlich verwirrt aus. Miranda begann, ihnen das alles noch einmal mit einfacheren Worten zu erklären, doch sie hoben nur die Hände und sagten, daß sie später mehr darüber hören wollten.

Beide Piraten schienen sich mehr dafür zu interessieren, die vergrößerten Maden und animalcules zu studieren, als sich mit etwas zu beschäftigen, das sie nicht sehen konnten.

»Ja, gut.« Miranda blätterte ein paar Pergamentpapier-Bögen durch und lächelte, als sie das fand, was sie gesucht hatte. Die Zeichnung eines Mannes ... eine Zeichnung von Captain Blackstone. Niemand würde erkennen, daß sie ihn darstellte ... jedenfalls hoffte sie das.
Die Gesichtszüge waren verschwommen, aber schließlich hatte sie ja auch nicht versucht, ihn zu porträtieren. Miranda wollte nur seine Muskulatur zeichnen, die ihrer Ansicht nach genauso herrlich war wie die, die da Vinci gezeichnet hatte.
Miranda betrachtete das Blatt. Sie hatte ein einigermaßen gutes Gefühl, was ihre Wiedergabe seiner Brust- und Armmuskeln anging. Und sie hatte auch die Erhöhungen und Vertiefungen in seinen Oberschenkeln bemerkt, als er vor ihr in die Hocke ging, doch was den Rest betraf ...
Wenn er ihr doch nur Modell sitzen könnte. Miranda atmete ruckartig aus. Auch wenn der Captain einiges Interesse an der Lichtgeschwindigkeit zeigte, hatte sie doch ihre Zweifel daran, daß er sich – unbekleidet – von ihr zeichnen lassen würde.
Miranda wand sich vor Scham auf ihrem Sitz aus aufgerollten Hanftauen. Warum war ihr die Vorstellung, den Piratenkapitän nackt zu sehen, bloß so unangenehm? Schließlich hatte sie doch Borellis Zeichnungen in seinem Buch *De Motu Animalium* gesehen. Was war an der Anfertigung ihrer eigenen Zeichnung denn so problematisch? Doch trotz ihrer heftigen Versuche, eine rationale Erklärung zu finden, blieb ein merkwürdiges Gefühl tief in ihrem Magen zurück bei der Vorstellung, den ganzen Captain Blackstone zu sehen ... selbst wenn auch er nur aus Haut und Knochen und Muskeln bestehen konnte.
»Was machen Sie denn da?«
Miranda zuckte zusammen und deckte eilig ihre Zeichnung

vom Captain zu. Scar lehnte sich über ihre Schulter, und Miranda fragte sich, ob er ihre Zeichnung gesehen hatte; doch er äußerte sich nicht dazu. Er zerrte sich nur ein reichlich unsauberes, rotes Tuch vom Hals und wischte sich damit über das Gesicht.

»Schrecklich heiß heute, was?«

»Ja, es ist ziemlich warm«, stimmte Miranda zu. Doch da sie im Schatten des Masts saß, hatte sie die Hitze gar nicht so sehr gespürt; aber Scar hatte offenbar in der Sonne gearbeitet.

»Ich glaube nicht, daß ich mich jemals an diese Hitze gewöhnen werde, denn da, wo ich herkomme, hat einem die Kälte mehr zugesetzt, also gleicht sich alles wieder aus.«

»Woher kommen Sie denn?« Miranda fiel auf, daß das eine Frage war, über die sie noch nie nachgedacht hatte. Diese Piraten mußten schließlich von irgendwoher kommen. Und offenbar waren sie auch etwas anderes gewesen, ehe sie Piraten geworden waren. Man wurde nicht als Pirat geboren – nicht einmal Captain Blackstone.

»Ich habe in London gelebt, unten bei den Docks. Bis Fünfundsechzig ging es mir eigentlich ganz gut. Hab die Kuchen verkauft, die meine Mutter gebacken hat. Doch dann ging der Schwarze Tod um und hat sie getötet und auch meine Brüder, und schließlich war nur noch ich übriggeblieben.« Er zuckte die Achseln und band sich das feuchte Tuch wieder um den Hals.

»Danach sind Sie also ein ... ein Pirat geworden?«

»Nein.« Scar atmete die salzige Luft tief ein. »Ich hab für eine Weile Arbeit auf einem Schiff Seiner Majestät gefunden. War Kabinensteward.«

»Oh, das ist doch wunderbar.« Miranda konnte sich nicht vorstellen, warum Scar eine Karriere im Dienste Seiner Majestät aufgegeben haben könnte, um ein Freibeuter zu werden.

»Das war überhaupt nicht so großartig. Der verdammte Captain hat die neunschwänzige Katze sehr geliebt und hat die Besatzung in regelmäßigen Abständen damit auspeitschen lassen. Doch das war noch nicht das schlimmste.« Scar beugte sich noch weiter herab. »Der Mann hatte es ganz schön mit der Sodomie, wenn Sie verstehen, was ich meine.«

Miranda war sich dessen ziemlich sicher. Ihr Lächeln wurde blaß, und sie sank ein bißchen in sich zusammen. Doch Scar schien das nicht zu bemerken.

»Davon habe ich das hier zurückbehalten.« Er fuhr mit dem Finger über seine Narbe und schnitt ein Gesicht. »Er hat es nicht gut aufgenommen, daß ich ihn zurückgewiesen habe. Und dabei habe ich ihm doch nur gesagt: ›Captain Sherry, es tut mir leid, Sir, aber ich bin nun mal nicht schwul.‹«

»Ich kann mir vorstellen, daß ihm das nicht gefallen hat.«

»Da können Sie recht haben. Zog seinen Säbel und fuhr mir damit quer über die Wange.« Scar holte tief Luft. »Ich versteckte mich vor ihm, bis wir nach Barbados kamen, dann sprang ich über Bord. Hab mich dann Red McNeil angeschlossen. Der war Captain der *Sea Hawk*, ehe Gentleman Jack das Schiff übernahm. Und ich habe nie mehr zurückgeschaut.«

Nun, sie hatte wissen wollen, wie er ein Pirat geworden war, und er hatte es ihr erzählt – vielleicht mehr, als sie wollte –, doch immerhin kam er ihr jetzt weit menschlicher vor.

»Und sind Sie glücklich ... ich meine, ein Pirat zu sein?«

Scar rieb sich über die Wange. »Ich kann nicht behaupten, daß ich das alte England nie vermißt habe. Wie ich schon über das Wetter sagte. Es kann hier schrecklich heiß werden, aber ich beklage mich nicht.« Er stemmte seine Hände auf seine drahtigen Hüften. »Cap'n Blackstone ist ganz in Ordnung. Und man muß keine Angst haben, daß er was mit

Sodomie zu tun hat.« Letzteres sagte er mit wilder Überzeugung.
»Nein«, stimmte Miranda zu. »Ich glaube, daß Sie das nicht müssen.«
Nachdem sie nach unten begleitet worden war, setzte Miranda sich nachdenklich hin und fragte sich, wie wohl die Lebensgeschichte von Captain Blackstone aussehen mochte. Mit Sicherheit hatte auch er Gründe dafür, warum er Pirat geworden war. Doch sie wußte, daß sie ihn nie danach fragen würde und daß auch niemand von der Besatzung ihre Neugierde in dieser Hinsicht befriedigen würde. Außerdem wollte sie ohnehin nicht, daß man erfuhr, daß sie überhaupt neugierig war.
Miranda nahm ihre Zeichnung der Muskulatur des Piratenkapitäns zur Hand und ergänzte all das, woran sie sich erinnern konnte.
Am nächsten Morgen entdeckte Miranda einen Strandvogel, und im Laufe des Nachmittags bewegte sich die grüne Küstenlinie schwankend am Horizont. Die Besatzung war den ganzen Morgen über beschäftigt gewesen, doch nach dem Mittagsmahl aus Pökelfleisch und Erbsen saßen einige von ihnen, einschließlich Phin, Scar, King und No Thumb, auf Fässern in der Nähe ihres Ruheplatzes.
Captain Blackstone hatte sich unter Deck verzogen, doch Miranda beschloß, oben zu bleiben, da die Luft von der küstennahen Brise gekühlt wurde.
»Sie sagen also, daß die Erde nicht rund ist?« Phins Gesicht war nachdenklich verzogen. Selbst er hatte schon von ordentlichen Seeleuten gehört, die die ganze Welt umrundet hatten.
»Nicht genau, nein.«
»Aber flach ist sie auch nicht, oder?« wollte No Thumb wissen.

»Lieber Himmel, nein.« Miranda lachte, und No Thumb war sehr erleichtert. »Sie ist relativ rund, aber es ist eher eine abgeflachte Rundung. Nein, das ist keine gute Erklärung.« Miranda kaute auf ihrem Daumennagel herum. »Denken Sie an ein Ei.«
»Ich könnte jetzt gut ein Ei vertragen.«
»Halt den Mund, Scar, und laß Ihre Ladyschaft zu Ende reden«, sagte Phin.
Miranda seufzte. Sie wünschte auch ein Ei, aber nicht, um es zu essen, obwohl das jetzt nach dem Pökelfleisch gut schmecken würde, das sie gegessen hatte. Aber sie hatte herausgefunden, daß die Männer die Dinge besser begreifen konnten, wenn sie sie ihnen zeigte.
Statt dessen legte sie ihre Hände so aneinander, daß sie ihnen die Form der Erde nach Newtons Theorie in etwa verdeutlichen konnte.
»Natürlich kann er das nicht beweisen«, fuhr Miranda fort, »aber es ergibt schon einen Sinn, daß die Erde am Äquator runder ist, weil dort die Gravitation schwächer ist.«
»Was bedeutet dieser gravinale Kram?«
»Gravitation, Scar. Das ist die Erdanziehung, die verhindert, daß wir von der Erde herunterfallen.«
»Herunterfallen? Worüber sprechen Sie denn nun schon wieder?«
»Machen Sie sich keine Sorgen. Wir fallen schon nicht herunter. Die Schwerkraft in der Mitte der Erde hält uns alle am Boden fest.« Die Erleichterung auf ihren Gesichtern amüsierte sie. Um sie noch weiter zu besänftigen – da Miranda nicht wollte, daß sie vor Angst, sie könnten einfach ins Nichts fallen, zu ihrem Captain liefen –, nannte sie ihnen ein paar Beispiele.
»Sie haben doch alle schon mal etwas in die Luft geworfen,

oder?« Sie sahen sich an und nickten. »Nun, was ist dann geschehen? Ist das dann auf Nimmerwiedersehen im Nichts verschwunden?«
»Himmel, nein. Wenn du nicht aufpaßt, kommt es herunter und fällt dir auf die Birne.«
»Genau. Das ist die Schwerkraft. Sie hat es zur Erde zurückgezogen.« Miranda zuckte die Achseln. »Sie hält Sie auch am Boden fest.«
»Ja, das verstehe ich.« Phin wühlte mit seinen Fingern in seinem Bart herum. »Deshalb fallen diese schweren Felsbrocken, die wir als Ballast verwenden, auch so schnell herunter.«
»Das Gewicht spielt dabei keine Rolle. Alles fällt mit der gleichen Geschwindigkeit zur Erde zurück.« Skeptische Augen begleiteten diese neue Enthüllung von Miranda.
»Sie wollen mir also weismachen, daß ein schwerer Felsen nicht schneller herabfällt als ein leichter?«
»Ich weiß, daß es anders zu sein scheint, doch das stimmt nicht. Galileo hat als erster bewiesen, daß ...«
»Haben wir von diesem Typ nicht schon mal gehört?«
»Ja, ich glaube, wir haben schon über ihn gesprochen. Er war ein sehr interessanter Wissenschaftler ... und wirklich brillant. Jedenfalls hat er bewiesen, daß zwei Gegenstände, unabhängig von ihrem Gewicht, mit der gleichen Geschwindigkeit zu Boden fallen. Später hat Otto von Guericke nach seiner Erfindung der Luftpumpe bewiesen ...«
»Wie hat er das gemacht?«
»Was denn, No Thumb?«
»Wie hat dieser Gallo-Kerl gezeigt, daß ein schweres Ding und ein leichtes gleich schnell herunterfallen? Weil ich das nämlich einfach nicht glaube«, schloß er seine Rede und verschränkte die Arme vor seiner faßförmigen Brust.

»Nun, er ist auf einen hohen Turm gestiegen und hat ... Moment mal.« Miranda schirmte ihre Augen ab und schaute zum Himmel hinauf. Ein Lächeln breitete sich auf ihrem Gesicht aus. Sie wußte nun, wie sie ihnen das verdeutlichen konnte.

Sie wandte sich den Piraten wieder zu und zählte an ihren Fingern die Dinge auf, die sie benötigte. »Zwei Beutel und ein bißchen Schiffszwieback ...«

Jack beendete seine Eintragungen ins Logbuch und reckte sich. Er lehnte sich zurück und legte seine in Stiefeln steckenden Füße auf der Kante des Schreibtischs übereinander. Er hatte keine Lust mehr, hier unten zu bleiben, doch wenigstens war die Zeit, die er in seiner Kajüte verbracht hatte, für ihn nützlich gewesen. Er hatte berechnen können, wieviel Geld Henry ihm noch für die Ladung schuldete, die er in Charles Town nicht mehr hatte löschen können. Er lächelte, als er an diese Summe dachte.

Doch obwohl er gut verdient hatte, wurde Jack das ungute Gefühl nicht los, daß sich die Zeiten änderten. Spanische Galeonen waren nicht mehr so häufig oder leicht aufzubringen wie früher. Und die Franzosen ... Jack verzog spöttisch den Mund. Es lohnte sich kaum noch, einen Schuß auf sie abzugeben. Sie hatten selten etwas Wertvolles geladen.

Jack verschränkte die Arme und kippte mit dem Stuhl nach hinten. Phin sprach schon dauernd davon, daß sie in den Indischen Ozean fahren sollten. Das Entern von Schiffen der Mogulen war leicht und ertragreich.

Jack gefiel diese Idee überhaupt nicht. Erstens war der Indische Ozean sehr weit von St. Augustine und noch weiter von Spanien entfernt. Und wenn er noch immer darauf hoffte, jemals seine Schwester oder de Segovia zu finden, dann konnte er von hier nicht fortgehen. Der andere Grund hatte etwas mit dem Jucken in seinem Nacken zu tun. Er hatte sogar vor eine Weile schon mit seinem Onkel in Charles Town darüber gesprochen, daß er sein Freibeuterdasein beenden wolle. Es ging nicht darum, daß er das Geld brauchte. Es gab ja noch immer die Kolonie.

Jack schüttelte den Kopf. Man würde ihn nicht hängen, und er bemühte sich nach Kräften, nicht geschnappt zu werden. Himmel, hatte er nicht gerade erst bewiesen, wie weit er zu gehen bereit war, um dem Galgen zu entkommen, indem er Miranda Chadwick entführte?

Ein finsterer Blick verdüsterte seine gutaussehenden Gesichtszüge. Morgen früh würden sie in der Bucht vor Anker gehen. Und ein paar Tage später würden sie zurück nach Charles Town segeln, und er würde sich von ihr befreien können.

Jack beschloß, daß er dort seine Fracht blitzartig löschen, Nahrungsmittel und Frischwasser an Bord nehmen und in Richtung St. Augustine wieder auslaufen würde. Irgend jemand mußte doch wissen, wo seine Schwester war, und diesmal würde er erst dann zurückkehren, wenn er sie gefunden hatte.

Jack ließ die Finger durch sein schulterlanges Haar gleiten, richtete sich im Stuhl auf und erhob sich. Er warf noch einen letzten, sehnsüchtigen Blick auf seine Koje und schüttelte den Kopf über die Zeichnung, die er auf seinem Schreibtisch entdeckt hatte – das Bild eines Mannes, dessen Haut mit Linien bedeckt war. Mit einem Achselzucken verließ er die Kajüte.

Miranda Chadwick schien ihre Zeit tatsächlich mit seltsamen Dingen zu verbringen. Als er die Zeichnung unter seinem Logbuch entdeckt hatte, dachte er zuerst, daß sie jemanden porträtiert habe. Doch bei genauerem Hinsehen zeigte sich, daß das Gesicht nur mit ein paar verschwommenen Linien angedeutet worden war. Nur den Körper hatte sie genau gezeichnet – doch auch ihn nicht allzu detailliert. Mistress Chadwick schien offensichtlich nicht alles zu kennen, dachte Jack mit einem unterdrückten Lachen. Bestimmt wußte sie nicht, wie ein Mann ohne seine Hosen aussah.

Jack stieg durch die Luke, und als er sich umschaute, fragte er sich, wo alle geblieben waren. Ein Eimer mit Salzwasser und ein Scheuerstein befanden sich vor seinen Füßen auf dem Boden. Er gab zwar zu, daß niemand in der Besatzung wild darauf war, das Deck zu schrubben, doch sie alle hatten zugestimmt, daß das eine Aufgabe war, die einfach getan werden mußte.

Als er Lärm hinter sich hörte, drehte Jack sich um. Wie ein Mann stand seine Besatzung in einem Halbkreis um den Mast herum.

»Was, zum Teufel, geht hier vor?« Schuldbewußte Gesichter wandten sich ihm bei diesen Worten zu. Als Jack zu ihnen hinüberging, ließen sie ihn in ihren inneren Kreis durch. Phin erwiderte seinen Blick mit einem Ausdruck auf seinem Gesicht, den Jack nur als belemmert bezeichnen konnte.

»Was macht ihr hier?« wiederholte Jack. »Wer steuert eigentlich dieses Schiff, verdammt noch mal?«

»Äh, Cap'n, Sir ... hmm ...«

»Ich möchte eine Antwort, und zwar sofort!« Ein Gedanke schoß Jack durch den Kopf. Nervös sah er sich um. »Wo ist Mistress Chadwick?«

Phin hob den Blick so sacht, daß Jack das fast übersah. Er schaute aber auch nach oben und hatte das Gefühl, als hüpfe sein Herz in seiner Brust hoch. »Gott im Himmel!« schrie er. »Was macht sie dort oben?« Eine Antwort wartete Jack nicht ab, sondern wiederholte die Frage an seine verirrte Gefangene gerichtet. »Was, zum Teufel, machen Sie da oben?«

Miranda Chadwick hing mindestens zehn Meter über dem Deck in der Takelage. Ihr Haar wehte in der Brise, und ihre Röcke waren zwischen ihre Beine gezogen und ließen eine unziemliche Menge nackter Haut sehen.

Jack meinte zu hören, daß sie irgend etwas über die Schwerkraft und Galileo herunterschrie, doch er blieb nicht stehen, um ihr zuzuhören. Er griff nach dem Hanftau und schwang sich in die Wanten. »Nicht bewegen! Bloß nicht bewegen!«

Jahre der Übung ließen Jack die Strickleitern schnell und geschickt hinaufsteigen. Bei jedem Schwanken des Schiffes schaute er hinauf, um zu sehen, wie es Miranda ging. Und mit jedem weiteren Schritt war er sich des Abstands zu dem massiven Eichendeck unter sich bewußt.

Er hatte sich nie zuvor Gedanken über die Höhe gemacht, doch da jetzt die Möglichkeit bestand, daß Miranda Chadwick herabfallen könnte, konnte er an nichts anderes mehr denken – außer daß er allen Mitgliedern der Besatzung dafür das Fell über die Ohren ziehen würde, daß sie diese Dummheit überhaupt zugelassen hatten. Und daß er ihr an die Gurgel gehen würde.

Aber natürlich erst, wenn sie wieder sicher an Deck war.

Miranda konnte kaum glauben, wie schnell der Captain die Strecke vom Deck zu ihr herauf überwand. Und sie konnte auch nicht glauben, wie wütend er aussah. Sie wäre am liebsten noch höher hinaufgeklettert. Doch sie konnte nur so weit klettern, und sie war sicher, daß er schneller war als sie ... und außerdem hatte es keinen Sinn, ihn noch wütender zu machen, als er ohnehin schon war.

Also blieb sie, wo sie war, und klammerte sich mit einer Hand an der Takelage fest. In der anderen hielt sie zwei Beutel.

Einer enthielt Schiffszwieback, der schwerere war mit kleinen Bleikugeln gefüllt, die Kartätsche genannt wurden. Sie hatte vorgehabt, beide gleichzeitig fallen zu lassen, um Galileos Theorie zu beweisen. Statt dessen beobachtete sie, wie die Sonne das Haar des Captains in helles Gold verwandelte, als er sich ihr näherte.
»Ich kann das erklären, Captain Blackstone. Wissen Sie ...«
Der Rest ihrer Worte ging verloren, als einer seiner stahlharten Arme sich um ihre Taille schlang.
»Halten Sie sich an meinem Hals fest«, befahl er in einem Ton, der keine Diskussion zuließ.
Sie klammerte sich an ihm fest, als er zu dem mit Teer bedeckten Backstag hinübergriff. Der Wind wehte, und der Geruch des Mannes umhüllte sie genauso wie sein Körper. Ihre Gefühle waren überwältigend. Dann legte er seine kräftigen Beine um das Tau, und gemeinsam glitten, ja flogen sie fast zum Deck hinunter. Die Geschwindigkeit war amüsant, doch sie endete abrupt, als die Füße des Captains das Deck erreichten.
Wortlos warf er sie sich über die Schulter. Das Blut stieg Miranda in den Kopf, doch sie wagte nicht, sich zu wehren. Er schrie der Besatzung einen schnellen Befehl zu, der alle davonstieben ließ. Dann eilte er zur Luke und umfaßte dabei noch immer die Rückseite ihrer Oberschenkel.

Siebtes Kapitel

Oh, Sie Scheusal! Sie Kretin!« Miranda blieb nur einen Augenblick lang in der Kapitänskajüte still stehen. Schon im nächsten Moment warf sie die ebenholzfarbenen Haare zurück und stürzte sich auf ihn. Nie zuvor in ihrem Leben war sie so gedemütigt worden. Ja sie konnte sich nicht daran erinnern, überhaupt jemals gedemütigt worden zu sein – bis sie diesen Piraten kennengelernt hatte.

Captain Blackstone packte ihre Hände und vereitelte so erfolgreich ihre Schläge. Frustriert zog sie ihr Bein an und trat nach ihm, und ihr fiel erst ein, daß sie ihre Schuhe ausgezogen hatte, bevor sie in die Takelage geklettert war, als ihre Zehen gegen seine Lederstiefel krachten.

»Au! Oh ... oh, sehen Sie nur, was Sie getan haben.« Miranda hüpfte auf dem anderen Fuß herum – doch nur so weit von ihm fort, wie sein Griff das zuließ.

»Was ich getan habe! Was ich getan habe?« Jack hatte gute Lust, ihren cremefarbenen weichen Hals mit seinen Fingern zu umfassen und zuzudrücken. Statt dessen ließ er ihre Hände los und ging zum Sprossenfenster hinüber. Die glatte See fesselte ihn nur eine Minute lang, dann drehte er sich wieder zu ihr um. »Wie steht es eigentlich damit, was Sie getan haben?«

Miranda hielt mit ihrem Hüpfen gerade so lange inne, daß sie ihn anschauen konnte. »Ich habe nichts getan.«

»Sie haben nichts ...« Jack fuhr sich mit den Fingern aufgebracht durchs Haar und ging im Raum auf und ab. »Und wie nennen Sie dann Ihr Herumklettern in der Takelage?«

Miranda verschränkte die Arme und beachtete den Schmerz in ihren Zehen nicht weiter. Das Band hatte sich aus ihrem Haar gelöst, als der Captain sie sich über die Schulter geworfen hatte, und mit einer ruckartigen Kopfbewegung schüttelte sie eine Locke aus ihrem Gesicht. »Ich wollte das Gesetz der fallenden Körper demonstrieren.«

»Mußten Sie dazu unbedingt Ihren eigenen Körper benutzen?«

»Ich hatte nicht die Absicht, mich aus der Takelage herabfallen zu lassen.« Sie wünschte, der Captain würde sich beruhigen. Er lief in der kleinen Kabine herum wie ein Tiger im Käfig. »Ich wollte diese Beutel fallen lassen.« Miranda zeigte ihm die Lederbeutel, die sie noch immer umklammert hielt. »In einem ist Schiffszwieback, und im anderen sind Kugeln.«

Jack unterbrach sein Herumrennen und starrte sie mit zusammengezogenen Augen an. »Ja, sicher.«

Miranda überging seine Bemerkung und fuhr mit ihrer Erklärung fort. »Es war ein einfaches Experiment. Und das hätte überhaupt keinen Schaden angerichtet.«

Jack beugte sich ihr so weit entgegen, daß ihre Nasen sich fast berührten. »Keinen Schaden? Haben Sie eine Vorstellung davon, was geschehen wäre, wenn Sie heruntergefallen wären?« Jack fühlte noch immer die Panik in sich, die ihn ergriffen hatte, als er nach oben schaute und sie in der Takelage hatte hängen sehen.

»Aber ich hatte nicht die Absicht, herunterzufallen«, wiederholte sie. Als der Captain nur schnaubte und sich wieder von ihr entfernte, folgte Miranda ihm. »Ich kann sehr gut klettern. In England bin ich sehr oft auf Bäume geklettert, um für

die Experimente meines Großvaters Proben herunterzuholen.«
Jacks Kopf fuhr herum, und er sah ihr aufgebracht in die Augen. »Auf meinem Schiff trage ich die Verantwortung für Sie, und hier klettern Sie nirgendwohin. Haben Sie mich verstanden?«
Miranda hob das Kinn. »Ich war in weit größerer Gefahr, als Sie mich über die Schulter geworfen haben.«
»Haben Sie mich verstanden?« wiederholte er.
Sie wollte noch weiter darüber streiten, doch der Captain schien dazu keine Lust zu haben. Er stand mit gespreizten Beinen da, hatte seine muskulösen Armen verschränkt und sah wie das Musterbeispiel eines rücksichtslosen Piraten aus. Er wartete auf ihre Antwort. Widerwillig nickte Miranda. »Ich habe verstanden.«
»Gut.« Sein Kinn spannte sich an. »Und von jetzt an gibt es für Sie keine Gespräche mehr mit meiner Besatzung.«
»Was?« Miranda ließ die Beutel fallen, und sie kümmerte sich auch nicht darum, ob sie den Boden gleichzeitig berührten oder nicht. »Aber das ist nicht fair!«
»Ich habe Sie gewarnt, daß ...«
»Sie haben gesagt, daß ich nicht mehr über Maden und animalcules sprechen soll. Das habe ich getan.«
»Ja, aber Sie scheinen sich ständig in Schwierigkeiten zu bringen, wenn Sie mit der Besatzung zusammen sind.«
»Zum letzten Mal: ich war nicht in Schwierigkeiten.« Miranda ließ die Schultern sinken. »Und sie interessieren sich doch so sehr für die Wissenschaft.«
»Wahrscheinlich interessieren sie sich eher für Ihre Anatomie.«
Sein Blick glitt abwärts, und Miranda fühlte, wie dieser Blick eine Hitzewelle in ihr auslöste. Leidenschaft blitzte in seinen

Augen auf, und Miranda schaute nach unten und sah, daß ihre Röcke hochgeschlagen und ihre Beine vom Knie abwärts zu sehen waren. Hastig zerrte sie das Kleid hinunter.

»Sie sind widerlich.«

»Das stimmt genau. Aber zumindest gebe ich nicht vor, mich brennend für diese Jupitermonde zu interessieren, nur um herumsitzen und in Ihre großen blauen Augen schauen zu können.«

Mirandas große blaue Augen weiteten sich schockiert. »Das machen sie wirklich nicht.«

Gott im Himmel, vielleicht machten sie das tatsächlich nicht. Vielleicht war er der einzige, der von ihrem Anblick nicht genug bekommen konnte. Aber, verdammt noch mal, sie hing dort oben in den Wanten, und seine gesamte Besatzung konnte ihre langen, schlanken Beine sehen.

»Das machen sie wirklich nicht«, beharrte Miranda. »Phin interessiert sich für die Lichtgeschwindigkeit. Und das ist mit Scar und King und No Thumb nicht anders.« Mirandas Kinn hob sich trotzig. »Alle sind daran interessiert.«

»Nun gut, vielleicht ist es so.« Mensch, sie konnte verdammt giftig sein. »Leider werden sie für den Rest Ihrer Gefangenschaft auf jeden weiteren Wissenszuwachs verzichten müssen. Ich bin verantwortlich für Sie, und es wird so gemacht, wie ich es gesagt habe.«

»Aber ich glaube ...«

Jacks Mund bedeckte ihren mit einem Kuß, der sehr wirkungsvoll das unterbrach, was auch immer sie hatte sagen wollen. Er hatte nicht geplant, sie mit dieser Methode zum Schweigen zu bringen. Einen Moment lang stand er einfach nur so da, und im nächsten riß er sie an sich und vergrub seine Hände in ihrem herrlichen Haar.

Sie fühlte sich wunderbar an, so weich und süß, und der

geballte Zorn, den er empfunden hatte, als er sie in den Wanten sah, löste sich einfach auf. Er – ein Pirat – hatte sich zu Tode gefürchtet, als er sie so weit über dem Deck gesehen hatte. Er mußte sie jetzt einfach umarmen, um sich zu vergewissern, daß sie wirklich in Sicherheit war.

Miranda wußte, daß sie ihn aufhalten müßte, doch als sie die Hände hob, um ihn fortzuschieben, klammerten die sich statt dessen an sein Hemd. Er war hart und stark, und seine bloße Größe überwältigte sie derart berauschend. Natürlich sollte sie diesen Kuß ausdehnen – und wenn es auch nur aus Gründen eines Experiments war.

Doch als seine Zunge gegen ihre Lippen stieß und sie sich ihm öffnete, vergaß sie die gesamte wissenschaftliche Forschung. Sie stöhnte und stellte sich auf die Zehenspitzen, während ihre Arme sich um seinen Hals schlangen.

Seine Lippen lösten sich von ihren und ließen Küsse auf ihre Wangen, ihre Nase und die flatternden Augenlider herabregnen. Seine Zunge glitt an ihrem Hals entlang, und Miranda hatte plötzlich die merkwürdigsten Empfindungen in ihrem Unterleib. Ihr Kopf sank zurück, und sie versuchte, den Atem anzuhalten, als er an ihrem Ohr zu knabbern begann.

Miranda fühlte ihre Knie weich werden und dachte, daß sie gleich umfallen würde, weil seine Hände an ihrem Körper hinabglitten. Dann hob er sie plötzlich hoch. Nicht so ungezähmt wie zuvor, aber doch an seine harte Brust gedrückt.

Seine Lippen fanden ihre wieder, drängend, hungrig. Jack bettete sie auf seine Koje und legte sich auf sie. Sie klammerte sich an ihn und machte ihn ganz verrückt mit ihren unschuldigen Bewegungen und den sanften, süßen Lauten, die sie von sich gab.

Er umfaßte ihre Brust über der Seide ihres Kleides und

seufzte, als sich die Brustknospe unter seiner Hand verhärtete. Er spielte mit seinem Daumen an ihr herum, und sie bäumte sich unter ihm auf und ihm entgegen. Jack stöhnte und rieb seine Männlichkeit an ihr und verlor fast die Kontrolle, als sie sich zu winden begann.

Gott, er sollte das hier nicht tun. Der Gedanke kam aus dem Nichts, und Jack versuchte, ihn beiseite zu schieben. Er knabberte an ihren Lippen, reizte sie sanft und freute sich, als sie sich ihm öffneten. Jacks Zunge berührte ihre in rhythmischer Bewegung, die ihn ganz rasend machte.

Er wollte sie. Doch er konnte das nagende Bedauern nicht ignorieren, daß er das hier nicht tun sollte. *Er konnte es nicht tun.*

Mit einem Stöhnen richtete Jack sich auf und ließ sich mit einer Drehung auf der Kante der Koje nieder. Sein Atem ging flach und ruckartig, und er ließ den Kopf in die Hände sinken, um sich wieder ein wenig zu fassen.

Sie gab einen kleinen Laut von sich, und Jack drehte den Kopf nach ihr um – und verwarf fast seinen Entschluß. Ihr tintenschwarzes Haar breitete sich auf seinem Kopfkissen aus, und ihre halbgeschlossenen und vor Leidenschaft dunklen Augen schauten ihn fragend an. Doch im Gegensatz zu ihren sonstigen ständigen Fragen störte ihn diese nicht. Sie verdiente eine Antwort auf diese Frage.

Leider hatte er keine Antworten. Er konnte ihr nicht sagen, warum er sie zu küssen begonnen hatte. Und er konnte ihr schon überhaupt nicht sagen, warum er damit hatte aufhören müssen.

Er schloß die Augen und holte tief Luft. »Ich bitte um Verzeihung.« Jack hob hilflos die Hände und ließ sie gleich wieder herabsinken.

»Ich …« Miranda richtete sich auf ihrem Ellbogen auf. »Ich

weiß nicht, was ich sagen soll.« Das war alles so neu für sie. Miranda wußte, wie sich Tiere und Menschen fortpflanzten. Großvater hatte ihr den gesamten Vorgang erklärt, als sie irgendwann einmal über Nehemias Grews Entdeckung der Sexualität bei Pflanzen gesprochen hatten.

Miranda war damals fast elf Jahre alt gewesen. Sie hatte mit der ihr eigenen Wißbegierde zugehört, etliche Fragen gestellt und festgestellt, daß das alles nicht sehr reizvoll klang. Oh, sie war sich darüber klar gewesen, daß sie eines Tages Teil dieses Prozesses werden würde. Es war ja wichtig, die Erde zu bevölkern.

Doch niemals hätte sie sich träumen lassen, so etwas mit einem Piraten zu tun. Und obwohl der Akt selbst wenig gemein hatte mit den Erklärungen ihres Großvaters, war Miranda ziemlich sicher, daß es das war, was sie fast mit ihm getan hätte.

Und Gott mochte ihr verzeihen, sie hätte weitergemacht, wenn der Pirat nicht aufgehört hätte. Selbst jetzt noch bedauerte sie, daß er sie verlassen hatte.

Jack betrachtete sie einen Moment lang und stand dann auf. »Sie müssen nichts dazu sagen. Es war allein mein Fehler. Himmel noch mal, schließlich bin ich ein Pirat.« Und Piraten vergewaltigten und plünderten doch ständig, verdammt noch mal. Nur weil Jack daran keine Freude hatte, hieß ja noch nicht, daß er es nicht könnte, wenn er wollte.

Doch das war nicht einmal entfernt eine Vergewaltigung gewesen. Jack wußte es. Er warf ihr einen schnellen Blick zu, und er hatte das Gefühl, daß Miranda das auch wußte.

Gott, er mußte endlich damit anfangen, sich von ihr fernzuhalten.

Kopfschüttelnd ging Jack zur Tür. »Ich hätte Sie nie entführen dürfen, doch da ich ...«

»Warum haben Sie ... mich entführt, meine ich.« Miranda schwang die Beine über den Rand der Koje.
»Nun, das war ganz gewiß nicht meine Idee.« Kaum hatten diese Worte seinen Mund verlassen, wußte Jack, daß er das Falsche gesagt hatte. Diese Frau brachte nicht nur seine Eingeweide, sondern auch sein Gehirn durcheinander.
»Wessen Idee war es denn?«
»Niemandes.« Jack hob die Hand. »Es war nicht eine meiner besten Ideen. Na, egal. Versuchen Sie zu vergessen, was geschehen ist. Ich bringe Sie in einer Woche nach Hause zurück.« Bevor sie ihn noch weiter ausfragen konnte, verließ Jack die Kajüte.
»Sie sind nicht zu rauh mit ihr umgegangen, Cap'n?«
Jack war gerade eben durch die Luke gestiegen, als Phin mit ihm aufschloß. »Sie wissen, daß sie sich nichts Böses dabei gedacht hat.«
»Ich kann mir nicht einmal vorstellen, daß sie wußte, wie gefährlich es dort oben in den Wanten sein kann, wenn der Wind bläst.« Seine Stimme war ruhig. »Doch du wußtest es, Phin, und du hast trotzdem zugelassen, daß sie dort hinaufklettert.«
»Ich weiß, Cap'n, aber sie hat gesagt, daß sie gut klettern kann. Und ich will verdammt sein, wenn es nicht so war. Sie wären regelrecht schockiert gewesen, wenn Sie gesehen hätten, wie schnell sie nach oben geklettert ist. Und ich schwöre beim Grab meiner Mutter, daß sie uns nicht gesagt hat, was sie vorhatte, ehe sie loskletterte. Griff sich einfach eine der Strickleitern und stieg hoch.«
Jack stieß einen tiefen Seufzer aus. So wie er Miranda kannte, konnte er Phins Erklärung glauben. »Was geschehen ist, ist geschehen. Gott sei Dank ist dem Mädchen nichts passiert.« Die Erinnerung daran, wie er mit ihr in seiner Koje

gelegen hatte und was er hatte tun wollen, zuckte durch Jacks Gedanken. Wenn Henry das wüßte, würde ihn der Schlag treffen.

Kopfschüttelnd beobachtete Jack die vorbeiziehende, mit Pinien und Palmen bewachsene Küste. Sie segelten noch immer den gut versteckten Meeresarm entlang, der zu einem schmalen und tiefen Wasserlauf führte, den Jack einmal entdeckt hatte, als er einer britischen Fregatte entkommen wollte. Seither hatte er diese Stelle schon häufiger aufgesucht. Sie war sicher und geschützt und gut geeignet für die Überholung der *Sea Hawk.* Diesmal würde er dafür sorgen, daß die Arbeit so schnell wie möglich erledigt wurde. Je eher er Mistress Miranda in die liebenden Arme ihres Vater zurückbrachte, desto besser war es für sie – und auch für ihn.

Bei fünf Glasen während der Vormittagswache ankerte die *Sea Hawk* in Küstennähe. Das Bett des Flüßchens war hart und voller Geröll, und die Männer begannen bei Niedrigwasser damit, den Rumpf zu reinigen. Das Entfernen der Entenmuscheln war harte Arbeit, doch da ein Piratenschiff schnell sein mußte, mußte der Rumpf auch häufig gesäubert werden.

Soweit sie konnte, verfolgte Miranda die Arbeiten von ihrem Sprossenfenster aus. Anfangs fand sie es interessant, den Piraten dabei zuzusehen, wie sie über der Schiffsseite herabhingen und das Holz schrubbten. Doch bald ging ihr Blick zum Strand hinüber, auf dem sich wie lackiert wirkende Blätter und Spartgras verlockend in der Brise wiegten. Miranda biß auf ihrem Daumennagel herum und fragte sich, welche Fülle an Entdeckungen sie wohl hinter dem schützenden Grün machen könnte.

Wenn sie das doch nur erforschen könnte ... wie der Naturforscher John Ray. Mirandas Schultern sanken herab. Sie mußte etwas tun … irgend etwas, um nicht länger über ihr Zusammensein mit Captain Blackstone nachzudenken. Eine Welle von Erregung überschwemmte sie, und sie schlang die Arme um ihre Taille.

Das war schrecklich. Sie konnte nur noch an ihn denken, wie er aussah, wie es sich anfühlte, von ihm umarmt und geküßt zu werden, und warum er sich so plötzlich zurückgezogen hatte.

Miranda ging zur Tür. Normalerweise war ihr Kopf erfüllt von hochfliegenden Gedanken und Ideen, sie bestaunte das Universum, bestaunte das Tier- und Pflanzenleben, die Schwerkraft und das Licht und all die anderen wichtigen und faszinierenden Dinge.

Und jetzt beschäftigten sich ihre Gedanken nur noch mit einem Piratenkapitän. Irgend etwas lief da völlig falsch. Und der einzige Ausweg, der ihr einfiel, war, daß sie sich auf ein neues Projekt stürzte, wie zum Beispiel auf die Erforschung der Strandvegetation dort drüben.

Miranda ging zum Fenster zurück und ließ sich auf den Fenstersitz fallen. Der Captain hatte ihr ja nicht ausdrücklich verboten, an Land zu gehen. Miranda drehte sich um und streckte den Kopf aus dem offenen Fenster. Sie waren dem Sandstrand so nahe, daß sie durchs Wasser waten konnte. Und wenn das nicht möglich wäre, könnte sie auch schwimmen.

Miranda raffte ihr Pergamentpapier zusammen und ging zur Tür. Sie würde den Captain einfach fragen. Er hatte ihr zwar jeden Umgang mit seiner Besatzung untersagt, doch er hatte ihr nicht befohlen, daß sie in ihrer Kabine bleiben müsse.

Der Captain war nicht an Deck. Niemand war dort. Miranda schirmte mit der Hand ihr Gesicht gegen die Nachmittagssonne ab, ging an der Reling entlang und schaute immer wieder hinüber, um eine Spur vom Captain zu entdecken. Sie sah Phin an der Seite hängen und wollte ihn schon auf sich aufmerksam machen, meinte dann aber doch, daß dem Captain das nicht recht wäre. Also setzte sie ihre Suche fort. Schließlich fand sie ihn hinter dem Hauptmast. Wie die anderen Männer kratzte er an den überhängenden Muscheln herum, die am Rumpf klebten. Er strengte sich dermaßen an, daß seine schweißnassen Muskeln in der Sonne glänzten. Miranda zögerte, ihn zu stören, doch als sie daran dachte, daß ihr nur die Alternative blieb, in die stickige Kabine zurückzukehren und ihre Zeit mit Grübeln zu verbringen, gab sie sich einen Ruck.

»Captain Blackstone?« Miranda mußte zweimal rufen, bevor er hochschaute. »Kann ich mal eben mit Ihnen sprechen?«

Gütiger Gott, was wollte sie denn nun schon wieder? Jack schrubbte noch einmal heftig über den Rumpf. »Um was geht es denn, Mistress Chadwick?«

»Könnte ich an Land gehen?«

»Nein.«

Nein? Einfach nein? Nicht: Lassen Sie mich darüber nachdenken. Nicht: Bitte könnten Sie mir erklären, warum Sie an Land gehen möchten. Einfach nur nein.

Miranda quetschte sich zwischen den Belegpollern hindurch und lehnte sich weiter über die Reling. »Ich wollte ein paar Pflanzen sammeln … um sie unter dem Mikroskop zu betrachten.«

Jack schloß die Augen und atmete tief durch. Sie hatte ihre Haare geflochten, und die dicken, miteinander verwobenen Locken hingen so schwarz und glänzend über ihre Schultern herab wie die Flügel einer Krähe. Jack versuchte das Verlangen zu unterdrücken, seine Finger in diese süß duftende

Fülle zu vergraben. Statt dessen konzentrierte er sich auf all ihre ärgerlichen kleinen Gewohnheiten – zum Beispiel, daß sie ihn ständig bei der Arbeit belästigte.

»Ich kann mich nicht daran erinnern, daß ich Sie gefragt habe, warum Sie an Land gehen möchten, und es interessiert mich auch nicht. Ich kann Sie nur im Auge behalten, wenn Sie an Bord meines Schiffes bleiben.«

»Ich wußte nicht, daß Sie es für nötig erachten, mich im Auge zu behalten.« Schließlich hatte sie sich bis eben unten in seiner Kajüte aufgehalten. Der Piratenkapitän gab keinen Kommentar ab. Wie die anderen Piraten saß auch er auf einem kleinen, hölzernen schwingenden Ding, das am Ende eines langen Taus befestigt war. Ohne sich um sie zu kümmern, schrubbte er einfach weiter.

Miranda war es gewöhnt, Meinungsverschiedenheiten im Gespräch zu klären und mit Hilfe von Fakten und Logik auszufechten. Captain Blackstones Methode, einfach so zu tun, als ob gewisse Dinge nicht existierten, fand sie höchst ärgerlich. Außerdem mochte sie es nicht, daß man sie wie ein Kind behandelte, das bei allem um Erlaubnis zu fragen hatte. Großvater hatte sich nie in ihre Studien eingemischt.

Mit frischem Eifer hängte sich Miranda noch weiter über die Reling. »Es wäre viel leichter für Sie, mich zu überwachen, wenn ich am Strand wäre. Können Sie das sehen?« Sie beugte sich so weit vor, daß nur noch ihre Schuhspitzen das Deck berührten. »Sie brauchen nur den Kopf zu drehen, um zu sehen, wo ich mich aufhalte.«

Obwohl er keine Lust dazu hatte, drehte Jack den Kopf doch in Richtung Ufer. Er konnte den Sandstrand klar erkennen. Er bildete einen Puffer zwischen dem Pinienwald und dem sanft auflaufenden Wasser. Doch nur, weil er den Strand sehen konnte, hieß nicht, daß er sie vom Schiff herunterlas-

sen würde. Er schaute zu ihr auf, um ihr das zu sagen, und sein Mund wurde schon wieder trocken.
»Was machen Sie denn da? Möchten Sie ins Wasser fallen?«
Miranda ließ sich über die Reling zurückgleiten. »Sie brauchen sich keine Sorgen zu machen. Ich kann schwimmen.«
»Das ist wirklich ein Vorteil.« Jacks Herz schien langsam wieder zu seiner normalen Geschwindigkeit zurückzukehren.
»Ich könnte sogar zum Ufer schwimmen, wenn Sie sich nicht die Mühe machen möchten, mich hinüberzubringen.«
»Nein, verdammt noch mal, ich möchte mir diese Mühe nicht machen. Aber das heißt *nicht,* daß ich Sie zum Strand schwimmen lassen möchte.« Jack schob den Schaber in seinen Gürtel und griff nach dem Tau. Wenn er hier überhaupt etwas schaffen wollte, dann war es wohl das beste, wenn er sie zum Strand brachte. Sie konnte dort im Schatten sitzen und tun, was sie wollte, und er war sie los.
Miranda sah zu, wie er sich Hand über Hand an dem Hanftau hochzog. Das erinnerte sie lebhaft daran, wie sie sich an ihm festgeklammert hatte und er mit ihr vom Mast heruntergeklettert war – und auch daran, was anschließend in seiner Kajüte geschehen war.
Er setzte mit einem Sprung über die Reling und landete auf dem Deck. Wie jedesmal, wenn sie ihn sah, war Miranda von seiner Größe beeindruckt. Oder vielleicht war es diesmal deshalb, weil er kein Hemd trug. Seine glatte, gebräunte Brust glänzte vor Schweiß. Und Miranda mußte einfach zusehen, wie ein Schweißtröpfchen über seinen flachen Bauch herabrann und in seiner Baumwollhose versickerte.
Er drehte sich um, ging auf nackten Füßen davon, und Miranda folgte ihm. »Holen Sie alles, was Sie mitnehmen möchten. Ich lasse das Boot zu Wasser.« Sie waren so dicht

am Ufer, daß sie wirklich hätten schwimmen können, doch Jack wollte nicht, daß Henry glaubte, er hätte seine Tochter nicht mit äußerstem Respekt behandelt.

In der ganzen Zeit, in der er an den Entenmuscheln herumgekratzt hatte, hatte Jack über sein Versprechen nachgedacht, das er seinem Freund gegeben hatte. Er hatte gesagt, daß er sie wie seine Schwester behandeln würde. Tja, aber er hatte wirklich nicht an seine Schwester gedacht, als er Miranda geküßt hatte.

»Ich bin fertig.«

Jack wandte sich um und sah sie mit finsterer Miene an. Sie trug einen Strohhut und hatte ihr Pergamentpapier und die Zeichenkohle mitgebracht. In diesem Moment hätte Jack sie gern über die seltsame Zeichnung befragt, die er auf seinem Schreibtisch gefunden hatte, doch er entschied sich dagegen. Er wollte nicht, daß sie glaubte, er interessiere sich für irgend etwas, was sie tat.

Jack nutzte die kurze Fahrt zum Strand dazu, ihr die Regeln mitzuteilen, die sie zu beachten hatte. »Bleiben Sie am Strand. Gehen Sie nirgendwo anders hin. Oh, und bleiben Sie vom Wasser weg«, fügte Jack hinzu. Er erinnerte sich daran, daß sie erwähnt hatte, schwimmen zu können, und er konnte sich gut vorstellen, daß sie es sicher gern versuchen würde.

»Ich komme Sie in zwei Stunden wieder abholen. Wenn Sie aus irgendeinem Grund vorher zum Schiff zurückkehren möchten, rufen Sie einfach.«

»Danke, Captain. Ich komme schon klar.« Miranda breitete eine Decke auf dem Sand aus und setzte sich in den Schatten einer großen immergrünen Eiche, die mit dem schleierartigen Gespinst des spanischen Mooses behangen war.

Der Piratenkapitän zog das Boot auf den Sand. Nachdem er

sie noch einmal ermahnt hatte, an Ort und Stelle zu bleiben, watete er ins Wasser und schwamm zu seinem Schiff hinüber. Miranda beobachtete, daß er zu seinem Platz in der Nähe des Ankers zurückkehrte. Seine kräftigen Arme griffen nach dem Tau, und er ließ sich daran zu einer Holzplanke hinab. Ehe er wieder mit dem Abkratzen begann, drehte er den Kopf und starrte zu Miranda hinüber.

Sie winkte, er nicht.

An diesem neuen Ort hatte Miranda viel zu tun. Pflanzensorten, die sie vor ihrer Entführung erst zu erforschen begonnen hatte, säumten den Strand in scheinbar grenzenloser Vielfalt. Sie mußte nur die Hand ausstrecken, um über die gezackten Ränder eines Blattes zu streichen oder die Windungen einer Kletterpflanze zu verfolgen. Wo immer sie auch hinschaute, entdeckte sie etwas Neues und Aufregendes. Doch warum verbrachte sie dann eigentlich die überwiegende Zeit damit, den Piratenkapitän zu beobachten?

Indem sie sich einredete, daß sie nur an seiner Muskulatur interessiert war, studierte sie seine Gestalt, während er sich über seine Arbeit beugte. Sie nahm die Zeichenkohle und beschloß, statt der einen Zeichnung lieber noch eine Serie von Zeichnungen von ihm zu machen. Als Miranda sich dabei ertappte, daß sie sich darauf konzentrierte, wie sie seine aristokratische Nase und die Form seiner vollen Lippen am besten zeichnen könnte, wußte sie, daß das weit über alle wissenschaftliche Erforschung seiner Anatomie hinausging.

Wütend warf sie die Zeichenkohle beiseite. Was war bloß mit ihr los? Sie war die Gefangene des Piraten. Und da sollte sie sich doch wohl eher Möglichkeiten ausdenken, um ihm zu entkommen. Schließlich hatte sie nur sein Wort dafür, daß er plante, sie nach Charles Town zurückzubringen.

Was war, wenn ihr Vater das Lösegeld nicht zahlen konnte?

Oder der Bote diese Stelle hier nicht fand? Sie schaute sich um. Dieser Strand war wirklich sehr abgelegen und schien nur übers Meer erreichbar zu sein. Und sie hatte bisher keine Spur von einem Boten gesehen – und auch nichts davon gehört, daß irgend jemand einen erwartete. Doch der Captain hatte ganz klar gesagt, daß er hier das Geld erhalten sollte.

Doch wer würde es bringen? Miranda stand auf und wanderte am Ufer der kleinen Bucht entlang. Sie war ganz umsäumt von dichtem Wald und Unterholz, und Miranda konnte nicht einmal einen Pfad entdecken. Es wäre ein Wunder, wenn ein Bote diesen Ort hier finden würde. Miranda schüttelte den Kopf. Das war alles einfach nicht logisch.

Doch schließlich betraf das alles, was mit Captain Blackstone zu tun hatte – und auch ihre Reaktion auf ihn.

Mit einem Seufzer kehrte Miranda zu ihrer Decke zurück. Da das Viereck durch den veränderten Sonnenstand jetzt fast ganz beschienen wurde, zog Miranda es weiter in den Schatten hinein. Nachdem sie sich gesetzt hatte, begann sie, die Palme rechts von ihr zu zeichnen.

Es war selbst im Schatten warm, und Miranda spürte, daß ihr die Augen zufallen wollten. Da sie nicht einschlafen wollte, schüttelte sie sich und setzte sich aufrecht hin. Und dann sah sie die kleine Eidechse auf ihrer Decke. Sie hatte solche schon in Charles Town gesehen, aber nicht aus dieser Nähe.

Sie war ungefähr acht Zentimeter lang, leuchtend grün gefärbt und hatte eine Zunge, die in regelmäßigem Abstand aus dem Maul hervorschoß. Langsam näherte sich Miranda der Eidechse, um sie besser betrachten zu können. Doch als sie die Hand nach ihr ausstreckte, huschte sie von der Decke herunter in den Sand.

Miranda sprang auf und sah, daß sie im Unterholz verschwand. Sie dachte nur noch daran, die Eidechse genauer zu beobachten, und folgte ihr.

»Was ist denn das für ein Geschrei?« Jack sprang über die Reling und bahnte sich durch den Kreis der Männer einen Weg zu Scar und No Thumb. Diese beiden Piraten – der eine groß und dunkel, der andere hager und blond – starrten sich unter zusammengezogenen Brauen hervor an. Beide stritten immer wieder miteinander, und normalerweise mischte Jack sich nicht ein, sondern ließ sie das unter sich austragen.
Doch diesmal war der Lärm, den die übrige Besatzung machte, so gewaltig, daß er ihn nicht überhören konnte. Er hatte das Schiff gekrängt, als er sie zuerst hörte. Um sich zu vergewissern, daß Miranda Chadwick nicht der Grund für diesen Wirbel war, hatte er zum Strand hinübergeschaut. Sie saß unschuldig auf ihrer Decke, und er hatte über das hübsche Bild lächeln müssen, das sie abgab, als sie sich über etwas in ihrer Nähe hinabbeugte.
Doch er schaute sie nicht lange an, da wieder die Männer an Deck seine Aufmerksamkeit erregten. Was hatten sie überhaupt an Deck zu suchen? Alle hatten die Anweisung, den Rumpf zu reinigen, damit sie mit dieser Arbeit zügig fertig wurden und nach Charles Town zurückkehren konnten.
Nun mußte er feststellen, daß die Männer nicht nur ihre Arbeit verlassen hatten, sie hatten sich auch quasi alle freigenommen.
»Ich möchte wissen, um was es hier geht.« Jack drängte sich zwischen die beiden Piraten. »Nun?«
No Thumb schob das Stoppelkinn vor. »Dieser nichtsnutzige Sohn einer Hure sagt, daß wir alle von der Erde aufgesogen werden.«
»Was?« Jack wollte seinen Ohren kaum trauen. Seine Besat-

zung hatte ja manchmal schon seltsame Ideen, aber das hier ... »Scar, du weißt es doch besser.«

»Ich habe das nicht gesagt. Mistress Miranda hat es uns gesagt.«

Diese Antwort löste ein Sperrfeuer von Geschrei aus, das hauptsächlich gegen Scar gerichtet war. Die ganze Sache war so lächerlich, daß Jack erst einmal nur dastehen und seine Männer erstaunt anschauen konnte. Dann holte er tief Luft. »Gott im Himmel, seid doch mal still! Alle.«

Die Münder klappten zu, und alle Augen richteten sich auf Jack. Er erwiderte ihre Blicke und atmete aus. »Also, Phin, sag mir, was hier los ist«, bat er seinen Steuermann, als sich alle wieder etwas beruhigt hatten.

»Ich bin mir nicht sicher, Cap'n. Scar hier sagt, Mistress Miranda hat gesagt, daß wir alle eingesogen ...«

»Diesen Teil habe ich schon gehört. Wann hat sie das gesagt?« Jacks Hände ballten sich zu Fäusten. Gnade ihm Gott, denn wenn er herausfand, daß sie hinter seinem Rücken seinen Männern diesen Unsinn erzählt hatte, dann würde er ... ach, du lieber Himmel, er wußte nicht, was er dann tun würde.

»Das ist ja gerade der Punkt, Cap'n. Sie hat das überhaupt nicht gesagt. Sie hat uns über die Schwerkraft erzählt.« Phin machte eine Pause, damit auch ja jeder merkte, daß er das wissenschaftliche Wort verwendet hatte. »Doch das war an dem Tag, als sie hochgeklettert ist an ... nun, Sie wissen ja, wohin sie geklettert ist.«

Das wußte er nur zu gut. Der Augenblick, als er sie beim Hochschauen in den Wanten hängen sah, hatte sich für immer in sein Gehirn eingegraben. »Und seitdem hat sie diesen ... diesen Unsinn nicht mehr verbreitet?«

»Himmel, nein, Cap'n. Keiner von uns hat sie seither gesehen. Und das ist für mich das Problem.«

Jack konnte kaum glauben, was er zu hören bekam. »Was soll das heißen?« Daß seine Besatzung ihr zugehört hatte, hatte dieses ganze Chaos hervorgerufen.
»Weil sie uns diese Sache nicht erklären konnte, ist Scar vielleicht so verdammt durcheinander.«
»Ich bin nicht durcheinander. Sie sagte ...«
»Ruhe!« Jacks Hände stemmten sich in seine Hüften. »Laßt mich das klarstellen. Ihr alle möchtet hören, was diese ... Frau zu sagen hat. Auch wenn sie über Maden spricht und darüber, daß wir im Boden versinken werden?«
»Sie hat überhaupt nichts davon gesagt, daß wir versinken werden. Und, ja, wir möchten hören, was sie zu sagen hat.«
Ein allgemeines, zustimmendes Murmeln erhob sich, in das auch Scar einstimmte. Jack konnte nur den Kopf schütteln. Was, zum Teufel, war nur mit seiner Besatzung geschehen? Gott im Himmel, sie waren Piraten und keine Schuljungen. Doch wenn sie zuhören wollten, konnte Jack schlecht etwas dagegen tun. Ganz sicher wollte er nicht, daß Miranda Chadwick dadurch eine Meuterei auf der *Sea Hawk* anzettelte, daß sie nicht sprechen durfte.
»In Ordnung, Männer, ich werde ihr gestatten, an Deck zu kommen und wieder mit euch zu sprechen. Doch ihr habt trotzdem eure Arbeit zu erledigen.« Ihr Nicken und Lächeln war fast komisch. »Ich werde sie herüberholen und hören, was sie zu dieser Vereinbarung zu sagen hat.«
»Wo ist denn Ihre Ladyschaft, Cap'n?«
»Sie ist gleich dort drüben ...« Jack drehte sich um, um zum Strand zu deuten, und sein Kinn sank herab. Dort am Strand lag die Decke, ein Strohhut ... und nichts weiter.
»Oh, mein Gott!« Jack rannte zur Reling, schwang sich darüber und machte einen Hechtsprung ins Wasser.

Achtes Kapitel

Dort war ein Pfad.

Nachdem Miranda die erste Barriere des Unterholzes überwunden hatte, entdeckte sie ihn: einen Fußweg, der tiefer in den Wald führte. Zu diesem Zeitpunkt hatte sie die Spur der Eidechse längst verloren, doch sie war sicher, daß es weiter vorn für sie noch viel mehr zu sehen geben würde.

In dem von dichtem Blattwerk von der Seebrise abgeschnittenen Bereich war die Luft schwer und warm. Insekten summten und tanzten träge zwischen den bartähnlichen Fasern des spanischen Mooses herum, das von den Bäumen herabhing.

Miranda blieb mitten auf dem Weg stehen und sah sich um. Einzelne Sonnenstrahlen stahlen sich durch die Piniennadeln. Hier sah es so ganz anders aus als in den Wäldern in England. Die Pflanzen, die Insekten, die in den Bäumen kreischenden Vögel: alles schrie förmlich danach, erforscht zu werden.

Miranda nagte an ihrem Daumennagel herum und schaute erst dorthin zurück, wo sie sich durchs Gebüsch gezwängt hatte, und dann auf den Weg vor ihr. Sie war nicht so dumm, etwas zu erforschen, bei dem sie sich verlaufen konnte. Als sie der Eidechse gefolgt war, hatte sie Zweige abgebrochen, so daß sie zum Strand zurückfinden könnte, und sie mußte

jetzt noch nicht umkehren. Hier war ein Weg, der offensichtlich häufig benutzt wurde. Wenn sie auf diesem Weg blieb, würde sie sich auch nicht verlaufen können.
Als sie an Captain Blackstone dachte, wurde sie ein wenig unsicher. Was war, wenn er sah, daß sie nicht mehr da war? Aber er kannte den Pfad wahrscheinlich und nahm sicher an, daß sie einen Spaziergang machte. Sie würde nicht lange fortbleiben. Und wahrscheinlich würde sie nie wieder solch eine Chance bekommen, denn ihr Vater beschützte sie viel mehr als ihr Großvater. Papa ließ ihr einfach nicht die Freiheit, auf Entdeckungen zu gehen.
Miranda ging auf dem sandigen Fußweg weiter. Außerdem war sie dem Piratenkapitän keine Rechenschaft schuldig. Er hatte sie schließlich entführt, um Himmels willen. Und sie wollte ihm ja auch nicht davonrennen. Sie würde zurückkehren.
Und zwischenzeitlich konnte sie alle möglichen Proben sammeln. Miranda zwickte ein paar Blätter von einer Kletterpflanze ab, die sich um den Stamm einer immergrünen Eiche rankte. Da sie ihren Probenbeutel nicht dabei hatte, raffte sie ihren Rock vor sich so hoch, daß er zu einer Art Beutel wurde, in dem sie ihre Funde aufbewahren konnte. Sie wünschte nur, sie hätte ihr Pergamentpapier mitgenommen, dann hätte sie ihre Funde auch gleich noch katalogisieren können. Statt dessen führte Miranda leise Selbstgespräche und beschrieb dabei die Beschaffenheit der Baumstämme und die knotigen Wurzeln, die aus dem Boden herausschauten, und versuchte so, diese Einzelheiten in ihrem Gedächtnis zu speichern.
Obwohl Miranda auf dem Weg blieb, prüfte sie immer wieder, wie weit sie schon gegangen war. Ihr wurde langsam unbehaglich zumute wegen der Zeit, die bereits verstrichen

war, seit sie fortgegangen war. Pirat hin oder her – sie wollte nicht, daß Captain Blackstone sich ihretwegen Sorgen machte. Außerdem würde sie ja anschließend seinen Ärger abbekommen. Allerdings mußte sie zugeben, daß sie sich über die Art nicht beklagen konnte, wie er ihr beim letzten Mal seinen Ärger gezeigt hatte. Dennoch vermutete sie, daß sie sich nicht darauf verlassen konnte, daß er sie immer küssen würde, wenn er auf sie wütend war.

Mit einem Seufzer ging sie in die Hocke, um vor ihrer Rückkehr die letzte Probe, eine karmesinrote Wildblume, an sich zu nehmen. Sie drehte sich, um die Blüte in ihren Rock zu legen.

Und dabei sah sie die Füße.

Sie waren groß und kupferbraun, und als sie ihren Blick langsam hob, stellte sie fest, daß sie zu kräftigen nackten Beinen gehörten. Als ihr Blick daraufhin nach oben flog, schnappte sie nach Luft, setzte sich auf ihren Hintern und verstreute fast all ihre gesammelten Pflanzen.

Der Mann war fast so groß wie der Captain, und er trug nichts auf seinem Körper – das heißt, nichts außer den Zeichnungen, die seine Brust und sein Gesicht schmückten. In einer tiefen, gutturalen Sprache sagte er etwas zu Miranda, das sie nicht verstand. Dann verschränkte er die Arme, als wartete er auf eine Antwort von ihr.

»Ich verstehe Sie nicht«, sagte sie auf erst englisch, dann auf französisch und schließlich auf spanisch. Die dunklen Augenbrauen des Mannes hoben sich, als sie Spanisch sprach, doch darüber hinaus ließ er nicht erkennen, daß er sie verstanden hatte. Er starrte sie nur weiterhin mit seinen nachtschwarzen Augen an. Und Miranda wünschte, sie wäre an Bord der *Sea Hawk* geblieben.

»Wer sind Sie?« fragte Miranda schließlich. Seine Antwort

hätte ein Name oder etwas anderes sein können. Miranda hatte niemals zuvor eine ähnliche Sprache gehört.
Der Mann war ein Indianer, dessen war sie ganz sicher. Sie hatte Berichte über Indianer gelesen, und sie hatte sogar das Buch *Die Zeichnungen von John White* gesehen, in dem auch seine Zeichnungen von Indianern enthalten waren, denen dieser Mann hier erstaunlich ähnlich sah. Wenn sie sich bloß mit ihm unterhalten könnte, dann könnten sie vielleicht ...
Er griff sie sich so blitzartig schnell, daß Miranda nur noch einen kurzen Protestschrei ausstoßen konnte, als sie sah, daß all ihre gesammelten Proben zu Boden gefallen waren. Als sie sich umwandte, um sie dem Indianer zu überlassen, preßte er ihr jedoch die Hand auf den Mund und zerrte sie ins Unterholz.
Doch plötzlich war ihr der Verlust ihrer Sammlung nicht mehr wichtig. Dieser Indianer würde sie töten. Sie versuchte, sich seiner zu erwehren, doch seine Arme schlossen sich um sie und seine Hand preßte sich nur noch fester auf ihren Mund. Über seine Hand hinweg blinzelte Miranda ihm zu, und er deutete mit dem Kopf in Richtung Weg.
Miranda hätte schwören können, daß er ihr etwas sagen wollte. Doch was?
Er hockte sich hinter das Gebüsch und zog Miranda zu sich herab. Dornen durchstachen ihr Mieder, und Tränen stiegen ihr in die Augen. O Gott. Erst wurde sie von einem Piraten gefangengenommen und nun von einem Indianer. Sie wartete darauf, daß er etwas tat, doch er hockte mit seitwärts geneigtem Kopf reglos da, als ob er horchte.
Miranda horchte auch und konnte auch etwas hören. Jemand kam rennend auf sie zu. Hoffnung stieg in ihr auf. Konnte das Captain Blackstone sein? Doch wenn er es war, würde der Indianer ihn töten? Die Schritte kamen näher,

wurden lauter, und Miranda Herz schien im gleichen Rhythmus mit ihnen zu schlagen.
Und dann rannten sie vorbei und entfernten sich von der Stelle, an der sie und der Indianer versteckt kauerten. Sie hatte nicht einmal sehen können, ob es wirklich Captain Blackstone gewesen war. Vielleicht war es ja auch ein anderer Indianer gewesen. Sie war sich dessen sicher, als ihr Indianer aufstand, sie hinter sich her zerrte und eine Begrüßung rief.
Die Schritte kamen zum Stillstand, doch Miranda wollte keine weiteren Indianer sehen. Sie schloß die Augen und betete darum, daß ihre Häscher ihr einen schnellen Tod gönnten.
»Gott im Himmel!«
Diese Stimme. Diese Worte. Miranda riß die Augen auf. Doch wenn sie gehofft hatte, daß ihr ein freundliches Willkommen entgegengebracht würde, dann hatte sie sich getäuscht. Der Piratenkapitän sah sie genauso finster an wie der Indianer. Dennoch ließ sie sich erleichtert gegen ihren Angreifer sinken.
Der Indianer sprach wieder in seiner gutturalen Sprache, und zu Mirandas Überraschung antwortete ihm Captain Blackstone in der gleichen Sprache. Als der Indianer die Hand über ihrem Mund lockerte, sank Mirandas Unterkiefer herab. Ihrem Verhalten nach zu urteilen, schienen sie sich zu kennen.
Der Indianer sprach wieder, und der Captain verschränkte die Arme und nickte, wenn auch zögernd. Er sagte etwas, das den Indianer zum Lachen brachte und ihn veranlaßte, Miranda loszulassen. Als ihre Füße auf dem sandigen Boden landeten, gaben ihre Knie nach. Doch der Captain unternahm nichts. Miranda mußte sich am Arm des Indianers festhalten, um nicht umzufallen.

Das schienen die beiden lustig zu finden. Miranda streckte ihre Knie durch und sprang zur Seite, doch sie hielt kurz vor dem Piraten inne. Er schien sich nämlich jetzt ernsthaft mit dem Indianer zu unterhalten. Und es war für sie äußerst frustrierend, daß sie nicht verstehen konnte, was die beiden sagten.
Miranda versuchte, hier und da ein Wort aufzuschnappen, doch das gelang ihr nicht. Sie erwartete eigentlich, daß der Captain sich an sie wenden und ihr mitteilen würde, um was es bei diesen Verhandlungen ging, doch er ließ sie genauso links liegen wie der Indianer. Schließlich ging sie davon aus, daß sie nicht über sie sprachen.
Bereiteten sie sich vielleicht auf irgendeinen schrecklichen Kampf vor? Miranda betrachtete forschend das Gesicht des Captains. Doch obwohl er eindeutig zornig war und ständig wütender wurde, schien sich diese Feindseligkeit nicht gegen den Indianer zu richten.
Und jetzt erst fiel ihr auf, daß keiner von ihnen eine Waffe gezogen hatte. Allerdings sah es nicht so aus, als hätte der Captain eine Waffe bei sich. Er trug nur eine nasse Hose, die seinen Unterkörper wie eine zweite Haut umspannte. Der Indianer hatte noch weniger an als er, doch sie sah einen Messergriff aus einer Lederscheide herausragen, die um seine Taille befestigt war.
Als Miranda sich ganz langsam von dem Indianer zurückzog, glaubte sie nur so lange, daß sie sich unbemerkt bewegte, bis der Pirat sie mit seinem wilden grünen Blick aufspießte. Sie erstarrte. Offenbar war sich Captain Blackstone ihrer weit mehr bewußt, als sie vermutet hatte. Dieses Wissen beruhigte sie seltsamerweise sehr – auch wenn er wütend auf sie war.
Die Unterhaltung ging weiter und war von lebhaften Gesten

begleitet, bis der Indianer sich plötzlich umdrehte und mit langen Sprüngen den Weg hinunterlief, der vom Wasserlauf fortführte. Mit großen Augen sah Miranda ihn um eine Biegung herum im Wald verschwinden. Dann wandte sie den Kopf Captain Blackstone zu. Auch er sah dem Indianer mit undurchdringlichem Gesichtsausdruck nach.

Als Miranda ihre Chance erkannte, sank sie auf die Knie und begann, ihre Proben wieder einzusammeln, die sie verloren hatte, als der Indianer sie angegriffen hatte.

»Was, zum Teufel, tun Sie da?«

Die Frage wurde so abrupt und laut gestellt, daß Miranda die Pflanzen wieder fallen ließ und gerade noch einen Schreckensschrei unterdrücken konnte. Als sie aufschaute, sah sie, daß der Captain mit in die Taille gestützten Händen drohend über ihr aufragte.

»Nun?« Er starrte auf sie hinab und erwartete offensichtlich eine Antwort von ihr.

»Ich ... ich habe ... also, Sie sehen ja, daß ich ein paar Blätter und Blüten gesammelt hatte, die ich fallen ließ und ...«

»Blätter und Blüten. Sind Sie deshalb hierher gegangen? Um Blätter und Blüten zu sammeln?«

Seine Stimme schwoll mit jedem weiteren Wort an. Miranda schluckte nur und nickte.

»Gott im Himmel!« Er fuchtelte mit den Händen in der Luft herum, als erflehte er von einer höheren Macht eine Erklärung für ein derartiges Verhalten. »Und Sie haben nur für ein paar Blätter und Blüten riskiert, von Indianern gefangen zu werden, und mich auch noch fast zu Tode erschreckt.«

Jack ließ die Arme sinken und ging ein paar Schritte auf dem Fußweg entlang. Als er sich umdrehte, deutete er mit dem Zeigefinger auf sie. »Sie sind verrückt.«

Miranda stand auf und wischte die paar Blätter achtlos fort, die zufällig an ihrem Rock haften geblieben waren. »Das bin ich nicht!«

Jack kam näher. »Und ob!«

Sie ging ihm so weit entgegen, bis sie so dicht vor ihm stand, daß sie den Geruch des Salzwassers auf seinem Körper riechen konnte. Dann verschränkte sie die Arme. »Bin ich nicht.« Für jemanden, der sich – bis zu seinem Zusammentreffen mit dem Piraten – nur über wissenschaftliche Theorien gestritten hatte, kam Miranda ganz schön in Fahrt.

Jack senkte seinen Kopf so weit hinab, daß sich ihre Nasen fast berührten. »Sie sind sogar noch verrückter als eine Fledermaus, hier allein herumzuwandern, wo es in dieser Gegend von Indianern nur so wimmelt.«

Miranda hob das Kinn. »Es gibt keinen Beweis dafür, daß eine Fledermaus verrückt ist.«

Jack schnaubte nur. Typisch für diese verrückte Frau, so etwas zu sagen.

»Und«, fuhr Miranda fort, »niemand hat mir gesagt, daß es hier Indianer gibt.«

Jack holte tief Luft und starrte einen Augenblick lang auf sie hinab. Es war zwar richtig, was sie sagte, und dennoch ... »Sie hätten das gar nicht wissen müssen, wenn Sie dort geblieben wären, wo ich Sie hingebracht habe.«

Mirandas Augen wurden schmal. Sie war nichts, das man irgendwo absetzte und von dem man erwartete, daß sie einfach dort blieb wie ein ... wie ein Hund. »Ich bin dort geblieben ...«

»Ha!« Jacks Auflachen war laut und kurz. »Wollen Sie mir einreden, daß Sie am Strand gesessen haben, als Nafkebee Sie sich geschnappt hat? Ehe Sie antworten: Nafkebee sagte mir, daß er Sie auf dem Weg gefunden hat.«

»Ich wollte gerade sagen, daß ich eine Weile am Strand

geblieben bin. Dann habe ich mich zu einem kurzen Spaziergang entschlossen.«
»Kurz? Wir sind hier mindestens eine Meile vom Strand entfernt.«
Miranda überging seinen Ausbruch. »Wie hieß der Indianer noch gleich?«
»Nafkebee.«
»Nafkebee«, wiederholte sie. »Wie auch immer, Nafkebee hat mich jedenfalls nicht auf dem Weg gefunden, weil ich gar nicht verlorengegangen war. Ich habe mich nur um meine eigenen Angelegenheiten gekümmert, und er hat mich weggezerrt.«
»Nafkebee hat völlig recht.« Jack schüttelte den Kopf. »Er sagte, daß Sie jemanden brauchen, der ständig auf Sie aufpaßt.« Tatsächlich hatte er Jack dafür getadelt, daß er nicht auf seine Frau aufgepaßt habe. Als Jack vehement bestritten hatte, daß sie seine Frau war, hatte der Indianer nur so mit den Achseln gezuckt, wie er es immer getan hatte, wenn er Jacks Worten nicht geglaubt hatte.
»Ich brauche keinen Aufpasser.« Miranda machte auf dem Absatz kehrt und ging den Weg wieder zurück.
»Ach, nein?« Jack schloß zu ihr auf.
»Nein!«
»Und was ist eben passiert?«
»Was ist denn passiert?« Miranda blieb stehen und sah Jack durch ihre Wimpern hindurch an. »Warum hat er mich gehen lassen, als er Sie sah?«
»Nafkebee ist ein Freund von mir. Aber Sie hätten genauso leicht von einem brutalen Indianer gefangengenommen werden können.«
»Meinen Sie so, wie ich von Ihnen entführt worden bin?«
Jack hatte soviel Anstand, gekränkt auszusehen, doch nur

einen Moment lang. Dann verhärtete sich sein Gesichtsausdruck, während er ihre Schultern umfaßte und Miranda zu sich herdrehte. »Das ist nicht das gleiche.«

»Nein? Und warum nicht? Ich sehe keinen Unterschied. Ein Pirat schleicht sich mitten in der Nacht in mein Schlafzimmer und schafft mich zu ...«

»Ich werde Ihnen nicht weh tun, um Gottes willen.«

»Das sagen Sie.« Miranda warf den Kopf zurück und brachte damit die schwarzen Locken in heftige Bewegung, die um ihre Schultern hingen. »Sie haben mir schon alles mögliche gesagt, doch bewiesen haben Sie nichts.«

»Was, zum Beispiel?« Abgesehen von der kleinen Taktlosigkeit in seiner Kajüte, hatte Jack das Gefühl, daß er sich ziemlich gut an seinen Teil der Abmachung hielt – nun, zumindest so gut, wie Miranda es zuließ.

»Wie zum Beispiel die Sache mit dem Boten, der angeblich das Lösegeld für mich bringen soll. Ich glaube, daß Sie sich das nur ausgedacht haben.« Miranda hob das Kinn. »Ich glaube, daß Sie gar nicht die Absicht haben, mich nach Charles Town zurückzubringen.«

»Oh, da täuschen Sie sich aber. Wir segeln morgen früh nach Charles Town zurück.« Gott im Himmel, dieser Fratz glaubte doch nicht ernsthaft, daß er sie behalten wollte?

»Morgen? Wirklich?«

»Ja.«

»Und was ist mit Ihrem Schiff? Sie können doch mit der Reinigung des gesamten Rumpfs noch gar nicht fertig sein.«

»Bin ich auch nicht.« Jack ließ sie los und ging weg. Warum hatte er bloß immer das Bedürfnis, sie in die Arme zu ziehen und zu küssen, wenn er ihr nahe war? Und besonders jetzt. Es gab wichtigere Dinge, über die er nachdenken mußte, als ...

»Warum?«
»Warum was?«
Wieder blieb sie stehen, und wieder sah er sie an. »Warum kehren wir so bald schon zurück? Hat der Bote das Geld bereits gebracht?«
Verdammt noch mal, diese Frau bestand nur aus Fragen. Jack seufzte tief auf. »Nein, das Lösegeld ist noch nicht gebracht worden.« Er hob die Hand. »Doch der Plan wurde geändert. Ich bringe Sie jetzt zurück, und damit ist alles erledigt.« Nach dem, was Nafkebee ihm gerade erzählt hatte, würde er keine weitere Woche mehr hier herumsitzen. Henry mußte einfach dafür sorgen, daß seine Tochter sich von dem Steuerbeamten des Königs fernhielt. Jack widerstand dem Drang, sich im Nacken zu kratzen.
»Hat das etwas damit zu tun, daß ich davongegangen bin, denn wenn es das ist ...«
»Damit hat es nichts zu tun.« Jack fuhr sich mit den Fingern durchs Haar. »Hören Sie. Ich dachte, daß Sie gar nicht schnell genug nach Charles Town zurückkehren könnten.«
»Das war auch so ... ich meine, es ist noch immer so. Es ist nur so, daß ...«
»Dann ist ja alles geklärt.«
Miranda senkte den Blick bei dieser laut geäußerten Bemerkung. »Ich verstehe es nur einfach nicht.«
»Himmel noch mal. Es ist nicht nötig, daß Sie alles verstehen, Gnädigste.« Ihr Gesicht wurde bleich, und sie starrte mit großen, tiefblauen Augen zu ihm auf. Jack brummte. Wenn er auch noch so wütend auf sie gewesen war, als er nicht wußte, wo sie abgeblieben war, wollte er sie jetzt dennoch nicht verwirren.
»Zur Hölle damit.« Jack grollte wieder, wandte sich von ihr ab und ihr gleich wieder zu. »Ein Teil des Grundes, warum

ich es für besser halte, Sie jetzt zurückzubringen, ist das hier.« Er wedelte mit der Hand zwischen ihnen beiden hin und her.
»Was denn?« Miranda war verblüfft. Jetzt verhielt er sich gar nicht wie ein arroganter Pirat.
»Dies hier«, sagte Jack noch lauter. »Diese Sache zwischen uns. Diese … Anziehungskraft.« Er fuhr sich mit den Händen übers Gesicht. »Sagen Sie jetzt um Gottes willen bloß nicht, daß ich der einzige bin, der das spürt.«
Miranda knabberte an ihrem Daumennagel herum und schüttelte dann den Kopf. »Nein. Sie sind nicht der einzige.«
Jack lachte verlegen auf. »Ich weiß wirklich nicht, ob ich mich jetzt besser oder schlechter fühle.«
Miranda senkte den Blick und schaute zur Seite. »Ich verstehe das nicht.«
Wieder lachte Jack. Gut, daß Miranda Chadwick jetzt eine Erklärung benötigte. »Das ist gar nicht so kompliziert. Ich bin ein Mann, und Sie sind eine Frau.«
»Oh.« Miranda runzelte die Stirn, als sie über seine Worte nachdachte. »Das ist schon alles?«
Jack erwiderte achselzuckend: »Mehr oder weniger.« Er suchte nach Worten, um es ihr zu erklären. »Ich vermute, es hat etwas mit dem Begehren zu tun.«
»Sie meinen den Wunsch, unerlaubten vorehelichen Geschlechtsverkehr zu haben?«
Jacks Mund klappte auf. »Ja. So können Sie es auch nennen.« Würde sie denn nie aufhören, ihn in Staunen zu versetzen?
»Ich weiß Bescheid darüber, daß Menschen sich fortpflanzen müssen. Das unterscheidet sich kaum von Tieren wie …«
»Gott im Himmel, was soll denn das, Mädchen? Ich möchte mich nicht fortpflanzen. Ich habe nur gemeint …«
»Empfinden Sie das allen Frauen gegenüber?«

»Was denn?« Sie war die nervtötendste Person unter der Sonne.
»Haben Sie diesen Wunsch zur voreheli ...«
»Nein, wiederholen Sie es nicht.« Er rieb sich das Kinn. »Nein ... ich meine ja. Nicht bei allen«, gab er schließlich zu. »Aber bei einer ganzen Reihe.«
»Ich verstehe.«
»Ich *bin* ja schließlich Pirat.«
»Ja, natürlich.«
Gott, entschuldigte er sich jetzt etwa dafür, daß er sich mit anderen Frauen vergnügt hatte? Sie schien von dieser Vorstellung nicht angetan zu sein, doch was erwartete sie eigentlich? Doch wenn er ehrlich zu sich war, mußte Jack zugeben, daß er sich noch nie *genau* so wie jetzt gefühlt hatte. Kam das vielleicht daher, daß Miranda für ihn unerreichbar war? Eigentlich gab es keine andere Erklärung. Die Frauen, die ihn normalerweise anzogen, gehörten einer ganz anderen Art an als Miranda Chadwick. Sie wußten um die Verlockung eines kleinen Flirts. Sie wollten ihn nicht nur genauso wild haben wie er sie, sondern sie waren auch bereit und in der Lage, etwas dafür zu tun.
»Ich verstehe es *wirklich*«, sagte sie mehr um ihrer selbst willen als um seinetwillen. Miranda konnte nichts dafür, es war unlogisch und völlig irrational, doch sie mochte die Vorstellung, daß er andere Frauen begehrte, überhaupt nicht. Sie hatte nie zuvor etwas Ähnliches für irgendeinen Mann empfunden. Aber vielleicht kam das nur daher, daß die einzigen Männer, mit denen sie zusammengewesen war, älter waren. Und sie hatte sie um ihres Geistes willen bewundert und nicht, weil Feuchtigkeit auf ihrer gebräunten Haut glitzerte oder weil ein Goldring in ihrem Ohr mit ihrem ebenso goldenen Haar wetteiferte. Miranda schluckte und

versuchte den Blick zu senken, doch sein Finger faßte unter ihr Kinn. Wieder trafen sich ihre Blicke.
»Was verstehen Sie?«
Seine Berührung erhitzte sie so sehr, daß sie fast ihren Gedankenfaden verlor. »Alles über die Fortpflanzung und den unerlaub–«
»Woher wissen Sie denn das?« Bis sie dieses dumme Gespräch begonnen hatten, hätte Jack seinen Anteil an der Beute der *Sea Hawk* darauf gewettet, daß sie völlig naiv und unschuldig war. Aber nun …
Ihre Augen weiteten sich. »Nun, ich habe natürlich darüber gelesen. Und dann gab es ja auch noch van Leeuwenhoeks Entdeckung.«
Jack brummte. »Ich möchte nichts davon hören.«
»Wie Sie wollen, aber sie ist wirklich sehr interessant.«
»Das glaube ich gern.« Jack hatte nie zuvor eine seltsamere Unterhaltung geführt. Er konnte kaum glauben, daß sie mitten auf einem Fußweg standen und in der unromantischsten Weise über die Liebe sprachen, die er sich nur vorstellen konnte und daß er sie deswegen nur noch mehr begehrte.
»Wir müssen zum Schiff zurückkehren.«
»Das glaube ich auch.«
»Ja, das sollten wir wirklich tun.« Er sprach die Worte aus, doch die Wahrheit war, daß sich seine Füße auf dem sandigen Pfad keinen Millimeter vorwärtsbewegten. »Da wir ja jetzt wissen, wie es zwischen uns steht, können wir damit nun auch problemlos umgehen.«
Miranda hatte nicht das Gefühl, daß sie irgend etwas verstand. Die Gefühle, die sie spürte, hatten überhaupt nichts mit der Beschreibung der Fortpflanzung zu tun, die sie gelesen hatte. Der Finger des Piraten glitt von ihrem Kinn über ihren Hals, und Miranda hielt den Atem an.

»Ich wünschte, Sie würden mich nicht so anschauen.« Jack hatte das nicht sagen wollen. Die Worte waren seinem Mund einfach entschlüpft, noch ehe er sie aufhalten konnte. Doch sie musterte ihn mit trägen blauen Augen, bei deren Anblick er am liebsten alles andere vergessen und sie in den Arm genommen hätte.

»Ich frage mich gerade ...«

»Was denn?«

Sie schwankte gegen ihn, und Jacks Hände umfaßten ihre Schultern.

»Nun, da wir ja so gut damit umgehen können, könnten wir vielleicht ... ich meine, könnten Sie mich vielleicht noch einmal so küssen, wie Sie es schon mal getan haben? Als Experiment, sozusagen«, fügte Miranda hinzu, weil sie fürchtete, daß sie zu dreist war.

»Ein Kuß wird bestimmt keinen Schaden anrichten.« Jack beugte sich zu ihr hinab.

»Nein«, sagte Miranda ganz ernsthaft, »das glaube ich auch nicht.«

Die Berührung ihrer Lippen kam einer Explosion gleich. Einen Moment lang beschäftigte sich Mirandas Geist mit der Dokumentation des Experiments, und im nächsten Augenblick konnte sie überhaupt nichts mehr denken. Es war, als hätte eine Flutwelle sie ganz und gar verschlungen.

Die Welt duftete nach ihm, nach Moschus und Männlichkeit. Sein Geschmack überwältigte sie und ließ sie nach mehr verlangen. Und als sie seinen harten und heißen Körper an ihrem fühlte, als er sie in seine Arme riß, drängte sie sich noch tiefer in seine Umarmung.

Ihre Finger gruben sich in die angespannten Muskeln seiner Schultern und verfingen sich dann in seinem goldenen Haar. Und gleichzeitig vertiefte sich der Kuß immer mehr und ließ sie in seiner betäubenden Kraft ertrinken. Seine Zunge drängte sich erst tief zwischen ihre Lippen und berührte sie dann nur oberflächlich und neckend. Doch immer bewegte sie sich im Rhythmus des Blutes, das durch ihre Adern pulsierte.

Als sich seine Lippen von Mirandas lösten, seufzte sie vor Enttäuschung auf, doch dieser Laut wurde schnell von ihrem zitternden Stöhnen erstickt. Sein Mund glitt ihren Hals entlang und hinterließ dort eine feuchte Spur. Und das war ein sanfter Kontrapunkt zu dem Kratzen seines Kinns auf ihrer Haut.

Sie krümmte sich, als er sich zu dem Pulsschlag in der Vertiefung ihrer Kehle vortastete. Ihr Körper bäumte sich auf und fieberte nach mehr. Seine Hände, die ihren Kopf umfaßt hatten, glitten über ihren Rücken, um sie noch fester an sich zu pressen. Und auch sein Mund wanderte weiter abwärts.

Als er ihr Mieder berührte, wollte sie sich am liebsten dieses lästigen Stoffes entledigen, der sie von ihm trennte. Doch der Stoff hielt ihn nicht auf. Sein gieriger Mund wühlte sich zwischen ihre Brüste und schloß sich erst über einer Brustknospe und dann über der anderen. Die Feuchtigkeit seines Mundes drang durch das Kleid und das Unterkleid hindurch, als Mirandas Kopf zurückfiel.

Als er in eine Brust biß, klang ihr das eigene Stöhnen sehr sinnlich in den Ohren. Er zerrte sie an sich und rieb seine Hüften an ihr, bis Mirandas Mund ganz trocken wurde. All ihre Feuchtigkeit schien nur noch an einer Stelle ihres Körpers aufzuwallen, und die Stelle zwischen ihren Beinen schmerzte, als er seine Härte an ihr rieb.

Sie wußte nicht, wie es ihm gelang, die Haken ihres Kleides zu öffnen, und es war ihr auch egal. Doch plötzlich war ihr Körper befreit. Die warme, feuchte Luft flüsterte wie ein

Vorbote seines heißen Mundes über ihre nackte Haut. Er verschlang saugend und schmeichelnd erst eine ihrer Delikatessen, dann die andere und brachte den Quell ihrer Begierde zum Überlaufen.

Seine Zunge war wie eine Flamme, die ihre Leidenschaft entfachte. Als das Kleid an ihren Oberarmen hängenblieb, kämpfte Miranda so lange, bis sie die Arme endlich befreit hatte. Gleichzeitig bedauerte sie die vergeudete Zeit, in der sie ihre Hände nicht über die Erhebungen und Vertiefungen seiner muskulösen Brust hatte gleiten lassen können.

Seine glatte, weiche Haut fühlte sich wunderbar an.

Ihr Kleid glitt mit der Hilfe seiner ungeduldigen Finger weiter hinab. Und jedes von ihm neu entdeckte Stückchen Haut wurde überschwenglich von seinen brennenden Küssen begrüßt.

Jack schälte die Unterröcke ab und sank auf dem Sandweg auf die Knie. Ihre Haut war so blaß und zart und von so köstlichem Geschmack, daß er nicht aufhören konnte, sich an ihr zu ergötzen, über die leichte Erhöhung ihres Hüftknochens zu streicheln und die Vertiefung ihres Nabels zu erkunden.

Seine Hände schlossen sich um ihre Hinterbacken und drückten, kneteten und liebkosten sie. Er ließ sie weiter herabgleiten, bis seine Finger die Flammen ihrer Begierde zwischen ihren Oberschenkeln zum Lodern brachten. Feuchte Hitze hieß ihn willkommen, und er stöhnte und vergrub sein Gesicht in den festen schwarzen Locken, die ihre Fraulichkeit beschützten.

Miranda schrie auf, als seine Zunge sie berührte. Sie zitterte und glitt langsam zu Boden, da ihre Beine sie nicht mehr trugen. Sein Mund hörte nicht auf, sie zu lieben. Der Sand wärmte ihren Rücken, während sie sich drehte und wendete

und nach seinen kräftigen Schultern griff, um ihn noch fester an sich zu pressen.
Seine Zunge reizte sie wieder und wieder und entlockte ihr leise Freudenschreie. Jack hob den Kopf und ließ seinen Finger in die feuchte Oase hinabgleiten. Er bewegte ihn dort, während er sich mit den Knöpfen seiner Hose abmühte. Sein Atem ging flach, und sein Körper war schweißbedeckt, als er über ihren Körper glitt. Sein Mund vereinigte sich offen und hungrig mit ihrem, als er mit einem einzigen Stoß in sie eindrang.
Ein scharfer und bittersüßer Schmerz durchfuhr sie. Miranda schnappte nach Luft, doch der Pirat ließ ihr keine Zeit, über etwas anderes nachzudenken als über das wilde Wunder ihrer miteinander vereinigten Körper. Ihr Körper dehnte sich und schwelgte in dem Gefühl, ihn hart und riesig in sich zu spüren.
Er packte ihre Hinterbacken und schob sich tiefer und tiefer in sie hinein. Miranda bäumte sich auf und warf sich seinen Stößen mit lustvoller Hingabe entgegen. Ihre Beine, die noch immer von Baumwollstrümpfen bedeckt waren, schlangen sich instinktiv um seine schmale Taille, als ihre Bewegungen noch wilder wurden.
Sie klammerte sich an ihn, umfaßte seine Schultern mit ihren kleinen Händen und schnappte nach Luft, als ihre Welt zu kippen begann. Was im Herzen ihrer Fraulichkeit begonnen hatte, breitete sich nun in ihrem gesamten Körper aus, straffte ihre Brüste und überschwemmte sie mit Wellen unvorstellbarer Freude.
Miranda begann zu schweben. Und als sie gerade dachte, daß sie wieder zur Erde zurückkehrte, begann es von neuem. Sie zitterte, sie zuckte. Ihr Körper widersprach aller Vernunft und Logik. Und sie hielt diesen Mann fest an sich gepreßt, als

sein rauher Schrei seinen explosionsartigen Höhepunkt ankündigte.

Sie fielen in einem Gewirr aus Armen und Beinen auf den Sand zurück. Jack konnte kaum atmen, und eine satte Trägheit erfaßte ihn. Doch er konnte gerade noch sein Gewicht mit den Ellbogen abstützen und Mirandas Kopf umfassen. Die Wirklichkeit und die Erkenntnis dessen, was er gerade getan hatte, kämpften sich langsam in sein von Leidenschaft benebeltes Bewußtsein vor.

Herr des Himmels, Miranda Chadwick lag ja unter ihm und war in höchst intimer Weise mit ihm verbunden, Henrys Tochter! Die Frau, deren Unschuld er mit seinem Leben zu schützen versprochen hatte! Und so wahr ihm Gott helfe und so ausgelaugt er gerade war, spürte Jack doch noch immer das fast unbezwingbare Verlangen in sich, sie wieder und wieder zu nehmen.

Er schüttelte den Kopf, um diese lächerlichen Gedanken zu vertreiben. Diese Bewegung ließ sein Haar über ihre Wange gleiten. Langsam öffnete Miranda die Augen. Sie waren jetzt von einem tiefen, rauchigen Blau und schauten voller Unschuld zu ihm auf.

Ihre rosafarbene Zunge glitt aus ihrem Mund heraus und befeuchtete vorsichtig die Lippen. Dann seufzte sie und fragte: »Was ist passiert?«

Jacks Augen weiteten sich, und trotz seiner Schuldgefühle und Selbstanklagen kicherte er erst und lachte dann. Es war typisch für Miranda Chadwick, daß sie den unglaublichsten Liebesakt seines Lebens mit einer Frage beendete.

Neuntes Kapitel

Was ist passiert? Mirandas Frage beschäftigte ihn noch immer. Jack wurde genauso schnell wieder ernst, wie er zu lachen begonnen hatte.

Was *war* passiert? Eben noch hatte er versucht, ihr diese seltsame Anziehungskraft zwischen ihnen zu erklären, und im nächsten Moment war alle Vernunft wie weggewischt gewesen. Er hatte Pulverfässer gesehen, die weit weniger explosiv gewesen waren, und das alles nur, weil er ihre Lippen berührt hatte.

Jack betrachtete jetzt ihren vom Küssen geschwollenen Mund und kämpfte gegen den Drang an, sie wieder zu berühren. »Himmel noch mal!« Er rollte sich zur Seite und zerrte seine Hose hoch. Im Sitzen rieb er sich mit den Händen über das Gesicht.

Als er sich nach ihr umschaute, konnte er sehen – und er wußte es mit einem Blick –, daß sie gleich wieder eine Frage stellen würde. Um sie davon abzuhalten, begann er mit seiner Erklärung und bemühte sich, mit keinem Wort irgendeine Schuld zu erwähnen. Schließlich wollte sie nicht wissen, warum es geschehen war oder wie – doch das waren genau die Fragen, die er sich selbst stellte.

»Wir haben uns geliebt«, sagte er einfach und wußte doch gleichzeitig, daß an der ganzen Sache überhaupt nichts einfach war.

»Ja, das weiß ich.« Miranda richtete sich auf und stützte sich auf ihre Ellbogen, und Jack streckte die Hand aus und zog das dünne Baumwollunterhemd und ihr Seidenkleid über ihre Brüste hoch. Seine Hand zitterte. »Ich kenne den Akt der Fortpflanzung und des unerlaubt–«

»Ja, das sagten Sie bereits. Was sonst ...«

»Das andere.« Miranda drehte sich und erhob sich vor ihm auf die Knie. »Das Fliegen. Ich weiß, daß das unmöglich ist, aber ich habe wirklich das Gefühl gehabt, als gebe es gar keine Erdanziehung mehr, die mich am Boden festhielt.« Sie hielt inne und legte den Kopf zu Seite. »Haben Sie das nicht gespürt?«

Himmel noch mal, sprach sie wirklich über das, was er vermutete? Jack schluckte. Er hatte schon zuvor Frauen zum Höhepunkt gebracht, und manche hatten ihm auch lebhaft geschildert, was für ein geübter Liebhaber er sei. Doch noch nie zuvor, wirklich *niemals* war er so unschuldig und so ehrlich gelobt worden. »Ja.« Er wandte sich ab, um sein nicht zu unterdrückendes Lächeln männlicher Zufriedenheit vor ihr zu verbergen. »Ich habe es auch gespürt.«

Seine Antwort schien sie zu erleichtern, doch das hielt sie nicht von ihrer nächsten Frage ab. »Was war denn das? Glauben Sie, daß Isaac Newton davon weiß?«

Jack konnte sie nur anstarren.

»Isaac Newton«, erklärte Miranda, »ist ein ...«

»Ich weiß, wer Isaac Newton ist.« Glaubte sie wirklich, daß er all diese verrückten Dinge vergaß, über die sie sprach?

»Oh.«

»Ich kann mir nur keinen Reim darauf machen, was er, zum Teufel, mit dem zu tun hat, was hier gerade geschehen ist.«

Miranda senkte den Blick. Es war deutlich zu sehen, daß der

Captain wütend wurde. »Höchstwahrscheinlich gar nichts«, gab sie zu.
»Da haben Sie völlig recht, verdammt noch mal. Gar nichts.« Jack rappelte sich auf und lief auf dem Weg auf und ab. Er drehte sich so ruckartig um, daß Miranda zusammenzuckte. »Haben Sie auch nur den Schimmer einer Ahnung, was wir getan haben?« Was ich getan habe, fügte er zu sich selbst hinzu. Frustriert schob sich Jack mit den Fingern die Haare aus dem Gesicht, als sie den Mund zum Sprechen öffnete. »Und ich spreche nicht über irgendeine Erdanziehungstheorie.«
»Ja, ich weiß.« Mirandas Worte waren sanft, und als sie den Blick hob, schimmerten in ihren dunkelblauen Augen ungeweinte Tränen.
Jack verschloß vor diesem Anblick die Augen. Nachdem er tief Luft geholt hatte, ließ er sich vor ihr auf die Knie fallen. Er hatte gewollt, daß sie das, was sie getan hatten, wirklich akzeptierte und es nicht für eine Art von wissenschaftlichem Experiment hielt. Doch als sie das nun tat, war er traurig. Trauriger, als er je gewesen war. Er streckte die Hand aus, um sie zu berühren, doch er ließ sie wieder sinken.
»Das war ganz allein mein Fehler.« Da ihr Gesichtsausdruck unverändert blieb, fügte Jack hinzu: »Ich fürchte, daß Sie von einem Piraten nichts Besseres erwarten können.«
Miranda schluckte. »Es war nicht allein Ihre ... Ich meine damit, daß ich nichts getan habe, um Sie aufzuhalten.«
»Ich glaube nicht, daß das etwas geändert hätte.« Jack wünschte, er könnte es anders sehen. Er wünschte, er wüßte, daß er aufgehört hätte, hätte aufhören können, wenn sie ihn darum gebeten hätte.
»Trotzdem ...« Miranda versuchte sich an einem schwachen Lächeln. Sie fühlte wieder Tränen in sich aufsteigen und

konnte nicht begreifen, warum. Sie hatte den Fortpflanzungsakt verstanden. Er konnte relativ rational erklärt werden. Warum war sie dann so sentimental? Nachdem sie sich geräuspert hatte, gab sie zu: »Ich habe Sie doch gebeten, mich zu küssen.«

»Ich hätte es wahrscheinlich ohnehin getan.« Er hielt ihren Blick ein paar Herzschläge lang fest, ehe er wegschaute. »Schließlich bin ich ja Pirat«, sagte er und wiederholte damit die einzige Entschuldigung, die ihm offenbar einfallen wollte.

»Cap'n! Cap'n, haben Sie sie gefunden?«

»Himmel noch mal«, zischte Jack durch die Zähne. Er sprang auf, zog Miranda zu sich hoch und zerrte das Mieder ihres sandbedeckten Kleides ebenfalls hoch. Warme, weiche Haut berührte seine Fingerknöchel, doch er zwang sich dazu, nicht darauf zu achten. Statt dessen wirbelte Jack sie gegen ihren Widerstand herum und klopfte den Schmutz von der Rückseite ihres zerknitterten Kleides ab. Piniennadeln regneten von ihren schwarzen Locken herab, als er mit den Fingern schnell durch sie hindurchfuhr.

Jack schaffte es gerade noch, sie wieder herumzudrehen, als Phin und Scar rennend in Sicht kamen.

»Da sind Sie ja, Cap'n. Wie ich sehe, haben Sie sie gefunden.«

»Ja.« Jack legte ihr den Arm um die Taille, besann sich anders und griff lieber nach ihrer Hand. »Sie hat einen Spaziergang gemacht und sich mit dem Sammeln ... wie haben Sie sie noch gleich genannt?« Sie sah ihn einen Augenblick lang mit diesen großen tiefblauen Augen an, und Jack spürte, wie ihm die Röte ins Gesicht stieg. Er wünschte, er wüßte, was sie dachte. Zur Hölle, er wünschte, er wüßte, was sie sagen würde. Er hätte ihr keine Gelegenheit geben sollen, überhaupt etwas zu sagen.

Ein Wort von ihr, und Phin und Scar würden ... Himmel

noch mal, was würden sie eigentlich tun? Natürlich wäre das nichts gegen das, was Henry Chadwick tun würde. Nur ein einziges Wort.

Doch sie sprach es nicht aus. Sie lächelte Phin und Scar nur süß an. »Proben. Ich habe Proben gesammelt, die ich unter dem Mikroskop betrachten wollte.«

Phins Blick wanderte zu Mirandas Händen – eine klammerte sich an Jack, und die andere war zu einer festen Faust geballt. »Und wo sind die geblieben?«

»Ich ... hm.« Miranda schaute auf den Sandweg, und dabei überflutete Hitze ihr Gesicht. All die Blätter und Blüten, die sie gesammelt hatte, lagen dort verstreut herum und waren zerquetscht. Man brauchte nicht viel Phantasie, um sich vorzustellen, daß sie auf ihnen gelegen hatte, als sie und der Piratenkapitän ...

»Sie hat sie fallen lassen. Ich bin ihr gefolgt und habe sie erschreckt, fürchte ich. Was meiner Ansicht nach nur eine kleine Strafe dafür ist, daß sie einfach davongerannt ist. Wie auch immer.« Jack hielt inne und räusperte sich. »Sie hat sie fallen lassen.« Gott behüte, er benahm sich ja wie ein naiver Jüngling, den man mit der Hand unter dem Rock eines Mädchens erwischt hatte.

»Ich und Scar könnten Ihnen sicher helfen, sie wieder einzusammeln.« Phin machte Anstalten, sich niederzuknien, doch Jack hielt ihn auf, indem er seinen Arm ergriff.

»Das ist nicht nötig. Wir müssen jetzt zur *Sea Hawk* zurückkehren.«

Miranda war drauf und dran, darüber diskutieren zu wollen, doch der Captain schien das vorausgeahnt haben, denn er warf ihr einen Blick zu, der sie zum Schweigen brachte. Und überraschenderweise blieb sie auch still, als sie hinter Phin und Scar den Weg zurückgingen. Bei jedem Schritt konnte

sie seine Blicke auf ihrem Rücken spüren, doch sie drehte sich nicht nach ihm um. Sie sah ihn noch nicht einmal an, als er ihr in das Boot half, doch sie hielt bei seiner Berührung den Atem an.
Sobald sie wieder an Bord des Piratenschiffs war, floh sie in die Kajüte des Captain und war froh, daß sie mit ihren Gedanken allein sein konnte, die so ungewohnt durcheinander waren.

Jack holte tief Luft und klopfte dann an die Tür. Verdammt, es sollte ihn wirklich nicht so nervös machen, seine eigene Kajüte zu betreten. Doch als er hörte, wie sie sanft »herein« rief, mußte er an sich halten, um nicht davonzulaufen.
Sie schaute auf, als er die Kajüte betrat, und er sah, daß sich ihr Gesicht rosig verfärbte, was er sehr attraktiv fand. Er schob diesen Gedanken beiseite und schloß die Tür hinter sich.
»Ich glaube, wir sollten miteinander reden. Doch wenn Sie mit Ihrem Mikroskop beschäftigt sind, kann ich gerne warten.« Sie saß an seinem Schreibtisch und hatte eine Menge Papiere um sich ausgebreitet.
»Nein, ich ... bitte.« Miranda verhaspelte sich. Sie stand auf und fiel auf ihren Stuhl zurück, als er auf sie zukam. Sie hatte all ihre Gedanken sortiert und festgestellt, daß ihre früheren Handlungen völlig unlogisch gewesen waren – bis sie den Piratenkapitän jetzt wiedersah. Nun spürte Miranda erneut dieses seltsame Gefühl in ihrem Unterleib, das er immer bei ihr hervorzurufen schien.
Sie hätte ihre Reaktion auf ihn verstehen können, wenn er nur seine Hose getragen hätte. Doch seine breite Brust war von einem schneeweißen Hemd und einer Weste aus feinster blauer Seide bedeckt. Der vertraute goldene Schimmer an seinem Ohr fehlte. Er sah überhaupt nicht mehr wie ein Pirat

aus, sondern eher wie ein Höfling. Bis sie seinen Blick auffing.

»Sie müssen nicht erschrecken. Ich habe nicht die Absicht, Ihnen weh zu tun.« Gott, fast hätte er auch noch »wieder« gesagt.

»Das habe ich auch nicht angenommen.« Miranda hob ihr Kinn ein wenig mehr an. Sie hatte keine Angst vor ihm. *Sie nicht.*

Jack ging zu den Sprossenfenstern und schaute zur grünen Küste hinüber. Sie würden gleich Flut bekommen, und dann würde die *Sea Hawk* nach Charles Town lossegeln. Es kümmerte ihn nicht, daß sie vor Ablauf der vierzehn Tage in den Hafen zurückkehrten, wie er Henry versprochen hatte. Wenn Miranda vorhatte, den Steuerbeamten des Königs aufzusuchen – was sie mit Sicherheit tun würde –, konnte und würde er sie nicht aufhalten. Natürlich hatte er nicht die Absicht, dort auf die Schlinge des Henkers zu warten.

»Wir segeln mit der Abendflut.« Als Jack Miranda einen Blick zuwarf, stellte er unbehaglich fest, daß sie ihn beobachtete.

»Nach Charles Town?«

»Ja.«

Ihr Gesichtsausdruck war ungläubig, und Jack wußte, daß sie Grund genug hatte, an seinen Worten zu zweifeln. Er hatte versprochen, daß ihr nichts geschehen würde, doch es machte ihn noch immer zornig. »Wir nehmen die direkte Strecke und sollten in zwei, höchstens drei Tagen ankommen.«

»Warum brauchten wir fast eine Woche, um von Charles Town hierherzukommen, und brauchen nun für die Rückkehr nur zwei Tage?«

Jack biß die Zähne zusammen. Er hatte sie beruhigen wollen, und als Dank für seine Mühe erhielt er eine verdammte Frage. »So war es eben. Ich hatte es nicht besonders eilig, diesen Wasserlauf hier zu erreichen.« Obwohl er viel früher hätte hiersein sollen. Wenn er gewußt hätte, was Nafkebee ihm zu erzählen hatte, hätte er sich beeilt und auch noch alle Entenmuscheln von dem verfluchten Rumpf entfernt.

»Dann haben Sie es also jetzt eilig, nach Charles Town zurückzukehren?«

»Ja.«

»Um mich loszuwerden?« Miranda wußte nicht, warum sie das einfach so heraussprudeln ließ. Es spielte keine Rolle, warum er sie zurückbrachte – nur, daß er es überhaupt tat. Und mit Sicherheit je früher, desto besser.

»Nein«, erwiderte Jack und fügte der Ehrlichkeit halber hinzu: »Nicht nur.« Er hätte sie jetzt auch zurückgebracht, wenn er die Nachricht von seinem Onkel nicht erhalten hätte, die Nafkebee ihm überbracht hatte. Jacks Hände ballten sich zu Fäusten, und seine Augenbrauen zogen sich zusammen, als er sich jetzt an Nafkebees Worte über de Segovia erinnerte.

»Dann verzichten Sie also auf das Lösegeld?«

»Lösegeld?« Jack neigte den Kopf und konzentrierte sich wieder auf ihre Worte. Einen Moment lang verstand er nicht, was sie fragte, weil er wieder die so lange schon verklungenen Schreie seiner Eltern, seiner Schwester und seine eigenen gehört hatte. »Ach ja, das Lösegeld.« Er schüttelte den Kopf, um seine Gedanken zu klären. Er mußte ein Problem nach dem anderen lösen, und sein gegenwärtiges Problem war Miranda Chadwick.

»Nein, ich werde nicht auf das Geld verzichten. Ihr Vater wird bezahlen.« So hatte Henry es gewollt. Doch warum Jack sich nach all dem, was geschehen war, noch darum kümmerte, was Henry wollte, wußte er wirklich nicht.

»Aber Sie haben doch neulich gesagt, daß ...«

»Genug.« Jack sah sie mit seinen grünen Augen an, und

offensichtlich reichte das und der Ton seiner Stimme aus, um sie zum Schweigen zu bringen – für den Augenblick. Er konnte sich nicht mehr daran erinnern, was genau er ihr gesagt hatte. Irgend etwas über einen Boten, der nicht gekommen war, glaubte er.

Das Lügen war eine Sache. Er belog andere Menschen oft und normalerweise auch recht geschickt – den königlichen Steuerbeamten, die Einwohner von Charles, die ihn für einen der schlimmsten Freibeuter hielten, und sogar gewisse Frauen, die er kannte, wenn er ihnen hohle Liebesworte zuflüsterte. Manchmal hatte Jack das Gefühl, daß sein gesamtes Leben eine einzige Lüge war – und dazu geworden war, nachdem er mit de Segovia aneinandergeraten war.

Doch Miranda Chadwick anzulügen war eine ganz andere Sache. Sie akzeptierte nichts auf bloßen Anschein hin. Sie fragte nach, stürzte sich wie ein Frettchen auf den kleinsten Widerspruch und ließ nicht locker. Das war ein Charakterzug, der ihn sehr verärgerte, und auch einer, für den er sie widerwillig bewunderte.

Doch das war nicht das einzige, was er an Miranda Chadwick bewunderte. Er liebte ihre leicht schrägstehenden, tiefblauen Augen und die Linie ihres Halses. Die weiche Wolke ihres rabenschwarzen Haars und das Gefühl dieser leicht aufgeworfenen Lippen auf ... Jack riß sich zusammen. Himmel noch mal, was machte er bloß? Genau diese Gedanken über seine Gefangene hatten dazu geführt, daß er sie auf dem Sandweg im Wald genommen hatte.

Und *das* war auch der Grund, warum er hier war und nach Worten suchte wie ein unreifer Jüngling.

Er sah sie jetzt an und stellte fest, daß sie ihn mit einer seltsamen Mischung aus Angst und vorgespieltem Mut beobachtete. »Ich werde Ihnen nichts tun.« Die Worte waren draußen, noch bevor er sie stoppen konnte, und auch, bevor er merkte, daß sie praktisch das Echo seiner früheren Behauptung waren. Der Behauptung, die er bereits durch sein Handeln Lügen gestraft hatte.

Sie merkte es auch. Er sah das ihrem sich verschließenden Gesichtsausdruck an und dem kaum wahrnehmbaren Anheben ihres Kinns. Jack räusperte sich. »Ich meine, ich habe wirklich vor, Sie nach Charles Town zurückzubringen.«

»Das sagten Sie schon.«

»Ja.« Jack nickte knapp und verschränkte die Hände hinter dem Rücken. Er wußte, daß er sich wiederholte und damit diese ganze vertrackte Geschichte nur noch verworrener machte. »Wir müssen über das sprechen, was am Strand geschah«, sagte er, ehe er es sich anders überlegte und einfach die Kajüte verließ. Er mochte ja Pirat und ein Schurke sein, doch ein wenig Gewissen war ihm immerhin noch geblieben. Er wurde den Gedanken nicht los, daß genau das wahrscheinlich seiner Schwester widerfahren war.

»Warum?« Miranda stand auf.

»Warum was?«

»Warum müssen wir darüber diskutieren?«

Herr des Himmels, mußte es denn für alles einen Grund geben? »Weil ... weil ich Ihnen die Unschuld nahm und ... und ...«

»Ich wünschte, wir könnten das alles einfach vergessen.«

Das wünschte er sich auch, doch hielt Jack das kaum für möglich. »Aber es ist doch passiert«, meinte er sanft.

»Stimmt.« Miranda ging zum Fenster, schien dann erst zu merken, daß der Piratenkapitän dort stand, und kehrte zum Schreibtisch zurück. »Das ist eine nicht zu bestreitende Tatsache. Trotzdem glaube ich, daß es besser wäre, wenn alle Beteiligten das einfach ignorierten.«

Miranda biß sich auf die Unterlippe. Sie sagte ihm nicht, daß sie darüber nicht logisch nachdenken konnte. Wann immer sie sich daran erinnerte, wie er sich angefühlt hatte und wie er sie hatte emporschweben lassen, überwältigten ihre Gefühle sie und verdrängten jeden vernünftigen Gedanken. Und sie konnte nicht mit etwas umgehen, das sich jeder Vernunft entzog. Und das wiederum hieß, daß sie auch mit dem Piraten nicht umgehen konnte.

»Es ignorieren?« Jack raufte sich das Haar.

»Ja.« Miranda faltete die Hände. »Wie ich schon sagte, sollten wir so tun, als wäre nichts geschehen.« Ein anderer, überraschender Gedanke fiel ihr ein. Der Pirat schien beunruhigt oder zumindest betroffen zu sein über das, was sie getan hatten. Das allein schon schien nicht zu dem zu passen, was sie über Piraten gehört hatte. Vielleicht hatte er Angst, daß das Lösegeld geringer ausfallen könnte, da sie ja nun nicht mehr unschuldig war. Vielleicht fürchtete er sogar, daß es sich überhaupt nicht mehr lohnte, sie zurückzubringen.

»Sie müssen sich keine Gedanken darüber machen, daß ich erzählen werde, was geschehen ist. Meinem Vater, meine ich. Es war ja teilweise mein Fehler.« Sie senkte den Blick.

»Sie trifft überhaupt keine Schuld. Und Ihr Vater geht mich nichts an.« Noch eine Lüge, verdammt noch mal. Doch zu Jacks Ehrenrettung war das nicht seine Hauptsorge. »Ich bin Pirat.«

»Genau«, stimmte Miranda nickend zu. »So was muß Ihnen doch dauernd passieren.« Sie schien auf seine Zustimmung zu warten, und er gab sie ihr.

»Gelegentlich.« Tatsächlich war ihm jedoch nichts auch nur annähernd Ähnliches je zuvor passiert, weil er noch nie jemanden entführt hatte. Und wenn es nicht um Henry

Chadwick und seine Tochter gegangen wäre, wäre es auch diesmal nicht dazu gekommen.

»Das dachte ich mir. Auch mir ist so etwas noch nie passiert.« Sie kaute an ihrem Daumennagel, und Jack wand sich innerlich. Obwohl er sie erst so kurz kannte, wußte er schon, daß dies der Auftakt zu einer weiteren Frage war. »Das ist Ihnen doch klar, oder?«

»Was denn?« Einmal nur wollte er eine ihrer zahllosen Fragen beantworten.

»Daß ich noch nie einen unerlaubten Geschl... Ich meine, daß ich keine Erfahrung mit dem Fortpflanzungsvorgang hatte.«

»Ich wußte es.«

»Ich vermute, daß Sie es wußten, weil Sie es ja gemerkt haben müssen, als Sie mein Jungfern...«

»Ich sagte, daß ich es wußte!« Um Himmels willen! Er hatte Schuldzuweisungen, Geheule oder ähnliches erwartet, aber niemals eine solch kalte und gefühllose Diskussion.

»Oh.« Miranda wich einen Schritt zurück, obwohl sie sich vorgenommen hatte, sich dem Piraten unerschrocken zu stellen. Sie mochte es nicht, wenn er schrie. Ihr Großvater hatte nie geschrien oder höchstens nur dann, wenn er eine neue wissenschaftliche Wahrheit entdeckt hatte. Doch das war ein Freudenschrei gewesen und kein Schreien, das so voller Wut und Frustration war wie das Geschrei des Piraten. Was machte ihn nur so wütend? Er hatte doch selbst zugegeben, daß ihm diese Dinge ständig passierten. Während sie ... Miranda atmete tief und beruhigend ein und versuchte, sich daran zu erinnern, daß es sich bei der Fortpflanzung um einen natürlichen und wissenschaftlich belegten Vorgang handelte.

Jack beugte sich über den Sitz unter den Fenstern und

bemühte sich, Ruhe zu bewahren. Als er den Blick von der wilden Küste löste, war seine Stimme ruhig. »Ich glaube nicht ...«

»Aber ich. Und ich möchte das jetzt nicht weiter diskutieren.« Mirandas Kehle zog sich zu, und sie fühlte sich dumm und rührselig. Doch das schlimmste von allem war, daß jetzt auch noch völlig unlogische Tränen in ihren Augen brannten. »Es führt zu überhaupt nichts, wenn wir noch weiter darüber sprechen. Oder?«

»Nein«, erwiderte Jack und stellte fest, daß sie ihn nun doch noch etwas gefragt hatte, was er beantworten konnte. Aber das konnte ihn jetzt auch nicht mehr trösten.

»Dann bleiben wir also bei dem, was ich vorhin sagte. Wir werden das alles einfach vergessen.«

Jack sah sie lange an und bemerkte, daß ihre Unterlippe ganz leicht zitterte und die tiefblauen Augen zwar versuchten, seinen Blick zu erwidern, es aber nicht schafften. Sie war wohl doch nicht ganz so immun gegen das, was sie getan hatten, wie sie vorzugeben versuchte. Trotzdem kam er gegen ihre Logik nicht an. Da war nichts zu machen. Er atmete langsam aus. »Wie Sie möchten.«

»Danke.« Miranda wischte sich die feuchten Handflächen seitlich an ihrem Rock ab und hoffte inständig, daß er einfach aus der Kajüte verschwinden möge. Er mußte ihre stumme Bitte verstanden haben, denn er löste seine Hände voneinander und ging zur Tür.

»Da gibt es noch eine Sache.«

Würde er denn nie gehen, damit sie endlich die Tränen weinen konnte, die sie so mühevoll zurückhielt?

»Ich habe mit den Männern gesprochen – mit Phin und Scar und allen anderen.«

Miranda schoß einen Blick in seine Richtung, und für den

Moment war das Weinen vergessen. Hatte er ihnen erzählt, was sie und er getan hatten? Aber nein, Captain Blackstone sagte nur, daß die Piraten noch einmal mit ihr über die Erdanziehung und das Licht sprechen wollten. »Und Sie haben dem zugestimmt?«

»Ja. Doch natürlich hat es keine Kletterei in den Wanten mehr zu geben. Und den Männern werden auch keine gräßlichen Tiere gezeigt, die in ihrem Grog herumschwimmen.«

»Natürlich nicht.«

»Und außerdem müssen Sie nicht mit ihnen sprechen, wenn Sie nicht möchten.«

»O doch, ich möchte es.« Wenn es etwas gab, das ihre Gedanken von dem Piratenkapitän ablenken konnte, dann waren es die Gespräche mit seinen Männern über die Wissenschaft.

Sie schien so erfreut darüber zu sein, daß Jack nichts anderes übrigblieb, als sich umzudrehen und zu gehen. Mit seinem ersten Problem war er ja einigermaßen fertig geworden. Jedenfalls versuchte Jack, sich das einzureden.

Als er das Deck erreichte, war die Flut da und seine Besatzung dabei, die Segel zu setzen, mit deren Hilfe sie zur Mündung des Wasserlaufs gleiten würden. Von dort aus würden sie geradewegs nach Charles Town segeln und dann weiter in Richtung St. Augustine.

Auf der Jagd nach Don Diego de Segovia.

»Sie ist schon was Besonderes, was?«

Jack drehte sich um, musterte seinen Steuermann scharf und murmelte ein ärgerliches: »Wer?«

Phins Miene sagte Jack, daß er niemanden hinters Licht führen konnte, und schon gar nicht diesen gerissenen alten Piraten. »Ich habe gesehen, wie Sie sie beobachtet haben,

Cap'n. Wenn ich nicht wüßte, daß sie nicht Ihr Typ ist, würde ich schwören, daß Sie in sie verknallt sind.«

»Gott sei Dank weißt du, daß sie nicht mein Typ ist.« Jack übersah Phins Grinsen und lehnte sich auf die Reling am Achterdeck. Er hatte Miranda tatsächlich beobachtet, als sie auf der Hanftaurolle im Schatten des Masts gesessen hatte. Sie hatte zwar eifrig auf Pergament gezeichnet, doch schienen ihr die vielen Pausen, die sie hatte machen müssen, nichts ausgemacht zu haben. Wann immer einer von der Besatzung an ihr vorbeiging, hielt er inne und richtete ein paar Worte an sie. Himmel, jeder einzelne Pirat auf diesem verdammten Schiff schien in sie verknallt zu sein – außer er selbst natürlich. Er war nur verwirrt und wütend. Und er konnte sich gar nicht erklären, warum.

So, wie die Dinge lagen, gestaltete sich alles besser, als er erwartet hatte. Ihre Reaktion auf ihr Liebesspiel überraschte ihn, aber schließlich überraschte ihn alles an ihr. Als sie kurz nach dem Ablegen an Deck gekommen war, hatte Miranda Chadwick ihre Begegnung im Wald nicht mehr erwähnt. Herrgott noch mal, sie ließ sich nicht einmal mehr anmerken, daß es überhaupt geschehen war! Nicht, daß er auf Heulen und Zähneknirschen ausgewesen wäre – nein, aber dieses Verhalten war doch lächerlich.

Seitdem er seine … ihre Kabine verlassen hatte, hatte sich Miranda verhalten, als sei überhaupt nichts passiert. Sobald sie an Deck gekommen war, hatte sie Fragen zu stellen begonnen und seither kaum damit aufgehört. Aber nicht ihm, natürlich.

Er konnte nicht behaupten, daß sie ihn links liegenließ, aber weit entfernt davon war es nicht. Doch das war ganz in Ordnung. Hatte er nicht schon gefürchtet, daß die nächsten Tage, bis er sie in Papas Arme zurückbringen konnte, schwie-

rig werden würden? Tja, sie würden weit leichter zu ertragen sein, wenn er nicht mit ihr sprechen mußte.
»Wissen Sie was, Cap'n ...«
Jack sah Phin an. Er hatte fast vergessen, daß der Mann noch da war.
»Ihre Behauptung, daß sie nicht Ihr Typ ist, wäre viel überzeugender, wenn Sie sie nicht wie ein liebeskranker Jüngling anstarren würden.«
Jacks Blick schoß zu Phin hin. »Das tue ich ja gar nicht.«
Phin verzog nur das Gesicht und hob die Schultern zu einem mißglückten Zucken.
»Wirklich nicht!« Mit einem schnellen Blick über das Deck sah er, daß mehrere Köpfe sich in seine Richtung gedreht hatten, und auch der Kopf mit der sahnefarbenen Haut der Dame. Jack senkte die Stimme. »Ich weiß gar nicht, worüber du sprichst. Diese Frau macht doch nichts als Probleme.«
»Keine Ahnung.« Phin rieb sich den Bart. »Ich habe sie selber auch irgendwie gern.«
»Gut. Schön.« Jack unterstrich seine Worte damit, daß er die Hände in seine schmale Taille stemmte. »Kümmere dich um sie, soviel du willst. Das interessiert mich überhaupt nicht. Ich jedenfalls kann es kaum erwarten, sie nach Charles Town zurückzubringen, um dieser Farce von einer Entführung endlich ein Ende setzen zu können.«
»Sind wir deshalb losgesegelt, noch bevor wir den Rumpf ganz gereinigt haben?«
»Nein.« Jack lehnte sich gegen die Reling und beobachtete eine durch die Luft schwebende Möwe. Da die Flut den Kanal gefüllt hatte, segelten sie problemlos in Richtung Mündung. Doch er hatte bisher niemandem gesagt, warum sie unterwegs waren. Jack atmete aus. »De Segovia ist nach St. Augustine zurückgekehrt.«

Phins Augen weiteten sich erst und wurden dann sofort so schmal, daß nur noch die dunklen Pupillen zwischen den Lidrändern zu sehen waren. »Wie haben Sie denn das erfahren?«

Jack stützte sich auf seinen Unterarmen auf. »Ich habe Nafkebee im Wald getroffen. Er hat Kontakte zu einem Stamm, der weiter südlich auf dem Land lebt, das von den Spaniern beansprucht wird. Sie haben ihm gesagt, daß de Segovia nach St. Augustine zurückgekehrt ist – als neuer Kommandant der dortigen Garnison.«

Phin kratzte sich am Kinn. »Doch wie konnte Nafkebee Sie überhaupt finden?«

»Robert hat es ihm gesagt.«

»Ihr Onkel?«

»Ja. Bevor wir Charles Town verlassen haben, habe ich Onkel Robert von dieser ... Entführung erzählt.« Jack schnitt eine Grimasse. »Und daß wir zur Snebley-Bucht segeln würden. Als Nafkebee mich in Charles Town nicht angetroffen hat, hat er Robert aufgesucht und von ihm erfahren, wo ich bin.« Jack hielt inne. »Robert selber hat mich gebeten, umgehend nach Charles Town zurückzukehren.«

Phin schien diese Information zu schlucken; dann schüttelte er den Kopf. »Deshalb haben Sie sich so seltsam verhalten.«

»Was, zur Hölle, meinst du denn damit?«

»Tja, Cap'n. Seit wir Sie und Mistress Miranda im Wald angetroffen haben, benehmen Sie sich reichlich verrückt.«

Jacks Kiefer verkrampfte sich. »Ich will endlich de Segovia finden und hoffentlich auch meine Schwester.«

»Ich weiß das, Cap'n.«

Da Phins Miene so ernst war, hätte Jack ihm am liebsten erzählt, daß nicht nur de Segovia ihn beunruhigte. Doch das wäre Miranda gegenüber nicht fair gewesen, und außerdem wußte Jack nicht, wie Phin darauf reagieren würde. Sie beide hatten immer genügend Frauen, wenn sie in einem Hafen waren, doch wie Phin schon sagte: Er hatte Miranda gern. So gern wie ein Vater, wenn Jack sich nicht völlig irrte. Jene Sympathie, die nicht zuließ, daß jemand ihr etwas zuleide tat, auch wenn dieser Jemand sein guter Freund Jack war.

»Der Himmel behüte mich vor Vätern«, murmelte Jack vor sich hin.

»Wie bitte, Cap'n?«

»Nichts.« Jack schüttelte den Kopf. »Wir müssen nur so schnell wie möglich nach Charles Town zurückkehren.«

»Und was ist mit Henry?«

»Was soll mit ihm sein? Und schrei nicht so.« Jack warf einen schnellen Blick in Mirandas Richtung. Sie schien in eine Unterhaltung mit Scar vertieft zu sein. Daß Scar sich überhaupt in eine Unterhaltung vertiefen konnte, war das schiere Wunder.

»Sie kann mich nicht hören, Cap'n.«

»Vielleicht nicht. Doch Henry wäre nicht erfreut, wenn seine Tochter erführe, wie gut wir ihren Vater kennen.«

»Was wird er dann aber dazu sagen, daß wir sie vorzeitig nach Charles Town zurückbringen? Was ist, wenn der Steuerbeamte des Königs noch immer da ist?«

»Um dieses Problem wird Henry sich kümmern müssen«, sagte Jack. Doch letztendlich würde es doch an ihm hängenbleiben. Er lockerte seine Krawatte. »Mit Sicherheit wird er sie dazu bringen können, ein paar Tage lang nichts von uns zu erzählen.«

»Damit kenne ich mich nicht aus, Cap'n. Vielleicht dreht sie ja durch, wenn wir sie zu Hause abliefern. Die meisten Menschen haben für Entführungen nichts übrig.«

»Stimmt genau, Phin.« *Und dabei weißt du nur die Hälfte,* fügte

Jack innerlich hinzu. Wenn Miranda Chadwick erst einmal Zeit hatte, über ihre Begegnung im Wald nachzudenken, würde sie vielleicht nicht mehr dazu bereit sein, so zu tun, als wäre nichts geschehen. Jacks Blick wanderte zu ihrem ruhigen Lächeln hinüber, mit dem sie auf etwas reagierte, das Scar sagte. Diese leidenschaftslose Fassade konnte schon sehr bald bröckeln. Und was dann passieren würde, haßte Jack schon jetzt.

Vielleicht war er dann ja bereits nach St. Augustine unterwegs, sagte eine leise, feige Stimme in ihm, und Henry mußte sich um alles kümmern. Und natürlich konnte Jack nie mehr nach Charles Town zurückkehren.

Er verschränkte die Finger und ließ den Kopf auf sie herabsinken. »Was gibt's, Cap'n? Was ist los? Geht es Ihnen nicht gut?«

»Nein.« Jack richtete sich wieder auf. »Es ist nur ...«

»Segel in Sicht!« Der Ruf vom Mastkorb unterbrach Jack. Er blinzelte zu dem Seemann hinauf. Was hatte denn das jetzt zu bedeuten, verdammt noch mal? Sie hatten gerade die Mündung des Wasserlaufs, den verdammt wenig Leute kannten, hinter sich gelassen. Wie konnte dann aber die Mastwache Segel entdeckt haben?

Jack öffnete den Mund, um ihn zu fragen, als der Seemann ihn noch einmal verblüffte. »Sieht nach Spaniern aus, Captain.«

Zehntes Kapitel

»Was ist los? Was ist passiert?« Miranda drängte sich durch die Piraten, die wie wild auf dem Schiff herumrannten. Manche eilten unter Deck, und andere holten sich aus einem langen Holzkasten Musketen, mit denen sie in die Takelage kletterten. Alle waren so sehr beschäftigt, daß sie keine Notiz von ihr nahmen.

Miranda hielt sich am Handlauf der Leiter fest, während sie mit der anderen Hand ihre Röcke raffte und aufs Achterdeck kletterte. Der Piratenkapitän bemerkte sie erst, als sie nach seinem Arm griff. Mit einem Messingteleskop vor dem zusammengekniffenen Auge suchte er den Horizont ab.

Er wirbelte herum, als sie ihn berührte.

Seine Miene war hart, und die gebräunte Haut spannte sich straff über seine gemeißelten Gesichtszüge. Und er entspannte sich auch nicht, als er sie anschaute. Ja sein Kiefer verkrampfte sich sogar noch mehr. »Was, zum Teufel, machen Sie hier oben?« Hatte er denn nicht schon ohne sie genug Probleme, verflixt noch mal? In Wahrheit hatte jedoch das spanische Schiff seine Aufmerksamkeit so sehr in Anspruch genommen, daß Jack seine schöne Gefangene praktisch vergessen hatte.

Obwohl Miranda über die Heftigkeit seiner Worte sehr bestürzt war, zwang sie sich dazu, nicht vor ihm zu kuschen.

»Ich möchte wissen, warum Ihre Männer so aufgeregt herumrennen. Was ist passiert?«
Jack sah sie an und versuchte, seinen Ärger in Schach zu halten – diesmal jedoch nicht über sie, sondern über die Situation, vor die er plötzlich gestellt worden war. »Sie bereiten sich auf ein Gefecht vor«, erwiderte er einfach.
»Ein Gefecht?«
»Ja. Oder auf einen Rückzug – auf das jedenfalls, was wir unternehmen werden, um an diesem spanischen Schiff vorbeizukommen.«
Miranda atmete aufgeregt ein, doch sie beschirmte ihre Augen und schaute in die Richtung, in die er deutete. Durch den Dunst des späten Nachmittags konnte sie nur Segel erkennen. »Woher wollen Sie wissen, daß es ein spanisches Schiff ist? Vielleicht ist es nur ein englisches Schiff, das den Meeresarm hinaufsegeln will.«
Jack erzählte ihr nicht, daß für ihn ein englisches Schiff, das die Mündung des Meeresarms versperrte, fast genauso schlimm wäre. Er reichte ihr einfach das Teleskop. »Sie scheinen die Dinge ja gern vergrößert zu sehen, Mistress Chadwick.«
Nachdem Miranda die spanische Flagge erkannt hatte, ließ sie das Fernrohr sinken und sah dem Piraten in die Augen. »Wir führen doch keinen Krieg gegen Spanien.«
»Sie vielleicht nicht«, sagte Jack beim Ausatmen, »aber ich schon; das kann ich Ihnen versichern. Und« – er schob sich ein paar Haare aus der Stirn »das beruht auf Gegenseitigkeit.«
Lärm vom Deck unter ihnen lenkte Miranda vorübergehend ab. Sie sah zum Vorderdeck hinab, wo Piraten lange schwarze Kanonen in Stellung zerrten und Phin einigen Männern etwas zurief. Ihre Hemden klebten an schweißnassen Oberkörpern, während sie Kanonenkugeln auf dem Deck aufsta-

pelten. Andere streuten eine Schicht Sand auf die Eichenplanken.

Angst verkrampfte ihren Magen. »Sie werden gegen sie kämpfen?«

Sie sah so verängstigt aus, und ihre tiefblauen Augen waren groß wie Goldmünzen, daß Jack sie am liebsten belogen hätte. Doch da er Miranda kannte, wußte er, daß sie die Wahrheit früher oder später ja doch herausfinden würde. Doch obwohl sie bestürzt zu sein schien, wich sie nicht zurück, sondern reckte sogar ihr kleines Kinn herausfordernd hoch.

»Ich kämpfe nur, wenn ich dazu gezwungen werde«, sagte Jack und fügte dann ehrlicherweise hinzu: »Doch bisher sehe ich noch keine Möglichkeit, an dem Schiff vorbeizukommen.«

»Wir könnten auf dem Meeresarm zurücksegeln. Sicherlich würden sie uns nicht ...«

»Folgen?« Jack schüttelte den Kopf. »Da könnten Sie recht haben. Doch wenn die Flut abläuft, sitzen wir wie zuvor am Strand fest. Dann brauchen sie nur ein paar Männer in kleinen Booten stromaufwärts zu schicken, um uns zu überrennen; wir haben nicht viele Männer. Und das gleiche trifft zu, wenn wir bleiben, wo wir sind, oder wenn wir uns der spanischen Fregatte nähern. Wenn wir nicht in tieferes Wasser oder in die offene See gelangen können, sind wir bei Niedrigwasser angreifbar.«

»Und was ist mit dem spanischen Schiff? Hat es denn nicht das gleiche Problem?«

»Nein. Es befindet sich im Kanal in tieferem Wasser. Und es blockiert uns den Weg dorthin.« Und nach der Position des spanischen Schiffes zu urteilen, schien dessen Captain genau zu wissen, was er tat. Einmal mehr fragte sich Jack, wie die

Spanier diesen Meeresarm überhaupt gefunden hatten. Er hatte sich bisher als so ein sicherer Zufluchtsort erwiesen, daß Jack hätte schwören können, daß nur er ihn kannte. Natürlich kannte seine Besatzung ihn auch, und er hatte auch einigen ihm nahestehenden Menschen davon erzählt. Seinem Onkel zum Beispiel – und Mirandas Vater.

Jack schüttelte heftig den Kopf. Was hatte er bloß für Ideen? Henry würde garantiert nichts weitererzählt haben.

»Haben wir eine Chance bei diesem Gefecht?«

»Es gibt immer eine Chance«, erwiderte Jack, der sich noch mit seinen Gedanken an Henry Chadwick herumschlug. Er sah Miranda an, als er sie nach Luft schnappen hörte. »Machen Sie sich keine Sorgen. Ich habe mich schon aus schwierigeren Situationen herausgekämpft.« Jack war recht froh darüber, daß er ihr die Wahrheit gesagt hatte. Doch ihm wäre es lieber gewesen, wenn er sich auf eine Konfrontation hätte einlassen können.

»Gehen Sie nach unten.« Jack zerrte eine Pistole aus seinem Hosenbund heraus. »Und nehmen Sie die hier mit.«

»Aber ...«

»Ich glaube nicht, daß Sie sie brauchen werden. Aber wenn doch, dann ist eine Pistole wirkungsvoller als ein rostiges Schwert.«

Miranda errötete, weil er sie damit an ihren lächerlichen Versuch erinnerte, sich ihm bei ihrer ersten Begegnung entgegenzustellen. Als sie die schwere Pistole untersuchte, blitzte das polierte Messing auf, als die Mündung die Strahlen der Nachmittagssonne reflektierte. »Ich weiß nicht, wie ich damit umgehen soll.«

»Sie ist geladen und gebrauchsfertig. Sie spannen einfach den Hahn.« Jack legte die Hände über ihre und zeigte ihr, wie sie das tun mußte, und anschließend sicherte er die Pistole wieder. »Zielen und den Abzug ziehen. Aber verwenden Sie sie nur, wenn Ihnen keine andere Wahl bleibt. Die Chancen sind gut, selbst wenn es den Spaniern gelingen sollte ...« Jack hielt inne, als ihm klar wurde, daß er an eine Niederlage in diesem Gefecht dachte. »Sie werden höchstwahrscheinlich in Sicherheit bleiben, ganz gleich, wer schließlich den Sieg davontragen wird.«

Jack umfaßte Mirandas Schultern und drehte sie sanft herum. »Jetzt gehen Sie bitte nach unten und bleiben in meiner Kabine, komme, was da wolle. Haben Sie mich verstanden?«

Natürlich hatte sie ihn verstanden. Glaubte der Captain vielleicht, daß sie eine einfache Anweisung nicht begreifen konnte? Eine ärgerliche Anweisung zwar, aber dennoch eine einfache. Mit einem schnellen Nicken stieg Miranda die Leiter zum Hauptdeck hinunter. Sie wich den Männern aus, die sie kaum beachteten, und verschwand in der Luke.

Jack sah ihr nach, wie sie die Leiter hinunterging, und konzentrierte sich dann wieder auf das Schiff, das die Einfahrt zu dem kleinen Meeresarm blockierte.

»Alle Mann an den Waffen, Cap'n. Und wir haben die Schandeckel verschlossen gelassen, wie Sie befohlen haben.« Phin hatte seinen grauhaarigen Kopf über den Boden des Achterdecks hinausgeschoben. »Was werden Sie jetzt tun? Die haben uns bestimmt mittlerweile auch gesehen.«

»Davon gehe ich aus.« Die *Sea Hawk* hatte eben die letzte Kurve des Meeresarms hinter sich gelassen und nun freie Sicht auf das Schiff, das weniger als eine Wegstunde südlich von ihnen entfernt lag und auch sie nun genau sehen konnte.

»Was suchen sie denn da?« Phin musterte das feindliche Schiff.

»Genau das, wonach es aussieht. Sie versuchen, uns daran zu

hindern, ins Meer zu segeln.« Das Schiff lag seitlich vor Anker, und seine großen, pechschwarzen Kanonen lugten aus den offenen Schandeckeln hervor. Es stand groß und furchterregend wie ein Bollwerk da, das einen Hafen bewacht.

»Doch wie können sie diese Stelle hier gefunden haben? Wir hatten hier doch noch nie irgendwelche Probleme.«

»Ich weiß es nicht.« Jack schob die Frage beiseite. Jetzt war keine Zeit, sich damit zu befassen. Später würde er über das Wie und Warum nachgrübeln, doch jetzt mußte er zusehen, wie er die *Sea Hawk* aus dieser Falle befreien konnte.

»Rollt die Segel auf und werft den Anker. Ich möchte, daß es so aussieht, als hätten wir in dem Augenblick angehalten, als wir sie ausgemacht haben.«

»Cap'n, uns bleibt nicht mehr viel Zeit, bis die Flut abläuft. Und Sie wissen ja, was dann mit uns geschieht.«

»Ja.« Sie würden auf Grund sitzen und leichte Beute sein. Und damit genauso angreifbar wie damals Port Royal und seine schottischen Siedler. Jack entrollte eine Karte und überprüfte ein paar Zahlen. »Wir haben noch immer ein wenig Zeit.« Aber nicht sehr viel. Jack hob den Kopf, drehte ihn in die Brise und lächelte. Als die Schatten länger wurden, frischte der Wind auf und wehte erfrischend von Norden. Er folgte der Strömung des Meeresarms und würde ein Schiff unter vollen Segeln schnell ins offene Meer gleiten lassen.

»Schick alle Matrosen, die an keiner Kanone gebraucht werden, auf die Topps. Sobald ich das Zeichen dazu gebe, möchte ich, daß die Segel von den Spieren herabfallen, und zwar schnell.«

»Wollen Sie sie passieren ?«

»Ja, genau daran denke ich.« Jack schaute durch das Fernglas. »Sie hockt da so anmaßend herum und glaubt, daß wir in der

Falle sitzen.« Jack ließ das Teleskop sinken und schlug sich damit leicht in die Handfläche. »Es wird eine ziemlich enge Angelegenheit werden, uns an ihr vorbeizudrängeln.«
»Und eine verdammt blutige dazu. Was glauben Sie, Cap'n? Zwanzig Kanonen?«
»Ja.« Jack pfiff durch die Zähne. »Soweit ich sehen kann. Doch hoffentlich werden wir an ihr vorbei sein, noch ehe sie uns viel schaden können.« Jack schloß die Augen. Er hielt nicht viel vom Beten – nicht mehr nach jenem Nachmittag, an dem die Spanier seine Familie ausgelöscht hatten –, doch jetzt sprach er ein kurzes Gebet. Und falls es eher wie eine Forderung denn eine Bitte klang, hoffte er, daß Gott ihm das nicht anlasten würde.
Schatten fielen von den hohen Pinien am Strand über das Deck, als die Sonne hinter dem kleinen Waldstück verschwand, das die *Sea Hawk* vom Meer trennte. Grillen und Heuschrecken begannen mit ihrem heiseren Lied, doch an Bord des Piratenschiffs war kaum ein Laut zu hören. Alle waren auf ihren Posten und kümmerten sich nicht darum, daß sich ihre Muskeln verkrampften und die Spannung das Schiff einzuhüllen schien.
Und sie alle warteten auf den Befehl, auf den hin sie sich beeilen würden, die *Sea Hawk* in Richtung des gewaltigen spanischen Blockadeschiffs in Bewegung zu setzen. Und in die Schußweite seiner mörderischen Kanonen. Bis zum letzten Mann wußten sie, daß ein kalkuliertes Risiko vor ihnen lag. Obwohl ihre Lebensweise es anders erscheinen ließ, suchten Piraten nicht unbedingt das Risiko. Sichere Aktionen waren mehr nach ihrem Geschmack. Doch aus diesem Schlamassel gab es keinen sicheren Ausweg, und sie vertrauten darauf, daß ihr Captain das Beste daraus machen würde.

Und Jack wiederum vertraute auf das Schicksal, das Eingreifen irgendeiner göttlichen Macht und auch darauf, daß ihm sein bisheriges Glück treu blieb. Als die Brise so auffrischte, wie er gehofft hatte, und sich der erste Dunstfilm über die auslaufende Flut des Meeresarms herabsenkte, wandte sich Jack Phin zu.

Hoffentlich hatte das Verharren der *Sea Hawk* das spanische Schiff glauben lassen, daß sie in dieser Nacht nichts mehr unternehmen würden. Erstarrte Angst wurde bei einem Feind leicht akzeptiert, besonders da sie sich leicht der Männer bemächtigte. Doch diese Angst hatte weder Jack noch die Besatzung der *Sea Hawk* erfaßt.

»Jetzt, Phin!« Jack gab den Befehl mit leiser Stimme, und Phin hob den Arm zu dem verabredeten Zeichen. Das Zeichen wurde von einem Piraten zum anderen weitergegeben, bis alle schließlich wußten, daß es soweit war.

Gleichzeitig sausten die Stagsegel herab und ratterten über die Holzblöcke. Im selben Moment kappte King mit einem Enterbeil und einem Schlag das Ankertau und befreite das Piratenschiff damit, daß er den Anker tief eingegraben im Schlick zurückließ.

Die *Sea Hawk* gierte und ächzte erst und sprang dann nach vorn, als die großen Segel sich mit Wind füllten: Sie waren auf Kurs zu dem spanischen Schiff.

Jack schaute durch das Fernglas und versuchte, durch den sich verdichtenden Dunst auszumachen, wie der Feind auf die plötzliche Bewegung der *Sea Hawk* reagierte. Im ersten Moment schien ihnen nicht klar zu sein, was die Piraten vorhatten, doch kurz danach sah Jack, wie die kleinen Gestalten in wilder Hast die Kanonen klarmachten.

Orangefarbenes Feuer züngelte aus den Mündungen, noch ehe die *Sea Hawk* die Schußweite erreicht hatte, doch Jack

nahm an, daß der spanische Captain ihnen nur zeigen wollte, was ihnen bevorstand.
»Halte den Kurs, Phin.« Jack ließ das Glas sinken und sah seinen Steuermann scharf an. »Was immer auch geschieht, steuere uns direkt auf die Passage zwischen den Spaniern und der Küste zu.«
»Ja, Cap'n.« Phins krumme Finger griff nach dem Steuerrad. »Und ich vermute mal, daß wir dort auch genügend Wasser unter dem Kiel haben werden.«
»Du vermutest richtig«, erwiderte Jack und hoffte gegen alle Vernunft, daß dem so sein würde. Aus seinem Hosenbund zerrte er das Gegenstück zu der Pistole heraus, die er Miranda gegeben hatte.
Sie näherten sich jetzt schnell der Schußweite. Der sich immer mehr verengende Brackwasserstreifen, der die beiden Schiffe voneinander trennte, spritzte um die Kanonenkugeln auf. Und die von den letzten Strahlen der untergehenden Sonne in Diamanten verwandelte Gischt ergoß sich über den Rumpf der *Sea Hawk.*
Jack wartete so lange, bis eine Kugel mit donnerndem Lärm nur noch Zentimeter von seinem Schiff entfernt ins Meer fiel. Nach einem letzten Befehl an Phin, das Schiff auf Kurs zu halten, sprang Jack zum Hauptdeck hinunter. »Feuer!« schrie er, so laut er konnte. »Feuert drauflos!«
Der nun folgende Lärm war ohrenbetäubend. Jack spreizte die Beine, um sich gegen das plötzliche Schlingern des Schiffes zu stabilisieren. Rauch wirbelte um die Männer herum und verbarg sie vor seinem Blick. Doch Jack konnte hören, wie sie sich keuchend beeilten, die Mündungen zu reinigen und neu zu laden.
Mit von Salpeter und Schwefel verschwommenem Blick versuchte Jack, durch den sich hebenden Rauch zu dem Wasser-

streifen zu sehen, der sich zwischen dem spanischen Schiff und dem schwankenden, grünen Küstengras befand. Den Kanal hatten die Fluten in Hunderten von Jahren in den Sand gefräst, und er war zwar tief, aber durch die Länge des Blockadeschiffs auch sehr eng.

Und es kostete einen hohen Preis, diese Passage zum Meer zu erreichen.

Sie befanden sich jetzt in Schußweite. Kaum war Jack das klargeworden, fühlte er das Schlingern der *Sea Hawk*, als der erste Schuß auf dem Deck explodierte. Jack griff sich einen Eimer und löschte die Flammen zusammen mit einem Matrosen. Doch es gab keine Ruhepause bis zum nächsten und übernächsten Einschlag auf dem Piratenschiff.

»Feuer! Feuer!« brüllte Jack seinen Männern aufmunternd zu, als sie durch den Hagel von Kanonenkugeln hindurchsegelten. Seine Kehle brannte, und seine Stimme war heiser; doch er hetzte weiter von einer Kanone zur nächsten, reinigte hier und entzündete das Pulver dort.

Sie hielten sich nicht mit dem Zielen auf. Die *Sea Hawk* und das spanische Schiff lagen jetzt fast Breitseite an Breitseite und beschossen einander offen. Und sie waren in Schußweite der Handfeuerwaffen.

Jack schoß seine Pistole leer, doch er nahm sich nicht die Zeit, sie wieder zu laden. Scharfschützen in den Wanten hielten die Spanier in Atem und gaben Jacks Männern auf Deck die Chance, die sie sonst nicht gehabt hätten.

Sie glitten vorbei und hatten das Schlimmste des Angriffs hinter sich. Obwohl die *Sea Hawk* weiter feuerte, konnte das stabile spanische Schiff so gut wie nichts tun. Es hatte achtern keine Schandeckel, durch die sie hätten schießen können. Diese Atempause von dem tödlichen Feuer kam der Ruhe im Auge eines Hurrikans gleich. Jack wollte gerade glauben, daß sie es vielleicht schon geschafft hatten, als die *Sea Hawk* achtern Schlagseite bekam. Jacks erster Gedanke war, daß sie zu sinken begannen, doch dann wurde ihm klar, daß das Schiff auf der Küste aufgelaufen war.

»Phin! Phin!« Jack sprang über einen seiner Männer hinweg, der blutend und vor Schmerzen schreiend in der Nähe des Hauptmasts lag, und rannte über das glitschige Deck zur Leiter. Jack zog sich hoch und fluchte, als er sah, daß sein Steuermann reglos über dem Steuerrad hing.

Doch jetzt war keine Zeit für Sentimentalitäten. Jack packte Phin und ließ ihn auf das Deck gleiten, und dann bot er all seine Kräfte auf, um das Steuerrad zu begradigen. Jacks Muskeln, die von Ruß und Schweiß bedeckt waren, spannten sich an. Das Schiff ächzte und klagte, als es sich an der schlickigen Küste entlangbewegte, und schließlich befreite es sich mit einem einzigen gewaltigen, vom Wind unterstützten Sprung. Als sie in den tieferen Kanal zurückglitt, richtete sich die *Sea Hawk* wieder auf und brauste in Richtung Meer davon.

Innerhalb von Sekunden fuhr die *Sea Hawk* in die Schußweite der spanischen leewärtigen Kanonen hinein. Doch der Winkel war nicht tödlich, und nun hatten die Piraten die Manövrierbarkeit und den Sog des Wasser zur offenen See hin auch auf ihrer Seite.

Ein Freudenjubel erhob sich in der Takelage. Sie hatten es geschafft! Sie hatten sich aus der Falle befreit und flogen jetzt in den schaumgekrönten Wellen vor der Küste dahin. Jack warf einen Blick zu dem spanischen Schiff zurück, auf dem die Besatzung nun in wilder Hast die Segel entrollte. Sie waren noch immer eine Bedrohung, doch nach Jacks Meinung keine große mehr. Wenn sie den Anker gelichtet und das Schiff aus dem Meeresarm herausmanövriert hatten, würde

die Nacht sich über dem Meer herabgesenkt haben. Und gegen Morgen wollte Jack schon weit weg von hier sein.
Sobald sich die Piraten beruhigt hatten, rief Jack jemanden für Phin auf dem Hauptdeck zu Hilfe. Der Steuermann drehte sich stöhnend auf die Seite, und Jack entdeckte eine Blutlache unter seinem Körper. »Jemand hierher. Sofort!« Jack brauchte seine Hände und seine Gedanken zum Steuern des Schiffes, doch wenn nicht schnell jemand kam, würde er …
»Was ist los, Captain? Sind Sie verletzt?« Miranda zog sich die Leiter herauf und erschrak, als sie Phin sah. Sie raffte ihre Röcke hoch und rannte zu ihm. »Was ist ihm geschehen?« Vorsichtig drehte sie den alten Mann um.
»Er ist getroffen worden. Von absplitterndem Holz, glaube ich. Was, zum Teufel, machen Sie denn hier oben?«
Miranda überhörte die letzte Bemerkung, während sie den alten Mann auf den Rücken drehte. »Ja, hier ist es«, sagte sie und zog vorsichtig das zerrissene und blutige Hemd beiseite. »Phin, können Sie mich hören?«
Phins Augen öffneten sich leicht, doch die dunkle Iris war vor Schmerzen umwölkt. »Eure Ladyschaft«, murmelte er und biß sich dann auf die Unterlippe.
»Ich weiß, daß es weh tut, Phin. Aber Sie kommen wieder in Ordnung. Das verspreche ich Ihnen.« Miranda hob ihren Rock hoch und riß einen Streifen von ihrem Unterrock ab, während sie gleichzeitig hoffte, daß sie dieses Versprechen würde halten können. Etliche scharfkantige Holzsplitter vom Mast, wie sie vermutete, steckten in Phins Schulter und Brust. Sie konnte nicht erkennen, wie tief sie in das Fleisch eingedrungen waren, doch als sie vorsichtig an einem zog, spritzte frisches Blut heraus.
Als sie die Wunde mit ihrem Unterrock austupfte, konnte sie besser zufassen und stärker ziehen. Phin stöhnte einmal auf

und verlor das Bewußtsein. Mit einem letzten Ruck entfernte Miranda den Splitter und verschloß die klaffende Wunde schnell mit weiterem gerüschten Leinen.
»Herrgott noch mal, was geht hier vor?« Jack bemühte sich, um Mirandas schmalen Rücken herum zu erkennen, was sie mit seinem Freund machte. »Wo ist der Schiffsarzt?«
»Tot, fürchte ich.« Miranda sah zu ihm hinüber. Der Captain schien ehrlich erschüttert über ihre Bemerkung zu sein. Miranda war klar, daß sie ihm das schonender hätte beibringen sollen, doch dazu hatte sie wirklich keine Zeit.
»Machen Sie mir nicht weis, daß Sie sich auch noch mit der ärztlichen Versorgung auskennen.« Diese Frau schien einen unbegrenzten Wissensvorrat zu haben.
»Nicht sehr.« Miranda griff nach dem nächsten Holzsplitter. »Aber ich weiß einiges über die Anatomie.«
Als sie gerade alle Splitter entfernt und Phin mit weiteren Streifen ihres Unterrocks verbunden hatte, kam King aufs Achterdeck. Er übernahm das Steuerrad und informierte Jack über die Verluste. Zwei Tote einschließlich des Schiffsarztes, wie Miranda schon gesagt hatte. In Wirklichkeit war er gar nicht Arzt gewesen, sondern Zimmermann. Doch er war von der gesamten Besatzung der *Sea Hawk* einem Arzt am nächsten gekommen. Das spielte keine große Rolle, da er nur dann in Anspruch genommen worden war, wenn zertrümmerte Arme und Beine abzusägen waren. Und er war ein genauso guter Seemann wie Charles Stone gewesen, das zweite Opfer.
Angesichts der geringen Chancen, die sie gehabt hatten, hielt Jack den Verlust von nur zwei Männern für durchaus verträglich. Trotzdem konnte er sich nicht damit abfinden. Diese Opfer verstärkten nur noch seinen Haß auf die Spanier, der ihn innerlich verzehrte.
Und die Anzahl der Toten konnte sich auch noch erhöhen.

Phin lag auf dem sonnengebleichten Deck und sah so weiß aus wie das Segeltuch, das sich über ihren Köpfen bauschte. Jack schluckte. »Ist er …?«

»Ich glaube, er wird es schaffen.« Miranda wischte sich die blutigen Hände an ihrem Rock ab. Und in diesem Moment nahm Jack sie zum erstenmal richtig wahr.

»Mein Gott! Sind *Sie* verletzt?«

»Nein, warum?«

»Sie sind ja ganz blutig und …«

»Oh.« Miranda sah auf ihr Kleid herab. »Das ist nicht mein Blut. Ich habe geholfen. Mehrere andere Männer sind auch verwundet.«

»Soll das heißen, daß Phin nicht der erste war, den Sie versorgt haben?« Jacks Stimme war von trügerischer Ruhe.

»Nein, natürlich nicht. Ich habe schon Ed Snively verbunden und …«

»Aber wir haben doch die Schußweite der Spanier erst vor ein paar Minuten verlassen.« Mit jedem Wort wurde Jacks Stimme lauter, als ihn die Erkenntnis traf. »Wollen Sie mir wirklich sagen, daß Sie mitten im Kampf an Deck waren?«

Miranda blieb einfach stehen. Ihre Augen waren dunkel und so groß wie Untertassen, und ihr Mund blieb geschlossen. Doch das reichte Jack schon als Eingeständnis.

»Herr im Himmel, Mädchen!« Er fuhr sich mit den Händen durch sein goldblondes Haar. »Wissen Sie eigentlich, was Ihnen hätte passieren können?«

»Das gleiche wie Charley Stone, denke ich mal«, erwiderte sie gelassen.

»Da haben Sie verdammt recht. Das gleiche, was ihm, dem Doktor oder Ed geschehen ist.«

»Oder Phin«, ergänzte Miranda. »Meinen Sie nicht auch, daß wir ihn unter Deck bringen sollten?«

»Ja, zur Hölle, das sollten wir tun.« Jack stand da und starrte Miranda an. Zugegeben, er hatte während des Kampfes nicht an sie gedacht – weil keine Zeit dazu war, doch als er kurz vor dem Kampf an sie gedacht hatte, hatte er sie relativ sicher in seiner Kabine vermutet.
Und ganz bestimmt nicht auf dem vor Blut schlüpfrigen Deck, auf dem sie von den Schüssen bedroht war. Als er jetzt darüber nachdachte, konnte er sich kaum zurückhalten, ihr an die Kehle zu fahren.
Jack atmete tief ein und sah zu King hinüber. »Nein, ich werde es tun. Und Sie« – Jack deutete mit dem Finger auf Miranda –, »kommen mit mir mit!«
»Ich denke, daß ich erst noch nach den anderen Männern sehen sollte.« Sie begann, das Achterdeck zu überqueren. »Einige könnten vielleicht Hilfe be–«
»Miranda!«
Der kaum verhohlene Ärger in seiner Stimme ließ Miranda auf der oberen Sprosse der Leiter verharren. Sie warf das Haar zurück und atmete tief durch. »Ich komme so bald wie möglich nach, nachdem ich mich um die anderen Männer gekümmert habe.« Und mit diesen Worten verschwand sie einfach.
Und Jack starrte weiter mit offenem Mund auf die Stelle, an der sie gestanden hatte.
»Die hat ihren Kopf für sich.«
Jack preßte die Lippen zusammen und drehte sich zu King um. »Diese Frau scheint mal eine Lektion in Befehlsgehorsam nötig zu haben.«
Als King die Achseln zuckte, kräuselten sich die Muskeln unter seiner ebenholzfarbenen Haut. »Eine Lektion von Ihnen reicht.«
»Und was, zum Teufel, meinst du damit?«

»Nichts.« Kings Lächeln leuchtete weiß gegen seine Haut. »Ich glaube einfach nur, daß Sie um ihre Sicherheit fürchten, und deshalb geben Sie ihr Befehle, die sie nicht ausführen will.«

»Du hast, verdammt noch mal, recht, daß ich um ihre Sicherheit fürchte.« Jack beugte sich herab und hob Phin vorsichtig vom Boden auf. »Wer würde das denn nicht tun?« murmelte er, als er die Leiter hinunterstieg.

Im Achterraum bestand der Behandlungsraum aus ein paar Planken, die man über Tonnen gelegt hatte. Ein Mann, oder besser gesagt ein Junge, saß auf der Bretterkante und ließ seine mageren Beine herabbaumeln. Als Jack dort mit Phin ankam, war Miranda schon da. Sie versuchte, den Jungen dazu zu bringen, sich wieder hinzulegen.

»Es ist bestimmt besser, wenn du mir deine Wunde zeigst, Nat.«

»Mir fehlt nichts, und ich möchte auch nicht, daß Sie mich ansehen, zur Hölle.«

»Nat!« Jack legte Phin in eine Koje, die für die Verwundeten gebaut worden war. Dann drehte er sich zu dem Jungen um. »Paß auf, wie du mit einer Dame sprichst.«

»Ja, Cap'n. War nicht so gemeint.«

»Vielleicht nicht, aber trotzdem ... Warum lächeln Sie?« Miranda versuchte, wieder ernst zu werden. Wie konnte ausgerechnet der Piratenkapitän sich an jemandes Sprache stoßen. Er schrie ihr doch praktisch immer in die Ohren, wenn sie zusammen waren. Doch das wollte sie ihm jetzt nicht sagen, und schon gar nicht vor dem Jungen.

»Ich lächele nur so. Doch ich möchte mir die Wunde dieses Jungen anschauen.«

Himmel, als ob er ein Lächeln nicht kennen würde, und besonders Miranda Chadwicks, doch Jack wollte dem jetzt nicht nachgehen. »Zeig ihr deine Wunde, Nat.« Nachdem er den Befehl gegeben hatte, ging Jack zu Phin hinüber, der versuchte, sich aufzusetzen. »Wie fühlst du dich, alter Seebär?« Jack versuchte, nicht daran zu denken, wie erschrocken er gewesen war, als er Phin blutig und bleich auf dem Deck hatte liegen sehen.

»Wie, zur Hölle, sollte ich mich wohl fühlen? Diese verdammten Spanier.«

»Wir sind an ihnen vorbeigekommen.« Jack drehte sich um, als er hörte, daß der leise Streit neben dem behelfsmäßigen Tisch lauter wurde. »Was ist denn da drüben los?« Nat war auf den Füßen, Blut rann sein Bein herab, und Miranda hielt ihn am Arm fest. Was Nat offenbar ändern wollte, denn er versuchte, seinen Ellbogen freizubekommen, doch die junge Frau hielt ich ihn um so stärker fest.

»Was soll denn das?« Jack packte Nat bei der Schulter.

»Ich möchte nicht, daß sie es sich ansieht, Cap'n«, bat der Junge und schaute Jack mit seinen engstehenden blauen Augen inständig an.

»Aber er ist verwundet und blutet«, versetzte Miranda logisch.

Jack sah die beiden nacheinander an und atmete langsam aus. »Sie hat recht, Nat. Komm schon, laß sie ...«

»Nein! Nein, ich werde es nicht tun. Und Sie können mich auch nicht dazu zwingen.«

»Den Teufel kann ich nicht.« So viel Ungehorsam reichte Jack für einen Tag.

Zwar war der Captain eines Piratenschiffs kein absoluter Herrscher, doch er hatte gewiß das Sagen bei einem Kabinenjungen und mit absoluter Sicherheit auch bei einer Gefangenen. Und dennoch hatten beide sich ihm innerhalb einer Stunde widersetzt. Nun, er würde dem jetzt ein Ende machen.

Jack hob den Jungen unter den Achseln hoch und war drauf und dran, ihn auf die Planke zu werfen. Nats inbrünstiges Flüstern hielt ihn auf. »Aber Cap'n. Mein Riß ist an einer Stelle, die nichts für die Augen einer Frau ist und schon gar nicht einer Dame.«

»Ach, das ist ja lächerlich«, sagte Miranda. »Immerhin habe ich ja schon ...«

»Genug!« Was, um Gottes willen, wollte sie gerade sagen? Würde sie wirklich ihr Liebesabenteuer zugeben, nur um den Jungen behandeln zu können? Ihr war alles zuzutrauen.

»Sie« – Jack deutete auf Miranda, die vor seinem Ton zurückzuschrecken schien – »kümmern sich um Phin. Er ist zu sich gekommen.«

»Aber, Captain Blackstone ...«

»Ich kümmere mich um den Jungen.« Jack wartete so lange, bis Miranda sich umgedreht hatte, dann bedeutete er Nat, seine bauschigen Hosen fallen zu lassen.

»Das ist doch nur ein Kratzer, Cap'n. Ich weiß gar nicht, warum Ihre Ladyschaft so einen Wirbel deswegen gemacht hat.«

»Das scheint Frauenmanier zu sein«, murmelte Jack vor sich hin. Doch er hätte seine Worte am liebsten zurückgenommen, als der die blutige Hüfte des Jungen sah. »Das sieht mir aber nach mehr als einem kleinen Kratzer aus.«

Jack reinigte den Riß, so gut er konnte, was er wegen seiner mangelnden Erfahrung nicht besonders gut machte. Doch als Jack vorschlug, daß Miranda sich doch darum kümmern solle, machte Nat solch ein Theater, daß Jack die Sache auf sich beruhen ließ. Als er fertig war, sagte er Nat, daß er sich ein wenig ausruhen solle. Dann ging er noch mal zu Phin hinüber, der eingeschlafen war, und kehrte schließlich an

Deck zurück. Dabei stellte er fest, daß Miranda den Behandlungsraum schon verlassen hatte.
Einige Piraten kümmerten sich um die zerstörten Spieren. Sie schienten sie mit Rudern und umwickelten schließlich alles mit Hanftauen. Andere schrubbten die Decks und befreiten sie von Blut und Sand. Auf dem Achterdeck lagen zwei in Segeltuch gewickelte Körper.
»Ich habe gedacht, daß wir auf Sie warten, damit Sie ihnen ein ordentliches Begräbnis geben.« Scar folgte Jack und deutete auf die Körper. »Ich würde aber nicht zu lange warten – wegen des Gestanks.«
Das Begräbnis war kurz. Jack und mehrere Männer sprachen ein paar Worte, und dann glitten die Körper ins indigoblaue Meer.
»Ich denke, wir können froh sein, daß wir nur zwei Männer verloren haben.«
Obwohl Jack vor kurzem das gleiche gedacht hatte, fühlte er sich bei Scars Worten nicht besser. Er gab keine Antwort, sondern schaute über die Myriaden von Wellen, die das Mondlicht glitzernd reflektierten. Eines Tages, vermutete er, würden sie auch ihn auf See bestatten – wenn die Schlinge des Henkers ihn nicht vorher erwischte. Jack rieb sich den Nacken.
»Wie geht's dem alten Phin?«
Jack riß den Blick von dem feuchten Grab los. »Ich denke, daß er sich erholen wird. Vielleicht ist er ja zu widerspenstig zum Sterben.«
Scar lachte glucksend und fuhr sich mit dem Finger über seine Narbe. »Da können Sie recht haben. Es ist ja ein Segen, daß wir Ihre Ladyschaft an Bord haben und daß sie uns geholfen hat.«
»Ich weiß nicht, ob ich es so nennen würde.«

»Ich schon«, erwiderte Scar. »Ich weiß nicht, was wir getan hätten, wenn sie sich nicht um die Verwundeten gekümmert hätte, besonders nachdem der Doktor gestorben war.«
Jack sah Scar an. »Wie lange war sie denn oben an Deck?«
»Ach, das weiß ich gar nicht so genau.« Scar rieb sich das Kinn. »Ich habe sie drüben auf dem Vorderdeck gesehen, kurz nachdem die Spanier mit dem Schießen angefangen haben.«
»Ach ja, hast du?« Also sobald das Gefecht begann. Sie hatte sich seinem Befehl widersetzt und sich selbst von Anfang an in Gefahr gebracht. Jack preßte seine Zähne zusammen, und seine Hände ballten sich zu Fäusten.
»Wo wollen Sie denn hin, Cap'n?«
Jack hielt nicht inne. »Zu einem Gespräch mit Mistress Chadwick«, sagte er, ehe er durch die Luke nach unten kletterte.

Elftes Kapitel

Oh!« Miranda wirbelte herum und preßte ihr blutbeflecktes Kleid an die Brust, als die Kajütentür aufgerissen wurde. Nur ein einziger Mann auf diesem Schiff hatte mit der Höflichkeit des Anklopfens nichts im Sinn. Daher war sie nicht überrascht, als der Piratenkapitän in der Tür stand.

Doch der Ausdruck auf seinem gutaussehenden Gesicht überraschte sie schon. »Ich bitte um Entschuldigung für ...«

Jack fühlte, wie die Hitze an seinem Nacken emporkroch, und das verwirrte ihn weit mehr, als daß er einfach so hereingeplatzt war, während sie sich umzog. Er räusperte sich. »Ich muß etwas mit Ihnen besprechen.«

»Vielleicht könnten wir das ja auf später verschieben?« Miranda fühlte seine Blicke auf sich, und wo immer sie hinschauten, schien die Haut zu brennen. Das zerknitterte Kleid verbarg wenig von dem Leinenunterrock, und der Leinenunterrock verbarg wenig von ihrem Körper.

»Ich würde lieber jetzt darüber sprechen.«

»Aber ich ziehe mich gerade um.« Miranda konnte kaum glauben, daß sie ihn auch noch darauf hinweisen mußte. Das schien den Piraten jedoch nicht zu beirren. »Die Tür zum Niedergang ist noch offen.« Er mußte doch merken, wie unangemessen er sich verhielt.

Jack drehte sich um, schloß die Tür und blieb in der Kajüte. Als er sie wieder anschaute, stand Mirandas Mund offen.
»Ich muß mich fertig anziehen.«
»Das kann ja nicht allzulange dauern.« Jack war entschlossen, sich selbst zu beweisen, daß er in Gegenwart von Miranda Chadwick noch über ein gewisses Maß an Selbstkontrolle verfügte. Er würde sagen, was er zu sagen hatte, und wieder verschwinden. Er räusperte sich erneut und wunderte sich, warum seine Stimme so heiser war. »Also, Sie werden sich doch sicher daran erinnern, daß ich Sie angewiesen hatte, während es Gefechts hier unten zu ...«
»Darum geht es also?« Miranda atmete erleichtert auf und lockerte unwillkürlich den Griff um ihr Kleid. Jack versuchte, keine Notiz von den sanften Rundungen ihrer Brüste zu nehmen.
»Ja, es geht um Ihren Ungehorsam. Was haben Sie denn gedacht?«
»Nun, so wie Sie hier hereingestürmt sind.« Das Kleid rutschte tiefer. »Ich fürchtete ... nun, ich dachte, vielleicht sei Phin ...« Sie war den Tränen nahe, weil sie daran dachte, daß der komische alte Pirat sterben könnte. Jack trat einen Schritt vor.
»Es geht ihm gut. Als ich zum letzten Mal nach ihm gesehen habe, war er wach und hat nach Essen gebrüllt.«
»Ich bin so froh darüber, daß er wieder auf die Beine kommen wird.«
»Ja. Das freut uns alle.« Das verdammte Kleid hing jetzt nur noch seitlich an ihr. Sie schien nicht zu bemerken, daß es sie nicht länger schützte. Jack konnte die Umrisse ihrer festen Brüste deutlich erkennen, die dunklen Brustknospen, die nach Honig schmeckten, und das Delta schwarzer Locken am Scheitelpunkt ihrer Oberschenkel. Blut brauste zu seinen Eingeweiden hinab und ließ seine Männlichkeit anschwellen

und hart werden. Er stöhnte fast auf, ehe er auf dem Absatz kehrtmachte und zu den Sprossenfenstern hinüberging. So viel also dazu, daß er sich selbst beweisen wollte, wie immun er gegen sie war.

Jack wandte ihr den Rücken zu. »Es wäre wohl doch besser, wenn Sie sich anzögen.« Er konnte genau feststellen, wann Miranda ihren Zustand bemerkte. Sie schnappte nach Luft und griff nach einem anderen Kleid.

Er konnte das sinnliche Geräusch hören, als Seide über Haut glitt, während sie das Kleid anzog. Jack schloß die Augen und versuchte, das Verlangen in Schach zu halten, das ihn durchfuhr. Nach ein paar Sekunden öffnete er sie wieder, als er glaubte, daß er wieder denken konnte. Doch die Nacht hatte aus den Fensterscheiben eine Art Spiegel gemacht, in dem er ihr Spiegelbild vor dem aufgewühlten Meer sehen konnte. Sie hielt die Arme hoch, und ihr Körper war angespannt, während sie darauf wartete, daß das Kleid an ihr heruntergleitt.

Diesmal stöhnte er wirklich. Dann hustete er, um das Geräusch zu kaschieren. Mit zusammengeballten Händen drehte Jack sich abrupt um. »Sie können auf diesem Schiff nicht länger tun, was Sie wollen.« Seine Worte waren barsch, und er sah, daß Mirandas Augen sich weiteten, während sie das auseinanderklaffende Mieder ihres Kleides zusammenhielt. »Und bedecken Sie sich, um Gottes willen.«

Hatte er je zuvor in seinem Leben so unvernünftig geklungen? Jack bezweifelte das. Er sah zu, wie sie mit den rückwärtigen Verschlußbändern kämpfte, und trat mit einem Seufzer hinter sie. »Lassen Sie mich das machen«, sagte er, als sie versuchte, ihm auszuweichen.

Seine Knöchel strichen über die warme, weiche Haut ihres Rükkens, und Jack spürte das bis hinunter zu seinen Stiefeln. Sie bebte, und sein Mund wurde trocken. »Nun komme ich noch mal auf Ihren Ungehorsam zurück«, begann er. »Während eines Gefechts hat der Schiffskapitän absolute Machtbefugnis.«

»Haben Sie die nicht immer?« Als Miranda den Kopf drehte, wischten ihre dunklen Locken über Jacks Hand.

»Nicht völlig. Auf einem Piratenschiff geht es nicht so zu wie auf anderen Schiffen. Die Männer sind sehr unabhängig. Das ist mehr eine Bruderschaft. Aber während eines Gefechts ...«

»Die anderen Piraten scheinen sich aber meistens Ihrem Willen zu beugen.«

»Ja, das tun sie.« Zerstreut fuhr Jacks Daumen über ihre Schultern. »Doch sie gehorchen mir aus freien Stücken. Sie erfüllen meine Wünsche, weil es sich dabei meist um das handelt, was sie ohnehin tun würden oder von dem sie zumindest wissen, daß es getan werden muß.«

»Ich verstehe.« Tatsächlich verstand Miranda jedoch sehr wenig. Die Berührung seiner von der Arbeit aufgerauhten Finger hatte eine seltsame Wirkung auf ihre Vernunft.

»Die *Sea Hawk* ist kein elitäres Schiff mit einem tyrannischen Captain und wehleidigen Matrosen, die ihren Mund nicht aufzumachen wagen, weil sie nicht sofort ausgepeitscht werden wollen.« Jack versuchte, sich auf das Schließen von Mirandas Kleid zu konzentrieren, doch seine Finger schienen dieser einfachen Aufgabe nicht gewachsen zu sein.

Mein Gott, er hatte doch wirklich schon genügend Frauen an- und ausgezogen und dabei nie solche Schwierigkeiten gehabt.

»Aber bei einem Gefecht ist das anders, oder? Dann haben Sie doch die völlige Machtbefugnis?« Gehörte diese atemlose Stimme etwa ihr?

»Was ...? Oh, ja.« Sie hatte die weichste und zarteste Haut, die er je berührt hatte. »Völlige Machtbefugnis.« Jack plagte sich nicht mehr mit Mirandas Kleid ab. Seine Hände streichelten über ihre Schultern und dann weiter hinab über ihre weichen Arme, bis sie sich unter ihren Brüsten trafen. Gleichzeitig gab er seinem Verlangen nach ihr nach und preßte die Lippen auf die Vertiefung unterhalb ihres Ohrs.

»Oh.« Sie atmete das Wort förmlich aus. Miranda ließ ihr Kleid los, und das Mieder klaffte wieder auseinander. Sie lehnte sich zurück, ließ den Kopf gegen seine harte Brust sinken und drehte sich so herum, daß sie ihm ihren Hals darbot. Seine Lippen knabberten an ihr, seine Zunge befeuchtete ihre Haut, und seine Zähne schickten winzige verzückte Schauer ihre Wirbelsäule hinab.

Miranda merkte kaum, daß seine Daumen sich in den Spitzenstoff ihres Ausschnitts hakten und ihn vorsichtig über ihre Brüste herabzogen. Das Unterkleid folgte, blieb flüchtig an ihren aufgerichteten Brüsten hängen, bis der Leinenstoff von der Wärme seiner großen Hände ersetzt wurde.

Obwohl ihre Knie nachgaben, konnte sie doch irgendwie stehenbleiben, an den Piraten gepreßt und von seinen starken Armen gehalten. Als seine feuchte Zunge über ihre Ohrmuschel fuhr, stieß Miranda einen langen, tiefen Seufzer aus. Ihre Brüste schmerzten, und sie drehte sich so, daß sie noch fester in seine Handflächen gepreßt wurden.

Er drückte sie zusammen. Er hob sie an, wog sie in seinen Händen und ließ seine Finger spiralförmig bis zu ihren Spitzen kreisen. Er reizte und quälte sie, und Miranda bewegte sich und erwiderte den Druck seines steinharten Penis, der sich gegen ihren Rücken preßte. Als seine Finger ihre Brustknospen leicht wie Vogelschwingen berührten, atmete Miranda ruckartig ein und stöhnte wieder, was ihn zu noch köstlicheren Foltermethoden anregte.

Mit einer Hand schob Jack ihr Kleid über ihre Hüften herunter. Mit leisem, seidenem Knistern flatterte es zu Boden, als er die feuchte Hitze zwischen ihren langen Beinen entdeckte,

und als er den Handballen dagegen drückte, konnte er die Feuchtigkeit durch den Leinenstoff fühlen.
Miranda atmete schluchzend. Sie konnte nicht glauben, was mit ihr geschah. Als sie ein Spiegelbild in dem schwankenden Fensterglas sah, öffneten sich ihre Augen flatternd. Sie sah einen Mann und eine Frau. Sie sah den Piraten, den sie überall wiedererkennen würde. Er war groß und muskulös, golden und wild vor dem Hintergrund der aufgewühlten See.
Und die Frau. Die konnte doch nicht sie sein! Dennoch wußte Miranda, daß das dunkelhaarige Wesen, das sich erotisch an den Piraten schmiegte, sie selbst sein mußte, weil sie all das fühlen konnte, was der Pirat mit jeder Berührung mit ihr machte. Seine Finger glitten über ihre Oberschenkel und schoben das Unterkleid beiseite, und Mirandas Augen schlossen sich wieder.
Leuchtende Farben wirbelten hinter ihren geschlossenen Augenlidern. Er begann erneut – dieser seltsame, wunderbare Flug durch den Himmel. Die Wirklichkeit rückte in weite Ferne, als Miranda die Hand berührte, die sie berührte. Er bewegte sie schneller und reizte sie so lange, bis sich ihre Beine öffneten und sie aufschrie.
Jack hielt sie ganz fest, als sich ihr schmaler Körper erst anspannte und dann zu zittern begann. Einen Augenblick lang legte er das Kinn auf den Scheitel ihres rabenschwarzen Haars und schwelgte in dem Gefühl ihres an ihn gepreßten, sinnlichen Körpers. Doch der Schmerz seiner Erregung war so groß, daß er ihn kaum noch ignorieren konnte. Er wollte in sie eindringen. Er wollte die gleiche atemlose Erleichterung erleben, die er ihr verschafft hatte.
Während seine eine Hand ihre Weiblichkeit noch immer bedeckte, kämpfte Jack mit seiner Hose. Sie gab einen leisen, wimmernden Ton von sich, als er sich von ihr löste. Doch als

er ihr sanfte, beruhigende Worte ins Ohr hauchte, entspannte sie sich wieder. Jack wußte nicht, was er sagte. Er spürte kaum noch etwas anderes als das überwältigende Verlangen, sich mit ihr zu vereinigen.

Als er seine Hose herunterriß, sprang sein Penis nach vorn, groß und heiß und drängend. Das Blut pochte laut und eindringlich in seinen Ohren, als er sich herabbeugte und ihre Hüften umfaßte.

Jack erstarrte und fuhr herum, als er plötzlich hörte, daß jemand an die Kabinentür klopfte.

Herr im Himmel, was tat er da eigentlich? Eben noch hatte er Mirandas Kleid zu schließen versucht und ihr gesagt, daß sie ihm zu gehorchen habe, und im nächsten Augenblick war sie fast nackt und er kurz davor, sie zu lieben – mal wieder.

»Wer ist da?« Jack bemühte sich vergeblich, mit ruhiger Stimme zu sprechen.

»Ich bin's Cap'n, Scar. Ich bringe Ihrer Ladyschaft etwas zu essen.«

»Oh, Gott!« stöhnte Jack in Mirandas Haar. Er trat zurück und versuchte, seine Hose hochzuziehen. Dabei versuchte er gleichzeitig, Miranda anzuschauen, als sie sich nach ihm umdrehte. Sie zerrte ihr Unterkleid hoch, zog ihr Kleid wieder über ihre Hüften und schob die Arme in die Ärmel. Und dabei starrte sie ihn unverwandt und verwirrt an.

»Dieses Tablett wird langsam verdammt schwer, Cap'n, und ich bin auch keine Zofe.«

»Ich werde zusammen mit der Besatzung essen.« Miranda wich vor Jack zurück, als er nach ihrem Arm griff. Er schüttelte verneinend den Kopf, doch sie kümmerte sich nicht darum, sondern öffnete die Tür. »Es tut mir leid, daß du das Essen heruntergebracht hast. Ich muß vergessen haben, das Simon in der Kombüse zu sagen.«

»Das macht doch nichts, Eure Ladyschaft. Ich freue mich, daß Sie mit uns essen werden.«
Miranda lächelte. Sie machte die Tür zu, lehnte sich von innen dagegen und schloß die Augen. Doch ihre Erleichterung war nur von kurzer Dauer.
»Was, zum Teufel, haben Sie da gesagt? Sie können nicht mit den Männern essen.«
Miranda atmete tief ein, während sie sich von der Holztür abstieß. »Und warum nicht?«
»Sie sind Piraten, um Himmels willen.«
»Sie sind auch einer.« Miranda griff nach hinten, um ihr Kleid zu schließen.
»Stimmt genau.« Jack machte Anstalten, ihr zu helfen, doch sie entzog sich ihm. Er konnte ihr das nicht übelnehmen. »Wir alle sind Piraten und Schurken der sieben Meere. Sie gehören einfach nicht zu uns.«
»Daran hätten Sie denken sollen, ehe sie mich entführten.« Der Piratenkapitän schwieg – was konnte er auch darauf erwidern? »Ich hoffe, daß wir wirklich nach Charles Town zurückkehren, damit ...«
»Wir kehren dorthin zurück«, versicherte Jack ihr.
»Gut. Ich denke, wir sollten uns bis dahin voneinander fernhalten.«
Dem konnte Jack nicht genug zustimmen – und auch nicht schnell genug. Er konnte sich nicht erklären, was zwischen ihnen geschehen war, und diesmal machte er auch keinen Versuch dazu. Er drehte sich einfach um und verließ die Kajüte.
Wenn sie mit der Besatzung essen wollte, war das ihre Angelegenheit. Sie schienen sie zu mögen, und sie schien sie auch aus Gründen zu mögen, die er nicht nachvollziehen konnte. Für Piraten waren sie eigentlich ganz annehmbar,

doch sie waren gewiß keine passenden Gesellschafter für Damen.
Andererseits war Miranda auch keine normale Dame.
Sie gehörte zu den Frauen, die ihn mühelos um den Verstand bringen konnten.
Jack befahl sich selbst, seine Mahlzeiten ab sofort in seiner Kajüte einzunehmen oder an Deck oder auf einer Rolle Hanffasern sitzend oder an jedem anderen Fleck, an dem Miranda Chadwick sich nicht befand.
Doch als es Zeit wurde, beschloß er, doch lieber in die Kombüse zu gehen – um einfach ein Auge auf seine Gefangene zu haben.
Sie saß zwischen Scar und King an dem Tisch, der aus einem rauhen Brett bestand, trank Wasser aus einem Zinnbecher und sprach über die Erdanziehung. Jack setzte sich ans Ende des Bretts und sah, daß das Lampenlicht auf den tiefen Wellen ihres Haars blau schimmerte. Er dachte darüber nach, daß sie in ihrem Liebesspiel mit ihm die Schwerkraft zu überwinden glaubte. Hitze durchströmte seinen Körper und setzte sich in seinen Eingeweiden fest.
Er konnte es kaum erwarten, sie nach Charles Town zurückzubringen.

Sich auf die Seite zu drehen änderte auch nichts. Miranda zerrte frustriert an ihren Haaren und versuchte, eine bequeme Lage in der Koje zu finden.
Zwei Nächte lang hatte sie schon nicht gut geschlafen, und daran war allein Captain Blackstone schuld. Jedesmal, wenn sie eingeschlafen war, hatte sie von ihm geträumt und von all den herrlichen Sachen, die er mit ihr machen konnte. Das benebelte ihren Geist. Als Nat sie heute darum gebeten hatte, ihr noch einmal zu erklären, woher sie wußte, daß Licht sich

fortbewegte, konnte sie das nicht erklären. Sie hatte zwar mit einer Erklärung begonnen, konnte sich jedoch nicht mehr erinnern.

Sie war nicht mehr sie selbst. Ganz und gar nicht.

Allerdings glaubte sie, daß sie sich nach allem, was ihr widerfahren war, eine kleine Vergeßlichkeit ruhig verzeihen konnte. Aber es würde ja nun bald vorüber sein. Der Piratenkapitän hatte ihr heute abend mitgeteilt, daß sie morgen Charles Town erreichen würden.

Sie würde alles vergessen können, wenn die Piraten sie zu ihrem Vater zurückgebracht hatten, dessen war Miranda sich sicher. Nachdem sie die Augen geschlossen hatte, mußte sie eingeschlafen sein, denn sie fand sich in den Armen des Piraten wieder. Er berührte sie und küßte sie und erfüllte sie mit großer Wärme.

Miranda lächelte, als er ihren Namen rief und sein warmer Atem über ihre Wange strich. Ihre Träume mochten zwar frustrierend sein, doch sie waren auch sehr angenehm.

»Miranda. Miranda, wach auf.«

Sie wehrte sich, solange sie konnte, doch schließlich drang die Erkenntnis zu Miranda durch, daß sie nicht träumte. Sie schrak zurück, umfaßte die Decke und zog sich in die Kojenecke zurück.

»Was machen Sie hier? Was wollen Sie von mir?« Das war kein Traum.

»Wir sind in Charles Town. Ich möchte Sie zu Ihrem Vater zurückbringen.«

Miranda blinzelte. »Mitten in der Nacht?«

»Ich kann mir keinen besseren Zeitpunkt vorstellen.« Im Schutz der Dunkelheit war die *Sea Hawk* in den Hafen geglitten, und genauso wollte Jack seine Gefangene zurückbringen. »Stehen Sie jetzt auf und ziehen Sie sich an.«

»Sind wir wirklich schon in Charles Town? Das verstehe ich nicht. Sie sagten doch, daß wir erst morgen dort sein würden.«
»Ja, wir sind genau jetzt in Charles Town. Wenn Sie mit dieser Fragerei aufhören könnten und sich fertigmachen würden, sind Sie bald wieder in den liebenden Armen Ihres Vaters.« Und er konnte sich auf den Weg machen und hoffentlich dann auch aufhören, an sie zu denken.
»Was ist mit dem Lösegeld?«
Jack schloß die Augen. Guter Gott, würde sie denn nie mit der Fragerei aufhören? »Ich werde das Lösegeld mitnehmen, wenn wir bei Ihrem Vater angekommen sind.«
»Sind Sie sicher?«
»Natürlich bin ich sicher.« Jack biß die Zähne zusammen. »Schließlich bin ich ein ...«
»Pirat, ja, das weiß ich. Doch ich weiß einfach nicht, woher mein Vater wissen soll, daß er das Geld bereithalten muß. Sie bringen mich doch zu seinem Haus, oder?«
»Falls Sie jemals fertig werden.« Jack schaute sie an. »Wenn Sie jedoch mit diesem Verhör fortfahren möchten, muß ich annehmen, daß sie keine Lust haben, die *Sea Hawk* zu verlassen. Dann nehme ich Sie natürlich liebend gern nach St. Augustine mit.«
Er scherzte nur. Miranda war sich dessen fast sicher, obwohl der Ausdruck seines gutaussehenden Gesichts alles andere als freundlich war. Dennoch fand sie es nicht richtig, ihn allzusehr unter Druck zu setzen. Sie rückte vorsichtig zum Rand der Koje vor und hoffte dabei, daß er sich entfernen würde.
Das tat er auch, und er schien in ihrer Nähe genauso nervös zu sein wie sie, wenn sie ihm nahe war. Das hieß ja nicht, daß sie es nicht genossen hatte, wenn sie sich berührten. Es war einfach nicht ...
»Stehen Sie nun auf oder nicht?« Jack stellte die Laterne ab und ging zu der Bank unter den Fenstern hinüber, die sich

über dem Achterdeck befanden. Er verschränkte die Hände hinter dem Rücken und schaute in die Dunkelheit hinaus. Verdammt noch mal, er war halb versucht, zu ihr ins Bett zu steigen und diesen mitternächtlichen Spaziergang durch Charles Town einfach zu vergessen.

Jack schüttelte den Kopf. Was dachte er sich eigentlich? Er wollte – *mußte* – das Mädchen loswerden, blitzartig Proviant und Süßwasser aufnehmen und nach St. Augustine segeln. Seine Hände ballten sich zu Fäusten, als er an Diego de Segovia dachte.

Zwölf Jahre lang hatte er darauf gewartet, Rache nehmen zu können und seine Schwester zu finden. Zwölf Jahre lang. Und wenn stimmte, was Nafkebee ihm mitgeteilt hatte, mußte er nun nicht mehr lange warten.

Als sich jemand hinter ihm räusperte, drehte Jack sich um. Miranda stand in ihrem weißen Nachthemd da und hatte sich in einen Wollschal gewickelt. Das dunkle Haar ergoß sich um ihre Schultern. Sie sah so süß und unschuldig aus, daß Jack unwillkürlich einen Schritt auf sie zu machte. Als er jedoch etwas in ihren Augen auflodern sah, hielt er abrupt inne.

»Könnte ich mich wohl allein anziehen?« Ihre Forderung wurde von einem herausfordernden Anheben ihres Kinns begleitet. Er verschränkte die Arme, um sich daran zu hindern, sie anzurühren, und sie daran zu erinnern, daß er fast alles von ihr gesehen hatte und daß seine erotischen Träume ihm den Rest auch noch offenbart hatten. Doch dann nickte er kurz und verließ blitzartig die Kajüte.

Er mußte kaum ein dutzendmal den Niedergang auf und ab laufen, bis er die Tür gehen hörte. Als er aufsah, stand sie in der Tür. Sie trug ein dunkelrosa Kleid, das er noch nicht an ihr gesehen hatte. Es war schicker als die Kleider, die sie sonst trug. Am Vorderteil war es mit Schleifen besetzt und hatte einen steifen wattierten Unterrock. Ihr herrliches schwarzes Haar war unter einem Hut versteckt, der ihr schönes Gesicht umrahmte und ihre Haut in dem Licht der hin und her schwingenden Laterne blaß aussehen ließ.

»Sind Sie fertig?«

»Ja.«

Jack wollte schon vorausgehen, als ihre Hand sich auf seinen Arm legte und ihn aufhielt.

»Könnten Sie mir wohl helfen?« sagte Miranda und eilte zur Kajüte zurück. Jack schnitt ein Gesicht, als er den Stapel ihrer Sachen sah. »Wenn es zuviel ist, können wir die Kleider auch hierlassen. Doch ich muß einfach mein ...«

»Mikroskop«, beendete Jack den Satz für sie. »Ich weiß.« Er nahm den Holzkasten mit dem Mikroskop hoch und häufte die Kleider darauf. »Wir nehmen alles mit«, sagte er, als er ihr den Niedergang entlang folgte.

»Ich kann Ihnen auch etwas abnehmen.«

»Nein«, sagte Jack mit zusammengebissenen Zähnen, während er über Lagen von Spitzenstoff hinwegschaute.

Miranda kroch durch die Luke und lächelte erfreut, als sie Phin sah. Er hielt eine Laterne mit seinem gesunden Arm hoch. Der andere Arm lag noch immer in einer Schlinge. »Ich hatte schon befürchtet, daß ich mich nicht verabschieden könnte.« Miranda trat beiseite, damit Jack auch an Deck kommen konnte.

»Aber, Eure Ladyschaft, Sie haben doch nicht wirklich geglaubt, daß ich Sie nicht nach Hause begleiten würde, was?«

Miranda umarmte den gerissenen alten Mann impulsiv und achtete darauf, daß sie seiner Schulter nicht weh tat. »Ich werde Sie vermissen, Phin.«

»Ach, das ist kein Grund für Gefühlsduseleien.« Jack konnte

es in dem spärlichen Licht zwar nicht genau erkennen, doch er hatte den Eindruck, als ob Phin rot geworden wäre. Phin rieb sich sein Kinn. »Sie sind eine richtig nette Dame, Eure Ladyschaft.«

»Danke, Phin.« Miranda war kurz vor einem Tränenausbruch, was schon wieder völlig unlogisch war. Dabei sollte sie doch froh und glücklich darüber sein, daß sie dieses Erlebnis endlich hinter sich lassen konnte.

Sie konnte sich auch noch von Scar verabschieden. Er und der Captain ruderten das große Beiboot im Schein der Laterne zum Kai, die am Bug des Boots befestigt war, und der Lichter, die von den Gebäuden am Kai herüberschienen.

Als sie an Land waren, ließen sie Scar zurück und gingen die Water Street entlang. Miranda trug die Laterne und der Captain den Rest. Da niemand sonst unterwegs war, fragte sich Miranda, wie spät es wohl sein mochte. Der Captain brummte nur etwas Unverständliches, als sie ihn danach fragte.

Captain Blackstone schien den Weg zum Haus ihres Vaters besser zu kennen als sie. Als sie an der Eingangstür von Henry Chadwicks Haus ankamen, hob Miranda die Hand, um zu klopfen, doch Jack hielt sie auf.

»Piraten, die Lösegeld verlangen, kündigen nicht ihre Ankunft an«, sagte er, legte seine Last im Gras ab und hantierte mit dem Schloß herum. Die Tür schwang auf.

»Wie haben Sie denn das gemacht?« fragte Miranda, als sie die Kiste mit ihrem Mikroskop hochnahm. Jack sah, daß sie es wieder ihm überließ, ihre Kleider zu tragen.

»Es war nicht verschlossen.« Er folgte ihr ins Haus, doch als sie drinnen waren, griff er nach ihrem Arm. »Wenn Sie nichts dagegen haben, möchte ich gern vorgehen.« Er ließ die Kleider zu einem Berg aus Rüschen fallen und bedeutete ihr, auch das Mikroskop abzustellen. Sie setzte es vorsichtig ab

und erschrak dann, als er sie hinter sich her zerrte. Sein einziger Kommentar war ein unterdrücktes: »Pscht.«
Der Piratenkapitän zog sie durch das schlafende Haus und die geschnitzte Treppe hinauf, ohne daß auch nur der geringste Lichtschimmer ihm den Weg wies. Vor der Tür ihres Vaters hielt er inne und beugte sich dicht zu Miranda herab. Mittlerweile hatten sich ihre Augen an die Dunkelheit gewöhnt, doch sie konnte nur den Schimmer seiner Augen gegen den dunklen Schatten seines Gesichts erkennen. »Bleiben Sie hinter mir«, sagte er, ehe er verstohlen den Türknopf herumdrehte.
Ein Mondstrahl tauchte das Zimmer in silbrigen Glanz. Miranda konnte das Bett ihres Vaters erkennen, das von einem hauchdünnen Netz umhüllt war. Sie schlich näher und blieb immer auf Armeslänge vom Captain entfernt, der ihr Handgelenk fest umfaßt hielt.
Er zog das Moskitonetz beiseite, und Miranda sah ihren Vater. Er schlief fest. Seine Nachthaube hatte sich verschoben, und sein Mund stand offen. Ihr Lächeln gefror, als sie sah, daß der Pirat etwas aus seinem Hosenbund hervorzog. Eine Pistole!
Miranda wußte nicht, ob ihr Keuchen oder der Druck des kalten Stahls am Hals ihres Vaters diesen weckte. Doch er schlug plötzlich die Augen auf, deren Weißes in der Dunkelheit leuchtete.
»Was zum …«
»Ich bin es, Gentleman Jack Blackstone, und ich habe Ihre Tochter bei mir.« Jacks Stimme war ruhig wie das Meer bei Windstille.
»Jack?« Henry rieb sich die Augen und versuchte, sich aufzusetzen.
»Ich komme, um mein Lösegeld zu holen.« Jack ließ Mirandas Hand los und zog ein Stück Pergamentpapier aus der Tasche. »Hier ist der Betrag.«

Das Papier flatterte auf die Bettdecke, und Henry griff danach. »Ich verstehe nicht ganz. Du solltest doch ...«
»Ich habe Ihre Tochter bei mir«, sagte Jack und zog Miranda zu sich. Das schien Henry aufzurütteln. Er setzte sich auf und schlug die Pistole zur Seite.
»Miranda, geht es dir gut?«
»Ja. Ja, Papa, es geht mir gut.« Miranda lächelte, als ihr Vater sie bei den Schultern nahm und sie im Licht des Mondstrahls musterte. Und plötzlich lag sie in seinen Armen und wurde von seiner heftigen Umarmung fast erdrückt.
»Ich habe mir solche Sorgen um dich gemacht«, klagte Henry. Miranda schnüffelte an ein paar Tränen herum.
Jack verdrehte die Augen.
»Können wir jetzt mit diesem Lösegeld vorankommen?« fragte Jack.
»Natürlich, das Lösegeld.« Henry hantierte mit dem Feuerstein herum und schaffte es endlich, eine Kerze anzuzünden. Er hielt sie vor Miranda hoch und beleuchtete sie mit dem goldenen Licht. »Und es geht dir wirklich gut?«
»Ja, Papa ... wirklich.«
»Dann solltest du vielleicht in dein Zimmer gehen, während ... äh, dieser gräßliche Pirat und ich über das Lösegeld sprechen.«
Miranda warf dem Captain einen Blick zu. Er stand mit verschränkten Armen da, hielt die Pistole mit der Mündung locker nach unten und hatte seine Hüfte gegen den Waschständer gelehnt. Plötzlich wurde ihr klar, daß sie ihn nie wiedersehen würde. Und obwohl sie das hätte begrüßen *sollen*, bedauerte Miranda es.
»Hast du mich gehört, Miranda?« Henry schlüpfte aus dem Bett und zerrte sich sein Nachthemd über die knochigen Knie herunter. »Geh nur und ruh dich aus. Ich werde mich um alles weitere kümmern.«

»In Ordnung, Papa.« Miranda drehte sich um und ging in Richtung Tür. Doch ihr Weg führte sie am Captain vorbei, und sie schien einfach innehalten zu müssen.
Gott, er wollte sie berühren. Er wollte die Hände nach ihr ausstrecken und sie in seine Arme ziehen und ... und sie gleich noch einmal entführen. Jack verschränkte die Arme, um das zu verhindern. Hatte er den Verstand verloren? Lange stand er einfach da und sah ihr in die Augen, und dabei überlegte Jack, daß das durchaus sein konnte.
Doch schließlich nahm Henry ihren Ellbogen und schob sie aus dem Zimmer. Und Jack zwang sich, an de Segovia zu denken und an all den Ärger, den Miranda Chadwick noch machen könnte. Als Henry die Tür hinter ihr geschlossen hatte, hatte Jack sich wieder einigermaßen im Griff. »Warum hast du mich einen gräßlichen Piraten genannt?«
Henry gab keine Antwort, sondern blieb mit der Kerze in der Hand einfach stehen und bedachte Jack mit einem scharfen Blick. »Was ist zwischen dir und Miranda geschehen?«
Jedes Wort schien Jack wie ein Faustschlag zu treffen. Er schluckte. »Ich weiß gar nicht, wovon du sprichst. Ich habe sie entführt, wie du verlangt hast, und ...«
»Versuch nicht, mich hinters Licht zu führen. Dazu kennen wir uns schon viel zu lange.« Henry atmete tief ein. »Ich bin nicht blind. Ich kann mir einen Reim auf die Blicke machen, die ihr beide ausgetauscht habt.«
»Ich weiß gar nicht, was du gesehen haben willst ...« begann Jack, doch seine Stimme verlor sich. Er drehte sich um, durchquerte den Raum und lehnte sich aus dem offenen Fenster hinaus. Was sollte er diesem Mann sagen? Er konnte keine Entschuldigung für das vorbringen, was er getan hatte, denn es gab einfach keine Entschuldigungen.
Jack schloß einen Moment lang die Augen und drehte sich

dann Henry zu, der ihn noch immer ungläubig anstarrte. »Henry, ich ...«

»Ich habe dir vertraut, Jack.«

»Ja, das hast du«, gab Jack zu. »Und ich habe dein Vertrauen mißbraucht.«

»Warum?«

Warum? Das war die Frage, die Jack sich schon unendlich oft gestellt hatte. Leider konnte er keine bessere Antwort anbieten als die, die er schon gegeben hatte. Jack schüttelte langsam den Kopf.

»Mein Gott!« Henry wischte die silberne Bürste von der Spiegelkommode. Sie landete mit einem lauten Knall auf dem Boden. »Gott, ich kann nicht glauben, daß du das getan hast.«

»Ich übernehme die volle Verantwortung für das, was geschehen ist.« Jack hatte das Gefühl, wieder zwölf Jahre alt zu sein und eine Standpauke dafür zu bekommen, daß er die Zöpfe seiner Schwester miteinander verknotet hatte. Obwohl herabbaumelnde Locken kaum mit der Entjungferung einer jungen Frau vergleichbar waren.

»Daran tust du verdammt gut. Was ist geschehen? Nein, warte, ich möchte es gar nicht wissen. O Gott.« Henry vergrub das Gesicht in den Handflächen. »Hast du sie vergewaltigt?«

»Zur Hölle, nein! Was glaubst du eigentlich von mir ...« Jack hielt inne. Plötzlich fiel ihm ein, daß es für Miranda besser wäre, wenn ihr Vater glaubte, daß er sie gezwungen hatte. Doch offenbar hatte Henry diese Idee schon verworfen.

»Was dann, Jack? Hast du dir beweisen wollen, daß du jede Frau verführen kannst?« Als Jack schwieg, fuhr Henry fort: »Nun, ich erwarte von dir, daß du Miranda gegenüber das Richtige tun wirst.«

»Ich tue im Moment das Richtige. Ich habe sie nach Hause gebracht, und ich werde mich von ihr fernhalten. Soll sie

mich doch verachten. Das ist mir egal. Ich habe sowieso vor, mich in Zukunft nicht mehr in Charles Town blicken zu lassen.« Nach diesen Worten ging Jack zur Tür.
»O nein, so leicht kommst du mir nicht davon. Du wirst sie heiraten.«
»Sie heiraten!« Das stoppte Jack. »Bist du verrückt geworden? Du wirst doch deine Tochter nicht mit einem Piraten verheiraten wollen.«
»Da hast du ganz recht. Doch mir scheint keine Wahl zu bleiben.« Henry ging zum Kamin hinüber. »Du hast dafür gesorgt, daß ich keine andere Wahl habe, Jack.«
»Henry, ich ...«
»Ich war Miranda kein guter Vater, doch ich werde sie jetzt nicht im Stich lassen. Du *wirst* sie heiraten.«
Jack zerrte an seiner Krawatte. »Ist das deine Vorstellung von einem guten Vater? Die Heirat deiner Tochter mit einem Piraten zu erzwingen? Guter Gott, Henry, ich segele nach St. Augustine, sobald ich die *Sea Hawk* mit Lebensmitteln ausgestattet habe. Ich könnte getötet oder gefangen und gehängt werden.« Jack widerstand dem Drang, sich den Nacken zu kratzen.
»Fein.«
»Fein? Fein!« Jack sah Henry an. »Was meinst du mit ›fein‹?«
»Ich wollte sowieso nicht, daß sie mit dir lebt. Es ist mir egal, was, zum Teufel, du machen wirst, nachdem du sie geheiratet hast. Doch du *wirst* sie heiraten.«
»Herr im Himmel.« Jack fiel in den Sessel, der neben dem Kamin stand, und ließ den Kopf in seine Hände sinken. »Mit dir ist einfach nicht zu reden. Und das war auch schon so, als du die Entführung deiner Tochter vorgeschlagen hast. ›Nimm sie für zwei Wochen mit. Halte sie davon ab, zur Polizei zu gehen, weil ich nicht möchte, daß sie erfährt, daß

ich dein Partner bin‹, hast du gesagt. ›Was kann dabei schon schiefgehen?‹ Nun, eine ganze Menge ist schiefgegangen.«

»Und wessen Fehler war das?«

»Meiner. Meiner. Es war alles meine Schuld.«

»Dann heirate sie.«

»Nein.«

»Du hast ihre Ehre befleckt.«

Jacks Kopf fuhr hoch. Mehr als alles andere wünschte er, er könnte das leugnen, was Henry sagte, aber das konnte er nicht. Er konnte ihn nur anstarren. Und als Henry noch einmal darauf beharrte, daß er Miranda zu heiraten habe, protestierte er nicht mehr.

»Gut.« Henry nickte knapp. »Ich wußte, daß du es einsehen würdest. Du bist ja kein schlechter Kerl, obwohl ...«

»... ich ein gräßlicher Pirat bin?«

Henry konnte darauf keine Antwort geben. Er zog einen Seidenmorgenmantel an und deutete zur Tür. »Wir werden Miranda unsere Entscheidung mitteilen. Ich bin sicher, daß sie das erleichtern wird.«

»Oh, sie wird bestimmt erfreut sein«, sagte Jack, doch er wußte, daß sein Sarkasmus an Henry verschwendet war. Die Dinge entwickelten sich nicht so, wie er es sich wünschte. Doch in Wahrheit hatten sie das von dem Moment an nicht getan, als er Miranda Chadwick zum ersten Mal zu Gesicht bekommen hatte. Und nun würde er das Mädchen heiraten.

Jack war fast versucht, einfach aus dem Haus zu stürzen und nie mehr nach Carolina zurückzukehren. Doch vermutlich hatte Henry recht. Miranda zu heiraten war wahrscheinlich richtig. Doch es ärgerte ihn, verdammt noch mal.

Mit resigniertem Seufzer ging Jack zur Schlafzimmertür voraus. Er riß sie auf und starrte unvermittelt in die Mündung einer Pistole.

Zwölftes Kapitel

Miranda, nehmen Sie die Waffe herunter.« Jack trat vorsichtig auf sie zu, hielt jedoch abrupt inne, als sie den Arm ausstreckte und auf seine Brust zielte.

»Miranda.« Henry nahm die Herausforderung an. »Was machst du denn, Kind? Gib mir die Pistole. Ich werde mich schon für dich um den gräßlichen Piraten kümmern.« Seine Stimme war sanft und beschwichtigend. »Wir haben sogar schon etwas gefunden, das einen Teil des Schmerzes lindern wird, den er dir zugefügt hat.«

»Mit einer erzwungenen Heirat?« Miranda betrachtete zufrieden ihre schockierten Mienen. »Das glaube ich nicht.« Sie winkte sie mit der Mündung der Pistole zurück. »Wenn ihr euch jetzt beide setzen würdet. Das Bett wäre gut. Oh, und Captain Blackstone, legen Sie doch bitte Ihre Pistole auf den Nachttisch.«

Jack zerrte seine Pistole aus dem Hosenbund und ärgerte sich über sich selbst. Als er schockiert auf den Lauf der Pistole herabsah, die Miranda Chadwick auf ihn gerichtet hatte, hatte er völlig vergessen, daß er ja auch bewaffnet war. Würde diese Frau nie aufhören, ihn in Erstaunen zu versetzen? Er legte die Waffe beiseite. Mit Sicherheit würde er sie nicht gegen sie richten, genausowenig, wie sie vorhatte, ihn zu erschießen – wie er hoffte.

Doch es gab auch Unfälle. Und so, wie sie den Pistolengriff hielt und wie ihr von der Anspannung weißer, zarter Finger sich um den Abzug krümmte ... »Miranda.« Jack versuchte, ruhig zu sprechen. »Ich würde es gut finden, wenn Sie die Pistole senkten, bevor noch jemand verletzt wird. Sie wissen doch nicht einmal, wie man sie benutzt.«

»Ach, natürlich weiß ich das. Sie haben es mir doch gezeigt, haben Sie das vergessen?«

»*Du* hast meiner Tochter beigebracht, wie man mit einer Pistole schießt?« Henry drehte sich auf dem Bett herum und sah Jack mit ungläubigem Blick an.

»Wir wurden von einem spanischen Schiff bei der Snebley-Bucht angegriffen.« Wenn Jack Henry jemals verdächtigt hatte, die Spanier über diese geheime Bucht zu informieren, dann verschwand sein Mißtrauen jetzt, da er den Gesichtsausdruck seines Partners sah.

»Ja, er hat es mir beigebracht.« Miranda zog die Aufmerksamkeit wieder auf sich und die Waffe in ihrer Hand. »Doch selbst wenn er es mir nicht gezeigt hätte, hätte ich es herausfinden können. Das Abfeuern einer Pistole geschieht nach einem ziemlich einfachen Prinzip. Die Reibung des metallenen Feuersteins erzeugt einen Funken, der das Schießpulver entzündet, was wiederum...« Als Miranda den Blick hob, sah sie, daß beide Männer sie anstarrten. »Wie auch immer. Es reicht, daß ihr wißt, daß ich weiß, wie man mit einer Pistole umgeht.«

»Doch es ist zweierlei, zu wissen, wie man eine Pistole abfeuert, und wie man mit ihr einen Menschen tötet, Miranda.« Jack hielt ihren Blick eine Weile fest.

»Das ist mir klar. Und ich habe auch nicht die Absicht, irgend jemanden zu erschießen.« Wieder zielte sie mit der Waffe auf Jacks Brust, und diese Bewegung hielt ihn davon ab, vom Bett aufzustehen. »Es sei denn, Sie zwingen mich dazu.«

»Also, Miranda, das reicht jetzt aber. Als dein Vater verlange ich von dir, diese Waffe herunterzunehmen und der Vernunft zu gehorchen.«
»Welcher Vernunft, Papa?« Die Waffe senkte sich keinen Millimeter.
»Nun, ich ...« stotterte Henry und setzte neu an. »Diese Heirat, denke ich. Obwohl ich mir gar nicht erklären kann, woher du davon wissen kannst ...«
»Weil ich natürlich an der Tür gehorcht habe.«
»Miranda!« Henry fuhr sich mit der Hand über seine spärlichen Haare. »Das macht eine Dame wirklich nicht.«
»Vielleicht nicht. Doch nachdem man mir diese Entführungsposse zugemutet hat, dachte ich, daß es nur ...«
»Über welche Posse redest du eigentlich? Nun, ich ...«
»Laß es gut sein, Henry«, sagte Jack seufzend. »Sie weiß es offensichtlich.«
»Natürlich weiß ich es.« Miranda versuchte, ihren Ärger nicht durchklingen zu lassen. »Jeder, der auch nur einen Funken Intelligenz besitzt und Francis Bacons Theorie der induktiven Beweisführung anwendet, könnte das herausgefunden haben.« Sie begann, im Raum auf und ab zu gehen, doch sie drehte sich abrupt um, als sie eine Bewegung auf dem Bett hörte. Jack hob ergeben die Hände.
»Weißt du, worüber Sie redet?« wollte Henry wissen.
»Ich habe keine Ahnung. Doch wie ich deine Tochter kenne, wird sie uns das gleich erklären.«
Miranda hob das Kinn. »Vielleicht auch nicht.«
»Nein, bitte klären Sie uns auf.« Jack machte keinen Versuch, den Sarkasmus in seiner Stimme zu verbergen. »Vielleicht hilft mir das Wissen ja bei einer ... wie hieß das noch gleich? Ah, ja, einer nächsten Entführungsposse.«
Das Lächeln, mit dem Miranda ihn bedachte, war zu süß, um

ernst gemeint zu sein. »Ich habe nur bestimmte Beobachtungen verallgemeinert.«
Jacks blonde Augenbrauen hoben sich. »Und zwar?«
»Erstens kennt ihr euch und seid sogar Freunde. Wie hast du da nicht wissen können, daß er ein Pirat ist, Papa?« Henry stotterte wieder, doch Miranda räumte ihm keine Zeit zum Antworten ein. »Es ist unlogisch, anzunehmen, daß du es nicht wußtest. Dann werde ich aus meinem eigenen Heim entführt, und mein eigener Vater unternimmt nichts dagegen.« Sie sah Jack an. »Die Behauptung, daß Sie ihn gefesselt haben, klang ja anfangs ganz überzeugend ...«
Jack stimmte ihrer Bemerkung mit einem leichten Nicken zu. »Doch wenn man alles andere bedenkt, konnte das gar nicht stimmen.«
»Wodurch sonst hat sich diese Sache noch verraten?« Jack konnte nicht verhehlen, daß er beeindruckt davon war, wie sie der List auf die Spur gekommen war – auch wenn sie eine Waffe auf ihn richtete.
»Das Lösegeld, zum Beispiel. Erst sollte es in der Bucht übergeben werden, dann wieder nicht. Außerdem haben Sie sich um das Geld praktisch keine Sorgen gemacht. Ich glaube nicht, daß das bei einer echten Entführung auch so wäre. Außerdem haben Sie sich allzusehr um mein Wohlergehen gekümmert. Ich gebe ja zu, daß ich wenig Erfahrung mit Piraten habe – Sie und Ihre Männer sind die einzigen, die ich bisher kennengelernt habe –, doch ich glaube nicht, daß meine Sicherheit für einen Piraten an erster Stelle stehen würde, wenn der mich nur des Geldes wegen entführt hätte.«
»Vielleicht wollte ich ja nur mein Kapital schützen«, schlug Jack vor.
»Vielleicht. Wirklich mißtrauisch wurde ich erst, nachdem

wir Geschl– uns geliebt hatten. Sie schienen mir sehr verwirrt zu sein.«

»Gott im Himmel, ich war nicht verwirrt!« Jack sprang trotz der Pistole von der Matratze herab. Wie konnte sie das bloß jetzt erwähnen, verflixt noch mal?

Miranda zuckte nur die Achseln. »Mir erschien es so.«

»Siehst du jetzt, womit ich mich habe herumplagen müssen?« Jack sah Henry an, der noch immer auf dem Bett thronte. »Siehst du es?«

»Mir scheint, daß eher ich mich mit etwas herumzuschlagen hatte … und mit Ihren beiden Händen.«

»Miranda, ich bin dein Vater …«

»Das schmerzt mich an dem, was du mir angetan hast, wahrscheinlich am meisten. In all den Jahren, die ich in England verbracht habe, habe ich angenommen, daß du mich bei dir haben wolltest … mich liebtest …«

»Aber ich liebe dich doch. Wirklich.« Nun stellte sich Henry neben Jack. »Ich konnte es nur nicht ertragen, daß du die Wahrheit … die Wahrheit über mich erfährst.«

»Daß du mit einem Piraten zusammenarbeitest?«

»Verdammt, Jack, warum hast du ihr das erzählt?«

»Ich habe ihr überhaupt nichts erzählt.« Jack verschränkte die Arme. »Ist dir noch gar nicht aufgefallen, daß es kaum etwas gibt, das deiner Tochter entgeht – und vor allem dann nicht, wenn sie an Türen horcht.« Sein blonder Kopf drehte sich ihr zu. »Ich glaube, die Frage ist jetzt, was Sie zu tun gedenken.«

»Ich bin mir noch nicht sicher.« Miranda wünschte, sie hätte ein wenig Zeit und Ruhe, um dieses Problem überdenken zu können. Nur eines war für sie klar. »Ich habe jedenfalls nicht die Absicht, Sie zu heiraten.«

»Wenn Sie sorgsam am Schlüsselloch gehorcht haben, dann wissen Sie ja auch, daß das nicht meine Idee war.«

»Das ist schön, weil ich es auch nicht tun werde. Obwohl das für Sie die gerechte Strafe sein würde.«
»Piraten werden normalerweise gehängt und nicht eingesperrt.« Jack stieß die Worte hervor, doch als er sah, wie alle Farbe aus ihrem Gesicht wich, hätte er sie gern zurückgenommen. Trotz der Waffe und der Tatsache, daß sie offenbar eine Ehe mit ihm für schlimmer als die Todesstrafe hielt, wollte er sie nicht verletzen. Außerdem hatte sie seiner Ansicht nach ein Recht dazu, diese ganze Sache so einzuschätzen. Jack wünschte nur, daß er nicht mittendrin stecken würde.
Und das besonders deshalb, weil Henry weiterhin den empörten Vater spielte.
»Ich glaube noch immer, daß eine Heirat von euch beiden die beste Lösung ist«, sagte Henry und schlurfte barfüßig zum Fenster. »Das ist die einzige Möglichkeit für Jack, das Unrecht, das er dir angetan hat, wiedergutzumachen.«
»Das war nicht allein Captain Blackstones Fehler.« Obwohl Miranda Grund genug hatte, wütend zu sein, wollte sie dennoch ehrlich bleiben.
»Natürlich war es das«, beharrte Jack. Er war Gentleman genug, um die Schuld für ihre Verführung auf sich zu nehmen. Obwohl er nicht die Absicht gehabt hatte, Miranda zu vergewaltigen, war das Ergebnis doch das gleiche.
»Dieses Gespräch führt uns zu nichts.« Henry streckte seiner Tochter bittend die Hände entgegen. »Ich möchte einfach nur das Beste für dich. Und ich möchte wissen, ob du mir jemals wirst verzeihen können.«
Miranda öffnete den Mund zum Sprechen, obwohl sie noch gar nicht wußte, was sie sagen wollte, doch ein Klopfen an der Haustür unten ließ sie zusammenzucken. Sie wirbelte herum, und im gleichen Moment fühlte sie, wie ihr die Pistole aus der Hand gerissen wurde.

»Ich glaube, daß Sie die nicht mehr benötigen«, sagte Jack und schob die Waffe in seinen Hosenbund.
»Wer, zur Hölle, kann das sein?« Henry trottete in den Flur und schaute über das Treppengeländer hinunter.
»Nur Scar weiß, daß ich hier bin«, sagte Jack und rannte die Treppe hinunter. Er wollte zur Tür kommen, noch ehe der Lärm die ganze Straße aufweckte. »Und er würde nur hierherkommen, wenn es Probleme gäbe.«
Jack umrundete eben den Endpfosten des Geländers, als Chloe aus dem rückwärtigen Teil des Hauses herangeschlurft kam. »Was ist denn das für ein Getöse?« brummelte die alte Frau. »Das weckt ja Tote auf.«
»Mach dir keine Sorgen darüber.« Jack kam ihr zuvor, als sie nach dem Türknopf griff. Er drehte sie zu sich, indem er ihre pummeligen Schultern umfaßte. »Geh wieder ins Bett.«
»Mister Jack! Hätte ich mir doch denken können, daß Sie etwas damit zu tun haben«, sagte sie noch, ehe sie wieder in ihr Schlafzimmer zurückkehrte.
Jack öffnete die Tür zur Veranda, durchquerte sie und riß die nächste Tür so schnell auf, daß Scars erschrockene Miene auf seinem Gesicht festgefroren schien, als Jack ihn hereinzog.
»Was, zur Hölle, denkst du dir eigentlich? Ich hatte dir doch gesagt, daß wir Mistress Chadwick heimlich nach Hause zurückbringen wollten.«
»Darum geht es ja auch, Cap'n. Sie wissen alles. Und sie kommen Sie holen.«
»Wer kommt? Wovon sprichst du überhaupt?« Jack packte Scar bei den Aufschlägen seiner schmutzigen Jacke und hob ihn so hoch, daß nur noch die Spitzen seiner salzverkrusteten Stiefel den Boden berührten.
»Joshua Peterson, der Steuerbeamte des Königs.«

Jack ließ Scar wieder herunter und warf Henry einen schnellen Blick zu.
»Er ist noch immer in Charles Town. Du bist nicht lange genug weggeblieben. Ich hatte von zwei Wochen gesprochen.« Mit Miranda hinter sich kam Henry auf die Veranda geeilt.
»Aber das erklärt noch nicht, warum er hinter mir her ist. Es sei denn ...« Wieder sah er Henry an. »Hast du herumerzählt, daß deine Tochter entführt worden ist?«
»Nein. Ich habe erzählt, daß sie mit Fieber im Bett liegt. Niemand hat je daran gezweifelt, daß sie in ihrem Zimmer ist.«
»Und die Dienstboten?«
»Wußten von nichts. Außerdem sind sie mir treu ergeben.«
Jack konnte das nicht bestreiten. Doch wenn Henry nichts hatte verlauten lassen, blieb nur noch ... Jacks Augen zogen sich zusammen und hefteten sich auf Miranda. »Haben Sie mich deshalb mit der Pistole in Schach gehalten? Haben Sie auf die Ankunft der Männer des Königs gewartet?«
»Nein.« Miranda wand sich unter seinem Blick, obwohl sie wußte, daß sie unschuldig war. »Ich war doch mit Ihnen zusammen.«
»Aber nicht, nachdem ich Sie heimgebracht hatte. Sie waren in Ihr Zimmer geschickt worden.«
»Und ich habe an der Tür gehorcht und habe mir zwischendurch nur schnell die Pistole aus Papas Schreibtisch geholt«, erinnerte Miranda ihn.
Jack fuhr sich mit den Händen wieder durchs Haar und atmete wütend aus. »Gut.« Das sagte er zu Scar, der noch immer seine Kleider zurechtzog. »Sag mir, was du gesehen hast.«
»Ich habe nichts anderes gesehen als ein paar Seemänner unten im Rusty Pelican. Aber ich habe eine Menge zu Ohren bekommen. Man sagt, daß jemand die *Sea Hawk* im Hafen

gesehen hat und dann jemanden nach dem Steuerbeamten und dem Polizisten geschickt hat.«

»Warum, zum Teufel? Wir legen doch ständig im Hafen an.«

»Entführung.« Scar spuckte das Wort förmlich aus. »Sie sprechen alle darüber. Sie wissen, daß Ihre Ladyschaft bei uns ist, und auch alles über Henry.«

»Was ist mit mir?« fragte Henry.

»Daß Sie mit Jack unter einer Decke stecken.«

Das nur allzu vertraute Kribbeln machte sich an Jacks Hals wieder bemerkbar, doch er war zu beschäftigt, um sich zu kratzen. Er ging in der Veranda auf und ab. Irgend jemand und er konnte sich nicht vorstellen, wer tat sein Bestes, um ihn hängen zu sehen. Doch er hatte jetzt auch keine Zeit dazu, denjenigen ausfindig zu machen.

Jack griff nach Scars Arm. »Wir müssen zum Schiff zurückkehren und hoffen, daß wir die Segel setzen können, noch ehe ...«

»Und was ist mit mir?« Henry eilte zur Tür und versperrte sie mit seinem Körper. »Wenn sie wissen, daß ich mit von der Partie bin, werden sie den Rest auch noch herausfinden. Und dann werde ich wegen Piraterie angeklagt.«

»Dann komm mit uns mit.« Jack hob ihn beiseite.

»Und Miranda?«

»Nimm sie auch mit, verflucht noch mal.« Das war alles unglaublich. Der Polizist und seine Hilfspolizisten konnten jetzt schon auf der *Sea Hawk* sein. Oder auf dem Weg hierher, und ...

»Niemand geht irgendwohin.«

Jack erschrak, als er diese Stimme hörte. Er drehte sich um und sah genau das, was er befürchtet hatte. »Miranda, laß die Waffe sinken.« Seine Pistole, die er achtlos auf dem Nachttisch hatte liegen lassen.

»Erst, wenn Sie mir zugehört haben. Niemand muß fortren-

nen. Ich werde der Polizei einfach sagen, daß ich nicht entführt worden bin.«
Jack schaute sie an. »Das würden Sie tun?« Er erinnerte sich noch gut daran, daß der Grund für die Entführung gewesen war, Miranda daran zu hindern, mit den Behörden zu sprechen. Konnte man ihr jetzt überhaupt trauen?
»Ja, für meinen Vater. Er scheint ja in diese Sache verwickelt zu sein, und ich kann nicht zulassen, daß ihm etwas geschieht.«
»Miranda.« Henry schlang die Arme um seine Tochter, und sie achtete darauf, daß die Pistole noch immer auf Jack gerichtet blieb.
Angewidert preßte dieser die Hände auf die Hüften. »Diese Bekundung väterlicher Liebe ist zwar sehr reizend, und dennoch werden Scar und ich jetzt gehen. Du hast deinen Beweis hier, Henry. Deine Tochter ist gesund und munter und wird sagen, daß sie nicht entführt worden ist.«
»Ich habe gesagt, daß Sie nirgendwohin gehen werden«, erinnerte Miranda ihn. »Ich brauche Sie, damit meine Geschichte glaubwürdig ist.«
»Was, zur Hölle ...« Jack ging auf sie los. Er würde ihr diese Waffe abnehmen und verschwinden. Sie würde den Abzug nicht betätigen. Dessen war er sich *fast* sicher. Doch Scars entsetzter Aufschrei hielt ihn auf.
»Sie kommen, Cap'n. Eine ganze Meute Männer.«
»Gott im Himmel!« Mindestens zehn Männer näherten sich mit brennenden Fackeln Henrys Haus und sahen nicht sehr gutgelaunt aus. Jack erkannte Joshua Peterson, den königlichen Steuereintreiber und den Polizisten unter ihnen. Sie versammelten sich vor der Tür zur Veranda. Jack schob Scar zum rückwärtigen Teil des Hauses und befahl ihm, sofort zur *Sea Hawk* zurückzukehren.
»Henry Chadwick, sind Sie dort drin?«

Miranda drückte den Arm ihres Vaters. »Es gibt keinen Grund, sich Sorgen zu machen.«
Warum hatte er dann diesen fast unbeherrschbaren Drang, sich am Hals zu kratzen, fragte sich Jack. Doch zur Flucht war es zu spät. Er konnte sich nur den Männern stellen und hoffen, daß Miranda Chadwick ihr Wort hielt.
Jack nickte Henry zu. »Laß sie herein.«
Henry öffnete die Tür und trat in den Lichtkreis der Fackeln. In der Gruppe erhob sich ein ärgerliches Brummen, dem sofort ein Ruhe forderndes Zischen folgte, als Henry die Hände hob. »Meine Herren, was verschafft mir die Ehre Ihres Besuches?« sagte er mit einer Stimme, die keine Angst verriet.
»Wir sind wegen Jack Blackstone gekommen. Wir haben erfahren, daß er sich hier aufhält.« Das kam von Graham Hicks, dem Polizisten der Stadt.
»Jack? Ja, der ist hier. Aber es ist ein wenig spät für einen Besuch, meinen Sie nicht auch? Vielleicht kommen Sie lieber morgen früh wieder.«
»Damit er dann schon unter vollen Segeln zu den spanischen Gewässern unterwegs ist«, brummte jemand in der Gruppe, und andere pflichteten ihm bei.
»Das ist kein Höflichkeitsbesuch«, fügte der Polizist Hick hinzu, nachdem er die Gruppe beruhigt hatte.
»Wir haben Grund, zu glauben, daß sich Captain Blackstone der Entführung schuldig gemacht hat … unter anderem«, sagte Joshua Peterson. »Und im Namen des Königs verlange ich, ihn zu sehen.«
»Aber natürlich, wenn es im Namen des Königs ist.« Henry öffnete die Tür und bat den königlichen Steuerbeamten und den Polizisten herein. Dann warf er die Tür vor den Nasen der restlichen Rüpel zu. »Mehr Männer werden nicht ge-

braucht.« Henry führte die beiden zum Salon. »Jack ist dort drin.« Wenigstens hoffte er das.

Denn es fiel Henry jetzt erst ein, daß Jack sich urplötzlich im Schutz all dieses Durcheinanders davongemacht haben könnte. Wenn Miranda nicht weiterhin die Pistole auf ihn gerichtet hatte.

Doch als er den beiden Männern in das Zimmer folgte, saß Jack da und sah so entspannt aus wie nur möglich. Neben ihm saß Miranda mit großen dunkelblauen Augen, und von einer Pistole war nichts mehr zu sehen.

»Wie geht es Ihnen, meine Herren? Das ist ja wirklich eine Überraschung.« Jack erhob sich und verbeugte sich formvollendet. »Ich weiß, daß es schon spät ist, aber möchten Sie vielleicht eine kleine Erfrischung ... etwas Madeira vielleicht?«

»Wir sind nicht zum Weintrinken hergekommen.«

»Ich verhafte Sie im Namen des Königs.« Joshua Peterson trat vor. Er war ein kleiner Mann, fast einen Kopf kürzer als Jack, doch er schob die gewölbte Brust vor Wichtigkeit vor. »Diesmal werden Sie uns nicht mehr entkommen, Gentleman Jack. Wir wissen alles über Sie und Miranda Chadwick.«

Jack zog die Stirn hoch. »Ach wirklich?«

»Ja. Und wenn wir Sie erst in Ketten gelegt haben, werden wir mit Sicherheit genügend Dinge über Ihren *Beruf* herausfinden, die für die Admiralität von Interesse sein werden.«

Jack wünschte, er hätte seine Krawatte nicht so fest gebunden, aber er lockerte sie nicht. Er lächelte nur, doch seine Fröhlichkeit erreichte seine Augen nicht. »Meine Beziehung zu Mistress Chadwick ist rein privater Natur. Aber wie Sie ja selbst sehen können, ist sie hier und in Sicherheit.«

»Aber auch nur, weil Sie sie zurückgebracht haben«, konterte Peterson.

»Dann wissen Sie es also.« Miranda stand auf und preßte sich ein Spitzentaschentuch an die Augen.
Jack drehte sich nach ihr um und sah sie entsetzt an. Er konnte gerade noch an sich halten, um sie nicht bei ihrem schlanken Hals zu packen. Sie hatten verabredet – das heißt, er hatte es verlangt –, daß sie so lange schwieg, bis es absolut nötig wurde, daß sie sprach. Und jetzt war es keineswegs nötig. Außerdem klang es ja fast so, als wollte sie die Worte des königlichen Steuerbeamten bestätigen. »Miranda.« Jack trat auf sie zu und ärgerte sich, als der zwergenhafte Peterson Anstalten machte, sie vor ihm zu schützen. »Sie brauchen überhaupt nichts zu sagen.«
»Oh, aber ich muß etwas sagen.« Sie ließ das Taschentuch so weit herabsinken, damit Jack sehen konnte, daß in ihren Augen gar keine Tränen schwammen. Und doch hielt sie sich vorsichtig außerhalb seiner Reichweite. »Ich muß die Wahrheit sagen, Jack.«
Himmel noch mal, er konnte kaum noch atmen. Jack mußte einfach an dem modischen Steinkirk-Knoten seiner Krawatte herumzerren. »Henry.« Jacks Stimme klang gequetscht. Sicherlich konnte er doch *irgend* etwas gegen seine Tochter unternehmen.
»Miranda, Liebes, vielleicht solltest du nach oben gehen und ein wenig ruhen«, schlug Henry vor.
»Nein.« Miranda konnte auch den Händen ihres Vaters ausweichen. »Ich bestehe darauf, es ihnen zu erzählen.« Sie schnüffelte vornehm, und kämpfte gegen das Lächeln an, das sich schon in ihren Mundwinkeln breitmachte. Der Pirat und ihr Vater schienen kurz vor dem Platzen zu sein. Miranda kehrte ihnen den Rücken zu und sah die Männer des Königs an. »Ich bin mit Jack Blackstone durchgebrannt.«
»Was?«

Miranda hätte schwören können, daß vier Stimmen dieses Wort echoartig ausgerufen hatten.
»Jack wollte nicht, daß es jemand erfuhr.« Sie schnüffelte wieder. »Er ist so bedacht auf meinen Ruf, verstehen Sie. Ich bin ein leichtfertiges Frauenzimmer.«
Ihre Äußerung hinterließ eine vorübergehende Stille in dem Zimmer. Joshua Peterson faßte sich als erster. »Aber ich habe das Wort von jemand sehr Vertrauenswürdigem, daß es eine Entführung gegeben hat.«
»Vielleicht von Jack selbst«, sagte Miranda. »Er wollte mich um jeden Preis schützen. Seinetwegen sind wir ja auch jetzt hier und haben uns mitten in der Nacht an Land geschlichen. Jack bestand darauf, mich zu meinem Vater zurückzubringen.« Miranda warf dem Piraten einen Blick zu und stellte zufrieden fest, daß er sich überhaupt keinen Reim auf das machen konnte, was hier vor sich ging. Sie beschloß, ihn noch ein wenig mehr zu verwirren und sich auf diese Weise für das schadlos zu halten, was er ihr zugemutet hatte.
»Er bestand natürlich darauf, daß wir heiraten.« Seine Miene war göttlich. »Und das werden wir vielleicht auch tun … irgendwann.«
»Es wird kein Irgendwann geben.« Henry trat vor. »Wir hatten das für morgen vereinbart.«
»Morgen?«
»Morgen!«
Jack und Miranda wandten sich Henry gleichzeitig zu.
»Herrgott noch mal!« fluchte Jack.
»Aber, Papa, wir hatten uns doch noch gar nicht auf ein genaues Datum festgelegt.« Sie hatte die Heirat nur erwähnt, um den Piratenkapitän zu erschrecken. Ungeachtet der Tatsache, daß seine Berührung ihr das Gefühl gab, daß sie fliegen konnte, hatte sie nicht vor, diesen Schurken wirklich zu heiraten.

»Ich kann überhaupt nicht erkennen, wo hier das Problem liegt«, sagte Graham Hicks, als er den Wein entgegennahm, den Henry anbot. »Sie sind also mit Captain Blackstone durchgebrannt?«
»Nun ... ja, so ist es.«
»Und es hat mir fast das Herz gebrochen«, warf Henry ein, ehe er auch Joshua Peterson ein Kelchglas reichte. Er übersah den wütenden Blick seiner Tochter.
»Captain Blackstone.« Der Steuerbeamte des Königs trank einen Schluck Madeira. »Sie brachten also Mistress Chadwick zurück, um sie zu heiraten?«
Jack sah erst Peterson, dann Hicks an. Er kratzte sich den Nacken. »Ja, das war meine Absicht.«
»Dann sehe ich keinen Grund für einen Aufschub.« Das kam von Henry, der sich zwischen die beiden Rechtsvertreter gestellt hatte. »Besonders unter diesen Umständen.«
Herr, schütze mich vor Vätern. Jack biß die Zähne zusammen. Darum ging es also. Er hatte Henrys Tochter geschändet, und nun mußte er den Preis dafür bezahlen: Heirat. Und wenn sie alle nicht sehr vorsichtig waren, würde er vielleicht sogar mit seinem Leben dafür bezahlen.
Er hatte die Vorstellung, Miranda Chadwick zu heiraten, längst akzeptiert, wenn auch nur seiner Schuldgefühle wegen, doch sie schien diese Idee ganz und gar nicht zu begrüßen. Ihre vorangegangene Weigerung klang ihm noch immer in den Ohren. Und so wie sie aussah – mit zornigen Augen und dem hoch erhobenen, runden Kinn –, war sie drauf und dran, ihre Weigerung noch einmal zu verkünden.
Und was wären die Konsequenzen, wenn sie das tat?
Weder Joshua Peterson noch Graham Hicks waren dumme Männer. Wenn Miranda vor einer Ehe zurückschreckte, würden sie nach dem Warum fragen und schließlich zu dem

offensichtlichen Schluß kommen, daß sie gelogen hatte. Welcher einigermaßen vernünftige Mensch würde überhaupt auf einem Piratenschiff durchbrennen?
Lächelnd trat Jack näher an Miranda heran. Er ignorierte ihr Erschrecken, als er den Arm um ihre Taille legte. Ruckartig schaute sie ihm in die Augen, die vor hilfloser Wut ganz dunkel waren. Er jedoch hoffte, daß seine verständnisvoll blickten.
»Das ist wirklich das beste, Süße«, sagte er und fing fast an zu lachen über ihre schockierte Miene.
»Das beste? Aber ich möchte nicht ...«
»Ja«, stimmte Jack zu. »Es ist ein wenig überstürzt. Und ich weiß genau, daß ihr Damen gern über solche Dinge schwatzen und sie genau planen möchtet, doch ich bin ein Seekapitän.«
»Ich habe noch nie in meinem Leben geschwatzt«, konterte Miranda empört. Das Klatschen war den dummen Kammermädchen vorbehalten, die sich mit nichts anderem beschäftigten. Wohingegen sie hochfliegende Gedanken hatte und ... und was ging sie das überhaupt an? Um Himmels willen, der Piratenkapitän und ihr Vater manövrierten sie gemeinsam in eine Ehe hinein, die sie nicht wollte.
Miranda seufzte. Sie hatte genügend dazu beigetragen, um sich in diese Lage zu bringen. Die Frage war jetzt, wie sie sich aus diesem Durcheinander wieder herausfädeln konnte. Sie hätte viel besser denken können, wenn Captain Blackstone sie nicht so eng an sich gedrückt hätte.
»Ja, sie hat recht.« Jack beugte sich herab und ließ die Lippen über Miranda Stirn gleiten. »Sie schwatzt nie. Ist sie nicht ein Schatz?« Seine Hände umfaßten ihre Taille. »Es ist zu schade, daß man Sie, meine Herren, mitten in der Nacht aufgescheucht hat. Aber wie Sie selbst sehen können, bestand dafür überhaupt keine Notwendigkeit.«
»Und besonders deswegen nicht, weil morgen geheiratet

wird«, sagte Henry und fügte hinzu, als er die beiden Besucher zurück zur Tür geleitete: »Ich hoffe, daß Sie morgen nachmittag zur Feier vorbeischauen können. Oder kommen Sie doch auch gleich zur Hochzeit.« Henry kam sich sehr großherzig vor.

Henry schloß die Tür hinter dem Polizisten und dem königliche Steuerbeamten, und sie lauschten gemeinsam auf das Grollen der Männer draußen, als der Polizist ihnen erklärte, warum sie mit leeren Händen gekommen waren. Die Gruppe war offenbar nicht glücklich darüber, doch der Vorschlag, gemeinsam eine Taverne am Kai aufzusuchen, beruhigte die meisten von ihnen.

Jack stand hinter den Gardinen und sah zu, wie die Männer die Straße hinuntergingen. Als er sich umdrehte, fixierte er Henry mit wildem Blick. Der alte Mann trank einen Schluck von der bernsteinfarbenen Flüssigkeit und stellte dann sein Kelchglas vorsichtig auf dem Kaminsims ab. »Da haben wir einen festen Knoten ja gemeinsam aufknüpfen können«, sagte er.

»Ja«, stimmte Jack zu. »Obwohl manche von uns dieses Aufknüpfen nicht so leicht schafften wie andere.«

»Papa, wie konntest du nur?«

»Was?« Henry hielt seine Hände bittend hoch. »Wie konnte ich nur was?«

»Du weißt genau, wovon ich spreche: Von dieser Heiratsposse, die du arrangiert hast.«

»Wenn ich dich erinnern darf, Tochter, war es deine Idee gewesen, eine Hochzeit in Anwesenheit der Polizei vorzuschlagen.«

»Du weißt ganz genau, daß ich das nur vorgespielt habe, um deinen Partner vor dem Galgen zu retten.« Mirandas Röcke bauschten sich, als sie in einen Sessel sank. »Ich habe dir meine Gefühle in dieser Angelegenheit bereits mitgeteilt.«

»Die Frage ist, was getan werden kann.« Jack ging im Zimmer

umher und hatte die Finger hinter dem Rücken ineinander verschränkt.

»Ich denke, daß das klar ist: Ihr beiden werdet morgen heiraten.«

Jack hielt abrupt inne. »Gott im Himmel, hörst du wohl endlich damit auf!«

»Warum sollte ich? Du hast doch dieser Verbindung längst zugestimmt, wenn du dich erinnern möchtest.«

Ja, das hatte er! Da Jack das nicht bestreiten konnte, nannte er einfach nur die Tatsachen. »Ich werde Charles Town verlassen, sobald wir frischen Proviant aufgenommen haben.«

»Ich habe nichts dagegen.«

Miranda stand auf und ging zu Jack hinüber. »Das war's dann also. Stimmen Sie dem zu?«

»Ich glaube nicht, daß mir eine Wahl bleibt.«

»Aber es muß noch einen anderen Weg geben. Wenn ich nur einen Moment darüber nachdenken könnte, würde mir bestimmt eine Lösung einfallen.«

Jack zuckte die Achseln. Er hatte dieser ganzen Angelegenheit schon viel zuviel Zeit und Aufmerksamkeit geschenkt. »Ich muß zur *Sea Hawk* zurück. Wir müssen die Ladung löschen.« Jack deutete auf Henry. »Das Papier, das ich dir vorhin gegeben habe, ist eine faire Schätzung dessen, was du mir schuldest.«

»Ich werde es morgen für dich bereit haben.«

»Ja, morgen«, sagte Jack, öffnete die Tür und verschwand in die Nacht hinaus.

»Das war sie.« Miranda durchquerte den Raum und schaute durch die Vorhänge. »Die Lösung.«

»Wovon sprichst du, Tochter?«

»Der Pirat ist gegangen. Und du kannst wirklich nicht erwarten, daß er morgen zurückkehren wird.«

Dreizehntes Kapitel

Jack *wird* morgen hier sein.«

Miranda drehte sich um und sah ihren Vater forschend an. Er trank einen weiteren Schluck Madeira und ließ sie nicht aus den Augen. »Wie kannst du dir dessen so sicher sein?« Miranda zählte darauf, daß Captain Blackstone sich im Schutze des Nebels vor Tagesanbruch aus dem Hafen stehlen würde.

»Ich kenne Jack.«

»Wie kannst du so etwas sagen? Auch wenn ihr beide Partner seid.« Sie schüttelte den Kopf, als könnte sie damit ihre Gedanken klären. »Aber er ist doch ein Schuft schlimmster Sorte.«

Henry Miene wurde ernst. »Hat er dich sehr verletzt?«

»Nein.« Hitze stieg ihr ins Gesicht, und Miranda verschränkte die Hände ineinander. Der Akt der Fortpflanzung war so natürlich wie Essen und Trinken. Als ihr Großvater ihr diesen Vorgang erklärt hatte, hatte sie das nicht verlegen gemacht. Doch jetzt, im Angesicht ihres Vaters, konnte sie kaum seinen Blick erwidern. Sie fragte sich, ob der Unterschied darin lag, daß es mit dem Piraten alles andere als natürlich gewesen zu sein schien. Der Akt der Fortpflanzung war ihr wie ein Wunder vorgekommen.

Miranda räusperte sich. »Captain Blackstone hat mir überhaupt keine Schmerzen zugefügt. Allerdings hat er mich belogen und versucht, mich auszutricksen.«

Henry ließ sich in einen Sessel fallen und legte den Kopf zurück. »Nicht er war schuld, sondern ich. Jack wollte anfangs überhaupt nichts von meinem Plan wissen.«

»Ich glaube nicht, daß seine Gründe sehr edel waren.« Da er sie ursprünglich unmißverständlich abgelehnt hatte, wollte er sich wahrscheinlich nicht mit ihrer Anwesenheit belasten.

»Vielleicht nicht. Aber das ändert nichts an der Tatsache, daß ich die Verantwortung für all das übernehmen muß, was geschehen ist.«

»Papa.« Obwohl er die Wahrheit sagte, war Miranda genausowenig gewillt wie er, den Piraten von aller Schuld freizusprechen. Doch Miranda konnte es nicht ertragen, ihren Vater so deprimiert zu sehen. Sie sank neben seinem Sessel auf die Knie. »Es wird schon alles wieder werden. Es ist ja nichts wirklich Schreckliches geschehen. Ich habe ein paar sehr interessante Männer kennengelernt, die sich sehr für mein Mikroskop interessiert haben. Und ich konnte ein paar faszinierende Tiere und Pflanzen betrachten.« Miranda atmete aus. »Natürlich habe ich alle Proben verloren, als der Indianer mich packte ...«

»Mein Gott!« Henry richtete sich ruckartig auf. »Du bist von Indianern angegriffen worden?«

»Nicht wirklich angegriffen. Nachdem sich herausstellte, daß der Mann Captain Blackstone kannte, gab es keine Probleme mehr. Nur, daß ich all die Proben verloren habe, die ich gesammelt hatte.«

Henry beugte sich vor und ergriff die Hände seiner Tochter. Sie war ihm ein Rätsel, und dennoch liebte er sie. »Miranda«, begann er sanft. »Du hast weit Wichtigeres verloren als ein paar Pflanzen. Du hast deine Jungfräulichkeit verloren.«

Henry hielt sie ein wenig fester, als Miranda aufzustehen versuchte. »Ich gebe mir die Schuld daran. Vielleicht wäre das nie passiert, wenn ich deine Mutter und dich mitgenommen hätte. Statt dessen habe ich zugelassen, daß du bei einem Mann aufgewachsen bist, der offensichtlich nichts von der Erziehung eines Kindes verstand.«
»Großvater war ein wundervoller Mann. Ein großer Wissenschaftler und ein erstaunlicher Geist.«
»Daran habe ich auch keinen Zweifel. Ich weiß auch, daß er dich innig geliebt hat. Doch man hätte dich mit mehr als nur Büchern und Studien vertraut machen müssen. Vielleicht hättest du dann gewußt, wie du mit Jack umzugehen hast.«
Miranda atmete tief ein und zwang sich zur Ehrlichkeit. »Captain Blackstone hat mich zu nichts gezwungen, Papa.«
»Nein, das nehme ich auch nicht an. Das ist nicht Jacks Art.«
»Ich habe ihn gebeten, mich zu küssen. Als ein Experiment. Und danach ...«
Henry sprang auf. »Ein Vater muß nicht alles erfahren, Miranda. Tatsache ist, daß Jack morgen wie versprochen hier sein wird und daß du ihn heiraten *wirst*.«
Noch immer kniend, starrte Miranda ihren Vater mit großen Augen an. Sie war Befehle nicht gewöhnt. Großvater hatte ihr gelegentlich etwas *vorgeschlagen*, doch ihr nie etwas befohlen. »Aber, Papa ...«
»Du *wirst* auf mich hören!« Henry schloß die Augen und versuchte, seinen barschen Ton zu mäßigen. »Miranda, Liebes. Charles Town ist eine kleine Gemeinde. Morgen schon werden alle von deiner ... deiner Liaison mit Captain Blackstone wissen. Es war sehr hochherzig von dir, daß du deinen Ruf für mich und Jack geopfert hast. Aber es war auch dumm. Du hast keine andere Wahl, als ihn zu heiraten.«
Als Henry sah, daß seine Tochter den Kopf sinken ließ,

berührte er das glänzende rabenschwarze Haar an ihrem Scheitel. »Aber du mußt mit ihm nicht zusammensein. Jack wird in ein paar Tagen nach St. Augustine segeln, und bis dahin ...« Henry zögerte, weil er nicht genau wußte, wie er seiner Tochter erklären sollte, daß diese Ehe nur auf dem Papier bestehen würde.

»Und bis dahin?«

»Äh ... bis dahin wird er damit beschäftigt sein, sein Schiff startklar zu machen.« Henry lächelte und war sehr zufrieden mit sich.

»Ich verstehe. Also wird er mich verlassen.« Miranda hob den Blick. »Ähnlich wie du meine Mutter.« Sie stand auf und ging zu ihm, stellte sich auf die Zehenspitzen und gab ihm einen Gutenachtkuß.

Henry sah ihr nach, als sie das Zimmer verließ. Er hätte sie gern zurückgerufen und ihr erklärt, warum das alles überhaupt nicht mit dem vergleichbar war, was er seiner Frau angetan hatte. Doch Mirandas Heirat war ohnehin schon belastend genug, da mußte er ihr nicht auch noch sagen, daß es zwischen ihr und ihrem Zukünftigen nicht die gleiche gegenseitige Zuneigung gab und weit weniger Liebe.

* * *

»Sie wollen sich doch wohl nur über mich lustig machen.«

»Sehe ich wie ein Mann aus, dem nach Scherzen zumute ist?« Jack fuhr sich mit dem Rasiermesser vorsichtig seitlich über das Kinn und wandte Phin das Gesicht zu.

Langsam verschwand das Lächeln vom Gesicht des Steuermanns. »Verdammt, Cap'n, so sehen Sie wirklich nicht aus. Eher ziemlich kränklich.«

»Ich bin nicht kränklich. Das ist die Miene eines Mannes, der sich seinem Schicksal ergeben hat.« Jack schaute wieder in den kleinen Spiegel, der an das Bollwerk genagelt hing. Endlich hatte er in der vergangenen Nacht wieder in seiner eigenen Koje geschlafen, doch sein Schlaf war alles andere als friedlich gewesen. Jack war heute morgen mit der gleichen Frage aufgewacht, wie er in all das hineingeraten war.

»Also. Cap'n, das kann ich so früh am Morgen noch gar nicht alles fassen.« Offenbar begann Phin langsam, die Worte seines Captains zu glauben. »Ich meine, daß Sie Ihre Ladyschaft heiraten. Das ist doch wirklich völlig unwahrscheinlich.« Phin kratzte sich am Stoppelkinn. »Ich meine, daß ich nie gedacht hätte, daß sie Sie überhaupt haben will.«

»Was?« Jack zuckte zusammen, als er sich in die Wange schnitt. »Gott im Himmel.« Er griff sich ein Tuch und betupfte damit den Schnitt. »Was meinst du, daß du nicht glauben kannst, daß sie mich haben will?«

»Das soll keine Beleidigung sein, Cap'n, aber, na ja, Mistress Chadwick ist ja doch eine sehr feine Dame.«

»Ja, nun ...« Jack wußte nicht mehr, was er über seine Verlobte hatte sagen wollen, doch mit Sicherheit nichts Schmeichelhaftes. Andererseits konnte er ihr auch nichts vorwerfen. Mit zusammengepreßten Lippen schob Jack das Kinn vor und beendete seine Rasur.

»Damit will ich ja nicht sagen, daß Sie nicht auch ein ganz besonderes Mannsbild sind, Cap'n. Es ist nur so, daß ...«

Jack hob eine Hand. »Du brauchst das nicht weiter zu erklären. Ich erwarte nicht, daß du jetzt all meine Vorzüge aufzählst – auch wenn die Liste noch so kurz sein mag.« Jack wischte sich mit einem Leinenhandtuch die restliche Seife vom Gesicht. »Ich habe es dir nur erzählt, damit du weißt, wo ich heute sein werde.«

»Und heute nacht, Cap'n?«

Jacks Gesicht rötete sich, was absolut lächerlich war, weil Piraten einfach nicht rot wurden. Er nahm sich ein sauberes Hemd. »Nein«, sagte er so beiläufig wie möglich. »Wir werden mit der Morgenflut auslaufen. Es ist sowieso schon viel zuviel Zeit vergeudet worden. Ich bin ganz wild darauf, nach St. Augustine zu kommen und Rache an de Segovia zu nehmen.«

Phin kratzte sich das Kinn. »Können wir denn Nafkebee glauben, daß de Segovia zurückgekehrt ist?«

Jack hielt beim Binden seiner Krawatte inne. »Ja, *Nafkebee* ist vertrauenswürdig.«

»Sie sagen das so, als ob es jemanden gäbe, dem nicht zu trauen ist.«

»Ja, wir haben tatsächlich einen Verräter in unserer Mitte. Ich habe nur noch nicht herausgefunden, wer das ist.« Jack bürstete sein Haar zurück. »Ich kann kaum glauben, daß die spanische Galeone rein zufällig bei der Snebley-Bucht aufgetaucht ist. Und jemand hat sich heftig bemüht, den königlichen Steuerbeamten davon zu überzeugen, daß ich Miranda Chadwick entführt habe.«

»Sie glauben doch nicht, daß es einer von der Besatzung war, oder? Denn ich würde für jeden von ihnen die Hand ins Feuer legen.«

»Ich auch. Nein« – Jack zerrte an einem glänzenden schwarzen Stiefel –, »es ist keiner der Männer.« Er hob eine Augenbraue. »Keiner von ihnen ist dumm genug, das Risiko einzugehen, in einer Schlacht getötet zu werden.«

»Das stimmt auffallend.«

»Und nur eine Handvoll Leute weiß, wo sich die Bucht befindet.« Jack schlüpfte mit den Armen in eine blaue Weste. Während er die langen Ärmel zurechtzog, drehte er sich um und fing Phins Blick auf. »Henry weiß es auch.«

Phins dunkle Augen weiteten sich. »Sie glauben doch nicht etwa ...?«
»Nein, selbst wenn ich ihm nicht trauen würde, würde er nie etwas tun, das Miranda gefährden könnte.«
Phin rieb sich die Schulter, die seit dem Gefecht noch immer schmerzte. »Wer hat dann also gequatscht? Und wie?«
»Das, mein lieber Phin, weiß ich einfach nicht.« Jack wischte über seinen pflaumenblauen Hut und setzte ihn sich schräg auf seine goldblonden Haare.
»Heiraten Sie Ihre Ladyschaft jetzt?«
»Nein.« Jack atmete tief ein. »Ich habe eine Nachricht von Henry erhalten, daß die Heirat heute nachmittag um vier sein wird. Jetzt werde ich meinem Onkel einen kurzen Besuch abstatten.« Jack rückte sein Schwert zurecht.
»Ach ja.« Phin hob einen Finger. »Ich vermute, daß Ihr Onkel diese Bucht auch kennt.«
»Ja, ich glaube, damit könntest du recht haben.«

* * *

Jack schlenderte die Cumberland Street entlang und versuchte sich einzureden, daß er seinen Onkel nicht ausfragen wollte. Er stattete nur seinem nächsten noch lebenden Verwandten einen Höflichkeitsbesuch ab. Immerhin suchte er seinen Onkel immer auf, wenn er im Hafen war. Und sein heutiger Hochzeitstag war ein idealer Grund, die Familienbande zu pflegen.
Die leichte Brise, die vom Cooper River herüberblies, machte das Wetter angenehm. In der Nähe hörte Jack das metallisches Einschlagen von Nägeln, mit denen die Einwohner ihre Häuser wieder aufbauten. Im Februar hatte sich eine Feuersbrunst durch die Stadt gewälzt und fast ein Drittel aller Häuser zerstört, und dieses Unglück, das kurz nach einem Erdbe-

ben über die Stadt hereingebrochen war, hatte das Wachstum der Stadt größtenteils zum Stillstand gebracht.
Doch es schien einen neuen Wohlstand in Charles Town zu geben – und obwohl Jack das für die Stadt begrüßte, fürchtete er gleichzeitig, daß bereits die Todesglocke für seine Lebensweise geläutet wurde.
Die Gewinne stiegen, und der Pöbel war nicht länger auf geplünderte Waren angewiesen. »Und damit auch nicht mehr auf Piraten«, murmelte Jack vor sich hin und ahmte Mirandas logische Überlegungen nach, während er in die unbefestigte Straße abbog, die zum Haus seines Onkels führte.
Das aus Ziegelsteinen gebaute Blackstonesche Stadthaus wirkte wohlhabend und war vom Feuer verschont geblieben. Jack trat ein und schickte einen Diener zu seinem Onkel, ehe er sich in einen Sessel setzte.
»Jack, es ist gut, dich zu sehen.« Jack erhob sich, als sein Onkel Robert den Raum betrat. »Ich habe gehört, daß heute ein großer Tag für dich ist.«
Jacks Grinsen war echt, und er spürte, wie die Spannung in seinen Schultern nachließ. Wie hatte er diesem Mann, dem Bruder seines Vaters, bloß unterstellen können, daß er ihn betrog? Mit einem einzigen Blick sah man die Ähnlichkeit mit Jacks Vater: das dunkle, kastanienbraune Haar und die hellgrünen Augen. Wenn es einen weiteren Menschen gab, der de Segovia so sehr haßte wie Jack, dann sein Onkel.
Nur durch einen seltsamen Zufall hatte Robert sich an jenem schicksalhaften Tag im Jahre 1686 nicht in Port Royal aufgehalten, als die Spanier die kleine schottische Siedlung angegriffen hatten, sonst wäre auch er getötet oder gefangengenommen worden. Ja er hatte sogar fast sein Leben verloren, als er dem Gouverneur von Charles Town die Mitteilung über das Abschlachten überbracht hatte.

Jack schüttelte leicht den Kopf. Er konnte einfach nicht glauben, daß dieser Mann ihn hintergangen hatte. Es mußte eine andere Erklärung geben.
Jack nahm den Kristallkelch mit Wein entgegen und setzte sich seinem Onkel gegenüber in einen Sessel. »Also erzähl mir, Jack, wie mein Neffe unter das Joch der Ehe geraten ist?«
Nachdem er ein wenig von dem feinen Madeira-Wein getrunken hatte, den er von seiner letzten Reise mitgebracht hatte, zog Jack die Augenbrauen hoch. »Da du es ja schon weißt, solltest du es mir vielleicht erzählen.«
»Soweit ich gehört habe, soll es da einen kleinen Skandal gegeben haben. Eine in dich verliebte junge Frau ist mit dir aufs Meer gegangen. Das ist jedenfalls die Version, die mir von Mistress Denley erzählt wurde, als sie vorhin hereinschaute.«
»Ah, Mistress Denley.« Jack hob sein Glas zu einem spöttischen Toast. »Das perfekte Klatschweib ... hat sich mal wieder geirrt.«
»Ich habe ihr auch nicht geglaubt.«
Jack lehnte sich in seinem Sessel zurück. »Ich habe dir doch erzählt, daß Henry wollte, daß ich seine Tochter entführe.«
»Dann ist also deine Heirat das Ergebnis dieses Fiaskos? Erinnere dich daran, daß ich dir davon abgeraten habe.«
»Ja, das hast du. Und ich hätte auf deinen Rat hören sollen.«
Jack hielt inne. Aus unerfindlichen Gründen fühlte er sich plötzlich unbehaglich, als ob er seiner Braut gegenüber treulos handelte. Das war ein seltsames Gefühl, da ihm diese Ehe ja aufgezwungen wurde, dennoch konnte er es nicht abschütteln, und so stand er auf und ließ seine Finger über den marmornen Kaminsims gleiten. »Das ist keine schlechte Verbindung. Miranda Chadwick ist recht hübsch.«
»So ist mir berichtet worden, obwohl ich sie noch nicht

gesehen habe.« Robert sah Jack über den Rand seines Kelchglases hinweg an. »Du scheint das Mädchen zu mögen.«
Mögen? Wirklich? Jack war sich nicht sicher. Er fand sie interessant und begehrenswert, doch sie war eher ein Ärgernis für ihn. Achselzuckend schwieg Jack.
»Nafkebee hat mich gefunden. Ich vermute, daß er dir von de Segovia erzählt hat«, sagte Jack und drehte sich seinem Onkel wieder zu.
»Ja. Deshalb haben mich deine Heiratspläne ja auch so überrascht.«
»Das eine hat nichts mit dem anderen zu tun. Ich segele mit der Morgenflut nach St. Augustine.« Jack hielt inne, weil ihn die Miene seines Onkels überraschte. »Du zweifelst an meinen Worten?«
»Ich glaube dir, daß du das vorhast, aber ...« Robert stand auf und ging langsam zum Fenster.
»Was verschweigst du mir?« Jack kannte seinen Onkel gut, und er äußerte normalerweise freimütig seine Meinung.
»Nichts.« Seine Hand unter den Lagen von Spitzenstoff machte eine abwehrende Bewegung. Er schien sich anders zu besinnen und fuhr fort: »Ich frage mich nur, wie ernst es dir ist, de Segovia zu finden und ihn zu strafen.«
»Wie kannst du überhaupt an meiner Absicht oder meinem Engagement zweifeln, unsere Familie zu rächen? Ich habe diesem Ziel fast alles geopfert.«
»Ja, das ist wahr.« Robert berührte einen Nasenflügel mit dem Finger. »Und trotzdem willst du heute heiraten.«
»Ich habe dir schon gesagt, daß mich das nicht von meiner Suche abhalten wird.«
»Ah.« Roberts Hände hoben sich. »Das ist ruhigen Blutes leicht gesagt. Doch eine Nacht in den Armen deiner jungen Braut kann das alles ändern. Frauen üben einen ganz beson-

deren Reiz auf einen Mann aus. Deine Mutter, zum Beispiel …«

»Ich kehre sofort nach der Trauung auf die *Sea Hawk* zurück«, sagte Jack entschlossen.

»Hervorragend.«

Der Anflug von Bosheit in Roberts Lächeln entging Jack nicht. Dieser Mann war besessen von Rachegelüsten, fast so sehr wie Jack, und sie beide verfolgten das gleiche Lebensziel. Dennoch war Jack froh, daß er Robert davon hatte abhalten können, sich über seine Mutter auszulassen.

Robert war in Jacks Mutter verliebt gewesen. Diese Vorstellung überraschte Jack noch immer, obwohl er schon ein Jahr Zeit gehabt hatte, sich an diesen Gedanken zu gewöhnen – vor einem Jahr hatte Robert ihm nämlich von der wunderschönen Flora erzählt, und auch davon, daß sie die amourösen Aufmerksamkeiten des edlen zweiten Sohnes ermutigt hatte, den sie dann verächtlich abgewiesen hatte, als sie seinen älteren Bruder kennenlernte – Jacks Vater.

Nachdem Robert ihm von dieser seltsamen Dreiecksbeziehung berichtet hatte, hatte Jack sich gefragt, warum sein Onkel zusammen mit seinen Eltern nach Carolina gekommen war. Doch Robert schien Jacks Vater immer treu ergeben gewesen zu sein, und er war offensichtlich von seinem Tod noch immer sehr betroffen.

Wie Jack auch.

Wenn er an de Segovia gedacht hatte, hatte er sich manchmal gefragt, ob er jemals diese Haßgefühle überwinden würde.

Jack atmete tief ein, und er ballte eine Faust. »Bald komme ich aus St. Augustine zurück und werde dir berichten, daß ich diesen Bastard de Segovia getötet habe.«

»Auf diesen Tag warten wir alle.« Robert drückte die Schulter seines Neffen.

Jack verbrachte die restliche Zeit seines Besuchs damit, über Royal Oak zu sprechen, seine Plantage, die südlich von Charles Town lag. Dieses Land war seinem Vater zugesprochen worden, als er sich in Port Royal niederließ. Da Jack so oft auf See war, leitete Robert die Plantage für ihn.

Während des Gesprächs dachte Jack, wie lustig es sein würde, Miranda zu erzählen, daß ihr Verlobter nicht nur Pirat, sondern auch ein wohlhabender Landbesitzer war. Achselzuckend sagte er sich jedoch, daß ihr das sicherlich egal war. Würde sie jedoch jemals mit ihm auf der Plantage leben wollen? Jack hatte schon mit dem Gedanken gespielt, sich von der Seefahrt zurückzuziehen und seine Energien auf den Reisanbau zu konzentrieren. Er hatte sogar schon mit seinem Onkel darüber gesprochen. Aber das würde natürlich erst spruchreif werden, nachdem er de Segovia gefunden hatte. Und hoffentlich auch seine Schwester. Und dann würde Jack sich noch einmal mit dieser Frage befassen. Wenn überhaupt, würde eine Änderung seines Lebens sicherlich das Jucken an seinem Hals lindern.

»Jack, hast du mir zugehört?«

»Ja.« Jack durchforschte sein Gehirn nach dem, was sein Onkel gerade gesagt hatte. »Du willst noch mehr Land unter Wasser setzen. Ich halte das für eine vernünftige Idee. Reis bringt einen guten Preis.«

»Und er ist vor Piraten relativ sicher«, fügte Robert hinzu.

»Ja, tatsächlich.« Jack lachte. Er stand auf und ging zum Fenster. Es wurde langsam Zeit für ihn, zu Henry Chadwicks Haus zugehen, doch vorher mußte er noch etwas mit seinem Onkel besprechen. »Die *Sea Hawk* wurde von einem spanischen Schiff angegriffen.« Jack konnte nicht anders, er mußte die Reaktion seines Onkels genau beobachten, und dieser schien überrascht zu sein.

»Guter Gott, wann? Ich dachte, du hast angegriffen.«
»So ist es ja auch meist, doch diesmal nicht. Es ist vor drei Tagen passiert.« Er hielt einen Moment lang inne. »An der Mündung der Snebley-Bucht.«
Robert schüttelte den Kopf. »Entsetzlich. Aber es sieht ja so aus, als seist du unverletzt davongekommen.«
»Ja, aber zwei meiner Männer wurden getötet.«
Robert schnalzte mit der Zunge. »Eine Schande ist das. Aber ich vermute, daß ein Pirat jederzeit mit so etwas rechnen muß.«
»Das vermute ich auch.« Jack fuhr mit der Hand über das Tafelholz. »Aber wir haben uns in den Snebley-Bucht bisher ziemlich sicher gefühlt.«
»Weil sie so versteckt liegt?«
»Ja, und weil nur wenige Leute von ihr wußten.« Jack wußte, daß er das Thema eigentlich fallenlassen müßte, doch irgendeine Boshaftigkeit ließ ihn fortfahren. »Du bist einer dieser wenigen Menschen, Onkel Robert.«
»Ja, so ist es. Du hast mir gesagt, wo sie sich befindet. Wenn ich mich recht erinnere, sagtest du auch, daß Henry Chadwick von ihr wußte.«
»Ja.«
Robert ging zum Tisch hinüber, um noch mehr Wein einzuschenken. Jack schüttelte den Kopf bei diesem stummen Angebot. »Dann denke ich mal, daß andere sie auch finden könnten, wenn du sie gefunden hast. Vielleicht ist das spanische Schiff rein zufällig dorthin gelangt.«
»Da könntest du recht haben.« *Nur haben sie dort auf uns gewartet,* dachte Jack. Doch das sprach er nicht aus. Er hatte das ungute Gefühl, daß er sowieso schon zuviel gesagt hatte. Zwar glaubte er nicht wirklich, daß sein Onkel ihn verraten würde, wer aber sonst, fragte eine leise Stimme in ihm. »Nun muß ich aber wirklich gehen.«

»Ich bin doch sicher bei der Hochzeit willkommen, oder?«
»Ja.« Jack lachte und wünschte sich, er könnte die nagenden Zweifel zerstreuen. Dieser Mann war sein Fleisch und Blut. »Einer der Gründe meines Besuchs bei dir war ja, dich dazu einzuladen.«

Nie zuvor in ihrem Leben war Miranda derart gedrängt und gepiesackt worden. Sie wollte lesen oder eine Probe unter ihrem Mikroskop betrachten, doch zwei Kammerjungfern frisierten ihr Haar zu einer weichen Hochfrisur und arrangierten ein paar schwarze Locken über ihrer Stirn.
Ihr Korsett wurde eng geschnürt. Ihr Mieder glänzte mit Schleifen aus elfenbeinfarbener Borte, und die gleiche gerüschte Borte schmückte ihren Unterrock. Das scharlachrote Überkleid wurde hinten geschlossen und zog eine Schleppe über den Boden, von der Miranda annahm, daß sie sie noch vor Ende dieses Tages zu Fall bringen würde.
»Eure Ladyschaft sehen entzückend aus«, sagte Molly, die Kammerjungfer, die ihr Vater von seiner Freundin Mistress Denley ausgeliehen hatte.
»Oh, ja wirklich«, flötete Henry, als er in der Tür zu ihrem Schlafzimmer auftauchte. »Darf ich hereinkommen?«
»Natürlich, Papa.« Miranda drehte sich nach den beiden Kammerjungfern um. »Sind wir fertig?« fragte sie und fürchtete, daß sie noch mit weiteren Torturen aufwarten könnten. Doch sie nickten nur und verließen nach einem Knicks den Raum.
»Jack ist unten.«
»Wirklich?« Obwohl ihr Vater sicher gewesen war, daß der Pirat heute auftauchen würde, hatte Miranda insgeheim gehofft und sogar erwartet, daß er fortbleiben würde. Aber ein ganz kleiner Teil in ihr hatte die Vorstellung, so offen-

kundig von ihm zurückgewiesen zu werden, nicht gemocht; und doch hätte sie das einer erzwungenen Heirat vorgezogen.
Miranda seufzte und beschloß, noch einen letzten Kampf gegen das auszufechten, was geschehen sollte. Ihr war nichts eingefallen, um dieser Ehe zu entgehen – obwohl sie all ihren Verstand eingesetzt hatte. Vielleicht könnten sie und der Captain gemeinsam etwas ausbrüten. »Meinst du, daß ich mit Captain Blackstone ... hier sprechen könnte.«
»In deinem Zimmer?« Henry schien schockiert darüber zu sein, daß sie so etwas überhaupt vorschlagen konnte.
»Nun, es muß nicht unbedingt in meinem Zimmer sein, doch was könnte denn schon passieren, Papa? Ich bin so in diese Kleider eingeschnürt, daß ich mich kaum rühren kann.« Miranda nahm sich zurück, als sie bemerkte, daß die Wangen ihres Vaters sich röteten. »Ich muß wirklich etwas mit ihm besprechen – unter vier Augen.«
Ihr Vater schien verstimmt zu sein, als er den Raum verließ, doch er kehrte ein paar Minuten später mit dem Piratenkapitän im Schlepptau zurück.
Der sah überhaupt nicht mehr wie ein Pirat aus. Er war groß und gutaussehend, sein goldblondes Haar war ordentlich gebürstet, und sein kräftiger Körper steckte in modischer Kleidung. Seine bloßer Anblick beschleunigte Mirandas Pulsschlag.
Er trat ins Zimmer und schloß die Tür vor ihrem Vater, der murmelte, daß er im oberen Flur warten würde.
»Sie wollten mich sehen?«
»Ja.« Da er nun mit ihr im gleichen Zimmer war, verließ Miranda der Mut. Sie konnte viel besser denken, wenn er nicht bei ihr war, und sie hatte sich geirrt, als sie dachte, daß er nicht wie ein Pirat aussah. Obwohl er geschniegelt und

gebügelt war, war noch immer eine gewisse Wildheit um ihn, die alle Seide aus China nicht verbergen konnte.
Miranda ging zum Kamin hinüber, um ein wenig Abstand zu ihm zu schaffen. Als sie sich ihm wieder zuwandte, sah sie, daß Captain Blackstone sie beobachtete und daß in seinen Augen ein Glanz war, an den sie sich sehr gut erinnerte. Vielleicht hatte ihr Vater ja recht damit, daß er ihnen nicht allzuviel Intimität erlaubte. Miranda spürte in sich das größte Verlangen, sich aus ihren Kleidern zu befreien und sich um ihn zu schlingen – Pirat oder nicht.
Sie räusperte sich. »Wir müssen gemeinsam versuchen, die Meinung meines Vaters über diese Ehe zu ändern.«
»Warum?«
Warum? Was meinte er mit diesem Warum? Sie stellte doch normalerweise solche Fragen. »Weil wir sie beide nicht möchten«, sagte Miranda.
»Vielleicht«, stimmte Jack zu. Doch als er sie jetzt so vor sich sah, wußte er gar nicht mehr genau, was er eigentlich gegen diese Verbindung einzuwenden hatte. »Doch manchmal muß man Dinge nur deshalb tun, weil es richtig ist, sie zu tun.«
Mirandas Mund öffnete sich erstaunt. »Das ist aber sehr seltsam, daß Sie das sagen.«
»Warum seltsam?«
»Weil Sie ein … ich meine …« Sie wollte diese Unterhaltung nicht damit beginnen, daß sie den Captain beleidigte.
Aber er schien nicht beleidigt zu sein. Er schüttelte den Kopf und lachte in sich hinein. »Weil ich ein Pirat bin?«
»Nun, ja.« Sie konnte ruhig bei der Wahrheit bleiben.
»Und ist das der Grund, warum Sie sich so gegen eine Ehe mit mir wehren?«
»Nein … ja … vielleicht hat das etwas damit zu tun. Aber es ist nicht der Hauptgrund«, fügte Miranda hastig hinzu.

»Und der wäre?«
»Ich möchte einfach nicht heiraten.« Miranda hob die Hände. »Ich glaube, daß wir das beide nicht wollen. Es muß doch eine andere Lösung dieses Problems geben. Wir müssen ein paar logische Überlegungen anstellen.«
»Ich fürchte, daß es dafür zu spät ist.« Jack mußte über ihren Gesichtsausdruck lächeln, als er das sagte. Man hätte denken können, er hätte ihr vorgeschlagen, aus dem Fenster zu springen.
»Aber das ist doch lächerlich. Logik und Argumente ...«
»... zählen überhaupt nicht, wenn es um Gefühle geht ... Und darum geht es doch zwischen uns, Miranda.« Jack atmete tief ein und suchte nach dem besten Weg, ihr das zu verdeutlichen. Trotz all ihrer Kenntnisse über Planeten und die Erdanziehung und kleine, unsichtbare Tiere wußte seine zukünftige Braut sehr wenig über die menschliche Natur.
»Was wir getan haben, ist normalerweise Menschen vorbehalten, die miteinander verheiratet sind. Mitunter lieben sich ein Mann und eine Frau auch ohne die Sanktionierung durch eine Ehe.« Jack hob eine Hand, als er merkte, daß sie ihn unterbrechen wollte. »Doch darüber wird selten offen gesprochen.«
Der Captain hielt inne, und Miranda starrte ihn weiterhin an. Als er nichts mehr sagte, fragte sie stichelnd: »Und?«
»Und da Sie dem Polizisten und dem königlichen Steuerbeamten gesagt haben, daß Sie mit mir durchgebrannt sind, vermuten sie natürlich, daß wir ... nun, daß wir es getan haben.«
Miranda wirbelte herum und strich frustriert mit den Händen über die scharlachrote Seide. »Ich verstehe aber nicht ...«
»Herr im Himmel! Ihr Ruf ist ruiniert, wenn wir nicht heira-

ten. Und Ihr Vater, der Sie sehr liebt, wird zerstört sein.« Jack biß die Zähne zusammen. »Mehr müssen Sie auch nicht verstehen.«

Konnte er eine vernünftige Unterhaltung nicht einmal ohne Geschrei führen? Miranda schob das Kinn vor und sagte so leise wie möglich: »Vergessen Sie nicht, daß meine Lüge über mein Durchbrennen mit Ihnen nicht geglaubt wird, wenn wir nicht heiraten.«

»Das kommt noch dazu«, gab Jack zu. »Doch wenn es mir nur darum gegangen wäre, mich selbst zu retten, dann wäre ich schon in der vergangenen Nacht davongesegelt statt heute nacht.«

»Heute nacht?«

Sie sprach die Worte sanft aus, und Jack fühlte, wie seine Brust sich verkrampfte. »Ja. Sie müssen sich also keine Sorgen darüber machen, daß ich ... ich meine, daß ich nach der Trauung fortgehen werde.«

»Zum Plündern?« fragte sie. Miranda konnte nicht verstehen, warum sie so enttäuscht war. Er würde überhaupt nicht mit ihr zusammensein.

»Ja, zum Plündern«, sagte er, doch er hatte gezögert zu antworten, und Miranda hätte schwören können, daß er ihr nicht die Wahrheit sagte.

Schweigend sah Miranda zu, wie er abrupt kehrtmachte und das Zimmer ohne eine weitere Erklärung verließ. Da ihre letzte Hoffnung sich in Nichts aufgelöst hatte, begriff Miranda, daß sie ihn wirklich würde heiraten müssen.

Und danach würde er sie sofort verlassen. Diese Vorstellung hätte sie eigentlich erfreuen müssen, doch aus unerfindlichem Grund konnte sie die Erinnerung an ihre Mutter nicht aus ihrem Kopf verdrängen. Ihre Mutter, die geheiratet hatte und verlassen worden war.

Natürlich bestand da ein Unterschied. Ihre Mutter und ihr Vater hatten sich geliebt. Und Vater war davongegangen, um für sie alle ein besseres Leben zu schaffen, und hatte seine Frau nicht mitgenommen, weil das zu gefährlich war. Doch das hatte nicht verhindern können, daß ihre Mutter allein starb und sich ewig nach der Nähe ihres Mannes gesehnt hatte.

»Das ist wirklich nicht miteinander zu vergleichen«, murmelte Miranda vor sich hin. Doch als sie dem Captain nach unten folgte, nahm sie sich vor, herauszufinden, wohin er segeln würde.

Vierzehntes Kapitel

Doch das Ziel seiner Fahrt herauszufinden würde erst einmal warten müssen.

Als Miranda die Tür zum Salon erreichte, ergriff ihr Vater ihre Hand. »Ich habe die Kutsche vor der Tür halten lassen.«

Bis zur St.-Phillips-Kirche war es nicht weit, doch Miranda wehrte sich nicht gegen die Fahrt. Sie setzte sich neben ihren Vater und dem imposanten Captain Blackstone gegenüber. Er sagte kein Wort, und Miranda tat es ihm gleich und betrachtete angelegentlich ihre behandschuhten Finger.

Henry jedoch schien keinen Moment Ruhe zulassen zu können. Er sprach über das Wetter, die Reisernte und vieles andere mehr, was vielleicht die Spannung hätte lösen können, die schwer und feucht wie die schwüle Sommerluft zwischen ihnen hing. Und er schien sehr erleichtert zu sein, als die aus schwarzem Zypressenholz erbaute Kirche in Sicht kam.

Offenbar fürchtete ihr Vater, einer von ihnen könnte plötzlich seine Meinung ändern und sich aus der Tür stürzen. Lächelnd stellte Miranda sich vor, wie sie von der fahrenden Kutsche absprang, über ihre Schleppe stolperte und auf der schmutzigen Straße landete. Als die Kutsche ausrollte, sprang Henry von seinem Sitz auf. Er nahm Mirandas Hand, und zum ersten Mal seit ihrer Unterhaltung in ihrem

Schlafzimmer trafen sich ihre Blicke mit denen des Captains.
Sie verlor sich in den seegrünen Tiefen seiner Augen, und sie konnte sich erst von ihnen lösen, als Henry an ihrer Hand zog.
Nach dem Dämmerlicht in der Kutsche kniff sie die Augen vor dem hellen Sonnenlicht zu. Als sie sie wieder öffnete, kam ihr der Anblick wie aus einem Traum vor. Eine Gruppe von gut zwanzig Menschen stand vor der Kirche. Die meisten von ihnen waren hochrangige Bürger von Charles Town und Freunde ihres Vaters, die er offenbar eingeladen hatte. Doch etwas seitlich stand die Piratenbesatzung in auffallend grober, aber relativ sauberer Kleidung.
Miranda lächelte, als sie alle in ein lautes Hurra ausbrachen.
»Was, zum Teufel ...?« Unter dem Beifall seiner Besatzung ging Jack durch das enge Tor. Mit ein paar Schritten erreichte er die rauhen Gesellen. »Was macht ihr denn hier?«
»Wir wollen Ihre Hochzeit sehen, Cap'n«, sagte Phin und entblößte lächelnd seine vorstehenden Zähne. »Ihre und die Ihrer Ladyschaft.«
Noch ehe Miranda etwas sagen konnte, umfaßte Jack Phins Oberarm und zerrte ihn zur Seite. Er beugte sich so tief hinunter, daß sein Kopf dicht neben dem Ohr des Steuermanns hing. »Was, zur Hölle, macht ihr hier? Wer löscht die Ladung und nimmt Proviant auf? Wir müssen gleich nach dieser ... Hochzeit weg.«
»Machen Sie sich mal keine Sorgen, Cap'n. Ich und die Jungs kümmern uns schon darum. Die *Sea Hawk* wird pünktlich mit der Flut fertig sein.«
»Aber ...« Jack wollte schon sagen, daß die Piraten sich selbst in Gefahr brachten, verhaftet zu werden, wenn sie sich unter die feinen Leute mischten. Sein Nacken hatte zu jucken

begonnen, sobald er seine Männer entdeckt hatte, doch Miranda hielt ihn auf. Sie drängte sich zwischen die beiden Männer, griff nach Jacks Hand und zog daran. Jack war so überrascht, daß er Phins Arm losließ.
»Schikanieren Sie sie doch nicht, Captain Blackstone. Ich bin froh, daß Ihre Männer gekommen sind. Ich habe sie eingeladen.«
»*Sie* haben sie eingeladen? Sie? Wer gibt Ihnen das Recht, irgend etwas mit meiner Besatzung zu machen?«
»Sie mögen ja Ihre Leute sein, aber sie sind meine Freunde, auch wenn sie ...« Als sich Captain Blackstones Augen weiteten, hielt Miranda inne. »Auch wenn sie Seeleute sind«, beendete sie ihren Satz. »Und natürlich habe ich das Recht, zu meiner Hochzeit einzuladen, wen ich möchte.«
»Ach wirklich? Nun, dann lassen Sie mich Ihnen sagen ...«
Jacks Nase berührte fast die seiner Braut, doch irgend etwas, vielleicht Henrys wildes Räuspern, ließ ihn aufblicken.
Hinter Miranda standen einige Bürger von Charles Town aufgereiht, von denen keiner sein Interesse an dem verbarg, was er gerade hatte sagen wollen – einschließlich Graham Hicks, der Polizist, und Joshua Peterson, der königliche Steuerbeamte.
Jack schluckte, und ließ dann seine Lippen über ihre Wange gleiten. Ihre schockierte Miene war komisch. »Liebes, wie wundervoll von dir, daß du sie eingeladen hast. Aber es ist ja alles wundervoll an dir.« Als sie ihn noch immer mit offenem Mund anstarrte, ergriff Jack Mirandas Arm und drängte sie in Richtung Kirchentür. »Lassen Sie uns das hinter uns bringen, ja?« zischte er so leise, daß nur sie es hören konnte.
Die Bürger folgten ihnen in die kühle Zufluchtsstätte der Kirche, und Jack seufzte erleichtert auf. Wenn er diesen Tag überstand, ohne verhaftet zu werden, würde er sich glück-

lich schätzen können. Gottlob schienen sich die Dinge zufriedenstellend zu entwickeln.
Henry machte ihn mit dem anglikanischen Pfarrer bekannt – einen kleinen Mann mit mürrischer Miene, so als hätte er gerade in eine Zitrone gebissen. Doch er machte keine Bemerkung darüber, daß er Jack nie zuvor in seiner Kirche gesehen hatte, oder zu den Umständen dieser Hochzeit.
Wieder übernahm Henry es, die Unterhaltung in Gang zu halten, und Jack war froh darüber. Er wünschte, alle würden ihre Plätze einnehmen, damit sie beginnen konnten. Er schaute nach hinten, um zu sehen, ob es voranging, und bemerkte dabei eine kleine Gruppe an der Tür. Im nächsten Moment hörte er eine wütend erhobene Stimme: die von Phin.
»Gott im Himmel«, murmelte Jack vor sich hin. Er eilte den Mittelgang zurück und kümmerte sich nicht um die vorwurfsvolle Miene des Geistlichen. »Was ist los? Was geht hier vor?« Seine Männer sahen wie die blutrünstigen Piraten aus, die sie waren, obwohl sie sauber geschrubbt waren. Sie standen zusammengedrängt an der Tür, und der Polizist Hicks versperrte ihnen den Weg. Jack ballte die Hände zu Fäusten, um sich nicht im Nacken zu kratzen.
»Wir lassen ihn nicht hinaus, Cap'n. Was auch immer dieser Polizist hier sagt.«
Einen Augenblick lang fürchtete Jack, daß Phin ausspucken wollte, doch glücklicherweise tat er das nicht. »Wen hinauslassen? Um was geht es denn überhaupt?«
»Es ist schon gut, Captain. Ich werde hier warten.« King sagte das, der hoch aufgerichtet und mit über dem mächtigen Brustkorb verschränkten Armen dastand.
»Dieser Neger hier kann nicht in die Kirche kommen«, erklärte Polizist Hicks.

Jack blickte zwischen Hicks und King hin und her. Als er wieder sprach, war seine Stimme trügerisch leise. »Mr. Hicks, ich glaube, Sie verstehen das nicht. Mr. King ist Mitglied meiner Besatzung und ein geladener Gast.«

»Das ändert gar nichts. Er ist ein Neger ... und könnte ein entlaufener Sklave sein.«

»Mr. King ist ein freier Mann. Ich gebe Ihnen mein Wort darauf.«

Der Polizist machte mit einem wütenden Schnauben seine Ansicht über Jacks Wahrheitsliebe deutlich, und Jacks Finger legten sich locker um den Griff seines Schwertes. Hicks sah die Bewegung und griff zu seiner eigenen Waffe. Doch im nächsten Moment stieß eine sich entschuldigende Miranda gegen seinen Arm.

»Es tut mir so leid, Mr. Hicks«, sagte sie lächelnd zu ihm. »Jack, Lieber, was hat es mit dieser Verzögerung auf sich? Mein Vater geht schon ungeduldig auf und ab. Ach, hallo, King. Ich freue mich so, daß du zu unserer Hochzeit kommen konntest.« Während Miranda sprach, schob sie sich zwischen die Männer und trennte sie. Dann nahm sie den Arm des Schwarzen und schob ihren eigenen darunter. »Komm, wir werden einen Platz für dich finden«, sagte sie und führte ihn durch die Gruppe. Der Polizist Hicks trat beiseite, und der Rest der Piraten folgte Miranda und ihrem Begleiter.

Jack konnte nur stehenbleiben und ihr verblüfft nachstarren.

Als die Zeremonie begann, war Miranda müde und gereizt, sie hätte sich am liebsten in eine ruhige Ecke verzogen. Die Stimme des anglikanischen Priesters klang monoton, und Miranda seufzte. Diese ganze Sache war so albern, so ...

Miranda drehte leicht ihren Kopf, und ihr Blick fing den von Jack auf. Und in diesem Augenblick geschah etwas mit Mi-

randa, das sie weder erwartet hatte noch mit Logik oder auf irgendeine andere Weise erklären konnte.
Es war fast so, als würde ihr erst jetzt klar, was sie machte. Sie heiratete Captain Blackstone vor Gott und den Menschen.
Sie und ihr Großvater hatten sich oft über die Religion unterhalten, meist im Zusammenhang mit der Wissenschaft. Sie hatte keine sehr ausgeprägte Meinung darüber, welche Religion die richtige war, was zum Teil davon herrührte, daß sie mehrere studiert hatte. Don Luis war Katholik, und obwohl sie Länder kannte, die um die religiöse Vorherrschaft kämpften, hatte Miranda dafür kein Verständnis. Sie selbst hielt sich für überhaupt nicht fromm, und das war wahrscheinlich auch der Grund dafür, daß die Gefühle, die sie empfand, so unlogisch waren.
Worte durchdrangen die Litanei des Geistlichen. Worte wie Liebe und Ehre und Gehorsam. Dinge, die sie Captain Blackstone versprach. Dinge, die er ihr versprach.
Er hielt ihre Hand. Dahinter steckte keine Romantik. Man hatte es ihm gesagt. Doch niemand hatte verlangt, daß er ihre Finger drückte oder ihr unverwandt in die Augen schaute. Es sah ganz so aus, als spürte auch er dieses seltsame Gefühl, das sie ergriffen hatte.
Sie standen vor dem Altar, und die Stimme des Geistlichen schien zu verklingen. Miranda hatte den Eindruck, als könnte sie den Herzschlag des Captains durch seine Hand hindurch spüren. Und wundersamerweise schlug sein Herz im gleichen Rhythmus wie ihres.
Sie konnte seinen wilden und freien Duft riechen und erinnerte sich daran, wie es sich angefühlt hatte, als er sie berührte, als sie eins mit ihm wurde, und in diesem Augenblick spürte sie, daß es wieder geschah. Sie wurde eins mit ihm. Es war ein mystisches, magisches Gefühl und seltsam für eine Frau, die nur an Logik und Vernunft glaubte.

Der Priester schwieg und faltete die Hände, und Miranda erwartete, daß dieses Gefühl vergehen würde, doch das geschah nicht. Sie merkte, daß sie das Lächeln des Captains erwiderte und sich ihm sogar entgegenneigte, als er sie kurz umarmte.

Anschließend trat ihr Vater zu ihnen und küßte sie auf die Wange. In dem Gedränge um sie herum wurde Miranda von ihrem frisch angetrauten Ehemann getrennt. Sie sah ihn erst flüchtig bei der Rückfahrt zum Haus ihres Vaters wieder. Einmal mehr saß sie neben ihrem Vater.

Doch diesmal teilten sie die Kutsche mit dem Onkel des Captains, der Captain Blackstone ganz mit Beschlag belegte mit einem Gespräch über St. Augustine. Während Miranda vorgab, ihrem Vater zuzuhören, schnappte sie von dieser Unterhaltung auf, daß Robert dringend wollte, daß sein Neffe nach St. Augustine ging.

Und es wurde auch deutlich, daß das alles nichts mit seiner Piraterie zu tun hatte. Durch ihre Wimpern hindurch sah Miranda, daß sich der Kiefer ihres Mannes verkrampfte und daß sich sein Gesicht vor unterdrückter Wut anspannte. Sie hatte diesen Ausdruck schon einmal gesehen, als er dem Indianer zugehört hatte. Kurz bevor der Captain beschlossen hatte, nach Charles Town zurückzukehren.

»Hörst du mir zu, Tochter?«

»O ja, Papa ... was sagtest du gerade?«

»Ich sagte, daß es eine schöne Hochzeit war. Nun kann sich alles beruhigen.«

Miranda wurde einer Antwort enthoben, als die Kutsche unter dem Magnolienbaum vor dem Haus anhielt. Captain Blackstone stieg aus, erinnerte sich dann an sie und streckte die Hand nach ihr aus. Es war deutlich erkennbar, daß die Gefühle, die er während der Hochzeitszeremonie empfun-

den hatte, von seiner Wut verdrängt worden waren. Was konnte ihn nur so zornig gemacht haben?
Miranda war sicher, daß das etwas mit dem zu tun hatte, wohin er gehen wollte. Es war wie ein wissenschaftliches Puzzle. Sie hatte kleine Informationen gesammelt, und wenn sie die Regeln der Logik auf sie anwandte, würde sie die Antwort herausfinden.
Leider war der Empfang im Haus ihres Vaters nicht der rechte Ort, um Überlegungen anzustellen. Eine seltsam gemischte Gesellschaft drängte sich im Garten hinter dem Haus.
Als ihre Mutter noch lebte, hatte sie manchmal Gartenpartys in dem Haus in Essex gegeben. Miranda durfte an den Festlichkeiten teilnehmen, obwohl sie sich sogar schon in diesem jungen Alter lieber in der Bibliothek ihres Großvaters aufhielt als bei den Festlichkeiten der Abendgesellschaften ihrer Mutter.
Doch die Partys damals waren mit dieser hier absolut nicht zu vergleichen. Vielleicht, weil ihre Mutter niemals Piraten eingeladen hatte, dachte Miranda, als sie sich aufmachte, um Phin zu sprechen. Er lehnte neben Nat an einer Säule. Beide Männer schoben sich Schinkenscheiben in den Mund. Miranda sah, daß ihre Taschen mit Fleisch vollgestopft waren.
»Ich wollte mich noch einmal dafür bedanken, Phin, daß du hergekommen bist und alle mitgebracht hast.«
»Es war ...« Als Phin feststellen mußte, daß er mit vollem Mund nicht sprechen konnte, schlang er etwas von dem schmackhaften Schinken hinunter und fuhr fort: »Es war wirklich nett von Ihnen, uns einzuladen.«
»Ich dachte, daß das nur schicklich sei, da ihr ja« – Miranda zögerte vor dem Wort Ehemann –, »da ihr ja Captain Blackstones Besatzung seid ... und meine Freunde.«

Phin konnte ein Lächeln nicht unterdrücken und raffte dann mit seiner knorrigen Hand ein paar Kekse zusammen.

Miranda atmete tief ein. »Ich frage mich, wohin eure nächste Fahrt gehen wird.«

»Sie meinen St. Augustine?« Puderzucker hatte Phins Bart weiß bestäubt.

»Ja, das war es. Warum fahrt ihr dorthin?« Miranda zögerte. »Es ist spanisches Gebiet.«

Phins Augen wurden feucht, als er schluckte und würgte. »Ja, das ist es. Und de Segovia auch.«

Er spuckte den Namen förmlich aus, und Miranda durchsuchte ihr Gedächtnis. Wo hatte sie den Namen schon gehört. »Wer ist ...«

»Ihr habt hier ganz schön köstlichen Proviant«, sagte Phin. Seine Augen wurden schmal, obwohl er weiter lächelte. »Wenn Sie etwas über diesen verdammten Spanier wissen wollen, sollten Sie meiner Meinung nach Ihren Mann fragen.«

Phin schien keine Probleme damit zu haben, seinen Captain als Mirandas Mann zu bezeichnen. Sie befeuchtete ihre plötzlich trocken gewordenen Lippen. »Vielleicht hast du ja recht.«

Doch der Piratenkapitän neigte sich gerade ihrem Vater zu, und keiner von beiden schien wild auf eine Unterbrechung zu sein. Außerdem hatte sie eine viel bessere Idee. Sie wich einigen Damen aus Charles Town aus, die nicht genau zu wissen schienen, wie sie sich ihr gegenüber verhalten sollten, und steuerte auf den Onkel des Captains zu.

Er war so groß wie sein Neffe, doch bei weitem nicht so raumverdrängend wie dieser. Er sah ihr mit zur Seite geneigtem Kopf entgegen, und Miranda stellte fest, daß sie nichts für ihn übrighatte, und das war völlig untypisch für sie. Sie hatte natürlich mit manchen Menschen Meinungsverschiedenheiten, und die Piraten hatte sie anfangs auch nicht leiden können für das, was sie waren. Doch diese Abneigung war anders, tief verwurzelt und völlig irrational. Der Mann kam ihr sogar entgegen und beugte sich tief über ihre Hand herab, doch sie konnte ein ungutes Gefühl nicht abschütteln. Ihr Großvater würde das als Intuition bezeichnet und in Bausch und Bogen verworfen haben, und Miranda versuchte es auch.

»Bis heute hatte ich keine Ahnung davon, daß mein ... Mann einen Onkel in Charles Town hat.« Miranda erwähnte nicht, daß es noch viele andere Dinge gab, die sie von dem Piratenkapitän nicht wußte.

»Ach ja. Ich fürchte, daß Jack und ich als einzige von den Blackstones übrig geblieben sind, die von Schottland hierhergekommen sind.«

»Was für ein Jammer. Wie viele waren Sie denn?«

»Mein Bruder, seine Frau und ihre Kinder.« Robert Blackstone lächelte auf sie herab. »Jack und seine Schwester«, erklärte er. »Wir sind auf der Suche nach einem besseren Leben in die Neue Welt gekommen, doch es hat tragisch geendet.«

»Was ist geschehen?«

Robert seufzte. »Die Spanier aus St. Augustine haben uns eines Tages angegriffen und fast alle von uns getötet. Der Rest wurde von Don Diego de Segovia gefangengenommen.«

Da war dieser Name schon wieder. »Wurden Sie auch gefangen genommen?«

»Nein.« Sein Lächeln verhärtete sich so sehr, daß es Miranda schließlich fast wie ein Hohnlächeln vorkam. »Ich war nicht in der Siedlung gewesen.«

»Ich verstehe.«
»Damit muß ich seit damals leben.«
»Was geschah mit Captain Blackstone?«
»Warum fragst du nicht deinen Mann danach?«
Miranda erstarrte, als die tiefe Stimme über ihrer linken Schulter erklang. Sie drehte sich um, legte den Kopf in den Nacken und schaute zu Jack Blackstone auf. Er lächelte, doch in seinen wilden grünen Augen war keine Gnade. »Ich habe gerade ...«
»Ich habe dich gehört.«
»Oh.« Offenbar war er nicht gern Gesprächsthema.
»Dein Vater möchte dich sehen.« Jack nahm Mirandas Arm. »Wenn du uns bitte entschuldigen möchtest, Onkel Robert!«
»Aber mein Vater ist mit der Bowle beschäftigt«, protestierte Miranda, als Jack sie hinter sich her zur Veranda zerrte. Er beachtete sie nicht und gab den Männern, die ihm gratulierten, nur allerkürzeste Antworten. Als er die Tür geschlossen und sie beide damit nachdrücklich von den vielen Gästen abgeschottet hatte, wandte sich Jack seiner Braut zu.
»Was möchtest du wissen?«
»Ich ... ich verstehe nicht ganz.«
Seine goldblonden Augenbrauen hoben sich. »Du vergißt, daß ich in irgendeiner Weise mit dir bekannt bin. Und du stellst Phin und Robert Fragen über mich. Vielleicht solltest du einfach mich fragen.«
Miranda hob das Kinn. »Wirst du sie ... ehrlich beantworten?« Sie konnte nicht vergessen, wie oft er sie schon belogen hatte.
»Vielleicht.« Die Winkel seines Mundes hoben sich leicht.
»Ich möchte etwas über de Segovia erfahren.« Sie sah, daß der Hauch von Lächeln verschwand und der Ärger seine Augen verdunkelte.
»Warum?«

Miranda zögerte. Sie konnte das wirklich nicht beantworten. Sie wollte es einfach nur wissen. »Ich glaube, daß du versuchst, ihn zu finden.«

Jack hielt ihren Blick einen Moment lang fest. »Ich frage dich noch einmal, was dich das angehen sollte.«

»Weil ich deine Frau bin.« Die Worte hatten ihren Mund so schnell verlassen, daß Miranda sie nicht mehr aufhalten konnte, und sie konnte sehen, daß sie den Captain genauso schockierten wie sie selbst. »Ich meine ...« Sie versuchte, eine andere Erklärung zu geben, fand jedoch keine.

»Das geht dich wirklich nichts an, Miranda.«

»Du wolltest wissen, warum ich dich nicht gefragt habe.« Miranda wandte sich von ihm ab. »Deshalb. Weil ich nicht annahm, daß du es mir erzählen würdest.«

Er ergriff ihren Arm, noch ehe sie zwei Schritte hatte gehen können. »Er ist der Mann, der meine Eltern getötet und meine Schwester und mich gefangengenommen hat«, erwiderte Jack hastig und fragte sich dann, warum er sich überhaupt dazu hatte überreden lassen.

»Du bist ihm entkommen?«

»Scheint so.«

Miranda überging den Sarkasmus. »Und nun bist du hinter ihm her? Warum?«

»Meine Schwester ist ihm nicht entkommen.«

Miranda biß sich auf den Daumennagel. »Aber alles mögliche kann ihr geschehen sein in ... Wieviel Zeit ist seither vergangen?«

»Zwölf Jahre.«

»Zwölf Jahre?« Ihre Augen weiteten sich. »Aber du kannst doch nicht wirklich hoffen, daß ...«

»Du hast mich gefragt, warum ich hinter de Segovia her bin, und ich habe es dir gesagt.«

Miranda hatte noch weitere Fragen, doch mit einer einzigen Handbewegung bedeutete ihr Mann ihr, daß das Gespräch beendet war. Miranda seufzte, da ihr keine andere Wahl blieb, als vor ihm her in den Garten zurückzukehren.

»Da sind Sie ja«, brüllte Phin, als sich die Tür öffnete. »Ich dachte schon, Sie hätten sich davongeschlichen, noch ehe ich mein Glas zu einem Toast erheben kann.«

Mirandas Meinung nach hatte Phin sein Glas schon viel zu oft gehoben, doch er legte einen Arm um ihre Schultern und den anderen um die Taille seines Captains und erklärte ihnen, daß es die Pflicht des Steuermanns war, auf das Glück und den Erfolg der Jungvermählten zu trinken.

»Phin, ich glaube nicht, daß es nötig ist ...«

»Also, Cap'n, ich kenne doch meine Pflicht.« Als Phin seinen Arm von Miranda wegzog, schob er sie dabei gleichzeitig gegen Jack. Sie fiel gegen seine Brust und blieb dort. Phin schrie laut auf und erregte damit die Aufmerksamkeit aller.

»Auf den Cap'n und seine Braut.« Phin hob einen Silberpokal, der viel zu zart für seine Hand war, und stürzte dessen Inhalt mit einem Schluck hinunter.

Die meisten Gäste wechselten Blicke und folgten dann seinem Beispiel.

»Jetzt müssen Sie sie richtig küssen.« Phin versuchte, die Neuvermählten noch dichter zueinander zu schieben.

»Phin, du hast zuviel getrunken.«

»Das hat Sie doch noch nie gestört, Cap'n, wenn ich nicht im Dienst war, und Sie wissen genau, daß ich es nie übertreibe. Außerdem ist das Trinken das Recht jedes lebensprühenden Pir ...«

»Wenn du einen Kuß möchtest«, schrie Jack und versuchte damit, Phins letztes Wort zu stoppen. Herrgott noch mal, der Mann hatte ein loses Mundwerk, wenn er betrunken war.

»Dann sollst du auch einen Kuß haben.« Jack schwang Miranda in seinen Armen herum und hoffte dabei, daß der Polizist nicht das Wort Pirat aus Phins Mund gehört hatte.

Zum Beifall seiner Männer und dem schockierten »Ah« mehrerer Damen zog Jack Miranda in seine Arme und küßte sie kräftig auf die Lippen. Sie gab einen leisen Ton von sich, überrascht und voller Hingabe. Ihr Mund öffnete sich, und noch ehe Jack es sich versah, schoß seine Zunge in ihn hinein. Ihr Körper zitterte und schien dann mit seinem zu verschmelzen. Er fühlte, wie ihre Arme auf seinen hinaufglitten, bis sie sich um seinen Hals schlangen und ihre Finger sich in sein Haar gruben. Und alle Gedanken darüber, warum er das machte, schwanden aus seinem Kopf.

Sie war warm und weich, und sie duftete exotischer als der hochsommerliche Garten. Ihr Duft schien ihn zu umhüllen, machte ihn schwindelig und dazu bereit, mit ihr auf den mit zerstoßenen Muscheln bedeckten Weg zu sinken.

Er erinnerte sich daran, wie es sich angefühlt hatte, neben ihr zu liegen, ihren herrlichen Körper zu berühren und in ihrer Hitze zu versinken. Blut pochte in seinen Ohren und raste kochend hinab zu seinen Eingeweiden. Und währenddessen verschlang Jacks Mund Mirandas und genoß ihre Honigsüße.

Jacks Hände glitten ihren Rücken entlang. Die Seide war genauso weich und warm wie ihr Fleisch darunter, als er sie noch enger an sich preßte. Und sie ergab sich ihm bereitwillig und voll Leidenschaft.

Er kannte nur noch das überwältigende Verlangen, das ihn zu überschwemmen und zu verzehren schien, wann immer sie sich berührten.

Bis er plötzlich einen harten und krallenartigen Griff an seiner Schulter spürte. Jack drehte sich um, und die Realität überflutete ihn in einem einzigen entsetzlichen und ganz und gar peinlichen Moment. Henrys Finger gruben sich in seine Schulter, und das Lächeln auf seinen Lippen konnte die Wut in seinen Augen nicht überdecken. Miranda hing schlaff und erhitzt an Jack und atmete stoßartig. Jack konnte fast sehen, wie ihr Geist arbeitete, als sie die Frage zu formulieren versuchte, die sie stellen würde.

Was ist geschehen? Oh, Herr im Himmel, wenn er das bloß wüßte. Eben noch hatte er verhindert, daß sie alle gehängt würden, weil Phin fast herausgesprudelt hätte, daß sie Piraten waren, und im nächsten Moment hatte er seine Frau vor den Augen einer gaffenden Menschenmenge wild geküßt.

Jacks Blick glitt hinüber zu ihnen. All die Menschen, die im Schatten der immergrünen Eiche standen, schienen wie erstarrt zu sein und seine Besatzung ebenso. Herrgott noch mal, er hatte sogar eine Bande von Piraten schockiert!

Jacks Lachen klang gezwungen und seine Stimme rauher als sonst. »Nun, ihr wolltet einen Kuß, und den habt ihr bekommen.«

Erst wurden seine Worte nur mit Schweigen beantwortet, doch dann begannen die Gäste mehr und mehr zu kichern, um sich schließlich dem langen, mit Essen beladenen Tisch zuzuwenden.

Nicht jedoch Henry. Er blieb wie eine Bulldogge stehen. Unter Jacks kühlem Blick nahm er die Hand von dessen Schulter, doch sein Ton war zornig, obwohl er die Stimme so weit gesenkt hatte, daß die anderen Gäste nichts verstehen konnten. »Was sollte denn das eben sein?«

»Ich habe nur meine Frau geküßt«, preßte Jack hervor. Er machte Anstalten davonzugehen, doch Henry stellte sich ihm in den Weg. Jack hätte ihn zwar zur Seite drängen können, doch das hätte noch eine Szene gegeben.

»Hör mal«, begann Jack. »Phin wollte gerade hier vor allen verkünden, daß wir Piraten sind. Da ich der Meinung war, daß niemand von uns das haben wollte, habe ich etwas getan, um ihn abzulenken.«
»Indem du meine Tochter mißhandelt hast?«
»Nein.« Jacks Augen zogen sich zusammen. »Indem ich meine Frau geküßt habe.« Jack zwang sich zur Ruhe. »Falls du dich daran erinnern kannst, Henry, bist du dafür verantwortlich, daß sie meine Frau geworden ist. Und jetzt würde ich vorschlagen, daß du die Dinge auf sich beruhen läßt.« Damit ging Jack davon.
»Es tut mir leid, Tochter.« Henry atmete aus, und seine Schultern sanken nach vorn. »Das habe ich wirklich nicht gewollt.« Sein Blick fing ihren auf. »Ich wollte nie, daß man dir weh tut.«
»Das weiß ich, Papa, und es geht mir wirklich gut.« Miranda lächelte, obwohl ihre Knie noch immer weich waren. »Es war ja auch wirklich nur ein Kuß.« Obwohl ihr Vater zustimmend nickte, glaubte Miranda nicht, daß er das auch so sah. Und *sie* wußte es besser. Captain Blackstone hatte sie berührt, und sie hatte jeden Bezug zur Wirklichkeit verloren.
»Und, Papa, Phin wollte wirklich gerade laut mitteilen, daß sie Piraten sind.« Das Wort Piraten flüsterte Miranda nur noch.
Henry seufzte. »Ich hätte dir von Anfang an die Wahrheit sagen sollen. Ich bin für all das hier verantwortlich.«
»Es ist doch nichts Schlimmes geschehen.« Miranda berührte den Ärmel ihres Vaters. »Wirklich nicht.«
Jack stand abseits und beobachtete Miranda und ihren Vater. Er müßte sich bei ihr entschuldigen. Doch das würde bedeuten, daß er ihr wieder nahe kam, und genau das wollte er in diesem Augenblick nicht. Denn wenn er ihr nahe war, geschahen seltsame Dinge mit ihm.

»Cap'n.«
Jack drehte sich um und entdeckte einen zerknirschten Phin neben sich. Sein Kopf hing herab, und sein Filzhut wurde von seinen verkrümmten Händen zerquetscht. »Ich bitte Sie um Entschuldigung für das, was ich gesagt habe. Ich habe uns alle fast an den Galgen gebracht.«

»Das stimmt, Phin.«

»Das war das Trinken, Cap'n. Ich weiß, daß das keine Entschuldigung ist, aber ...« Er scharrte so sehr mit den Füßen, daß das Gras unter seinen salzverkrusteten Stiefeln ausgerissen wurde.

»Laß es uns einfach vergessen, Phin. Keiner von uns gehört hierher, und je eher wir von hier verschwinden, desto besser für alle.«

»Wie ich vorhin schon sagte: die *Sea Hawk* ist fertig zum Auslaufen.«

»Gut. Dann segeln wir mit der Morgenflut aus.« Jack riß seinen Blick von Miranda los und bedachte Phin mit einem Lächeln.

»Ich weiß, was Sie vorhin sagten, aber es ist nicht nötig, daß Sie heute nacht an Bord sein müssen.«

»Was?« Eben noch hatte er Phin verziehen, daß er sie alle fast an den Galgen gebracht hatte, und nun glaubte der alte Mann, daß er sich um Jacks Hochzeitsnacht kümmern müsse.

»Nein, das macht nichts. Wiederhole es bitte nicht.«

»Nun, ich wollte nur, daß Sie wissen ...«

»Ich glaube, daß ich das allein regeln kann, Phin.«

»Klar können Sie das.« Phin grinste anzüglich zu seinem Captain hoch. »Daran habe ich keinen Moment lang gezweifelt.«

Nicht lange nachdem Phil seinen romantischen Vorschlag unterbreitet hatte, begannen die Gäste, sich zu verabschieden. Die Piraten gingen als erste. Jack beglückwünschte sich selbst dafür, daß seine Männer sich unter die Mitglieder der Oberschicht von Charles Town gemischt hatten, ohne wegen Piraterie verhaftet zu werden, als er sich umschaute und entdeckte, daß No Thumb und der Polizist Hicks sich hitzig unterhielten.

»Herrgott noch mal, warum ist der denn nicht mit den anderen mitgegangen?« murmelte Jack vor sich hin, als er einer wohlbeleibten Matrone auswich, die die ersten abendlichen Moskitos von sich weg fächelte. »Leslie«, sagte Jack, als er seine Hand auf No Thumbs Schulter preßte. No Thumb fuhr mit wütendem Blick in seinen blassen Augen herum. Er haßte es, mit seinem Vornamen angesprochen zu werden, was Jack gerade deshalb gemacht hatte. Wenn er sich schon mit jemandem streiten wollte, sollte er das lieber mit seinem Captain tun.

»Was wollen Sie, Cap'n?« No Thumbs Ton war grob.

»Ich wollte mich nur verabschieden. Hast du gesehen, daß die anderen schon zum Schiff unterwegs sind? Du solltest jetzt auch gehen.« Jacks Stimme klang herrisch.

Einen Augenblick lang dachte Jack, daß der Pirat mit ihm diskutieren wolle – er hielt Jacks Blick länger als nötig stand –, doch schließlich gab er einen Seufzer von sich. »Ja, Cap'n. Aber würden Sie dann bitte dieser Landratte etwas über diese unsichtbaren Tiere erzählen, die im Wasser herumschwimmen. Er glaubt mir einfach nicht.«

»Darüber hast du dich gestritten?« Jack spürte, daß das Jucken um seinen Hals nachließ.

»Ja.« No Thumb war entrüstet. »Schließlich habe ich sie ja mit eigenen Augen gesehen.«

Jack bemühte sich, nicht zu lachen. »Er hat recht«, sagte er, als er sich dem Polizisten zuwandte. »Man nennt sie …

Moment mal.« Jack griff nach Mirandas Arm, als sie an ihm vorbeiging. »Meine Frau kennt sich damit am besten aus. Meine Liebe, Mr. Hicks würde gern alles über deine unsichtbaren Tiere erfahren.«

Nachdem Jack No Thumb davongescheucht hatte, blickte er zurück und sah einen entsetzt dreinschauenden Polizisten, der sich Mirandas Erklärung anhörte.

Als die Bediensteten Kerzen anzündeten, um die nächtlichen Schatten zu vertreiben, waren alle Hochzeitsgäste gegangen. Nur Miranda, Jack und Henry waren noch da und hatten sich auf die Veranda zurückgezogen.

Es war ein langer Tag gewesen, und Miranda war müde. Sie hatte noch mehr über ihren neuen Ehemann erfahren wollen, über seine Gründe, nach St. Augustine zu segeln, doch das würde ihr nun nicht mehr gelingen. Er machte sich schon zum Gehen bereit und sagte ihrem Vater, daß die *Sea Hawk* früh am nächsten Morgen lossegeln würde.

Miranda seufzte und zog damit unabsichtlich die Aufmerksamkeit beider Männer auf sich. »Ich ... ich glaube, ich sollte mich zurückziehen.« Dieser Augenblick des Abschieds war schwierig. Vor allem, weil sie sich nicht sicher war, ob sie sich überhaupt von dem Piraten trennen wollte. Aber es war offensichtlich, daß er schnell fort wollte. Er lief zwischen dem Sessel ihres Vaters und dem Fenster wie ein wildes Tier hin und her, das sich nach seiner Freiheit sehnte.

Als Miranda aufstand, knisterte ihr Seidenkleid leise. Sie beugte sich hinab und küßte ihren Vater auf die Wange. »Gute Nacht, Papa.« Dann sah sie sich ihrem Ehemann gegenüber. »Auf Wiedersehen, Captain Blackstone. Ich wünsche Ihnen eine erfolgreiche Reise.«

»Ich heiße Jack. Wir sind verheiratet ... und ich meine, es wäre wirklich besser, wenn Sie mich auch so nennen würden.«

»Na gut ...« Miranda streckte die Hand aus, und als er sie nahm, fühlte sie, daß sich die nun schon vertraute Hitze in ihrem Körper ausbreitete. Es war unerklärlich. Miranda versuchte, nicht darüber nachzudenken. Sie zog sich von ihm zurück und ging in Richtung Halle, als ihr noch etwas einfiel. »Jack«, sagte sie lächelnd. »Mr. Hicks hat sich wirklich für die animalcules interessiert.«

Jack machte einen Schritt auf sie zu und wurde plötzlich von seinen Gefühlen überwältigt. Er war verlegen, weil er sie dazu benutzt hatte, den Polizisten zu beschäftigen, während er No Thumb davonschickte, und sie wußte es offensichtlich auch. Doch das hatte nichts mit der Wärme zu tun, die ihn überflutete. Sie lächelte, und ihm wurde plötzlich klar, daß er sie nie wiedersehen könnte.

Er machte einen weiteren Schritt, doch noch ehe er ihr in die Halle folgen konnte, war Henry neben ihm, drehte ihn zu sich und dankte ihm für das, was er getan hatte.

»Du wirst es nicht bereuen, Jack. Du hast den Fehler, den du begangen hast, wieder gutgemacht. Und diese Ehe muß dein künftiges Leben nicht stören.«

Als Jack sich umdrehte, war Miranda verschwunden, und als er schließlich auf die Straße hinaustrat, hatte auch Henry ihm eine glückliche Reise gewünscht. Und er hatte ihm auch die Ladung bezahlt, die seine Besatzung zu Henrys Lagerhaus am Kai gebracht hatte.

Jack atmete tief ein und ging durch die schwüle Nacht davon. Glühwürmchen glitzerten in der Dunkelheit, als er sich vom Haus entfernte. Er konnte den Salzgeruch des Meeres riechen, der ihn anlockte. Dennoch zögerte Jack.

Seine Finger ballten sich zu Fäusten, und er verdammte sich selbst für seine Schwäche. Doch da gab es noch etwas anderes, das ihn anzog.

Jack machte auf dem Absatz kehrt und ging mit großen Schritten zurück zur Eingangstür des Chadwickschen Hauses.

»Was zum ...« Henry sah ihm in dem Lichtstrahl entgegen, der durch die geöffnete Tür herausfiel. »Was ist los, Jack? Was möchtest du noch?«

»Meine Frau«, konnte er nur sagen, während er sich ins Haus drängte und zur Treppe eilte.

Fünfzehntes Kapitel

Jack nahm zwei Stufen auf einmal. Als er auf dem Treppenabsatz kurz zögerte, hörte er Henrys Klage: »Du hast kein Recht …«

»Ich habe jedes Recht.« Jack drehte sich um und starrte zu dem alten Mann hinab, der sich am unteren Pfosten des Geländers festklammerte. »Wir sind vor Gott und den Menschen miteinander vermählt worden.« Jack fuhr sich mit den Fingern durchs Haar. »Ich habe jedes Recht«, wiederholte er sanft und stieg dann weiter die Treppe hinauf.

Henry folgte ihm nicht, und Jack nahm auf ihn keine Rücksicht. Er wollte Miranda, und er würde sie bekommen. Er verdrängte auch alle Gedanken daran, daß sie ihn vielleicht nicht würde haben wollen.

Als er vor der Tür seiner Frau stand, hatte er schon die Hand zum Klopfen erhoben. Er entschied sich dann doch anders und griff nach der Klinke. Piraten klopfen nicht an, Herrgott noch mal. Und in diesem Moment fühlte er sich wie ein Pirat, wie ein wilder, unabhängiger Freibeuter.

Miranda schrak zusammen, als er die Tür aufstieß. Sie starrte aus dem Fenster, und ihr geöffnetes Kleid hing ihr lose um die alabasterweißen Schultern. Sie preßte es gegen ihre Brust und sah ihm mit großen Augen entgegen, weil sie nicht wußte, was ihr bevorstand.

Das flackernde Licht der einzigen Kerze ließ sein goldblondes Haar und seine gebräunte Haut glänzen. Er trug zwar die Kleidung eines zivilisierten Mannes, doch es war nichts Zivilisiertes an ihm. Er sah wild und ungezähmt aus mit diesen bebenden Nasenflügeln und den angespannten Kiefermuskeln.

Er trat die Tür mit dem Absatz seines Stiefels zu und kam in die Zimmermitte. Mit gespreizten Beinen blieb er auf dem Aubusson-Teppich stehen, und mit geballten Händen auf den Hüften forderte er sie schweigend dazu heraus, ihm das Recht, hier zu sein, streitig zu machen.

Miranda schwieg. Ihr Atem wurde flach, und ihre Haut prickelte ... und sie wartete.

»Ich bin gekommen, um meine ehelichen Rechte einzufordern«, sagte er mit leiser und rauher Stimme.

Noch immer sagte Miranda nichts. Sie befeuchtete ihre trockenen Lippen, ließ ihren Blick über seine Gestalt wandern und schluckte.

Dann ließ sie ihr Kleid fallen. Noch ehe es ganz zu Boden gefallen war, streckte sie die Arme nach ihm aus.

Jack merkte nicht, daß er sich bewegte, doch plötzlich hatte er den Teppich überquert und Miranda zu sich hochgezogen. Sie war weich und warm, und als sich ihre Lippen berührten, stöhnte Jack auf. Der Kuß war wild und tief, und noch ehe er zu Ende war, waren Jack und Miranda schon auf ihr Bett gefallen. Die gesteppte Federbettdecke bauschte sich um sie herum, als sie sich auf der Matratze herumrollten, wobei erst Miranda oben lag und dann Jack.

Als seine Lungen nach Sauerstoff schrien, hob Jack den Kopf und sog Luft ein. Ihr Atem ging genauso heftig wie seiner, und sie schien völlig verblüfft zu sein über das, was hier geschah. Ihre Frisur hatte sich aufgelöst, und ihr Haar lag in einem wilden, schwarzen Durcheinander auf der hellrosa Tagesdecke. Ihre perfekten, feuchten Lippen war leicht geöffnet, und da er Miranda kannte, vermutete Jack, daß hinter diesen trägen blauen Augen eine Frage lauerte.

Doch sie bat nicht, sie forderte. Miranda griff mit beiden Händen in sein goldblondes Haar und zog seinen Mund wieder an ihren ... und Jack war verloren.

Die dünne Schicht an Kontrolle, die er vorgeschützt hatte, verschwand und ließ ein pulsierendes Verlangen zurück. Sein Mund glitt über ihre Haut, hetzte ihren zarten Hals entlang und verschlang das weiche Fleisch über ihrem Unterrock. Sie duftete nach Blumen, nach den süßesten und exotischsten Blumen, und er konnte nicht genug davon bekommen.

Als der dünne Baumwollstoff des Unterrocks ihm den Zugang zu ihr verwehrte, riß Jack ihn rücksichtslos auseinander. Sie bog sich ihm entgegen, als er ihre Brust mit seinen gierigen Lippen umfing. Sie stöhnte und griff nach seinem Kopf, als seine Zunge über die Spitze zuckte.

Seine Zähne knabberten und seine Lippen liebkosten, und in seinem Kopf pochte es genauso heftig wie in seinen Lenden. Er zog an ihrem Korsett, doch obwohl er die Bänder fand, verhedderten sie sich. Er schien seine Hände nicht lange genug von ihrem Körper lassen zu können, um sich auf die Bänder zu konzentrieren. »Kannst du ...?« Seine Stimme war rauh und klang in dem Tal zwischen ihren Brüsten halb erstickt.

»Laß mich.« Ihre Worte waren kaum mehr als ein Lufthauch. Sie bog sich vor, um an ihrem Rücken greifen zu können, doch diese Bewegung schob ihre Brust noch tiefer in seinen hungrigen Mund. Miranda stöhnte und zog an seiner Kleidung, statt an ihrer. Sie schob das Seidenjackett von seinen kräftigen Schultern. Seine Weste ließ sich nicht entfernen, doch sie schaffte es, sein Hemd aufzureißen und die Finger über die glatte Haut darunter gleiten zu lassen.

Frustriert ließ Jack von dem Korsett ab und schob die Hand ihren Oberschenkel hinauf. Ihre Beine öffneten sich, und feuchte Hitze hieß ihn willkommen und machte ihn restlos verrückt. Er zerrte an seiner Hose, schob den Saum ihres Unterrocks hoch und drang tief in sie ein.

Ihr gemeinsames erleichtertes Seufzen ging schnell in wilde Bewegungen über. Jack drang tiefer und härter in sie ein, und er verlor sich in einem leidenschaftlichen Rausch, der ihm jeden Gedanken raubte.

Und Miranda begrüßte jedes drängende Eintauchen ohne Scham und voller Wollust. Als sie spürte, daß sie davongetragen wurde und sich über die Erde erhob, krallten sich ihre Finger in den Stoff seines Hemdes. Sie flog, ja, sie segelte über den Wolken, wo der Himmel in den lebhaften Farben des Regenbogens explodierte. Gelbe, rote und violette Farbblitze zuckten hinter ihren geschlossenen Lidern und machten sie schwindelig.

Jack spürte ihre Entspannung, und sein eigener Höhepunkt überfiel ihn mit der Stärke einer Breitseite.

Anfangs konnte er nichts anderes tun, als zusammenzubrechen, während seine Beine mit ihren verschränkt waren und sein Gesicht in ihr süß duftendes Haar vergraben war. Das Hämmern in seinem Körper beruhigte sich etwas, und er versuchte, sich aus dem Abgrund wieder heraufzuziehen, in den er gerade abgestürzt war.

Kontrolle. Er mußte ein wenig Kontrolle zurückgewinnen. Doch er wollte nichts anderes tun als ihr in die Augen sehen und ihre süßen Lippen küssen. Jack stützte sich auf dem Ellbogen ab, musterte ihr Gesicht und sah erfreut den Ausdruck ungeteilten Staunens darauf.

Seine Lippen glitten sanft über ihre, einmal und dann gleich noch einmal, da sie sich so herrlich anfühlten. »Keine Schwerkraft?« fragte er, während er sanft gegen ihre Wange atmete.

Miranda Wimpern senkten sich, während sie tief einatmete. »Isaac Newton wäre sehr verwundert.« Sie fühlte sein Lachen in all den Körperteilen, die noch mit ihm verbunden waren. Mirandas Beine schlossen sich fester um seine.

Seine Körper bemerkte die Bewegung – und reagierte auf sie.

»Wie fühlt sich das an?«

Jack lächelte und knabberte an ihrer Nasenspitze. Ihm machte nicht einmal ihre Frage in diesem Augenblick etwas aus. »Himmlisch«, erwiderte er, und das schien ihr zu genügen.

Er rieb seine Wange an ihrer Stirn, küßte ihr Ohrläppchen und die Unterseite ihres Kinns, und dabei fühlte er, wie er sich in ihr ausdehnte und verhärtete.

Sein Mund fand ihren, und noch ehe er wußte, wie ihm geschah, verlor Jack einmal mehr jede Kontrolle. Er wollte sich ausziehen, ehe sie sich ein zweites Mal liebten. Wenigstens die Stiefel loswerden. Doch nichts schien ihn aufhalten zu können, nachdem er einmal begonnen hatte. Sein Körper brannte schon wieder nach Erleichterung, und als er die Haut am unteren Ende ihrer Kehle berührte, flatterte ihr Puls gegen seine Lippen.

So kurz nach ihrem ersten Höhepunkt konnte Jack kaum glauben, wie wild ihre Körper gemeinsam bebten, wie sehr sie sich aneinander klammerten, wie heftig sie sich mit der Flutwelle erhoben, bis diese den Scheitelpunkt erreichte und sich spiralförmig wieder senkte.

Diesmal rollte Jack von ihr herab zur Seite. Sie sah so zart und zerbrechlich aus, als er sie in die Arme nahm. Sein Seufzer

ließ die kleinen Locken an ihrer Schläfe flattern, als er seine Umarmung verstärkte.
Sie wand sich.
»Was ist? Habe ich dir weh getan?« Herrgott noch mal, er war grob und ungeduldig gewesen.
»Nein. Das ist nur mein Korsett. Ich bin das überhaupt nicht gewöhnt. Großvater hat immer gesagt, daß unsere Anatomie nicht dazu gedacht ist, so zusammengepreßt und verschoben zu werden.«
»Ich glaube, ich hätte deinen Großvater sehr gern gehabt.« Jack stützte sich auf seinen Ellbogen ab. »Dreh dich um, damit ich es öffnen kann.«
Diesmal ließen sich die Bänder viel leichter öffnen, obwohl Jack merkte, daß er sich dazu zwingen mußte, ihre Schulter und den Duft ihrer Haut nicht wahrzunehmen. Nachdem er das Korsett entfernt hatte und über ihren erleichterten Seufzer lächelte, schien es ganz natürlich zu sein, ihr das zerrissene Unterkleid auch auszuziehen.
Er versuchte, ruhig zu atmen, als sie entblößt auf dem zerwühlten Bett lag. »Soll ich ... auch deine Strümpfe ausziehen?«
Miranda nickte, doch Jack konnte das nicht sehen. Sein Blick glitt über ihren Körper. Er senkte den Kopf, und sein Haar streifte über ihre Haut, als er erst ein Knie und dann das andere küßte.
»Grübchen«, murmelte er, als er die Strumpfbänder löste und die Baumwollstrümpfe über ihre schlanken Waden hinunterrollte. Ihre Füße waren kitzelig, und Jack lächelte, als sie sie seinem Griff entzog.
Sie war nackt und schön, und er war schon wieder hart ... Herrgott noch mal, und nicht nur hart ... sondern gierig. Jack drehte sich stöhnend um und zerrte an seinen Stiefeln.

Als er zu Miranda zurückgekehrt war, hatte er sich keinen Plan zurechtgelegt, außer daß er seine ehelichen Rechte genießen wollte. Doch unterbewußt hatte er gedacht, daß er nur kurze Zeit mit ihr verbringen und zu seinem Schiff zurückkehren wollte.
Nun wollte er die Nacht mit ihr verbringen und mehr für sie tun, als sie nur zu lieben. Er wollte sie umarmen, wenn sie schlief, und wollte dann mit ihr aufwachen und sie noch einmal lieben. Er wußte, daß das dumm war, und trotzdem wollte er es so haben. Und wer oder was konnte ihn schon davon abhalten?
Er würde früh genug auf der *Sea Hawk* sein, um die Morgenflut nutzen zu können.
Als nächstes war seine Hose dran. Er schob sie über seine Hüften hinunter und löste die Seide von seinem Geschlecht. Sein Hemd war zerrissen, und er warf es zusammen mit seiner Weste beiseite, als er zur Tür eilte.
»Was machst du denn da?«
Jack drehte den Messingschlüssel im Türschloß herum. »Ich sorge nur dafür, daß wir nicht gestört werden.« Er konnte sich nicht vorstellen, daß es Henry sehr recht war, daß er sich in Mirandas Zimmer festgesetzt hatte, und er wollte keine unangenehme Überraschung erleben. Er hörte ein Kichern und drehte sich lächelnd zu seiner Frau um. Es schien, als hätte sie das gleiche gedacht wie er.
Sie richtete sich auf ihrem Ellbogen auf, und als er sie anschaute, verschwand das Lächeln von ihrem Gesicht. Ihre Augen verdunkelten sich, als sie ihn betrachtete, und Jack spürte, wie seine Brust vor männlichem Stolz anschwoll.
»Du bist noch attraktiver als David«, flüsterte sie, und sein Stolz verging.
»Wer, zum Teufel, ist David?« Mit drei Schritten durchquerte er den Raum, kniete sich aufs Bett und starrte auf sie herab.

»Nun, Michelangelos David. Die Statue, natürlich. Er soll das Inbild männlicher Schönheit sein, doch ich glaube ... Was ist los? Hast du noch nichts von Michelangelo gehört? Er war ein italienischer Künstler des sechzehnten Jahrhunderts ...«

»Ich weiß, wer er war.« Wenigstens glaubte er, sich zu erinnern, daß sein Lehrer in Schottland ihn erwähnt hatte. Doch das war so lange her, und Jack war nicht der beste Schüler gewesen.

Er legte sich aufs Bett und zog das Netz um sie beide herum. »Hast du dich mit diesem David oft beschäftigt?«

»Nein.«

Jack glaubte einen Hauch von Farbe in ihren Wangen aufsteigen zu sehen. Er sah sie forschend an. »Du scheinst aber eine ganze Menge über ihn zu wissen.«

»Ich habe eine Zeichnung der Skulptur gesehen. Er hat eine gute Muskulatur.« Miranda senkte die Wimpern. Wenn er sie so anschaute, wurde ihr warm.

»Muskulatur, ja?« Jack ließ seinen Finger von ihrem Schlüsselbein bis zur Spitze ihrer Brust herabgleiten. »Ich habe Muskeln.«

»Ich weiß.« Ihre Brustknospe verhärtete sich, und Miranda seufzte. »Deine Muskeln sind ziemlich groß.«

»Hm.« Sein Daumen glitt erst in ihren Nabel hinein und dann weiter nach unten.

»Ja, aber schließlich ist ja alles an dir ... groß, meine ich«, brachte Miranda heraus, während sie sich seiner Hand entgegenbog.

»Ist dir kalt?« Jack schlang das Leintuch um Mirandas Schultern und zog sie dichter an sich. Sie lag mit dem Kopf auf seiner Brust da, und ihre Beine umschlangen eines seiner Beine. Er hatte angenommen, daß sie sich wohl fühlte, bis er spürte, daß sie zitterte.

»Nein.« Ihre Stimme war schläfrig; es war schon spät, die Kerzenflamme war schon längst im heißen Talg erstickt, und nur das Mondlicht, das durch die Fenster fiel, erhellte noch das Zimmer.

»Diese Nacht erscheint mir nur so unwirklich zu sein.«

»Und deshalb zitterst du?«

Miranda hob den Kopf. »Ich kann kaum verstehen ... was ich empfinde.«

Jack seufzte und zog ihren Kopf an seine Schulter. »Ich kann es auch nicht verstehen.« Er fühlte sich immer weniger als großspuriger Pirat, je näher sich die Nacht dem Ende zuneigte. »Aber ich weiß, daß das nicht unwirklich ist. Morgen« – seine Finger fuhren durch ihr Haar –, »wenn die Sonne aufgeht, wirst du dich in der Wirklichkeit wiederfinden.«

»Ich habe nicht gesagt, daß ich das will.« Miranda wechselte ihre Position und legte sich halb über ihn. Ihre Beine verschränkten sich mit seinen, während ihre Hände über seine glatte Haut und die harten Muskeln glitten.

Mitternachtsschwarze Locken nahmen Jack die Sicht, und er hob die Hände und berührte das blasse Oval ihres Gesichts. Seine Finger umfaßten ihren Nacken, und er zog ihren Kopf zu sich herab. Diesmal liebte er sie langsam und sanft, bis die Leidenschaft sie wieder mitriß.

»Niemand muß wissen, daß du ein Pirat bist«, sagte Miranda, als sie aneinandergekuschelt dalagen. »Ich sage es niemandem, und ich bin sicher, daß Papa auch nichts sagen wird. Du könntest in Charles Town bleiben.«

»Miranda, ich ...«

»Ich weiß, daß de Segovia deine Familie ermordet hat, und das tut mir auch leid. Aber es wird dir nichts einbringen, wenn du ihn tötest – oder dich selbst in Lebensgefahr bringst.« Miranda war kurz vor einem Tränenausbruch und

kämpfte wild dagegen an. Jede ihre Reaktionen auf den Piraten war unvernünftig, irrational und völlig töricht, doch sie schien nichts dagegen unternehmen zu können. Und nun war sie auch noch drauf und dran, ihn zu bitten, bei ihr zu bleiben.
»Ich möchte auch, daß diese Nacht nie zu Ende geht«, flüsterte Jack an ihrer Schläfe. »Aber es muß sein. Die Spanier haben vor zwölf Jahren nicht nur meine Eltern getötet und mich gefangengenommen.« Jack atmete langsam aus. »Sie nahmen auch meine Schwester mit. Ich habe gesehen, wie sie sie fortgetragen haben.«
Jack setzte sich ruckartig auf und stopfte sich Kissen unter seinen Kopf. Miranda schmiegte sich an ihn. »Ich habe Elspeth seither nicht wiedergesehen.«
»Aber, Jack ...« Miranda zögerte. »... sie kann längst tot sein ... sie kann schon gestorben sein, als sie sie mitgenommen haben.«
»Nein. Ich habe noch einmal von ihr gehört, als ich zwischendurch in St. Augustine gewesen bin. De Segovia oder jemand anderer muß sie nach Spanien mitgenommen haben.«
»Woraus schließt du das?«
»Nachdem ich Captain der *Sea Hawk* geworden war, überfielen wir die spanische Feste. Elspeth war nicht mehr da ... und de Segovia auch nicht.«
»Doch jetzt ist er in die Neue Welt zurückgekehrt.«
»Ja.« Jacks Hand ballte sich zur Faust, und er rieb mit ihr an Mirandas Kinnlinie entlang. »Ja, jetzt ist er zurückgekehrt.«

Wenn es um de Segovia und seine Schwester ging, war er nicht vernünftig, dachte Miranda, als sie neben ihrem Mann lag und seinem starken Herzschlag lauschte. Sie konnte ihm deshalb keine Vorwürfe machen, dennoch konnten die mei-

sten Probleme nur mit vernünftigen Überlegungen gelöst werden.
Da Miranda darin sehr gut war, hatte sie nachgedacht, seit Jack eingeschlafen war. Sie seufzte und wünschte, sie könnte dieses Problem wirklich ganz durchdenken. Eigentlich hatte sie ja gleich zwei Probleme auf einmal zu lösen. Sie wollte nicht, daß Jack etwas bei seiner verwegenen Jagd auf de Segovia geschah, und sie wollte sich nicht von ihm trennen. So unvernünftig das auch sein mochte, Miranda wollte mit ihrem Mann zusammenbleiben – diese Nacht hatte ihr deutlich gezeigt, wie stark dieser Wunsch war.
Doch obwohl er sie zärtlich geküßt hatte, als sie ihm das sagte, hatte er ihr nichts versprochen. Schließlich sei er ja ein Pirat, hatte er gemurmelt, bevor ihm die Augen zufielen und er in den Schlaf glitt.
Er schnarchte leise, und Miranda wandte den Kopf, um ihn anzusehen. Stoppeln, die dunkler als sein Kopfhaar waren, verdunkelten seine untere Gesichtshälfte. Im Schlaf wirkte er nicht mehr so grimmig, obwohl noch immer eine gewisse Wildheit um ihn war.
Eine Wildheit, die sie liebte.
Die Morgendämmerung tauchte den Raum in perlmuttfarbenes Licht, als Jack ruckartig erwachte. Gott im Himmel, die *Sea Hawk* sollte mit der Morgenflut lossegeln, und er lag hier auf dem zerwühlten Bett herum. Aus einem ersten Impuls heraus wollte er aufspringen, doch dann bemerkte er die Wärme neben sich.
Jack drehte sich um und beugte sich hinab, um Miranda mit einem Kuß zu wecken – und entdeckte, daß sie schon hellwach war. »Ich muß gehen«, murmelte er widerwillig.
»Ich weiß.« Miranda setzte sich lächelnd auf. Das Leintuch schlang sich um ihre Taille, doch das schien sie genausowe-

nig zu bemerken wie die Tatsache, daß ihre Schulter gegen Jacks Kinn stieß, als er sie zu küssen versuchte. »Dann solltest du auch jetzt losgehen.«

»Losgehen?« Was war mit seiner sanften süßen Liebhaberin der letzten Nacht geschehen? Die Frau, die ihn nicht hatte gehen lassen wollen? »Ja. Nun, ich vermute, daß Phin sich schon Sorgen macht, was mit mir geschehen ist.«

»Ja.« Miranda schob ihr Haar beiseite. »Deine Hose liegt dort drüben.«

»Meine Hose.« Jack starrte auf den unordentlichen Kleiderstapel. So wie sie sich jetzt verhielt, war es kaum vorstellbar, daß sie sich die Kleidung in der vergangenen Nacht im Rausch der Leidenschaft gegenseitig heruntergerissen hatten. Er sah sie wieder an und versuchte, den Anblick ihrer Brüste zu ignorieren, die in einem cremefarbenen Weiß im Morgenlicht leuchteten.

Sie sprang vom Bett, und Jack stöhnte, als er sah, daß sie sich herabbeugte und ihm das Hemd zuwarf. Vielleicht war ja noch Zeit, ein wenig zu trödeln. Die Vorstellung, aufzuspringen, von hinten nach ihren runden Hüften zu greifen und tief in sie einzudringen, war sehr verlockend.

Doch sie schien dazu keine Lust zu haben. Noch ehe Jack seine Beine über den Bettrand schwingen konnte, hatte sie sich schon ihr Unterkleid übergestreift. Während er sie noch mit offenem Mund anstarrte, zog sie sich ein einfaches Kleid an und griff nach hinten, um es zu schließen.

Ihr Blick hob sich, glitt über seinen nackten Körper und fing schließlich seinen Blick auf. Ihr Mund wurde trocken, und ihr Puls beschleunigte sich. Doch jetzt war keine Zeit für sinnliche Gedanken, obwohl ihr Mann, angesichts seiner Männlichkeit, ihr nicht zustimmte. Miranda widerstand dem Verlangen, sich in seine Arme zu werfen.

Sie hatte anderes zu tun.

»Möchtest du dich nicht anziehen?« Mirandas Stimme war rauh.

Herrgott noch mal, war sie heute morgen kaltherzig. Er hatte noch nie eine Frau erlebt, die so wild darauf war, ihn loszuwerden. Nun ja, er konnte genau wie sie so tun, als hätte es die letzte Nacht nicht gegeben. Jack zerrte sich die Hosen an und fluchte innerlich, als sie über seinen harten Penis glitt.

Sein Hemd war zerknittert, und es fehlten mehrere Knöpfe, doch das war ihm egal, als er die Schöße in die Hose stopfte.

Miranda bürstete sich angelegentlich die Haare, ignorierte ihn völlig, und Jack wünschte, er könnte es ihr gleichtun.

Was war in sie gefahren? Hatte sie sich bei Tageslicht daran erinnert, daß er ein Pirat war und nicht zu ihresgleichen paßte? Oder beschäftigte sie sich einfach mit zu vielen anderen Dingen und konnte ihm daher keine Aufmerksamkeit mehr schenken? Er sah, daß sie mehrere Bücher aus einem Schrank nahm. Würde sie tatsächlich zu lesen beginnen, noch ehe er gegangen war?

Er fuhr eilig in die Stiefel und schob die Arme gleichzeitig heftig in das Seidenjackett. »Du mußt mich nicht hinausbegleiten«, sagte Jack, nur um ihre Aufmerksamkeit zu erregen.

Sie tauchte den Federkiel ins Tintenfaß.

»Oh.« Miranda sah auf. »In Ordnung.« Ihr Lächeln wirkte zerstreut.

»In Ordnung? Ist das alles?« Jack fuhr sich mit den Fingern durch sein verwühltes Haar. »Nach allem, was wir in der letzten Nacht miteinander gemacht haben, hast du nichts weiter zu sagen?«

Miranda sah mit großen blauen Augen zu ihm auf. »Was möchtest du denn von mir hören?«

»Was ich …?« Er stotterte. Dieses verdammte Mädchen brachte ihn doch tatsächlich zum Stammeln. Was, zum Teufel, hatte er sich in der vergangenen Nacht bloß eingebildet? Hatte er wirklich gedacht, daß er sich in sie zu verlieben begann? In Miranda Chadwick? Nein, nicht Chadwick, Blackstone. Sie war Miranda Blackstone. Doch bei der Aufmerksamkeit, die sie ihm an diesem Morgen zuteil werden ließ, hätte er ja auch ebensogut mit einem Fragen stellenden Buch verheiratet sein können!

Nachdem er sein Schwert angelegt hatte, griff Jack nach dem Türknauf. Sie sah erst auf, als er die Tür aufriß.

»Jack.«

»Ja?« Jack verfluchte die Aufregung, die ihn durchfuhr, als sie seinen Namen sagte.

»Viel Glück auf deiner Reise.« Noch ehe sie die Worte ganz ausgesprochen hatte, beugte sich ihr glänzender Kopf schon wieder über das Pergamentpapier.

Jack machte auf dem Absatz kehrt, stürmte aus dem Zimmer und war so wütend wie noch nie. Er trampelte die Treppe hinunter und verdammte dabei seine Frau, sich selbst und die Ehe im allgemeinen. Als er den Treppenabsatz erreichte, von dem aus er in die Halle hinunter schauen konnte, fügte er seinen Schwiegervater dieser Liste hinzu.

Währenddessen kaute Miranda am Daumennagel und starrte auf das Pergamentpapier. Sie hatte erst ein Wort geschrieben – *Papa*. Tränen füllten ihre Augen, während sie herauszufinden versuchte, wie sie das, was sie sagen mußte, am besten formulierte. Schließlich entschied sie sich für: *Mein Platz ist an seiner Seite.*

»Verdammt, Henry, warum schleichst du denn so früh am Morgen hier in der Halle herum?«

»Ich würde sagen, daß das offenkundig ist. Ich habe die ganze Nacht auf dich gewartet.«

»Nun, dann hast du eine Menge Zeit vergeudet.« Jack ging um ihn herum. »Ich muß zu meinem Schiff gehen.«
»Dein verdammtes Schiff interessiert mich überhaupt nicht. Wir müssen miteinander sprechen – und zwar *jetzt*.«
Nur wenige Menschen hatten Jack bisher so festgehalten wie Henry und es auch überlebt, um davon zu berichten. Jacks Hand schloß sich um das Heft seines Schwerts. Er zwang sich dazu, sich an die Jahre der Freundschaft zu erinnern, die sie beide verband. Seine Stimme war von der gleichen stählernen Härte wie die Klinge, die an seiner Seite hing. »Ich segele mit der Morgenflut.«
»Du schuldest mir ...«
Jack schüttelte Henrys Hand ab. »Ich schulde dir überhaupt nichts. Alle Schulden sind gestern beglichen worden.«
»Und wofür war dann die vergangene Nacht gut?«
Jack drehte den Kopf weg, weil er den flehenden Ausdruck in den Augen des älteren Mannes nicht ertragen konnte. »Was glaubst du denn?«
»Oh, Jack, wie konntest du das tun?« Henry rang die Hände und ging mit hängenden Schultern in den Salon. »Ich habe dir vertraut.«
»Was soll das, zum Teufel?« Zögernd folgte Jack ihm. »Ich habe sie doch geheiratet, oder nicht? Es ist ja nicht so, daß wir ...«
»Doch diese Bettgeschichte war nie Teil der Abmachung.«
»Diese Bettgeschichte war der Grund für die Abmachung«, betonte Jack. Er bemühte sich, ruhig zu bleiben und Henry zu verstehen. Doch um der Wahrheit die Ehre zu geben, hatte er Henrys Sicht der Dinge verdammt satt. Schließlich war es Henrys Sicht gewesen, die ihn in all dieses Durcheinander gebracht hatte.
»Ich werde nicht zulassen, daß du so über meine Tochter sprichst.«

Jack verdrehte die Augen und widerstand dem Drang, ihn daran zu erinnern, daß Henrys Tochter jetzt seine Frau war. »Hör mal«, sagte er und hob beschwichtigend die Hände. »Miranda geht es gut.« Jack erwähnte nicht, daß ihm diese Liebesnacht offenbar weit näherging als ihr.
»Gut? Wie kannst du so etwas behaupten? Das arme Kind ist mit Sicherheit völlig vernichtet. Das war *niemals* Teil unserer Vereinbarung.« Henry ging zum Kamin hinüber. »Das sollte nur eine Ehe auf dem Papier sein.«
»Nun, und jetzt ist es eben eine richtige Ehe. Und zum letzten Mal: Miranda ist nicht im geringsten vernichtet.« Er dachte daran, wie sie an ihrem Schreibtisch gesessen hatte und kaum mehr ein Nicken für ihn übriggehabt hatte. Und das nach all den Berührungen und der Lust in der vergangenen Nacht. Seine Kiefermuskeln spannten sich an, und er drehte sich Henry zu.
Auf genau diese Bewegung hatte Miranda gewartet. Auf Zehenspitzen eilte sie an der Salontür vorbei, öffnete vorsichtig die Tür und verschwand auf der Veranda. Die Sonne tauchte den Himmel in ein weiches Rosa, als sie auf die Straße hinaushastete.
Ihre Arme schmerzten von der schweren Last, die sie trug, doch Miranda hielt keinen Moment lang inne. Sie lief auf direktem Weg zum Kai. Sie konnte nicht abschätzen, wie lange ihr Vater Jack noch aufhalten würde. Ihr frischgebackener Ehemann hatte zunehmend ungeduldig geklungen über das Gerede ihres Vaters.
Die Gedanken an ihren Papa trieben ihr Tränen in die Augen, doch Miranda blinzelte sie einfach fort. Er mußte es verstehen. Wie oft hatte er gesagt, daß er wünschte, er hätte Miranda und ihre Mutter mitgenommen, als er in die Neue Welt gegangen war. »Mann und Frau sollten nicht voneinan-

der getrennt sein«, hatte er gesagt und dabei den Tod seiner Frau beklagt, noch ehe er sie zu sich hatte holen können.
Miranda wollte einfach nur sicherstellen, daß sie und ihren Mann nicht das gleiche Schicksal ereilte. Sie erwartete zwar nicht, daß sie sterben würde, denn sie fühlte sich wunderbar und war selten krank. Doch Jack war viel zu unbesonnen und ungestüm. Als sie in der vergangenen Nacht neben ihm im Bett gelegen hatte, nachdem er eingeschlafen war, hatte Miranda über all das nachgedacht, was er tun würde, und war zu dem Schluß gekommen, daß er sie bei sich haben mußte, um sich von ihr helfen zu lassen.
Leider konnte sie nicht davon ausgehen, daß er die Dinge genauso sah wie sie. Er konnte so halsstarrig sein, und daher mußte sie einfach raffinierter sein.
Doch sie wußte genau, daß Jack wütend sein würde, wenn er dahinterkam, und sie hatte Angst vor seiner Wut. Miranda versuchte, an ihrem Daumennagel zu knabbern, doch diese Bewegung schlug das Paket mit den schweren Büchern und mehrere Schachteln gegen ihr Bein. »Verdammt noch mal«, murmelte sie, als sie auf den hölzernen Kai humpelte.
Selbst so früh am Morgen war hier schon einiges los: Seeleute hievten sich Fässer auf die Schultern und Steuermänner schrien Befehle.
Miranda entdeckte die *Sea Hawk* und eilte zu ihr.
»Eure Ladyschaft.« Phin sprang von der Gangway herunter. »Wenn Sie gekommen sind, um sich von dem Cap'n zu verabschieden ... nun, äh ... er ist noch nicht wach.« Nicht um alles in der Welt würde Phin der frischgebackenen Ehefrau seines Captains verraten, daß ihr Ehemann in der vergangenen Nacht nicht auf sein Schiff zurückgekehrt war.
Phin hatte gedacht, daß sein Captain vielleicht klug genug

gewesen war, bei seiner Braut zu bleiben, doch daß sie jetzt allein hier war, bewies, daß er sich geirrt hatte.

»Ich suche Captain Blackstone nicht. Phin, könntest du vielleicht das hier nehmen?« Miranda schob dem überraschten Piraten ihr Bündel in die Hände, hob ihre Röcke und betrat die Gangway. Er folgte ihr zum Deck der *Sea Hawk*.

»Eure Ladyschaft ...« Phin kratzte sich am Bart, nachdem Miranda ihm ihre Sachen wieder abgenommen hatte. »Ich weiß zwar nicht genau, warum Sie hier sind, aber ...«

»Ich möchte, daß du mich versteckst. Ich würde den Frachtraum für einen guten Platz halten, doch du hast vielleicht eine bessere Idee.«

Phins Augen weiteten sich, und sein Mund klappte auf. »Was?«

»Du hast die Wahl«, wiederholte Miranda. »Doch wir sollten uns beeilen, weil der Captain jeden Augenblick hier sein kann.«

»Ich habe Ihnen doch schon gesagt, daß er noch in seiner Kajüte schläft.«

»Phin.« Miranda berührte seinen Arm. »Du mußt mich nicht anlügen. Captain Blackstone hat die Nacht in meinem Haus verbracht. Er wurde, nun ja, von meinem Vater aufgehalten, daher bin ich hierhergeeilt. Versteh doch, ich habe vor, ihn zu begleiten, doch ich glaube nicht ...«

»Der Cap'n wird Sie nicht nach St. Augustine mitnehmen.«

»Davon gehe ich aus, und deshalb mußt du ...«

»Aber das ist kein Ort für jemanden wie Ihresgleichen.«

»Phin, hör mir zu. Ich weiß, was ich tue.« Miranda legte ihre Bündel auf dem Deck ab. Mehrere Besatzungsmitglieder kamen herab und begrüßten sie, und Miranda wartete so lange, bis sie wieder allein waren. »Dein Captain braucht meine Hilfe, um seine Schwester zu finden.«

»Aber ...«
»Es gibt kein Aber dabei. Ich kann ihm helfen, und er wird sich nachher bei dir bedanken. Du weißt doch, daß er nicht zulassen wird, daß mir etwas geschieht.«
»Davon verstehe ich nichts.«
Miranda merkte, daß Phin langsam schwach wurde, doch die Zeit lief ihnen davon, und sie konnte sich nicht mehr länger mit ihm auseinandersetzen. »Phin, du mußt mich nach unten bringen und verstecken.«
»Aber, Eure Ladyschaft ...«
»Mach es jetzt, Phin.«
Der alte Pirat reagierte auf ihren Befehlston, so wie sie es gehofft hatte. Brummend streckte er die Hand nach Mirandas Reisetasche aus, doch Miranda kam ihm zuvor. Ihr Mikroskop war darin und ein paar andere Sachen, die nicht zerbrechen durften.
Miranda stieg nach Phin die Leiter unter Deck hinunter und dann noch weiter hinab. Phin nahm eine Laterne von einem Balken über ihren Köpfen und hielt sie vor sich. Ihr Licht konnte kaum die Dunkelheit erhellen. Miranda atmete tief ein. Im Frachtraum war es dunkel und muffig, und es roch nach Teer und Bilgenwasser, und zum ersten Mal beschlichen sie Zweifel an ihrem eigenen Plan. Doch sie schluckte und weigerte sich, auf Phins Einwände zu hören.
»Es ist ja nur für eine kurze Zeit. Nur so lange, bis wir auf dem offenen Meer sind, dann lasse ich dem Captain mitteilen, daß ich an Bord bin.« Miranda setzte sich auf ein Faß. »Bis dahin wäre ich dankbar dafür, wenn du mir immer mal etwas zu essen bringen und die anderen bitten könntest, mich nicht zu verraten.«
»Über die anderen brauchen Sie sich keine Gedanken zu machen. Doch der Cap'n ist ein ganz anderer Fall.«

»Mit Captain Blackstone werde ich schon fertig«, sagte Miranda. Doch als sie später in dem kleinen Lichtkreis der Laterne mit ihren Gedanken allein war, fragte sie sich, ob das tatsächlich stimmte.

Sechzehntes Kapitel

»Wohin willst du denn mit dem Fleisch?« Jack trank einen Schluck Grog.

Phin zögerte, sah schuldbewußt zu seiner Tasche herab, in der er, seiner Meinung nach, das Essen unsichtbar verstaut hatte, und dann schaute er seinem Captain in die Augen.

Als er sich den Mund abgewischt hatte, lehnte sich Jack gegen das Schanzkleid zurück. Das Summen der Unterhaltung in der Besatzungsmesse hörte auf, und Jack hatte den Eindruck, als würden alle Piraten gemeinsam den Atem anhalten, nachdem sie kurz zuvor noch ihr Essen hinuntergeschlungen hatten. Seit drei Tagen, seit sie den Hafen von Charles Town verlassen hatten, hatte Jack bemerkt, daß Phin Essen in seiner Kleidung versteckt hatte, und jetzt waren die Taschen dunkel vor Fett.

»Nun ja, Cap'n, ich gehe eigentlich nirgendwohin. Ich wollte nur ein wenig frische Luft schnappen, während ich mein Essen aufesse.«

»Ich verstehe.« Phin war wirklich kein sehr überzeugender Lügner. »Du hast in letzter Zeit recht viel gegessen.«

»Ich bin eben hungrig.« Phins graubewachsenes Kinn schob sich vor. »Wenn Ihnen das nicht paßt, dann …«

»Ganz und gar nicht.« Jack machte eine abwehrende Geste. »Deine viele Arbeit verdient auch mehr an Essen, das du zu dir nimmst.«

Phin straffte die Schultern. »Da können Sie recht haben, Cap'n.«
Jack hob den Zinnbecher zu einem kleinen Toast. »Ich habe mich nur gewundert, mehr nicht.«
»Da gibt es gar nichts zu wundern, Cap'n.«
»Ja, das ist mir jetzt klargeworden.« Jack lächelte.
»Ich geh jetzt.«
»Gut.« Jack stützte die Ellbogen auf die rohen Bretter, aus denen der Tisch bestand. Wie auf ein Stichwort hin nahmen die anderen Männer im Raum ihre Unterhaltungen wieder auf.
Jack sah Phin nach, als er davonging, und stand dann auf.
»Wir fragen uns, Cap'n«, Scar griff nach seinem Ärmel und ließ Jacks Handgelenk erst los, als der die Augenbrauen hob.
»Was fragt ihr euch, Scar?« Wenn das kein Versuch war, ihn davon abzuhalten, Phin zu folgen, dann wollte Jack gern vom Hauptmast herunterspringen.
»Es geht um unseren Angriff auf St. Augustine. Wieviel Beute werden wir wohl machen?«
Jack betrachtete seinen Ersten Kanonier einen Moment lang, ehe er antwortete. »Ich habe nicht die geringste Ahnung, und darüber haben wir doch längst gesprochen.«
»Ach, ja, Cap'n. Ich muß das vergessen haben.« Scar stopfte sich den Mund wieder mit Pökelfleisch voll, und Jack vermutete, daß Scar jetzt glaubte, daß er nun gehen konnte.
Jack schob seinen Stuhl über den harten Eichenboden. Keiner der Männer schien ihn anschauen zu wollen, als er aufstand. Etwas stimmte hier nicht. Er hatte das schon vermutet, doch jetzt war er sich dessen ganz sicher.
Er wußte nur noch nicht, was los war.
Eine Meuterei an Bord war immer möglich. Doch Jack glaubte nicht, daß seine Besatzung dazu fähig war. Außerdem,

wenn sie wirklich etwas in dieser Art vorhatten, würden sie es einfach tun. Und Meuterer stibitzten kein Essen.
Als Jack auf das Deck hinaustrat, dachte er, daß dieses Geheimnis ein Gutes hatte – es hielt ihn davon ab, ständig über seine Frau nachzudenken.

»Ich sage Ihnen, er weiß etwas.« Phin saß auf einem Wasserfaß und schaute zu, wie Miranda an ihrem Fleisch und dem Schiffszwieback herumpickte. Sie befanden sich in dem vorderen Frachtraum, der zwischen der Hauptluke und der vorderen Luke lag. Planken bedeckten den Ballast und hielten damit den Bereich relativ frei von Bilgenwasser.
»Erzähl mir noch mal, was er gesagt hat.« Miranda nagte an einem unappetitlichen Zwieback herum und schaffte es schließlich, ein Stück abzubrechen, ohne sich einen Zahn auszubeißen.
»Er hat mich gefragt, wohin ich mit dem Fleisch will«, begann Phin. »Ich bin sicher, daß er uns auf den Fersen ist.«
Miranda schluckte und seufzte. »Tja, ich glaube, man sollte ihm sagen, daß ich an Bord bin.« Sie nagte an ihrem Daumennagel. »Glaubst du, daß er jetzt noch umkehren wird?«
»Das weiß ich nicht. Der Cap'n ist ganz wild darauf, zu de Segovia zu kommen. Aber er wird Sie nicht mitnehmen wollen. Ich hätte Sie niemals an Bord lassen dürfen.« Phin kratzte sich das Kinn.
»Mach dir keine Vorwürfe, Phin. Ich habe doch darauf bestanden.«
»Aber Sie sind doch eine Frau.« Phins Stimme war fest. »Ich hätte es besser wissen sollen. Allein schon, daß ich Sie hier unten schlafen ließ – nur mit einer von Mäusen zerfressenen Decke, um die Feuchtigkeit abzuhalten …« Er schwieg und schüttelte den Kopf.

»Das war gar nicht so schlimm«, versuchte Miranda, ihn zu beruhigen. In Wirklichkeit war es hier unten in fast völliger Dunkelheit viel schlimmer gewesen, als sie sich jemals hätte träumen lassen.

»Ich bin schuld«, fuhr Phin fort, als hätte er ihren Einwurf gar nicht gehört. »Ich weiß wirklich nicht, wie ich das mit dem Cap'n klarmachen kann.«

»Daran hättest du früher denken sollen!« Die Stimme ertönte im gleichen Augenblick, da das modrige Segeltuch beiseite gerissen wurde, das Phin vor ihrem Versteck aufgespannt hatte. Miranda und Phin sprangen überrascht auf.

Jack Blackstone stand dort, und seine Hand lag locker auf seinem Entermesser. Sie erstarrte, und sein Unterkiefer sank herab, als er Miranda sah. »Herrgott noch mal!«

»B-bitte, Cap'n, ich kann alles erklären«, stammelte Phin, bevor er merkte, daß sein Captain ihn überhaupt nicht beachtete.

»Was machst du denn hier? Miranda?«

Ihr Mann schien seinen eigenen Augen nicht trauen zu wollen. Sie sah sogar, daß er blinzelte. Doch als er die Augen wieder öffnete, schien er sich damit abgefunden zu haben, daß sie es tatsächlich war, denn er griff nach ihrem Arm und begann, sie in Richtung Luke hinter sich herzuziehen.

»Bring die Laterne mit«, schrie er Phin über die Schulter zu. »Nicht, daß nach allem anderen, was hier schiefgelaufen ist, auch noch das Pulver Feuer fängt.«

Miranda bemühte sich, mit ihm Schritt zu halten, bis ihr ihre Sachen einfielen. Sie stemmte sich mit den Absätzen gegen ihn und griff nach dem Schanzkleid. Das hielt den Captain zwar kaum auf, doch er schien etwas zu bemerken, da er sich nach ihr umsah.

»Meine Sachen«, sagte Miranda. »Ich möchte meine Bücher und das Mikroskop nicht hier unten lassen.«

»Wir werden sie später holen«, sagte er in einem Ton, gegen den nicht einmal Miranda Einwände erheben mochte.
Er schob sie vor sich her, indem er ihre Hüften mit den Händen umfaßte, als sie zum Schlafdeck hinaufkletterten. Von dort aus war es nur noch ein kurzes Stück bis zur Kapitänskajüte.
Jack trat die Tür auf, schob sie hinein und schlug die Tür hinter ihnen zu. Er war fuchsteufelswild. Nie hatte er vermutet, daß seine Besatzung ausgerechnet seine Frau vor ihm versteckt haben könnte.
Sie fuhren zu einem Kampf mit den Spaniern auf deren eigenen Grund und Boden, Himmel noch mal. Man nahm Frauen nicht zu solchen Scharmützeln mit. Und schon überhaupt nicht hochwohlgeborene Frauen wie Miranda. Mein Gott, sie könnte getötet werden!
Seine Hände verkrampften sich. Um sich zu beruhigen, verschränkte Jack die Arme. »Nun«, sagte er mit zusammengepreßten Zähnen, »erkläre es mir.«
Er war wirklich furchterregend. Er stand, gut einen Kopf größer und doppelt so breit wie sie, vor ihr. Der goldene Ohrring blitzte durch sein zerzaustes goldblondes Haar, und sein Gesichtsausdruck war finster. O ja, er war von Kopf bis Fuß Pirat, und Miranda fragte sich, wie sie überhaupt jemals auf diesen dummen Gedanken gekommen war. Er sah nicht so aus, als brauchte er ihre Hilfe. Mit seinen starken Muskeln schien er sehr gut auf sich selbst aufpassen zu können.
Miranda schluckte.
»Nun!«
»Ich habe beschlossen, dich zu begleiten.«
»Was?« Jacks Ausruf wurde von den Wänden der Kajüte zurückgeworfen.
Miranda wand sich.

»Du hast beschlossen, mich zu begleiten?« Jack konnte es nicht begreifen. »Warum, zum Teufel?«
Miranda hatte seinen Ärger vorhergesehen. Sie hatte nur nicht gewußt, daß ihr das soviel ausmachen würde, denn bisher war das nicht der Fall gewesen. »Nun, ich bin deine Frau«, begann sie und hielt gleich wieder inne, als Jacks Augen sich ruckartig öffneten.
Jack ging zum Fenster und drehte sich dort abrupt um. Seine Augen glitten über sie hinweg und musterten das schmutzige Kleid und ihr verstrubbeltes Haar. Sie hatte einen Schmutzfleck mitten auf der Wange, den er ihr liebend gern mit dem Daumen abgewischt hätte. Doch er drängte dieses Verlangen genauso heftig zurück, wie er seinen Gesichtsausdruck kontrollierte. »Diese Ehe, die dein Vater arrangiert hat, besteht nur auf dem Papier. Also brauchst du mir auch nicht nachzuschleichen.«
»In unserer Hochzeitsnacht sah es nicht so aus, daß unsere Ehe nur auf dem Papier bestand«, erwiderte sie arglos.
»Das war etwas anderes. Es war …« Ihm fiel nicht ein, wie er den Unterschied erklären sollte, daher drehte er sich wieder um und starrte auf das indigoblaue Wasser hinaus.
»Ich verstehe«, erwiderte sie, als verstünde sie es wirklich, und das machte Jack nur noch wütender.
»Tu bloß nicht so, als wärst du von dieser Ehe angetan gewesen. Wenn du dich erinnern möchtest, hast du genauso heftig dagegen protestiert wie ich. Um Himmels willen, du hast dir ja kaum die Zeit genommen, mir auf Wiedersehen zu sagen, als ich vor ein paar Tagen gegangen bin.«
Mirandas Augen weiteten sich. Einen Augenblick lang glaubte sie, bei ihm eine Spur von Verwundbarkeit zu entdecken, in seinem Gesichtsausdruck, in seinen Worten. Doch er verbarg das so blitzartig mit einem wilden Blick, daß Miranda sich fragte, ob sie sich das nur eingebildet hatte. »Ja«, erklärte

sie nach einem tiefen Atemzug, »weil ich einiges vorzubereiten hatte. Und weil ich wußte, daß wir nicht lange voneinander getrennt sein würden.«

»Oh, das hast du gewußt?« Das Mädchen glaubte wohl, daß es mit ihm herumtändeln konnte. »Nun, diesmal wäre es, meiner Ansicht nach, vernünftig, wenn du dich verabschieden würdest.« Jack schlenderte zur Tür.

»Was hast du vor?«

Seine Hand griff nach der Klinke. »Das, was ich getan hätte, wenn ich dich gleich gefunden hätte. Ich werde umkehren.«

»Und was geschieht dann mit de Segovia?«

»Gott im Himmel, hätte ich dir doch bloß nichts erzählt«, murmelte Jack, während er sich gleichzeitig darüber wunderte, daß ihm das so natürlich vorgekommen war. »Ich werde de Segovia schon finden. Darüber mach dir mal keine Gedanken.« Er öffnete das Schnappschloß.

»Ich kann dir helfen«, sagte Miranda sanft.

»Was?« Jack drehte sich zu seiner Frau um. »Herrgott noch mal, Frau, wovon sprichst du eigentlich? Ich bin Gentleman Jack Blackstone, Captain des Piratenschiffs *Sea Hawk.* Meine Besatzung und ich sind überall gefürchtet. Wir brauchen keine Hilfe von einem kleinen Mädchen.«

Miranda wartete ruhig darauf, daß ihr Mann seine Rede beendete, dann fragte sie: »Weißt du, wo de Segovia ist?«

»Du weißt, daß ich es weiß. In St. Augustine.«

»Und wo in St. Augustine?«

Jack schob sein Kinn vor. »Ich werde ihn schon finden. Und wenn ich die ganze Siedlung auseinandernehmen muß, Palme für Palme.«

»Und was geschieht dann mit deiner Schwester, während du die Pflanzen zerpflückst?«

Jack starrte sie nur an. Verdammt noch mal, er haßte ihre

nicht enden wollenden Fragen. Er hatte wirklich nicht vor, einfach nur die Stadt anzugreifen, doch er hatte nichts übrig für den vernünftigen Ton seiner Frau. »Ich werde eine Möglichkeit finden, sie von ihnen zu trennen.«

»Aber ich kann dir dabei helfen.« Miranda sprach schnell weiter, noch ehe der Pirat dagegenreden konnte. »Ich spreche Spanisch wie eine Spanierin. Du hast mich ja bei unserem ersten Zusammentreffen sogar für eine gehalten. Wenn ich in St. Augustine an Land gehe ...«

»Herrgott noch mal!« Jack kam so schnell auf sie zu, daß Miranda unwillkürlich einen Schritt zurücktrat. »Glaubst du auch nur einen Moment lang, daß ich dich in diese spanische Höhle lassen würde?« Die Frau war verrückt, er hatte es schon längst vermutet. Noch ehe ihm diese wilde Anziehungskraft sein Denkvermögen verwirrt hatte.

»Die Spanier sind kein bißchen anders als du und ich. Einer der treuesten Freunde meines Großvaters und von mir ist Spanier und ...«

»Sie sind eine blutdürstige Bande«, beharrte Jack. Er mochte kaum glauben, daß sie die Menschen verteidigte, die seine Eltern getötet hatten.

»Manche sicherlich. Aber andere, wie Don Luis, sind freundlich und nett. Und genauso sind manche Engländer oder Schotten bösartig.«

Jack öffnete gerade den Mund, um ihr zu sagen, was er von ihrer Logik hielt, als das Klopfen an der Tür ihn unterbrach.

»Was?« schrie er, während er die Tür öffnete.

Phin, Scar, King und No Thumb standen im Niedergang. Sie kamen nicht näher und wichen auch nicht zurück, als ihr Captain sie anstarrte.

»Was, zum Teufel, wollt ihr hier?« Jack schätzte diese Unterbrechung ganz und gar nicht.

»Wir haben uns nur gefragt, wie es Ihrer Ladyschaft geht. Wir haben Sie hier unten herumschreien hören, Cap'n.«

»Ihrer *Ladyschaft* geht es bestens. Viel besser jedenfalls, möchte ich hinzufügen, als dem, der sie im Frachtraum versteckt hat.«

Phin errötete unter seiner Sonnenbräune. »Das war nicht meine Idee, Cap'n.«

Jack sah zu Miranda hinüber. »Da bin ich ganz sicher. Und trotzdem hast du ihr geholfen.« Als Jack daran dachte, daß seine zarte Frau unten in diesem dunklen, rattenverseuchten Frachtraum geschlafen hatte, schwoll seine Wut wieder an. »Wenn ich mich nicht täusche, habt ihr alle dabei mitgemacht.« Und er hatte vor, jeden einzelnen von ihnen zu bestrafen.

»Also, Cap'n, ich bin fast sicher, daß ihr Hiersein gar keine so schlechte Idee ist.« Das kam von Scar, der langsam näher trat. »Sie könnte sicherlich de Segovia für Sie ausfindig machen.«

Jacks Blick fand Mirandas. »Mit wie vielen Leuten hast du eigentlich diesen absurden Plan besprochen?«

»Nur mit Phin ... und mit dir.«

»Und Phin hat die gesamte Besatzung davon unterrichtet, vermute ich mal«, sagte Jack und durchbohrte seinen Steuermann mit scharfem Blick.

»Ach, Cap'n, wir versuchen einfach nur, die Dinge logisch zu durchdenken.«

Jack fiel das Kinn runter, als Phin das sagte. Guter Gott, wo hatte er denn diese Worte schon gehört?

»Sie möchten sich an de Segovia rächen, und niemand von uns macht Ihnen daraus einen Vorwurf.« Die Männer murmelten ihre Zustimmung dazu. »Doch Sie haben bisher nicht allzuviel Glück gehabt.«

»Ich wußte ja auch nicht, wo sich der Mann aufhielt.«

»Das stimmt zwar, aber Sie wissen es noch immer nicht genau. Jedenfalls nicht, wo er sich in St. Augustine aufhält. Und wir können schließlich nicht bis in alle Ewigkeit nach ihm suchen.«
Jack konnte kaum glauben, was er da zu hören bekam. »Wenn du dich erinnern möchtest, haben wir auf der Suche nach ihm einen ganz schön deftigen Gewinn gemacht.«
»Ja, das haben wir.« Phin nickte, und die anderen Männer taten es ihm gleich. »Aber die Beute wird langsam geringer, das wissen Sie genausogut wie ich. Schließlich sind nicht mehr allzu viele fette spanische Galeonen unterwegs. Wir müssen zu anderen Meeren segeln.«
»Vermute ich richtig, daß du vom Indischen Ozean sprichst?«
»Ja, Cap'n«, ließ Scar sich hören, doch nach einem warnenden Blick von Phin hielt er wieder den Mund.
»Also, Cap'n, es geht das Gerücht um, daß ein Pirat dadurch reicher als Midas werden kann, wenn er Gold von diesen Mogulenschiffen herunterholt.«
Jack erwiderte nichts. Er versuchte, die Spannung in sich zu beherrschen.
»Wir schlagen ja nicht vor, daß wir de Segovia aufgeben sollten, denn wir alle wissen, wie wichtig sein Tod für Sie ist. Aber wir glauben, daß es am besten wäre, wenn wir das so schnell wie möglich hinter uns brächten.«
Phin bewegte sich verlegen unter dem schweigenden und vernichtenden Blick seines Captains, doch er nahm all seinen Mut zusammen und fuhr fort: »Und wir glauben auch, daß Ihre Ladyschaft dabei sehr behilflich sein kann.«
Das war Meuterei, eine gottverdammte Meuterei. Und seine Frau war mitten drin!
Jack drehte sich ihr zu, doch sie erwiderte seinen Blick nicht. Phin hatte das gleiche Problem, doch er war kühn genug,

nicht seine Schuhspitzen anzuschauen, wie Miranda das gerade tat.

Jacks Stimme war gefährlich leise. Wer ihn nicht kannte, hätte glauben können, daß ihm an dieser Diskussion lag, doch die Piraten und auch Miranda wußten es besser. »Es sieht so aus, als wäret ihr alle einer Meinung – ohne meine Ansichten oder Wünsche zu berücksichtigen.«

»Nein, Cap'n, das ist überhaupt nicht wahr. Wir kennen Ihre Gefühle über de Segovia und Ihre Schwester. Deshalb wollen wir Ihnen ja helfen.«

Jack ignorierte Phins Erklärung. »Und ihr habt allem zugestimmt, ohne daran zu denken, wer der Captain dieses Schiffes ist.«

»Das haben wir nicht vergessen«, mischte sich Scar ein.

»Gut. Dann werden wir jetzt mit der *Sea Hawk* kehrtmachen und meine *Frau* nach Charles Town zurückbringen.«

Niemand rührte sich.

Die Luft in dem überfüllten Raum war schwer und knisterte fast wie kurz vor einem Blitzschlag. Jack behauptete sich zwar, doch er spürte, daß er mehr und mehr an Boden verlor.

Schließlich war es King, der die Satzung ins Spiel brachte. Er trat vor, und die anderen Besatzungsmitglieder ließen ihn mit einer Bewegung durch, die Jack vermuten ließ, daß alles geplant war. Der große schwarze Mann hob langsam die Hand. Er war fast so groß wie Jack, und obwohl er in Schultern und Brust nicht ganz so breit war, war er doch ein furchterregender Anblick mit seinem wilden Gesichtsausdruck und den Tätowierungen.

Trotzdem hatte King ein sanftes und treues Gemüt, und Jack fühlte sich regelrecht verraten, als King zu sprechen begann.

»Gemäß der Satzung haben wir alle ein Stimmrecht in dieser Angelegenheit.«

»Und ihr habt auch sicherlich schon abgestimmt?«
»Nein, Cap'n, noch nicht«, sagte Phin. Es war deutlich, daß ihn das alles aus der Fassung brachte. »Aber am Ausgang gibt es wohl wenig Zweifel, wenn wir abstimmen.«
Jack hatte auch keine Zweifel. Er drehte sich um und ging in die Kajüte. Die Piraten folgten ihm.
»Lassen Sie uns nicht abstimmen, Captain.« King legte die Hand auf Jacks Arm. »Die Männer können nicht weiter sehen als bis zur Aussicht auf Gold im Osten.«
Jack atmete heftig aus. »Ich scheine keine Wahl zu haben.« Er kannte die Satzung, unter der die *Sea Hawk* fuhr, mehr als genau. Er hatte sie mit verfaßt, doch sie war noch nie gegen *ihn* angewendet worden – bis jetzt.
In der Vergangenheit hatte er seiner Besatzung genügend Gelegenheiten gegeben, sich gegen ihn zu stellen, doch das hatten sie nie getan. Ihre Aktivitäten in der Karibik, die sie hauptsächlich deshalb unternommen hatten, weil Jack de Segovia finden wollte, hatten sie reich gemacht.
Doch jetzt, da sich alles um Miranda drehte, trotzten sie ihm, und er wußte nicht, was er dagegen unternehmen konnte.
»Wir schrecken wirklich nicht davor zurück, nach St. Augustine zu gehen, Cap'n. Wir stehen alle hinter Ihnen.«
»Ja, Cap'n, Sie können sich jederzeit auf mein Entermesser verlassen.«
Aber nicht auf dich, dachte Jack, sprach es aber nicht aus.
»Wir möchten einfach nur, daß wir es erfolgreich hinter uns bringen, damit wir weitermachen können.«
»Ja, das stimmt«, meinte No Thumb. »Wir möchten einfach zu diesen Mogulschiffen kommen, solange es noch Gold zu ergattern gibt.«
Jack wollte ihnen sagen, daß sie dann selber weiterfahren sollten, daß sie die *Sea Hawk* nehmen und zum Indischen

Ozean segeln sollten. Doch er unterließ es. Er war lange genug Pirat gewesen, um zu wissen, daß sie nichts übrighatten für ein Besatzungsmitglied, auch wenn es der Captain war, das sich gegen die Mehrheit stellte.
Und Gott allein wußte, daß er mit ihnen zusammen nach St. Augustine segeln wollte. Er glaubte nicht, daß er eine Chance hatte, ohne das Schiff und seine Besatzung seine Schwester zu finden und den Tod seiner Eltern zu rächen.
Doch er kümmerte sich nicht um das, was sie sagten: Er würde Miranda nicht in Gefahr bringen, auch wenn sie der Grund für all dies hier war.
»Wir gehen dann jetzt wieder, Cap'n«, sagte Phin. Er ging rückwärts zur Tür, und die anderen Piraten schlossen sich ihm an. Als die Tür hinter ihnen zufiel, wandte sich Miranda ihrem Mann zu.
»Worüber haben sie denn gesprochen? Abstimmen ... ich verstehe das nicht.«
Er wollte jetzt nicht mit ihr sprechen, und noch weniger wollte er eine ihrer zahllosen Fragen beantworten. Doch Jack zwang sich dazu, sie anzuschauen. »Piraten sind freie, unabhängige Männer, die viel weniger von Gesetzen und Gesetzeshütern halten als normale Menschen. Sie haben all das hinter sich gelassen, als sie Piraten wurden.« Während er sprach, beschäftigte sich Jack damit, ein paar Hemden und Hosen zusammenzusammeln. »Sie befolgen auch ungern Befehle.«
»Aber du bist der Captain.«
»Nur, weil sie mich dazu bestimmt haben. Sie können mich jederzeit abwählen.«
»Das haben sie dir also angedroht?«
Jack sah auf, während er sein Rasierzeug in den Kulturbeutel stopfte. »Wie schlau du bist.«

Der Sarkasmus in seiner Stimme ließ Miranda das Kinn heben. »Es ist nicht meine Schuld. Ich habe nie vorgeschlagen, dich abzusetzen – oder zum Indischen Ozean zu segeln.«

»Nein!« Jack warf den Segeltuchsack auf die Koje. »Aber du hast dich auf meinem Schiff versteckt und meine Besatzung dazu gebracht, das vor mir geheimzuhalten.«

»Ich habe das nur getan, weil ich helfen wollte.«

»Nun, ich brauche und wünsche deine Hilfe nicht.« Jack ergriff den Kleiderstapel, den er zusammengeworfen hatte. »Ich wünschte, ich hätte dieses britische Schiff nie angegriffen«, murmelte er, bevor er zur Tür ging.

»Wohin gehst du?« Miranda verstellte ihm schnell den Weg. Das lief hier anders, als sie geplant hatte. Sie wußte, daß er wütend war, doch sie dachte, wenn sie alles jetzt vernünftig besprechen würden ...

»Zum Quartier der Besatzung.« Jack hob sie problemlos zur Seite. »Die Kajüte steht dir zur Verfügung.«

»Aber sie gehört dir.« Miranda fühlte dumme und unvernünftige Tränen in sich aufsteigen.

»Vielleicht, doch ich kann dich nicht mit gutem Gewissen länger im Frachtraum schlafen lassen. Und obwohl mir klar ist, daß du der Liebling der Besatzung bist, glaube ich nicht, daß es sich für dich gehört, dich bei ihnen aufzuhalten.«

»Aber ich dachte ... wir würden ... gemeinsam in deiner Kajüte bleiben.« Hitze stieg in Miranda auf und verfärbte ihre Wangen.

Er starrte auf sie hinab, schluckte und wünschte, daß diese Vorstellung ihn nicht locken würde. »Ich halte das für keine gute Idee«, sagte er nur, drehte sich um und verließ die Kajüte.

»Sie sehen heute morgen nicht sehr fröhlich aus. Und dabei dachte ich, daß es ein Glück für Sie ist, daß Sie aus diesem nassen Frachtraum heraus sind.«
»Oh, das ist es auch, Phin.« Miranda war an Deck, hielt sich an der Reling fest und ließ sich den Wind durch die ungebändigten Haare wehen. Als sie an diesem Morgen aufgewacht war, hatte alles sie hinauf in den Sonnenschein gedrängt, und seither konnte sie kaum genug bekommen von der frischen Luft und dem Licht.
Doch obwohl ihr Körper sich erholt hatte, war ihr Geist wirklich nicht sehr fröhlich, wie Phin es genannt hatte.
Sie fühlte sich ziemlich durcheinander, als sei ihr all ihr Humor abhanden gekommen, und dafür gab es nur einen einzigen Grund. Mirandas Blick wanderte zum Achterdeck und kehrte dann ruckartig zurück, als sie sich daran erinnerte, daß Phin sie beobachtete.
»Haben Sie sich mit dem Cap'n gekabbelt?« fragte er, während er sich den Bart kratzte.
Kabbeln war zwar nicht ganz der richtige Ausdruck, doch Miranda nickte. »Er ist sehr ungehalten über mich.«
»Und mit Recht, schätze ich mal.«
»Was?« Miranda sah ihn blinzelnd an. »Ich dachte, du wärst auf meiner Seite. Du hast doch gesagt, daß ich ihm bei der Suche von de Segovia helfen solle. Du sagtest ...«
»Ist doch egal, was ich gesagt habe.« Phin stützte die sehnigen Arme auf der Reling ab. Er bevorzugte noch immer seine rechte Seite, doch die linke heilte, dank Miranda, gut ab.
»Aber ...«
»Machen Sie sich doch nicht verrückt. *Ich* glaube ja, daß der Cap'n Ihre Hilfe gebrauchen kann. Und er muß diesen de Segovia wirklich töten, Himmel noch mal. Doch das heißt

natürlich nicht, daß er nicht Grund genug hat, dort oben auf dem Achterdeck vor sich hin zu schmollen.«

Mirandas Blicke wanderten wieder nach oben. »Macht er das wirklich?«

Phin atmete die salzige Luft tief ein. »Er streitet das zwar ab, aber ich habe den Cap'n schon gekannt, als er noch ein Junge war. Er hat das Gefühl, daß wir ihn alle belogen und im Stich gelassen haben.«

»Aber das haben wir doch nur getan, weil er uns wichtig ist«, sprudelte Miranda heraus, ehe sie merkte, was sie sagte.

»Ja, das ist wahr. Mir war noch nie ein Mann wichtiger als der Cap'n. Die anderen sehen das auch so. Aber das heißt ja nicht, daß er nicht verletzt ist. Er ist ein stolzer Mann, und er kann es nicht haben, wenn man ihm etwas verheimlicht.«

Wie oft sollte sie denn noch sagen, daß sie nur zu helfen versuchte? Die Worte schienen ihr schon hohl zu klingen, obwohl sie doch der Wahrheit entsprachen.

Außerdem wußte Miranda, daß hinter ihrem Dasein als blinder Passagier an Bord der *Sea Hawk* mehr steckte als nur ihr Wunsch, ihrem Mann zu helfen.

Als Phin sie allein ließ, versuchte sie, sich darüber klarzuwerden, ob sie ihrem Mann die ganze Wahrheit gestehen sollte. Sie würde sich damit selbst bloßstellen, und Miranda war von dieser Vorstellung wenig begeistert. Sie war es gewöhnt, mit Vernunft und Logik umzugehen, und ihre Gefühle für den Captain schienen gegen beides zu verstoßen.

Sie hatte die Liebe schon früher kennengelernt. Bei ihrem Großvater war sie so sehr Teil ihres Lebens gewesen, daß sie sie als selbstverständlich hingenommen hatte. Ihrem Vater gegenüber war sie unsicher gewesen, doch das hatte sich gegeben, nachdem sie zwei Minuten lang mit ihm zusammengewesen war.

Doch von diesem Gefühl, das sie dem Piratenkapitän entgegenbrachte, wußte sie nicht einmal zu sagen, ob es überhaupt Liebe war. Sie hatte nur ein überwältigendes Verlangen, mit ihm zusammenzusein.

Tief einatmend machte sich Miranda auf den Weg zur Luke und hielt höchstens eine Sekunde lang inne, ehe sie die Leiter hinauf zum Achterdeck kletterte. Jack stand mit ernster Miene am Steuerrad. Er bemerkte sie zuerst nicht, und Miranda nutzte den Moment, um ihn zu betrachten. Einmal mehr stellte sie fest, was für ein angenehmer Anblick er war, ehe sie sich ihm näherte.

Als er sich zu ihr umdrehte, wurde sein Blick hart. »Brauchst du irgend etwas?«

»Ja.« Miranda hielt verwirrt inne und fuhr dann hastig fort. »Eine Chance, zu erklären, warum ich ...«

»Das hast du doch schon in der vergangenen Nacht getan.« Jack stemmte sich mit den Füßen gegen das Rollen des Schiffes.

»Aber ich habe nicht alles erklärt.«

»Du wirst mir doch hoffentlich nicht die Mysterien der Anziehungskraft erklären wollen, oder?«

»Nein.« Miranda konnte sich ein kleines Lächeln nicht versagen, und sie glaubte zu sehen, daß sich auch die Mundwinkel ihres Mannes leicht verzogen. »Ich hatte eigentlich vor, dir meine Ansichten über die Ehe mitzuteilen.«

Das erregte Jacks Aufmerksamkeit, und sein Kopf fuhr herum. »Wessen Ehe?«

»Unsere Ehe ... und die Ehe meiner Eltern.« Miranda schaute zu ihm auf. »Ich weiß nicht, was mein Vater dir über meine Mutter und mich erzählt hat, vielleicht gar nichts ...«

»Er hat oft von dir gesprochen. Ehrlich gesagt, hat er mich mit den Erzählungen über seine Tochter in England gelangweilt.«

Mirandas Lächeln wurde breiter. »Hat er je darüber gesprochen, warum wir nicht mit ihm zusammen in die Neue Welt gekommen sind?«
Jack zuckte die Achseln. »Er hielt das für unsicher. Er ging erst nach Barbados und später nach Carolina.«
»Ja, und er wollte zu uns zurückkehren, wenn die Zeit reif war.« Miranda verschränkte die Arme und trat zur Reling. »Aber die Zeit wurde niemals reif.« Sie sah zu ihm zurück. »Ich war damals noch klein, aber ich kann mich trotzdem daran erinnern, wie verzweifelt meine Mutter darüber war, von ihm getrennt zu sein. Sie war todunglücklich. Sie ist gestorben, weißt du, und ich glaube ganz sicher, daß einer der Gründe, warum sie dem Fieber nichts entgegensetzen konnte, in dieser Trennung lag. Nein, es ist wahr«, fuhr Miranda fort, als sie seine zweifelnde Miene sah. »Mein Vater hat versucht, sie zu schützen, und statt dessen – ist sie gestorben.«
Jack sah sie längere Zeit stumm an. »Das kann man nicht vergleichen. Dies hier« – er umfaßte mit einer einzigen Handbewegung das Schiff – »oder unsere Ehe.«
»Vielleicht«, sagte Miranda mit einem Seufzer.
»Himmel noch mal, keiner von uns beiden wollte diese Ehe«, sagte Jack sanft. »Und das Leben auf einem Piratenschiff ist weit gefährlicher, als in die Neue Welt auszuwandern.«
»Da stimme ich zu. Und ich werde meine Behauptung, daß ich dir bei de Segovia helfen kann, auch nicht wiederholen.«
»Das ist schon in Ordnung.«
»Ich dachte nur, daß ich dir sagen sollte, warum ich mich auf der *Sea Hawk* versteckt habe, und daß es mir leid tut, daß ich dir so viel Probleme bereitet habe.« Noch ehe er etwas erwidern konnte, eilte Miranda die Leiter wieder hin-

unter, kletterte durch die Luke und hetzte zur Kajüte des Captains.

Sie hatte ihm zuviel erzählt und fühlte sich nackt, und wann immer sie die Augen schloß, sah Miranda sein Gesicht vor sich, als er sagte, daß sie beide ihre Eheschließung nicht gewollt hatten.

Es stimmte. Sie wußte es. Doch es tat trotzdem weh, es zu hören.

Als Nat ihr das Essen brachte, ein Gemisch aus Fleisch und Kartoffeln, das sich Labskaus nannte, aß sie wenig. Irgend jemand, vermutlich Phin, hatte ihre Bücher, das Mikroskop und die paar Kleider, die sie mitgebracht hatte, in die Kajüte getragen. Miranda versuchte zu lesen, doch sie konnte ihre Gedanken nicht beisammenhalten.

Warum war sie hierhergekommen? Warum hatte sie nicht gründlicher darüber nachgedacht und sich klargemacht, daß der Captain sie nicht haben wollte – und sie auch nicht brauchte?

Zu dem Zeitpunkt, als das Meer und der Himmel zu einem dunklen Indigo verschmolzen, war Miranda von ihrem vielen Nachdenken so erschöpft, daß sie ihr Kleid auszog und zur Koje taumelte. Doch einschlafen konnte sie nicht. Sie lag wach da und horchte auf das Knirschen des Holzes und das sanfte Schlagen des Meeres. Diese Geräusche waren so hypnotisierend, daß sie die Schritte im Niedergang gar nicht wahrnahm.

Erst als sie vor ihrer Tür innehielten, bemerkte sie sie.

Miranda stützte sich auf dem Ellbogen ab, als die Tür sich öffnete. Mondlicht strömte durch die Sprossenfenster herein und ließ Jacks goldblondes Haar silbern glänzen. Sein Hemd spannte sich strahlend weiß über seiner breiten Brust, als er reglos stehenblieb und die Türöffnung klein erschienen ließ.

Der Schatten wegen konnte Miranda seinen Gesichtsausdruck nicht erkennen, doch sie wußte, daß er sie anschaute. Ihr Atem stockte, Blut schoß ihr in den Kopf und pochte in ihren Ohren, als er sorgsam die Tür hinter sich schloß.
»Ich konnte einfach nicht wegbleiben«, sagte er nur, während er den Raum durchquerte.

Siebzehntes Kapitel

Neben der eingebauten Koje blieb er zögernd stehen, als ob er sich unsicher sei, wie er empfangen wurde. Miranda fragte sich verwundert, ob er glaubte, daß sie ihn nicht haben wollte. Oh, die vernünftige Seite ihrer vielgepriesenen Überlegtheit. Doch Miranda lernte immer schneller, daß bei allem, was mit dem Captain zusammenhing, die Vernunft selten die Oberhand behielt. Ihre Gefühle ihm gegenüber waren so stark, daß sie sie nicht verdrängen konnte, und zu leidenschaftlich, als daß sie sie mit irgendeiner Art von Logik wegerklären konnte.

Miranda streckte ihm die Hand entgegen. Er ergriff sie und umfaßte ihre warmen Finger mit seinen Händen, als er sich auf die Kante der Koje setzte. »Ich sollte gar nicht hier sein«, murmelte er und berührte ihre Handfläche mit den Lippen. Dann schien sich eine Erinnerung zu melden, und sein Mund verhärtete sich. Er sah finster auf sie herab, und sein Atem fächelte gegen ihre Finger. »Du solltest nicht hier sein, zum Teufel.«

»Aber wie konnte ich nicht hierherkommen, wenn ich wußte, daß du mich brauchst ...« Mirandas Worte wurden abgeschnitten, als sein Mund sich auf ihren preßte. Der Kuß war langsam und tief und ein Vorspiel zu dem, was noch kommen sollte. Und Miranda spürte, wie sie versank.

Als er sich schließlich zurückzog, fühlte sie sein Lächeln an ihren Lippen. »Keine Fragen heute nacht. Bitte, keine Fragen.«
Noch ehe sie ihm antworten konnte, drückte Jack sie auf das Bett hinunter und warf sich über sie. Er stöhnte, als ihre Finger durch sein Haar fuhren und seinen Kopf zu ihr herabzogen.
Er hatte sie nur küssen wollen. Er war heute abend an Deck auf und ab gegangen und hatte sich selbst dafür getadelt, daß er auch nur daran dachte, zu seiner Frau hinunterzugehen. Und er hatte sich fast davon überzeugen können, daß er in Gedanken das Bedürfnis, sie zu berühren, übertrieben hatte. Doch sogar das hatte ihn nicht abhalten können, und jetzt wurde Jack klar, daß seine Erinnerung auch nicht annähernd an die Gefühle herangereicht hatte, die ihn überfluteten, als sie sich küßten.
Das war eine verdammt üble Sache, über die er irgendwann einmal nachdenken würde.
Aber nicht jetzt.
Jetzt konnte er seine Hände nicht von ihr lassen. Sie glitten über ihre Rippen und spürten ihre Wärme durch das Baumwollhemd hindurch, das sie trug. Ihr Körper schien ihm entgegenzufließen und seinen Körper in Flammen zu setzen, bis sein Verlangen ihn überwältigte.
Ihre Reaktion war genauso freimütig und vertrauensvoll wie zuvor schon. Sie zog ihn an sich. Jack brach den Kuß ab und vergrub das Gesicht in der Kurve zwischen Hals und Schulter. Ihr Haar duftete so gut ... sie duftete so gut. Ihr Duft hatte ihn genauso verfolgt wie das Gefühl ihrer weichen Haut und der Geschmack ihrer Lippen.
»Steh bitte einen Moment auf.« Jack erhob sich und zog sie mit sich hoch. Seine Hände griffen nach dem Hemd, zogen es ihr über den Kopf, und er erstarrte.

»So schön«, murmelte er, während seine Fingerspitzen über die sanfte Kurve ihrer vom Mondlicht beschienenen Brüste strichen. Er beugte sich hinab, berührte eine aufgerichtete Spitze mit der Zunge und lächelte, als sie stöhnte und sich ihm entgegenbog.

»Oh, Jack.« Mirandas Hand glitt über seine Wange und verhakte sich dann im Ausschnitt seines Hemds.

Er beantwortete ihre stumme Bitte damit, daß er sich das weiße Hemd auszog. Er drehte sich und entfernte sich zögernd einen Schritt von ihr, um sich auf die Bettkante zu setzen.

Miranda kam näher, und ihr Bein strich dabei an seinem Knie entlang. Jack atmete ruckartig ein.

Dann lehnte Miranda sich vor und strich mit den Lippen über das seidene Haar seines Kopfes. Jacks Hände schossen vor, griffen nach ihren Hüften und zogen sie zu sich.

Sein offener Mund glitt über die weiche Haut ihres Bauches, dann seitlich weiter hinab. Er biß in ihre Hüften und wanderte weiter abwärts zu dem Delta dichter schwarzer Locken.

Miranda stockte der Atem. Seine langen Finger umfaßten ihre Kehrseite, und seine Stimme war nur noch ein Krächzen, das durch ihren Körper zitterte, als er sie bat, sich ihm zu öffnen.

Ihre Beine spreizten sich, und sein rauhes Kinn streifte über die Innenseite ihrer Schenkel, Sekunden nur, bevor Jack sich in ihrer feuchten Hitze verlor. Er preßte seinen Mund in einem tiefen Kuß so fest auf sie, daß Miranda laut aufschrie. Sie klammerte sich an Jacks Schultern, um nicht umzufallen, und als dann die heiße Berührung seiner Zunge sie zum Schweben brachte, schob sie die Hände in sein Haar und preßte ihn noch fester an sich.

Jacks Atem ging flach und abgehackt, als sie in seinen Armen zusammensackte. Er ließ sie auf das Bett gleiten und folgte ihr. Sie schmiegte sich an ihn, und er küßte sie, berührte sie. Doch der Druck seines pulsierenden Penis gegen die enge Hose war sehr schmerzvoll, und Jack fummelte an seinem Hosenbund herum, befreite sich und glitt mit einer einzigen Bewegung in sie hinein.

»Miranda?« fragte er, weil sie sehr still war und er schon fürchtete, daß er in seiner Eile, sie zu besitzen, zu grob gewesen war.

Ihre Lider öffneten sich flatternd, und sie lächelte zu ihm auf, und Jack mußte ihr Lächeln einfach erwidern. Doch ihre innere Hitze und die Enge, die ihn umschloß, ließen nur eine kurze Unterbrechung zu. Er bewegte sich erst vorsichtig und dann stärker, als sich ihre Beine um ihn schlangen.

Sie hob ihre Hüften und zwang ihn, sie ganz auszufüllen, und Jack spürte die wilden Wirbel der Erlösung durch seinen Körper brausen. Er stürzte ab und nahm gleichzeitig ihren Mund in einem sinnlichen Kuß, und sie klammerte sich an ihn, bäumte sich auf und schrie.

Ihr Körper bebte und verkrampfte sich, und die kleinen erregten Schauer preßten alles aus ihm heraus. Diese unbeschreibliche, vollkommene Freude schien nicht enden zu wollen. Er ritt auf den Wellen dahin, erreichte den Scheitelpunkt und glitt schließlich sanft auf den Strand ... erschöpft.

Jack rollte sich in der Koje neben sie und zog ihren warmen Körper in die Arme. Sie war so glatt vor Schweiß wie er, und er hatte kaum noch die Kraft, nach der Decke zu greifen und sie beide zuzudecken. Sie kuschelte sich noch dichter an ihn.

Jack schloß zufrieden die Augen und riß sie gleich darauf wieder auf. »Das ändert überhaupt nichts an meiner Meinung, Miranda. Du hättest nicht mit uns mitkommen sollen.«

»Hm.«
Er senkte das Kinn und versuchte, seine Frau anzusehen, doch alles, was er sehen konnte, war eine Wolke mitternachtsschwarzer Haare und ihre Nasenspitze. »Verstehst du mich, Miranda? Ich kann dich vielleicht nicht sofort nach Charles Town zurückbringen, aber ich ...« Ihre Hand fiel auf seinen Bauch, und Jack atmete erschrocken ein.
»Bist du wach?«
Wieder machte sie ein Geräusch, das halb Seufzer und ein gedämpftes, halbes ›Ja‹ war.
»Gut, weil ich möchte, daß du weißt, daß du in St. Augustine keinen Fuß an Land setzen wirst.« Ach, nun hatte er es gesagt, und er war froh darüber. Allerdings nur so lange, bis sie sich von ihm freimachte. Die Luft kühlte seine Brust ab, als sich Miranda aufsetzte und die Decke mitzog.
»Warum nicht?«
Jack zog sanft an ihrem Arm, doch sie rührte sich nicht. »Miranda.«
»Warum erlaubst du mir nicht, in St. Augustine an Land zu gehen?«
Jack schloß die Augen. Warum war er nicht einfach nur zufrieden eingeschlafen, nachdem er sie geliebt hatte? Warum hatte er Tür und Tor für ihre Fragen geöffnet? Es wäre viel besser gewesen, wenn er es ihr erst gesagt hätte, wenn sie die spanische Feste erreicht hätten.
Er streckte die Hand wieder aus, doch diesmal ließ er sie über ihre Brüste gleiten. »Laß uns heute nacht nicht mehr sprechen.«
»Aber Jack, ich kann wirklich hilfreich sein, wenn du nur zulassen ...« Sie schwieg und atmete hastig ein, als seine Finger ihre aufgerichtete Brustknospe umrundeten.
»Hm?«

Und danach war Miranda viel zu beschäftigt, um sich über St. Augustine noch weitere Gedanken zu machen.

Jack erwachte beim achten Schlag der Nachtwache und ließ sich aus der Koje rollen. Nicht die geringste Dämmerung erhellte die Kajüte, und der Mond war untergegangen. Doch er fand seine Kleider, indem er auf dem Boden herumtastete. Das Anreißen eines Feuersteins und Entzünden der Laterne hätte die Dinge sicherlich vereinfacht, doch Jack wollte Miranda nicht wecken, die auf der Seite neben ihm dalag.
Statt dessen bemühte er sich, so leise wie möglich aufzustehen. Er ertastete sich den Weg zum Deck und atmete tief die Seeluft ein, als er durch die Luke gestiegen war.
Seine Brust weitete sich, als der Westwind durch sein Haar fuhr, und sein Mund entspannte sich zu einem Lächeln.
Trotz allem, was bisher auf dieser Fahrt geschehen war, fühlte er sich gut. »Und das ist schließlich kein Wunder«, murmelte er vor sich hin, als er zur Reling hinüberging. Er war schon immer sehr lustbetont gewesen – schließlich war er ja ein Pirat, nicht wahr? Und er hatte nie behauptet, daß er die körperlichen Freuden nicht genoß. Und da seine Frau den köstlichsten aller Körper hatte, der ihm je untergekommen war, war es nur erklärlich, daß er sich von ihr so sehr angezogen fühlte.
Jack atmete erleichtert aus. Da er sich die Anziehungskraft erklären konnte, konnte er auch Nutzen daraus ziehen. Zugegebenermaßen hatte sie ein paar ärgerliche Angewohnheiten. Erstens: ihre trockene Gelehrsamkeit, und dann ihre Unfähigkeit, einem einfachen Befehl zu gehorchen. Zorn stieg schon wieder in ihm hoch, doch er unterdrückte ihn bewußt.
Sie war auf dem Schiff. Dagegen konnte er nichts mehr

machen, also konnte er es auch einfach hinnehmen. Und als er neben ihr in der Koje gelegen hatte, war er außerdem zu dem Schluß gekommen, daß er ihre Hilfe doch in Anspruch nehmen könnte.

Nicht in St. Augustine, natürlich. Aber er hatte gehört, daß sie ziemlich gut Spanisch sprach. Vielleicht konnte sie ihm soviel beibringen, daß er allein in der Stadt zurechtkam. Wenn er diese Sprache schon früher gelernt hätte, als er noch der Gefangene von de Segovia gewesen war, bräuchte er nun keinen Unterricht mehr. Doch er hatte alles Spanische so sehr abgelehnt, daß er sich der fremden Sprache völlig verschlossen hatte. Jetzt erst erkannte er die Vorteile bei den Verhandlungen mit seinem Feind.

»Sie sind doch nicht mehr böse, Cap'n?«

Jack sah Phin neben sich stehen. Ein blasser, zinnfarbener Streifen trennte den Himmel vom Meer und warf einen Lichtstrahl auf das besorgt aussehende Gesicht des alten Mannes.

»Ich weiß, daß wir das nicht sehr geschickt gemacht haben, aber wir … keiner von uns möchte jemand anderen als Captain haben als Sie.«

Jack sah ihn einen Moment lang stumm an und zuckte dann die Achseln. »Ich erkenne das an, Phin.« Er drehte sich wieder um und beobachtete, wie sich die Dämmerung am Horizont ausbreitete. »Und ich bin auch nicht ärgerlich.« Das war er anfangs zwar gewesen, doch er hatte in der vergangenen Nacht auch darüber nachgedacht. Da er es schon mit einer Besatzung von unabhängigen Freibeutern zu tun hatte, konnte er sich glücklich schätzen, daß sie nur von ihm verlangten, daß er Hilfe im Kampf gegen de Segovia annahm.

»Sie wissen, daß wir diesen verdammten Spanier genauso dringend haben wollen wie Sie.«

Jack bezweifelte das zwar, doch er grinste und schlug Phin auf den Rücken.
»Ich wußte, daß Sie nicht nachtragend sind, Cap'n.« Phin lächelte sein übliches, zerklüftetes Lächeln. »Warten Sie nur ab. Wir werden großartig sein, wenn wir erst zum Indischen Ozean segeln werden. Haben Sie gehört, wieviel die Piraten der *Amity* auf ihrer letzten Fahrt ergattert haben?«
Phin ging dann zu seinem Lieblingsthema über: der Reichtum, den sie mit wenig Mühe bei den Mogulen machen konnten. Jack hörte höflich zu, doch in Wahrheit war er gar nicht richtig bei der Sache. Hin und wieder nickte er oder machte eine Bemerkung, die auf sein Interesse schließen ließ, doch es kümmerte ihn nicht wirklich.
Und es störte ihn, daß es ihn kalt ließ. Das Leben eines Seeräubers hatte ihm gefallen, seit er den Spaniern entkommen war. Zumindest glaubte er, daß es so war. Aber er war erfüllt gewesen von seinen Rachegefühlen, und jetzt, da die Vergeltung praktisch bevorstand, beunruhigte ihn die Tatsache, daß er keine Lust verspürte, zum Indischen Ozean zu segeln.
Jack rief sich innerlich zur Ordnung. Es hatte keinen Zweck, sich jetzt darüber Gedanken zu machen. Er mußte seine Schwester finden und seine Eltern rächen. Und um das tun zu können, mußte er ein wenig Spanisch lernen. Er entschuldigte sich bei Phin, ging unter Deck und beschäftigte sich so lange mit seinen Karten, bis er annehmen konnte, daß seine Frau aufgewacht war.

»Was soll ich tun?« rief Jack aus.
Er konnte seinen Ohren kaum trauen. Er war zu seiner Kajüte hinuntergegangen, um seine Frau um einen einfachen Gefallen zu bitten, und sie ... sie hatte ihn schockiert.

Gott wußte, daß er wirklich nicht prüde war, aber das ... Jack fuhr sich mit den Fingern durchs Haar und ging zum Fenster hinüber.

Mit einem Seufzer schob Miranda den Stuhl über den Boden und stand auf. Sie hatte nicht erwartet, daß er so reagieren würde, und hatte sich eigentlich überhaupt keine Gedanken darüber gemacht, was er von ihrer Bitte halten könnte. Doch da er nun so aufgebracht war, wurde ihr klar, daß sie bedenken sollte, daß ein Pirat nicht so verständig war.

Sie schloß das Buch, in dem sie gelesen hatte. »Das muß dich wirklich nicht erschüttern. Ich habe einfach nur gedacht, daß du etwas für mich tun könntest, während ich dir Spanisch beibringe.«

Jack wandte sich ihr zu. »Ich bin nicht erschüttert«, behauptete er mit mehr Selbstsicherheit, als er empfand. »Deine Bitte hat mich einfach nur überrascht.«

Miranda lächelte. »Dann hast du also nichts dagegen? Ich habe deine Brust und die Arme schon recht gut hinbekommen, doch weiter unten weiß ich einfach nicht genug.«

»Miranda«, brummte Jack. »Natürlich weißt du es. Ich meine, wir haben ... wir haben uns bei Tageslicht geliebt. Mit Sicherheit hast du gesehen ...« Er war so verlegen wie ein Jugendlicher und konnte das überhaupt nicht leiden.

»Ich bin nur an deiner Muskulatur interessiert.«

»Meiner was?«

»An deinen Muskeln. Sie sind ein wundervolles Beispiel für das, was ich studiert habe in ...«

»Du möchtest nur meine Muskeln zeichnen?«

»Natürlich.« Miranda hob die Kohlezeichnung hoch, die sie gemacht hatte, und zeigte sie Jack.

»Das bin ich?« Wie konnte sie bloß denken, daß er so aussah, mit all diesen Schlangenlinien, die seinen Körper bedeckten?

»Deine Muskeln, ja. Zumindest die meisten davon.« Miranda biß sich auf die Unterlippe. »Wenn du dich allerdings unwohl fühlen solltest ...«
»Nein, es ist schon in Ordnung. Ich werde es machen. Aber nur, wenn wir zur gleichen Zeit Spanisch üben.«
»Natürlich können wir das machen.« Miranda setzte sich wieder auf den Stuhl und legte das Pergamentpapier vor sich auf den Schreibtisch. »Ich glaube, wir sollten mit ein paar einfachen Fragen beginnen, meinst du nicht auch?« Sie schaute auf. »Du kannst dich schon ausziehen.«
»Was für Fragen? Meinst du damit, daß ich alles ausziehen soll?«
»Sonst bist du ja nicht nackt, oder?« fragte Miranda logisch.
»Richtig. Und du sagtest ja, daß ich dir nackt Modell sitzen soll.« Jack zerrte sich das Hemd über den Kopf.
Miranda wartete. Er zog sich die Stiefel aus, und ihr Mund wurde trocken, und sie zwang sich dazu, daran zu denken, daß sie das nur für die Wissenschaft machte.
Als er nach dem Hosenbund griff, rutschte Miranda nervös auf ihrem Stuhl herum. Sie durchsuchte ihr Gedächtnis nach einem spanischen Satz, den sie ihm beibringen könnte, doch es geschah etwas höchst Unlogisches: Sie erinnerte sich an überhaupt nichts.
Miranda schaute auf ihre Zeichnung hinab und griff nach der Zeichenkohle; doch ihre Hand war feucht, und die Kohle fiel auf die Schreibtischplatte. Sie hörte, wie Stoff über Haut glitt, und hob die Lider. Er stand wie ein goldener Gott vor ihr. Sie konnte kaum noch atmen.
»Also los, zeichne«, befahl Jack. Nie zuvor in seinem Leben hatte er so etwas Dummes gemacht, und wenn seine Männer das herausfanden, würden sie ihm das bis in alle Ewigkeit vorhalten.

»Zeichnen ...? Oh, ja, zeichnen.« Miranda schluckte und umklammerte die Zeichenkohle. Entschlossen senkte sie den Kopf über das Pergamentpapier und begann zu zeichnen. Sie konnte es tun ... sie konnte.

Doch jedesmal, wenn Miranda aufschaute, um einer Erhöhung oder Vertiefung der Muskeln mit den Augen zu folgen, wurde ihre Konzentration geringer. Und schließlich konnte sie nur noch die Augen schließen.

»Ist irgend etwas?« Jack widerstand dem Drang, sich mit den Händen zu bedecken. Er versuchte, einfach dazustehen und sich von ihr zeichnen zu lassen – und nicht über seine Nacktheit nachzudenken –, doch es gelang ihm nicht. Und als er sie arbeiten sah und die Kurve ihrer Wange betrachtete und das feine, schwarze Haar an ihrer Schläfe, das nach vorn fiel, wenn sie sich über das Pergament beugte, wünschte er sich nichts anderes, als daß sie genauso nackt wäre wie er.

Miranda stand vom Schreibtisch auf. »In diesem Licht kann ich einfach nicht genug sehen.« Sie schaute auf. »Ich meine, ich kann sehen.« Ihre Blicke glitten über Jack, und sie errötete, als sie seine Erregung bemerkte. Ruckartig wandte sie den Kopf ab. »Es ist einfach nicht hell genug, um zu zeichnen.«

Sie ging um den Schreibtisch herum, wandte Jack den Rükken zu und begann, in den Papieren dort zu blättern. »Oh«, sagte sie, »du kannst dich wieder anziehen.«

Sie war genauso peinlich berührt wie er, dachte Jack. Nur, daß er schon nicht mehr verlegen war. Lautlos trat er hinter sie und lächelte darüber, daß sie nach Luft schnappte, als er sie berührte. Er zog sie an sich und klemmte ihren Körper zwischen sich und dem Schreibtisch fest.

Seine Arme schoben sich um sie herum, und seine Hände trafen sich über ihrer Brust, während er sich hinabbeugte und an ihrem Ohr knabberte. »Du hast mir noch kein Spanisch beigebracht«, sagte er, ehe er sanft in ihr Ohrläppchen biß. »Was, zum Beispiel«, sagte er, als seine Hände nach oben wanderten, »ist das spanische Wort für sie?« Seine Hände umschlossen ihre Brüste, und seine Daumen kreisten zärtlich um ihre angespannten Brustknospen.

Miranda stöhnte und lehnte sich gegen seinen harten Körper. »Ich glaube nicht, daß du das wissen mußt.«

»Wahrscheinlich hast du recht.« Sein Mund glitt seitlich an ihrem Hals hinab und hinterließ dort eine kleine Spur von Bissen, und Miranda legte den Kopf schräg, damit er ihren Hals besser erreichen konnte. »Also, wie sieht es denn hiermit aus?« Eine seiner Hände glitt hinab und zwischen ihre Beine.

»Jack.« Miranda konnte kaum Atem holen. »Es ist Tag.«

»Ich weiß.« Er raffte ihr Kleid an der Vorderseite zusammen und rieb seine Erektion an ihrer Kehrseite, während er die glatte warme Haut ihrer nackten Oberschenkel streichelte.

»Oh, Jack.« Miranda wand sich und drängte sich fester gegen seine Handfläche. Seine Finger schlängelten sich durch die Lokken und tauchten dann tiefer. Miranda konnte sich nicht mehr halten. Ihre Knie gaben nach, und sie wäre zu Boden geglitten, wenn sein starker Arm sie nicht an sich gepreßt hätte.

»Beug dich vor.«

»Was?« Die Frage war nur ein leises Stöhnen. Seine Finger liebkosten sie und trieben ihr jeden vernünftigen Gedanken aus dem Kopf.

»Hier.« Mit einer einzigen Handbewegung fegte Jack die Karten und Papiere von der Schreibplatte. Miranda befand sich schon zu nahe an der Kante, um etwas zu fragen, als er sie sanft nach vorn drückte. Miranda legte die Wange auf ihre Arme und lag quer über dem Schreibtisch.

Jack stand hinter ihr und ließ seine Hände an den schmalen Seiten ihres Brustkorbs entlanggleiten. Als er ihre Hüften erreichte, griffen seine Finger nach unten und schlugen ihre Röcke hoch.

Seine Männlichkeit pochte in heißem und schwerem Rhythmus, als er sich ihr zuneigte. Er drängte den Wunsch, in sie hineingleiten zu wollen, zurück und streichelte ihre weichen runden Formen. Er knetete sie und öffnete sie sanft. Langsam und bedächtig glitt er in sie, und Jack fürchtete, daß er den Verstand verlieren würde, noch ehe er ganz in ihr war. Sie war so heiß und eng, so unerträglich sinnlich, daß er einen Moment lang innehielt, und als er es nicht mehr aushalten konnte, bewegte sich sein Körper wieder. Er packte ihre Kehrseite, grub die Finger hinein und bog sich nach vorn.

Seine Bewegungen wurden wild. Sie rief seinen Namen, und Jack lehnte sich über sie. »Gib mir deinen Mund«, stöhnte er, während er ihr Haar zur Seite schob, als sie ihm ihr Gesicht zudrehte.

Sein offener Mund bedeckte ihren. Seine Zunge schoß in sie hinein, und er hielt sie fest, während sie ihren Höhepunkt erreichte. Ihre krampfartigen Bewegungen lösten seine eigene lange Entspannungsphase aus.

Als Miranda die Augen öffnete, lag ihr Kopf neben dem des Piraten auf der harten eichenen Schreibtischplatte. Sie hatte noch gar nicht gemerkt, wie hart und unbequem das war. Doch sie vergaß diese Unbequemlichkeit, als sich seine goldblonden Wimpern hoben und er sie anlächelte.

Sein Lächeln vertiefte sich. »Gott im Himmel, was ist bloß in mich gefahren«, flüsterte er, ehe er sich aufrichtete. Er tätschelte ihre Kehrseite neckend, ehe er sie herumdrehte und auf die Tischplatte setzte.

Miranda zog ihren Rock bis zu ihren Knöcheln herab. Ihr Herz hämmerte wie wild, als sie zu atmen versuchte. »Was ... was haben wir getan?«

Jacks Lachen brachte Miranda dazu, die langen Haarsträhnen, die sich gelöst hatten, nach hinten zu werfen. Eindringlich sah sie ihn an.

»Wir haben uns geliebt.« Jack kicherte, drückte einen Kuß auf ihre Lippen und griff dann nach seiner Hose.

»Aber ... aber so war das doch noch nie.«

»Ach, Miranda, es gibt viele verschiedene Möglichkeiten.« Jack schob die Arme in seine Hemdsärmel. »Und ich werde dir auch möglichst viele zeigen, doch zuerst muß ich ein bißchen Spanisch lernen.«

Miranda seufzte. »Sag es noch einmal. Und laß es diesmal über deine Zunge rollen.« Sie drehte sich dem Piraten zu und machte es ihm vor.

Dieser Versuch war genauso schlecht wie der letzte. Jack lehnte den Kopf gegen das Schanzkleid. »Herr des Himmels, warum können sie denn nicht einfach das königliche Englisch sprechen oder Keltisch? Damit habe ich überhaupt keine Probleme.«

»Oder Indianisch«, erinnerte Miranda ihn. »Ich habe gehört, wie du mit dem Indianer im Wald gesprochen hast, und ich habe überhaupt nichts davon verstanden.«

»Nafkebee ist ein Cheraw-Indianer. Ich habe die Sprache gelernt, als ich ein Junge war, bevor die Spanier kamen.« Er runzelte die Stirn. »Ich verstehe überhaupt nicht, warum ich von dieser unzivilisierten Sprache nichts behalten kann.«

Miranda setzte sich auf den Fensterplatz in der Kapitänskajüte. Sie hatten jetzt schon fast eine Stunde gearbeitet, seit sie sich geliebt hatten, und sie hatten wenig Fortschritte ge-

macht. »Das wäre alles kein großes Problem, wenn du mir nur erlauben würdest, dich zu begleiten.«
»*Miranda.*« Jack zog ihren Namen warnend in die Länge.
Sie hob die Hände. »Du möchtest in einer spanischen Siedlung an Land gehen und deine Schwester finden, obwohl du weder die Sprache sprichst noch wie ein Spanier aussiehst. Und selbst wenn du Spanisch sprechen würdest und de Segovia aufspürst, wird er dich wahrscheinlich erkennen.«
»Das glaube ich nicht.«
Miranda sah auf. »Hast du dich seit deinem sechzehnten Lebensjahr denn so sehr verändert?«
»Vom Aussehen her nicht, aber es besteht ein großer Unterschied zwischen einem freien Mann und einem Sklaven. De Segovia wird erst wissen, wer ich bin, wenn es zu spät ist.«
»Für dich oder für ihn?« Miranda seufzte, als sie mit ihrer Bemerkung einen finsteren Blick von dem Piraten erntete. »Du bist sehr eigensinnig.«
»Ich?« Jack sprang auf. »Du hast dich doch versteckt und willst nicht ablassen von dieser verrückten Idee, mit mir an Land zu gehen.« Jack schloß die Augen und zwang sich zur Ruhe. Sie machte ihn wütend – daran bestand kein Zweifel. Aber das hatte er ja schon ganz zu Anfang bemerkt, und er hatte starke Zweifel daran, daß er sie jemals würde ändern können.
»Ich werde darüber nachdenken«, versprach Jack ihr, ehe er sich wieder auf den Stuhl setzte. »Können wir jetzt mit dem Unterricht weitermachen?«
Miranda warf ihm einen schrägen Blick zu. »Du denkst also daran, mich mitzunehmen?«
»Ich habe nur gesagt, daß ich darüber nachdenken werde«, verwahrte sich Jack. »Wie kann ich mich auf spanisch nach dem Verbleib einer jungen Frau erkundigen?«

Miranda sagte es ihm, doch sie glaubte keinen Moment lang, daß er ehrlich mit dem Gedanken spielte, sie mitzunehmen. Soweit sie ihn kannte, änderte er seine Meinung nicht sehr schnell.
Sie hörte zu, wie er einen weiteren spanischen Satz herausstammelte, und traf ihre Entscheidung. Was auch immer sie tun mußte, sie würde mit ihm zusammen an Land gehen.

Die *Sea Hawk* ging am späten Nachmittag in einer abgelegenen, kleinen Bucht am östlichen Ufer von Anastasia Island und gegenüber der St. Augustine Bai vor Anker. Nach dem Brassen der Segel ruhten sich die Besatzungsmitglieder an Deck aus, tranken oder dösten oder beklagten sich über die Hitze. Sie dachten alle an das, was vor ihnen lag, doch niemand gab das zu.
Unter Deck lag Jack lang ausgestreckt in der Koje und dachte auch darüber nach. Wenn Nafkebees Information richtig war, würde das Blut von Jacks Eltern morgen gerächt werden. Ungewollt standen ihm die entsetzlichen Bilder von Port Royal vor Augen, und es schauderte ihn.
»Geht es dir nicht gut?« Miranda drehte sich ihm zu, schob sich die Haare aus dem Gesicht und stützte sich auf ihrem Ellbogen ab.
Jack drehte ihr den Kopf zu und sah sie an. Mit ihren schwarzen Locken, die ihr um die nackten Schultern herumhingen, und ihren Augen, die vor Leidenschaft glänzten, sah sie ganz schön verwegen aus.
Sein Gewissen nagte an ihm.
Natürlich fand er ihren Anblick köstlich, natürlich erregte ihn das Gefühl ihrer weichen Brüste an seiner Schulter, obwohl er sie eben schon zweimal geliebt hatte. Natürlich wurde es ihm langsam so wichtig wie das Atmen, sie zu berühren, sie zu spüren und eins mit ihr zu sein.

Doch abgesehen davon war er aus einem bestimmten Grund in seiner Kajüte. Und dieser Grund hieß Betrug.
Aber trotz seiner nichtswürdigen Piratenseele wollte er sie nicht betrügen. Auch wenn er genau wußte, daß es nur zu ihrem Besten war.
»Nein.« Jack merkte, daß Miranda ihn beobachtete, daß ihre intelligenten Augen sein Gesicht forschend betrachteten, und er streckte die Hand aus und berührte ihre Wange, um sie zu beruhigen – und abzulenken.
»Du bist so schön«, sagte er und schloß die Augen, weil die Worte einen bitteren Geschmack in seinem Mund hinterließen. Nicht, weil er sie nicht schön fand, sondern weil er wußte, warum er es sagte.
Mirandas Lippen berührten seine mit einem flüchtigen Kuß. »Du bist auch schön.«
Jack öffnete ein Auge und war widerwillig amüsiert. »Das ist hoffentlich kein Versuch, mich noch einmal dazu zu überreden, nackt für dich zu posieren, oder?«
»Nein.« Ihr sprühendes Lachen ließ ihn lächeln. »Ich glaube, ich werde das Zeichnen von nackten Männern anderen überlassen.«
»Das ist eine hervorragende Idee. Obwohl ich mich dunkel erinnere, daß der Nachmittag nicht völlig verschwendet war.« Sein Grinsen wurde lüstern, als seine Hand ihren Körper streichelte.
»Hm.« Sie sah nachdenklich aus, als sie ihr rundes Kinn in die Hand stützte. »Das war der Tag, an dem du mir gezeigt hast, daß es noch andere Möglichkeiten gibt, um ...«
»Ja.« Bei Miranda wußte er niemals, was sie sagen würde.
»Du bist ein hervorragender Lehrer«, sagte sie, und ihre Augen glitzerten, als er vor Stolz fast strahlte. »Ich hätte nie gedacht, daß es möglich ist, sich gegen die Tür zu lehnen und ...«

Jack brachte seine Frau mit einem Kuß zum Schweigen. Er hatte sie geliebt, indem er sie gegen die Tür gestemmt hatte. Er hatte sie gerade noch erwischt, als sie die Kajüte verlassen und zum Deck hinaufgehen wollte, und das hatte er nicht zulassen können.

Der Kuß machte sie beide atemlos und benebelt, und Jack dachte weniger über seinen Plan nach als über die Frau, die er geheiratet hatte.

Ihre blauen Augen sahen ihn erst fragend an und leuchteten dann auf. »Das ist eine weitere Möglichkeit, nicht wahr?«

»Ja, Miranda.«

Ihre Beine öffneten sich schon bei dem kleinsten Wink von ihm. Wenn er ein guter Lehrer war, dann war sie eine hervorragende Schülerin. Jack war immer wieder neu überrascht und erregt von seiner leidenschaftlichen Frau.

Er umfaßte ihre Hüften und hob sie über seinen harten Penis, und sie warf sich zurück, als sie ihn ganz in sich aufnahm. Ihre Brüste schmeckten süßer als Honig, als er den Kopf hob, um an ihnen zu saugen.

Als die Leidenschaft ihn mehr und mehr erfaßte, verließen ihn alle Gedanken, und er hatte nur noch sie im Kopf. Sie preßte ihre Knie in seine Seiten und ritt ihn gut. Er streichelte über ihren Bauch und weiter hinab und ließ sie mit Hilfe seiner Finger davonfliegen. Und als sie soweit war, nahm sie ihn mit auf ihren wilden, ungezügelten Flug.

Instinktiv zog er sie zu sich herab, um sie fest zu umarmen. Erst als sie sich zu winden begann, merkte Jack, wie sehr er sie umklammert hatte. Jack lockerte den Griff, ließ sie sanft auf die Koje neben sich gleiten und zog die Decke über sie beide.

Nächtliche Schatten erfüllten die Kajüte, doch Jack machte keine Anstalten, eine Kerze anzuzünden. Statt dessen mur-

melte er leise: »Schlaf jetzt. Ich weiß, daß du müde bist.« Schließlich hatte er ja auch alles getan, um sie zu ermüden.
Ihr Seufzer weckte sein Gewissen. »Jack.« Ihre Stimme war schlaftrunken. »Wirst du mich mitnehmen, wenn du an Land gehst?«
Er hatte so sehr gehofft, daß sie ihn das nicht fragen würde, doch da er Miranda kannte, hatte er sich auf das Schlimmste gefaßt gemacht. »Ja«, flüsterte er. »Schlaf jetzt, weil wir morgen ganz früh von Bord gehen werden.«
Sie kuschelte sich näher an ihn heran. »Ich werde dir helfen können. Du wirst es schon sehen.«
Jack erwiderte darauf nichts mehr. Er lag mit angespanntem Körper neben ihr und wartete so lange, bis das Mondlicht durch die Sprossenfenster schien. Dann löste er sich vorsichtig von ihr und glitt aus der Koje hinaus. Lautlos sammelte er seine Kleider auf, die genauso unordentlich wie ihre auf dem Boden lagen. Sie rührte sich nicht, als er den Türriegel anhob. Im Niedergang zog Jack sich die Hosen an und eilte danach zur Luke und zu seiner Besatzung, die darauf wartete, daß er sie zum Ufer lotste.
Er hatte sie belogen, zweimal. Sie würde ihn natürlich nicht begleiten; er hatte nie vorgehabt, ihr das zu gestatten. Und sie würden schon heute nacht an Land gehen und nicht erst in der Morgendämmerung. Diese Lügen ärgerten ihn, weil sie ihm wirklich wichtig war. Zu wichtig, als daß er zulassen konnte, daß de Segovia ihr etwas antat.

Achtzehntes Kapitel

Das erste, was Miranda bemerkte, als sie aufwachte, war, daß der Platz neben ihr in der engen Koje leer war. Armer Jack, dachte sie. Er war in der vergangenen Nacht so nervös gewesen, und das hatte ihn sicherlich nicht schlafen lassen.

Sie streckte die Hände weit über ihren Kopf und reckte sich einen Augenblick. Dann schwang sie die Beine seitlich über die Koje hinaus. Es dämmerte noch kaum, doch sie beeilte sich mit der Toilette, bürstete sich das Haar und befestigte die Locken oben auf dem Kopf. Da nur die Piraten sie in letzter Zeit zu Gesicht bekommen hatten, hatte sie die Lokken lang herabhängend getragen und nur mit einem Band im Nacken zusammengehalten. Doch das war heute nicht passend. Sie wollte wie eine feine spanische Dame aussehen.

Das Kleid, das sie auswählte, war das beste, das sie mitgebracht hatte – ein seidenes Kleid mit einem Brokatmieder in einem lebhaften Smaragdgrün. Während sie das Kleid schloß, wünschte sie sich, daß Jack herabkommen möge, um ihr dabei zu helfen. Miranda war fertig, nachdem sie sich noch eine Mantilla aus Spitze umgelegt hatte.

Erst als sie an Deck war, merkte Miranda, daß etwas nicht stimmte. Natürlich war die Morgenwache zwischen vier und acht auf einem Piratenschiff selten munter, doch heute sollte das doch anders sein. Heute hatten die Piraten geplant, an Land zu gehen. Außer, vermutete Miranda mißtrauisch, sie waren längst dort. Sie hätte eigentlich nicht nach dem großen Beiboot zu schauen brauchen, doch sie tat es trotzdem.

Das Boot war fort.

»Da sind Sie ja, Eure Ladyschaft. Ich hoffe, Sie sind wieder auf dem Posten.«

Miranda wirbelte herum, als sie Phins Stimme hörte. »Du bist noch hier?«

»Der Cap'n hat entschieden, daß ich an Bord bleiben solle, damit meine Schulter endlich ausheilen kann.«

Miranda atmete tief ein. »Wann sind denn die anderen fortgegangen?«

»Bei Beginn der Mitternachtswache.«

Mitternacht. Jack hatte das Schiff um Mitternacht verlassen, kurz nachdem sie sich geliebt hatten.

Miranda versuchte, sich auf das aktuelle Problem zu konzentrieren, doch sein Verrat trübte ihr logisches Denken. Natürlich hatte er sie schon früher belogen, doch damals war sie darauf gefaßt gewesen. Sie hatte gewußt, daß er ein Pirat war, der nichts für sie übrighatte, und sie hatte seinen Verrat nicht nur verstanden, sondern auch verziehen.

Doch nun lagen die Dinge anders – zumindest hatte sie das bisher geglaubt. Aber offenbar empfand nur sie allein diesen Unterschied.

Miranda kämpfte das Gefühl von Trauer nieder. »Du hattest eben etwas über mein Wohlbefinden gesagt?«

»Ja. Der Cap'n hat gesagt, daß Sie unter dem Wetter leiden und nicht an Land gehen könnten. Er sagte, daß Sie sich schlecht fühlten und nicht gestört werden sollten.«

»Ja, das stimmt.« Auch zwei Leute konnten das Lügenspiel

spielen. »Gestern abend war ich sehr matt, aber heute ist das vorbei. Es geht mir wieder gut. Außer ...«
»Was denn? Sie sind doch nicht krank, oder?«
»Oh, nein.« Obwohl sie wußte, daß ihr keine Wahl blieb, log Miranda Phin nur ungern an. Bei Jack war das anders. Sie wünschte, daß er hier wäre und sie ihm alle Unwahrheiten der Welt erzählen könnte. »Ich mache mir nur Sorgen. Wenn Jack gefangengenommen wird, wird das meine Schuld sein, weil ich krank war und ihn nicht begleiten konnte.«
»Über den Cap'n brauchen Sie sich keine Gedanken zu machen. Der kann gut auf sich selbst aufpassen.«
»Ich weiß, daß das normalerweise so ist. Doch er hatte sich darauf verlassen, daß ich für ihn übersetze und ... Phin, könntest du mich wohl in die Stadt bringen? Oder einfach nur an Land? Ich würde mich so viel besser fühlen, wenn ich bei ihm wäre.«

Es war nicht leicht gewesen, Phin davon zu überzeugen, daß er sie an Land bringen müsse. Doch als sie jetzt an die Holztür klopfte, erschien es Miranda gar nicht so schwierig gewesen zu sein. Sie klopfte wieder, heftiger diesmal, und sie meinte, jemanden im Haus herumlaufen zu hören.
Während Miranda wartete, sah sie sich um. Die Straße war schmal, und sie preßte sich an die Wand aus Muschelkalksteinen, als ein Eselskarren vorbeirumpelte. Sie klopfte sich den Staub ab, der von den Rädern aufgewirbelt worden war, und hämmerte nun an die Tür.
Über sich hörte sie Geräusche und sah, daß die Jalousien offen waren und sich ein Kopf aus dem Fenster im zweiten Stock herausschob. »Wer ist da? Ich bin mitten in einem Experiment und ich möchte nicht ... Heilige Mutter Gottes, bist du das, Miranda?«

»*Si*, Don Luis.« Miranda trat zurück auf die Straße, blinzelte hinauf und lächelte über den erstaunten Gesichtsausdruck ihres Freundes. Sie hatte in der Stadt nur ein wenig herumfragen müssen, um herauszufinden, wo Don Luis wohnte.
»Aber ... aber, was machst du hier in St. Augustine? Wo ist dein *padre*?«
»Das ist eine ziemlich lange Geschichte. Hast du etwas dagegen, daß ich hereinkomme?« Ein weiterer Wagen kam auf sie zu, und Miranda trat näher an das Haus heran.
»Natürlich. Oh, meine Liebe. Bleib, wo du bist. Ich komme sofort hinunter und lasse dich herein.«
Als Don Luis die Tür aufriß, hatte er sich ein Seidenjackett angezogen und seine Lockenperücke aufgesetzt – als er mit ihr vom Fenster aus gesprochen hatte, war er in Hemdsärmeln und glatzköpfig gewesen. Er ergriff Mirandas Arm und schaute die staubige Straße hinauf und hinunter. »Du bist allein?«
»Ja. Sozusagen.« Sie hatte Phin am Kai zurückgelassen und ihm versprochen, bald zurückzukehren.
»Komm aus der Sonne. Ich glaube wirklich, daß sie hier heller scheint als in Madrid. Komm schon, komm.« Er führte sie in einen großen, vollgestopften Raum, der auf einen Hof hinausging, in dem tropische Pflanzen blühten.
»Also«, sagte Don Luis, nachdem er Bücher von einem Stuhl genommen und seinen Gast zum Sitzen aufgefordert hatte. »Nun erzähl mir, was dich hierhergebracht hat.« Er reichte ihr ein Glas Wein.
Miranda atmete tief ein. »Vielleicht solltest du dich auch setzen«, sagte sie auf Spanisch, das sie sprach, seit sie St. Augustine betreten hatte. Sie begann mit ihrem Bericht und unterbrach sich dabei häufig, um auf Don Luis' Fragen zu antworten.

»Der Pirat hat dich entführt?«

»*Si.* Aber das war keine echte Entführung. Wie gesagt, mein Vater hat das arrangiert.«

Der Spanier bekreuzigte sich. »Wenn ich daran denke, daß ich dich zu solch einem Mann gebracht habe. Kein Wunder, daß du davongerannt bist.«

»Nun, eigentlich bin ich nicht vor meinem Vater davongerannt. Er ist einfach wundervoll, und er liebt mich sehr – auf seine eigene Art. Papa wollte nur nicht, daß ich erfahre, daß er und der Pirat Partner sind.« Miranda beeilte sich an dieser Stelle ihres Berichts, weil sie ahnte, daß es den ganzen Tag kosten würde, wenn sie zu ausführlich wurde. Doch sie hatte kaum weitergesprochen, als Don Luis' Ausruf sie erneut unterbrach.

»Du hast den Piraten *geheiratet*!«

Miranda schob Don Luis ihren unberührten Weinkelch über den Tisch zu. Er umfaßte den Silberstiel mit seinen dicken Fingern und trank den Kelch mit einem einzigen Schluck leer. Er hustete und betupfte sich den Mund mit einem spitzenbesetzten Taschentuch.

»Es tut mir leid. Ich wollte dich nicht beunruhigen.«

»Es ist nur, weil du soviel mitgemacht hat, Mädchen. Da ist es kein Wunder, daß du davongelaufen bist.«

»Nun, eigentlich bin ich auch nicht dem Piraten weggelaufen … er heißt übrigens Jack.« Miranda biß sich auf den Daumennagel und seufzte, als sie sich entschloß, ihrem Freund ihre Gefühle zu offenbaren. »Ich liebe ihn, verstehst du. Und deshalb bin ich hier. Weil ich ihm helfen will.«

Miranda setzte den Spanier mit wenigen Worten über die Vergangenheit ihres Ehemanns ins Bild. »Daher bin ich zu dir gekommen. Ich dachte, daß du mir dabei helfen könntest, herauszufin…«

»Was ist das bloß für ein Mann, der es seiner Frau überläßt, den Mörder seiner Eltern ausfindig zu machen? Es ist mir egal, ob er ein Pirat ist, aber er sollte doch wirklich nicht zulassen, daß du so etwas tust.«

»Das hat er ja auch nicht.«

»Was?«

»Ich sagte, daß er das auch nicht getan hat. Jack weiß nicht, daß ich hier bin. Er hat mich auf seinem Schiff zurückgelassen. Und eigentlich hat er mich ja in Charles Town zurückgelassen, doch ich habe mich auf seinem Schiff versteckt. Auf dem hat er mich nun zurückgelassen, doch da ich weiß, daß ich ihm behilflich sein kann, bin ich an Land gekommen.«

»Miranda! Dein armer Großvater würde sich im Grab umdrehen, wenn er das wüßte.«

»Also, Don Luis, du weißt doch, daß das gar nicht möglich ist.« Miranda griff nach der Karaffe und goß ihm noch einmal Wein ein, der genauso schnell verschwand wie der andere. Als Don Luis seine Fassung einigermaßen wiedergefunden hatte, fuhr Miranda fort: »Also, wenn du mich dir einfach berichten ließest ...«

»Ich kenne Hauptfeldwebel de Segovia. Er ist ein grausamer Mann. Du hast ihm nichts entgegenzusetzen.«

»Das habe ich auch nicht vor. Ich möchte nur Jacks Schwester finden. Jack wird nichts unternehmen, ehe sie nicht in Sicherheit ist.«

»Dann plant dieser Pirat wohl, die ganze Stadt zu zerstören? Wenn das seine Absicht sein sollte, kann ich nicht zulassen, daß er ...«

»Nein«, versicherte Miranda und hoffte, daß das auch stimmte. »Er möchte nur seine Schwester finden – und den Mann vernichten, der seine Familie getötet und ihn gefangengenommen hat.«

Als Don Luis nickte, atmete Miranda aus und merkte erst jetzt, daß sie den Atem angehalten hatte. »Das klingt korrekt. Obwohl John Locke vielleicht nicht …«

»Don Luis, bitte.« Normalerweise führte Miranda liebend gern philosophische Gespräche, doch jetzt konnte sie sich damit nicht aufhalten. »Kennst du vielleicht Jacks Schwester?«

Der Spanier lehnte sich zurück und schien ihr die Unterbrechung nicht übelzunehmen. »Laß mich nachdenken. Elspeth heißt sie, sagtest du?«

»*Si*, jedenfalls ist das der Name, den ihre Eltern ihr gegeben haben, aber man kann ja nicht wissen, was ihr geschehen ist, nachdem man sie entführt hat. Sie kann ja sogar tot sein.«

»Das glaube ich nicht. Es gibt da eine junge Frau … wie alt müßte sie jetzt sein?«

»Vielleicht siebzehn. Jack war zum Zeitpunkt des Überfalls vierzehn, und seine Schwester ist neun Jahre jünger als er.«

»Ja, das könnte hinkommen … Ist ihr Haar …«

»Rot. Jack erzählte mir, daß ihr Haar so rot war wie die Blätter im Herbst. Du kennst sie, nicht wahr? Ich kann es dir ansehen.«

»*Si*. Ich kenne eine solche Frau.«

»Dann bring mich zu ihr.« Miranda sprang auf, doch sie hielt auf dem Weg zur Tür inne, als sie merkte, daß Don Luis ihr nicht folgte. »Was ist los?«

»Ich werde bei ihrer Entführung nicht mitmachen.«

»Entführung?« Miranda kehrte zu ihm zurück. »Jack will sie nicht entführen. Er möchte sie retten.«

»Und was ist, wenn sie nicht gerettet werden möchte?«

»Aber das ist doch lächerlich. Warum sollte sie das nicht wollen?« Miranda ließ sich wieder auf ihrem Sessel nieder.

»Zwölf Jahre sind eine lange Zeit.«

Miranda sah ihm in die Augen. »Glaubst du nicht, daß man ihr die Entscheidung überlassen sollte?«

»Kannst du mir das versprechen?«

»Natürlich.« Oh, sie wünschte, daß sie nicht gezwungen wäre, so viele Dinge zuzusagen. Vor allem, weil die letzte Entscheidung nicht bei ihr, sondern bei ihrem Mann lag.

»Also gut.« Don Luis erhob sich mühsam von seinem Sessel. »Ich denke, sie hat ein Recht darauf, es zu wissen.«

Auf dem kurzen Weg zu den Außenbezirken der Stadt sprach Don Luis über seine Arbeit mit seinem Teleskop. »Und du, Miranda? Hast du irgend etwas für mich, über das ich der Royal Academy berichten kann? Ich habe kürzlich einen Brief von Christopher Wren bekommen. Er hat nach dir gefragt.«

»Wirklich?« Der Präsident der Royal Society hatte sich nach ihr erkundigt? Miranda mußte sich einfach freuen. Doch das war nur ein vorübergehendes Gefühl. »Leider habe ich sehr wenig getan, seit ich hier in der Neuen Welt angekommen bin.« Das entsprach nicht ganz der Wahrheit, wenn man das Treffen mit ihrem Vater bedachte und ihre Entführung und Heirat, doch Miranda wollte das jetzt nicht noch einmal erwähnen.

»Wohnt hier Jacks Schwester?« Sie hatten vor einem kleinen, von der Straße zurückgesetzten Haus angehalten. Ein mit zerstoßenen Muscheln bedeckter Weg führte zur Haustür, und Miranda folgte Don Luis. »De Segovia wohnt doch nicht auch hier, oder?« fragte sie, während sie die Hand auf seinen Arm legte.

»Nein. Nur Isabel Cadiz und ihr Mann.«

»Ihr Mann ...?« Noch ehe Miranda näher darauf eingehen konnte, hatte der Spanier schon an die Tür geklopft, die von einer molligen Frau mit graumeliertem Haar geöffnet wurde.

Man führte sie in einen großen, gut ausgestatteten Raum, wo sie von einer hübschen jungen Frau mit rotem Haar begrüßt wurden.

»Don Luis«, sagte sie im Näherkommen. »Wie nett von Ihnen, uns zu besuchen. Und Sie haben eine Freundin mitgebracht.«

»*Si*, Isabel, das ist Miranda Chadwick.«

Isabels Lächeln wurde strahlender. »Sie sind Engländerin?«

»Ja. Ich bin vor kurzem von dort gekommen«, erwiderte Miranda in flüssigem Spanisch.

»Ich habe auch kürzlich eine Reise gemacht ... von Spanien hierher«, sagte Isabel scheu. »Bitte nehmen Sie doch Platz.« Sie deutete auf einen geschnitzten Sessel. »Warum sind Sie nach St. Augustine gekommen?«

Miranda schaute sich nach Don Luis um, doch der zuckte nur die Achseln, ging hinaus in den Garten und ließ Miranda und Elspeth allein. »Um Sie zu sehen.« Als die junge Frau sie verwirrt anschaute, fuhr Miranda fort: »Ich heiße nicht mehr Chadwick. Ich habe vor kurzem geheiratet.«

»Ich verstehe nicht, was das mit mir zu tun haben könnte.«

Miranda musterte sie einen Moment lang. An ihr war all das klein, was bei Jack groß war. Im Gegensatz zu seinem blonden Haar war ihres rot, doch die Augen waren die gleichen. Sie hatten die gleiche seegrüne Farbe. »Mein Mann ist Jack Blackstone.«

Da war ein Flackern des Erkennens in der Tiefe dieser seegrünen Augen. Zumindest glaubte Miranda das, doch die Frau lächelte nur und bot ihrem Gast eine Tasse Tee an.

Miranda nahm dankend an und stellte die Tasse dann auf dem Tisch neben sich ab. »Jack Blackstone«, wiederholte sie. »Sie werden sich sicherlich an ihn erinnern. Er ist Ihr Bruder.«

»Ich habe keinen Bruder.«
Miranda hätte ihr geglaubt, wenn Elspeths Teetasse nicht so sehr auf der Untertasse geklappert hätte. »Natürlich erinnern Sie sich.« Miranda ließ sich vor Elspeth auf die Knie fallen. »Er hat den Angriff auf Port Royal überlebt. Die Spanier haben ihn zwei Jahre lang gefangengehalten, und während eines Piratenangriffs ist er geflohen. Sobald er nach St. Augustine zurückkehren konnte, hat er nach Ihnen gesucht, doch Sie waren nicht hier gewesen.«
Elspeth schüttelte den Kopf so heftig, daß ihre roten Locken ihren Rücken hinabregneten. Sie versuchte, sich die Ohren zuzuhalten, doch Miranda griff nach ihren Händen und zwang sie, ihr zuzuhören.
»Sie müssen sich an ihn erinnern. Sie sind Elspeth Blackstone, und Ihr Bruder ist Jack. Er ist …«
»Genug, Miranda.« Don Luis betrat den Raum und legte den Arm um Mirandas Schultern. »Ich kann das nicht gestatten. Dein Großvater hätte das auch nicht zugelassen.«
»Aber siehst du denn nicht, daß sie …«
»Ich sehe nur, daß du sie entsetzlich verwirrst. Und ihr Vater, der ein Bekannter von mir ist und ein Mann, der ein großes Interesse an der Philosophie hat, hat mir erst vor kurzem gesagt, daß sie ein Kind erwartet.«
»Ihr Vater hat ihr überhaupt nichts mehr erzählen können. Ihr Vater wurde 1686 von den Spaniern getötet.« Miranda wand sich aus Don Luis' Griff. Als sie sich umdrehte, um noch überzeugender zu argumentieren, hielt sie inne. Elspeth weinte leise und hatte das Gesicht in den Händen vergraben, und Miranda hatte nicht das Herz, ihr noch weiteren Kummer zuzufügen.
Als Don Luis vorschlug, daß sie gehen sollten, stimmte sie zu. Sie hatten schon fast die Salontür erreicht, als eine tränenerstickte Stimme sie zurückrief.

»Gehen Sie nicht. Bitte, ich muß mit Ihnen sprechen.« Elspeth zog ein Taschentuch unter ihrem gerüschten Ärmel hervor und betupfte sich damit die Augen. »Bitte«, wiederholte sie und deutete auf den Sessel, den Miranda gerade eben verlassen hatte.

»Sie haben recht«, begann sie, als Miranda sich wieder gesetzt hatte und Don Luis in den Garten zurückgekehrt war. »Ich habe einen Bruder – jedenfalls hatte ich einen.«

»Sie haben ihn noch immer. Er sucht hier in St. Augustine nach Ihnen.«

Elspeth preßte die Finger an die Lippen. »Ich hielt ihn für tot, wie alle anderen auch.« Sie schloß die Augen, und Miranda griff nach ihrer Hand.

»Er ist nicht tot.«

Elspeth nickte einmal und atmete dann tief aus. »Ich war erst fünf, als es geschah. Ehrlich gesagt erinnere ich mich an kaum mehr als an die Schreie. So viele Menschen schrien, und ich wußte gar nicht, warum.« Ihr Blick suchte Mirandas. »Ich schrie auch, ganz laut und lange.« Sie zuckte leicht die Achseln.

»Als ich erwachte, war es dunkel, und ich konnte Mama nicht finden. Später, als ich älter war, habe ich mir nach und nach zusammengereimt, was geschehen sein mußte. Doch damals wußte ich nur, wie angstvoll ich gewesen war, bis Don Carlos und seine Frau zu mir kamen. Sie behandelten mich wie eine Tochter und halfen mir, alles zu vergessen. Als Don Carlos nach Spanien zurückgeschickt wurde, begleitete ich ihn.«

Ihre Hand ergriff Mirandas Finger. »Sie müssen das verstehen. Tief in mir wußte ich, daß sie nicht meine wahren Eltern waren, doch sie kümmerten sich um mich und liebten mich, und ich liebe sie auch.«

»Ich verstehe das.« Miranda bedeckte mit ihrer Hand ihre

ineinander verschränkten Finger. »Aber es ist jetzt vorbei. Jack ist hierhergekommen, um Sie nach Hause zurückzuholen und ...«

»Ach, ich bin hier zu Hause.«

»Mir ist klar, daß ...«

»Nein, nein, ich bin hier wirklich zu Hause. Ich möchte Jack natürlich sehen, aber ich werde St. Augustine nicht mit ihm verlassen. Mein Mann ist hier, meine Familie. Alles, was ich kenne und schätze.«

Nachdem Miranda Elspeth zugehört hatte, war sie wirklich davon überzeugt, daß Jacks Schwester hier glücklich war. Der Mann, den sie als ihren Vater ansah, war kürzlich Witwer geworden und war mit Isabel und ihrem Mann nach St. Augustine zurückgekehrt. Ihr erstes Kind würde im Winter geboren werden, und sie hatte nicht vor, das Kind irgendwo anders aufzuziehen als an der Seite ihres Ehemanns.

Miranda verstand ihre Gefühle. Sie fragte sich nur, ob Jack, der zwölf Jahre mit der Suche nach seiner Schwester zugebracht hatte, dieses Einfühlungsvermögen teilen würde.

* * *

»Was sollen wir jetzt also tun?« fragte Don Luis.

Sie und Don Luis standen vor Isabel Cadiz' Haus, und Miranda hatte sich die gleiche Frage auch schon gestellt. »Ich denke, ich werde zum Kai zurückkehren. Phineas ist dort, und vielleicht kann er mir helfen, meinen Mann zu finden.« Sie seufzte. »Ich wünschte, ich wüßte, wo Jack sich aufhält.«

»Vielleicht solltest du auf sein Schiff zurückkehren und ihm die Sache in St. Augustine selbst überlassen.«

»Vielleicht hast du recht. Trotzdem möchte ich ihm von seiner Schwester erzählen.« Miranda wandte sich zu ihrem

Freund um. »Hast du eine Ahnung, wo ich de Segovia finden könnte?«

»Hauptfeldwebel de Segovia ist der Kommandeur des Castillo de San Marcos.« Don Luis deutete auf ein großes Gebäude im Norden der Stadt. »Aber du hast doch wohl nicht vor, ihn dort aufzusuchen, oder? De Segovia ist ein sehr gefährlicher Mann.«

Miranda beschirmte die Augen mit der Hand und starrte zu der Festung, die sich auf dem natürlichen Kalkfelsen erhob. Sie leuchtete hell in der Nachmittagssonne.

»Miranda, du spielst doch nicht mit dem Gedanken ...«

»Nein«, beruhigte Miranda ihn. »Ich werde zum Kai zurückkehren und von dort zur *Sea Hawk*.«

»Bist du sicher?«

»Mach dir keine Sorgen, Don Luis. Es wäre unlogisch, irgendwo anders hinzugehen. Und du weißt doch, wie logisch denkend ich bin.«

Solange sie sich von Don Luis verabschiedete, glaubte Miranda, daß sie ihm die Wahrheit sagte. Sie ging sogar auf direktem Weg zum Hafen, nachdem sie ihn verlassen hatte. Doch unbewußt schienen ihre Füße sich in Richtung Norden zu drehen.

Als ihr schließlich klar wurde, daß ihr Ziel das riesige Steingebäude war, hielt Miranda inne. Kopfschüttelnd kam sie zu dem Schluß, daß die besondere Form von Wahrheitsliebe der Piraten ansteckend sein mußte.

Doch die Wahrheit war, daß sie Jack finden mußte. Und so, wie sie ihn kannte, mußte er sich irgendwo in der Nähe des *Castillo* befinden.

Sie wollte ihm nur von Elspeth – Isabel – erzählen und dann aufs Schiff zurückkehren. Ihr Mann hatte einen sehr guten Grund, de Segovia zu hassen; trotzdem wollte sie nicht

Zeuge der Konfrontation werden. Natürlich zweifelte sie kaum daran, daß Jack aus einem fairen Kampf siegreich hervorgehen würde. Doch in dieser Umgebung gab es wirklich viele spanische Soldaten.

Und zwei von ihnen starrten Miranda an. Sie hatte sie bemerkt, kurz nachdem sie sich von Don Luis verabschiedet hatte, doch darüber hatte sie sich bis jetzt kaum Gedanken gemacht. Miranda blieb stehen und tat so, als interessiere sie sich für einige Früchte auf dem Markt. Als sie durch ihre Wimpern hochschaute, beobachteten die beiden Soldaten sie noch immer. Einer war groß und dunkel und hatte tiefliegende Augen, und der andere war kleiner und grauhaarig.

Doch was konnten sie von ihr wollen?

Miranda sagte etwas auf Spanisch zu der alten Frau hinter dem Stand und ging dann weiter. Dabei mischte sie sich, so gut sie konnte, unter die Menschen, die den Markt bevölkerten. Sie schaute sich nicht mehr nach den Soldaten um, und sie war fast überzeugt davon, daß sie sich deren Interesse an ihr nur eingebildet hatte. Schließlich sah sie wie all die anderen Frauen auf dem Markt aus.

Unbekümmert schlängelte sich Miranda in Richtung *Castillo* und suchte dabei nach Anzeichen von Jack oder den anderen der Piraten. Sie sah sie nicht, doch als sie den letzten Stand umrundete, stand Miranda plötzlich vor den beiden Soldaten.

Sie unterdrückte ihre Angst, entschuldigte sich und versuchte, weiterzugehen. Eine schmutzige Hand auf ihrem Arm hielt sie auf.

»Entschuldigen Sie«, sagte Miranda empört. Sie wollte ihren Arm wegziehen, doch der Soldat ließ sie nicht los.

»Kommen Sie bitte mit uns.« Diese Aufforderung kam von dem größeren Soldaten, der sie nicht festhielt.

»Ich glaube nicht, daß ich Ihre Begleitung wünsche.« Miranda sah sich verzweifelt nach Hilfe um. Doch niemand schien irgend etwas Ungewöhnliches an ihrer mißlichen Lage zu finden. Nun zog der kleinere Soldat sie in Richtung *Castillo* hinter sich her. »Ich sagte, ich möchte nicht mitgehen! Hilfe!«

Daraufhin packte der größere Soldat ihren anderen Arm und drehte ihn ihr auf den Rücken. Miranda schnappte vor Überraschung und Schmerz nach Luft.

»Es interessiert mich nicht, was Sie tun möchten«, zischte er zwischen gelblichen Zähnen hervor. »Sie stellen viele Fragen. Kommen Sie jetzt mit!«

Obendrein zog er ihren Arm so weit hoch, daß Miranda Tränen in die Augen stiegen. Doch sie schrie nicht, sie konnte nicht einmal sprechen, denn zur gleichen Zeit nannte der Spanier ihr das Ziel.

»Sie haben sich für das *Castillo* interessiert. Vielleicht interessiert Sie ja der Kerker genauso.«

Jack hob den Kopf und schaute argwöhnisch zur Tür, als er das gedämpfte Rasseln von Schlüsseln jenseits des dicken Zypressenholzes hörte. Das schwache Licht, das durch einen Schlitz im Kalkstein fiel, tauchte den Raum in dunkle Schatten.

Jack stand von dem schmutzigen Stroh auf, atmete tief ein und machte sich auf weitere Schläge gefaßt. Nach seiner eigenen unzuverlässigen Schätzung war er seit knapp fünf Stunden hier. Und in dieser Zeit hatten sie ihn schon mehrmals ›befragt‹.

»Wo sind Ihre Männer, Captain Blackstone?«

»Wieso wagen Sie es, nach St. Augustine zu kommen?«

Jede Frage, die er sich zu beantworten weigerte, war von

dem Unteroffizier der Garde mit einem Stoß, einem Schlag oder Faustschlag beantwortet worden, während zwei andere Soldaten Jacks Arme festgehalten hatten. Sein Kopf schmerzte, und seine Rippen taten weh, doch er hatte kein Wort gesagt und würde das auch weiterhin nicht tun.

Er war zwar mal wieder in der vertrauten Lage eines Gefangenen der Spanier, doch wenigstens waren seine Männer in Sicherheit. Früher oder später würde ihnen klar werden, daß er nicht zurückkehren würde, und sie würden zur *Sea Hawk* zurückkehren und davonsegeln. Das Wissen, daß Miranda und seinen Männern das hier erspart bleiben würde, beruhigte ihn – als sich die Tür öffnete.

Jack blinzelte ins Licht, und sein Entschluß geriet ins Wanken. »Um Gottes willen«, murmelte er, während er nach vorn stürzte. Jack fing seine Frau auf, als sie fiel, nachdem sie von den Gardisten in die Zelle gestoßen worden war. Er wiegte sie in seinen Armen, bevor er sich instinktiv umdrehte, um die Männer zu verfolgen, die sie geschubst hatten. Doch die schlugen schnell die Tür zu, und als er enttäuscht dagegen hämmerte, konnte Jack ihr gedämpftes Lachen durch die Holzbretter hören.

»Ich glaube nicht, daß das helfen wird.«

»Nein?« Jack wirbelte herum, und sein Gesicht war wutverzerrt. »Soweit ich das beurteilen kann, könnten die Dinge nicht schlimmer sein.« Sein Atem stockte nach diesem heftigen Ausbruch, und sein Gesichtsausdruck wurde weicher. »Um Himmels willen, Miranda. Was machst du denn hier?«

»Ich weiß es nicht genau. Ich bin auf der Suche nach dir über den Markt gelaufen, als zwei Soldaten sich meiner bemächtigt haben.« Mit jedem weiteren Wort sank Mirandas Kopf immer mehr, da der Pirat sich ihr näherte. Als sie zu sprechen aufhörte, konnte sie sein Gesicht nicht mehr sehen, denn er hatte sie in die Arme gezogen und ihre Wange gegen seine breite Brust gepreßt. Sie schloß die Augen und schöpfte Trost aus dem starken, regelmäßigen Schlag seines Herzens.

»Oh, Miranda, Miranda«, flüsterte Jack in ihr Haar. Die Spitzenhaube hatte sich nach links verschoben, und Locken fielen auf ihren schmalen Rücken herab. »Warum hast du denn das Schiff verlassen?«

Miranda legte die Hände gegen seine seidene Weste und drückte sich von ihm ab. Ihre Augen schauten ihn anklagend an. »Du hast mich belogen.«

»Was?« Er war schockiert darüber, wie schnell sie von ihrer Sanftheit und Anschmiegsamkeit umschaltete zu diesem vorwurfsvollen Verhalten.

»Du hast gelogen. Du hast gesagt, daß ich mit dir mitkommen könne; und dann bist du mitten in der Nacht von der *Sea Hawk* geschlichen.«

Jack gab ein schnelles, scharfes Lachen von sich und durchquerte dann die Zelle. Er drehte sich um und durchbohrte sie mit wildem Blick. »Du hast verdammt recht. Ich habe dich belogen. Und laß dir eines auch noch sagen«, sein Finger fuhr durch die Luft, »ich würde es wieder tun. Obwohl es mir nicht gutgetan hat.« Seine Hände öffneten sich bittend. »Kannst du jetzt verstehen, warum ich nicht wollte, daß du mitkommst?«

Miranda ließ den Blick durch die Zelle wandern. Sie betrachtete die feuchten Steinwände und den schmutzigen, strohbedeckten Boden. Er hatte nicht unrecht. Seufzend faltete Miranda die Hände. »Vielleicht hätte ich dir helfen können.«

»Das bezweifle ich.« Jack gab seinen Wünschen nach, ließ sich wieder neben Miranda nieder und legte den Arm um ihre Schultern. Es freute ihn, daß sie sich an ihn schmiegte. »Die Spanier waren sofort um mich, sobald ich an Land trat. Es war ganz so, als hätten sie mich schon erwartet.«

»Aber wie können sie denn von deiner Ankunft gewußt haben? Die *Sea Hawk* war doch versteckt, oder nicht?«
»Ja, natürlich. Ich könnte schwören, daß sie das Schiff nicht entdeckt haben.« Jack hatte während seiner Gefangenschaft herauszufinden versucht, woher man von seinem Kommen wußte. Doch die einzig vernünftige Erklärung wollte er einfach nicht glauben.
»Wie steht es mit deiner Besatzung? Sind sie auch hier im *Castillo*?«
Jack schüttelte den Kopf. »Soweit ich weiß, sind sie in Sicherheit. Wir hatten uns getrennt, bevor ich gefangengenommen wurde. Ich hoffe sehr, daß sie wohlbehalten zur *Sea Hawk* zurückkehren konnten.«
»Aber sie werden dir doch zu Hilfe kommen. Du bist doch ihr Captain.«
Jack schloß die Augen, zog sie dichter an sich und zögerte, ihr die Wahrheit zu sagen. »Nein, Liebling. Sie werden nicht kommen.«
»Aber ...«
Jack berührte die weiche Rundung ihrer Unterlippe. »Wir halten uns an ein ungeschriebenes Gesetz. Die gesamte Besatzung wird nicht für einen einzigen Mann geopfert.« Er ließ seinen Finger über ihre Wange gleiten. »Es tut mir so leid, daß du mit hineingezogen wirst, Miranda.« Jack atmete ruckartig ein. »Gott, warum habe ich das nur geschehen lassen.«
»Nein, nein.« Miranda schlang die Arme um seine Taille. »Es muß einen Ausweg geben. Wenn wir darüber nachdenken ...«
»Ach, meine süße Miranda.« Jack küßte ihre Stirn, ihre Augen, ihre Nasenspitze. Er wollte ihr nicht sagen, daß er schon alles durchdacht hatte und daß ihm nichts eingefallen war.

Er beugte sich vor, um sie besser umfassen zu können, doch etwas, das sie sagte, ließ ihn sich wieder aufrichten.
»Du hast meine Schwester gefunden?«
»Ja. Glaubst du, daß sie uns vielleicht hier herausholen könnte? Das Problem dabei ist natürlich, daß sie gar nicht weiß, daß wir hier sind. Trotzdem ...«
»Erzähl mir von ihr.« Jack legte die Hände auf ihre Schultern. Miranda schaute in Jacks erwartungsvolles Gesicht und lächelte. »Es geht ihr gut, und sie ist glücklich. Sie ist verheiratet und erwartet ein Kind.«
»Was?« Jack ließ die Hände sinken, als hätte er sich an ihr verbrannt. »Was sagst du da?«
»Jack.« Miranda berührte seinen Arm, weil sie wollte, daß er sie wieder anschaute. »Hör mir zu.«
»Nein. Das ist nicht wahr. Du mußt mit jemand anderem gesprochen haben. Elspeth könnte nicht ...«
»Was? Glücklich sein?« Miranda sah ihn den Kopf schütteln. »Nicht mit einem Spanier. Nein, bei Gott, das würde sie nicht tun!«
»Jack, denk nach. Das war vor zwölf Jahren!«
»Das interessiert mich nicht. Und wenn es Jahrzehnte her wäre.«
»Aber sie war doch noch ein kleines Kind. Die Zeit hat den Schmerz gemildert, und vielleicht könntest du das auch zulassen.«
Jack drehte sich ihr ruckartig zu. »Mildern? Wie soll ich meinen Haß vergessen, während ich in einer spanischen Festung eingekerkert bin? Sag mir das, Miranda.«
»Ich weiß es nicht«, flüsterte sie.
Er sah sie an, und sein Ärger verging. »Es tut mir leid, es ist nicht dein Fehler. Ich bin nur so wütend, weil ich dich hierhergebracht habe, denn ich habe das spanische Joch

schon einmal zu spüren bekommen.« Jack ließ die Hand über die rauhe Wand gleiten. »Ich habe den Graben mit ausgehoben, der uns hier umgibt.«

Die Erinnerungen stürmten auf ihn ein und erstickten ihn fast mit ihrer Intensität, doch Jack kämpfte gegen sie an. Er streckte die Hände aus und zog Miranda in die Arme. Es war nicht nötig, daß sie jetzt das Schlimmste erfuhr. »Wir werden hier herauskommen, Weib«, sagte er und lächelte, als sie zu ihm aufschaute.

Es überraschte Jack nicht, als sie nachfragte, wie sie das seiner Meinung nach schaffen sollten.

Allerdings fragte sie nichts mehr, als seine Lippen über ihre glitten und er sie lang und heftig küßte.

Und trotzdem wußten sie beide, daß er ihr keine Antwort gegeben hatte.

Neunzehntes Kapitel

Ist es bequem für dich?«

Miranda schmiegte sich dichter an den Körper ihres Mannes und seufzte zustimmend. Schuldbewußt richtete sie sich dann auf und versuchte, in dem schwachen Licht seine Gesichtszüge auszumachen. »Und für dich?«

»Ja«, beruhigte Jack sie und zog ihren Kopf an seine Brust. Sie drängten sich in einer Ecke der Zelle zusammen. Als die Abendschatten das Ende ihres ersten gemeinsamen Tages als Gefangene im *Castillo* angekündigt hatten, hatte Jack einen Schlafplatz für sie vorbereitet. Sie hatten schon jeden Millimeter des kleinen Raums in der vergeblichen Suche nach einem Fluchtweg durchforscht, daher hatte Jack gewußt, wo sich das sauberste Stroh befand.

Mit seinem Stiefel hatte er eine Ecke erst gereinigt, dann Stroh dort ausgebreitet, sich niedergesetzt und die Hände nach Miranda ausgestreckt. Sie saß jetzt auf seinem Schoß, und Jack hatte die Arme um sie geschlungen.

Er glaubte nicht, daß de Segovia in dieser Nacht etwas unternehmen würde. Der Spanier wollte Jack sicherlich schmoren und sich sorgen lassen bis zum nächsten Tag. Und genau das tat Jack, verdammt noch mal. Sein Hals juckte wie verrückt, und außerdem sah er für Miranda das gleiche Schicksal voraus.

Seine Finger strichen über die weiche Haut an ihrer Kehle, und seine Brust wurde ihm bei dem Gedanken eng, daß ein Strick diese vollkommene Weichheit zerstören würde.

»Miranda«, sagte er mit rauher Stimme. »Morgen, oder wann immer sie uns holen werden ...« Wie er de Segovia kannte, würde es mit Sicherheit zu einer direkten Konfrontation kommen. »... habe ich vor, mit dir zu fliehen.«

»Aber ...«

»Es wird nicht leicht sein«, fuhr Jack fort und überging die Frage in ihrer Stimme. »Und du wirst genau das tun müssen, was ich dir sage.« Er hielt inne und wartete darauf, daß sie zustimmte. Als sie schwieg, drängte seine Stimme: »Miranda?«

»Ja, Jack. Ich werde tun, was du sagst.«

»Gut.« Seine Hand glitt unter ihrem Arm hinunter. »Ich werde versuchen, ein wenig Verwirrung zu stiften.«

»Was für eine Verwirrung?«

»Ich weiß es noch nicht genau. Vielleicht falle ich über einen Gardisten her oder greife de Segovia an. Es wird jedenfalls etwas sein, was sie von dir ablenkt.« Jack umfaßte ihr Gesicht mit den Händen und versuchte, sie in der Dunkelheit zu erkennen. »Dann möchte ich, daß du um dein Leben rennst. Glaubst du, daß du hier wieder herausfinden wirst?«

»Ja, aber was wird aus dir?«

»Ich komme nach. Oder ich fliehe irgendwann später.«

»Aber, Jack ...«

»Nein, Miranda. Geh nicht dagegen an. Du mußt es einfach tun. Hast du mich verstanden?«

Miranda schluckte. Sie konnte sein Gesicht nicht sehen, aber sie konnte am Griff seiner Hände und an der Kraft seiner Stimme hören, wie wichtig ihm das war.

»Ja.«

»Gut.« Jack ließ ihr Gesicht los und drückte sie an sich. »Wenn du aus dem *Castillo* herauskommst, verstecke dich und versuche dann, zur Anastasia-Insel und zum Schiff zu gelangen. Dort wirst du Scar und die anderen finden.« Das hoffte er jedenfalls. »Sie werden sich um dich kümmern und dich sicher nach Charles Town zurückbringen.«
Miranda schwieg. Jack erzählte ihr eine wilde Geschichte, wie er später fliehen und sie in Charles Town wiedersehen würde, doch sie glaubte ihm kein Wort und wußte, daß auch er das alles selbst nicht glaubte. Er plante ihre Flucht, doch er wußte, daß seine eigene hoffnungslos war.
Sie schluckte, als sich seine Arme fester um sie schlossen. »Versprich mir, daß du das tun wirst, Miranda.«
»Ich verspreche es.« Ihre Stimme war weich und leise, und ihr Atem strich über seinen Hals. »Jack, ich bin so froh, daß ich dich geheiratet habe.« Miranda hörte, daß er ruckartig einatmete, und fuhr fort: »Ich weiß, daß ich eine ganz schöne Plage für dich gewesen bin und ...«
»Das warst du nicht.« Jack zuckte die Achseln und fügte ehrlich hinzu: »Nicht wirklich.«
»O doch, aber das wollte ich nie sein. Ich bin froh, daß wir geheiratet haben, und sogar, daß du mich entführt hast.«
»So seltsam das auch sein mag«, gab Jack zu, »ich bin darüber auch froh.« Er lehnte sich an die harten Steine und bemühte sich um innere Ruhe. Es gab nicht mehr viel zu sagen. Aber vielleicht hatte er keine Gelegenheit mehr, es ihr zu sagen, verdammt noch mal. Er öffnete den Mund und stellte fest, daß er Angst hatte. Er war ein verdammter Pirat, und er fürchtete sich davor, drei Worte zu diesem Hauch von einer Frau zu sagen – seiner Ehefrau!
»Miranda?«
»Ja.«

Jack holte tief Luft und stürzte sich kopfüber hinein. »Ich liebe dich.«
Er bekam keine Antwort. »Hast du mich gehört?«
»Ja«, flüsterte Miranda. Sie hatte einen Moment gebraucht, um seine Offenbarung zu genießen. »Ich liebe dich auch.«
»Wirklich?« Jack fühlte sich lächerlich glücklich. Er zog Miranda weiter zu sich hoch und hauchte einen Kuß auf ihre Stirn. »Dann ist es ja gut, daß wir verheiratet sind«, sagte er, ehe ihre Lippen sich trafen.
Als er schließlich den Kopf hob, atmete er ganz flach, und seine Hände schoben sich unter Mirandas Röcke. Er umfaßte die köstlichen Rundungen und schwelgte in ihrem entzückten Zittern.
»Es sieht so aus, als hättest du einen ganz schön lüsternen Piraten geheiratet«, hauchte Jack, und seine Finger tauchten in ihre Feuchtigkeit. Sie drängte sich näher an ihn heran und rieb sich an ihm.
»Ja, scheint so«, stimmte sie zu. »Aber, Jack« – Miranda zog sich zurück, als sie merkte, daß ihr Mann es nicht bei dem herrlichen Streicheln ihres Körpers bewenden lassen wollte – , »wie können wir nur?«
»Pscht. Du stellst zu viele Fragen.«
»Aber ich weiß wirklich nicht ... Oh ... Jack ...«
»Dreh dich ein wenig zur Seite. Ah, ja.« Jack schaffte es, seine Hose über seine Hüften herabzuziehen. Er hob ihre Röcke und ließ seine Fingerknöchel über die weiche Haut ihrer Oberschenkel gleiten.
Sie konnte ihn kaum sehen, weil es in der Zelle so dunkel war. Miranda schloß die Augen und ließ sich selbst los. Ihr Kopf sank nach hinten, und die schwarzen Haare strichen über die nackte Rückseite ihrer Beine, als er sie zu sich hob. Sie atmete seinen männlichen Moschusduft ein und wußte, daß kein anderer Duft sie jemals so erregen würde.

Miranda ließ die Finger über sein Rüschenhemd so weit hinabgleiten, bis der Stoff endete und seine heiße, behaarte Haut begann. Er atmete ruckartig ein und murmelte einen leisen Fluch, als sie ihn berührte. Seidenglatt und hart stieß er gegen sie, als bäte er um eine Fortsetzung ihrer scheuen Erforschung. Die Dunkelheit und der bedrohliche nächste Tag ermutigten Miranda, und ihre Hand schloß sich um seinen Penis. Ihre Fingerspitzen berührten ihn kaum, doch sie streichelte und liebkoste ihn so lange, bis seine Hand ihr Handgelenk umfaßte und ihre gleitenden Bewegungen stoppte.

»Gott, Miranda ... du wirst mich noch entmannen.«

»Das ist absolut unmöglich.« Sie sagte die Worte gegen seine Lippen und zwischen erotischen kleinen Vorstößen ihrer Zunge in seinen Mund. Jedes seidenweiche Eindringen wurde tiefer, bis Jack sich nach vorn beugte und das Küssen übernahm.

Seine großen Hände umfaßten ihre Hüften und hoben sie hoch. Miranda schwebte kniend über ihm. Die weiche, runde Spitze des Penis neckte ihre feuchte Haut, während sie beide den Moment ihrer Vereinigung hinauszögerten. Verlangen schoß durch Mirandas Körper, und sie wand sich, senkte sich auf ihn hinab und nahm ihn ganz in sich auf – und das kalte Gestein, die Zelle, ja die ganze Welt schien zu versinken.

Sinnliche Geräusche und ein Gemisch aus atemlosen Seufzern und Stöhnen begleiteten die geschmeidigen Bewegungen ihrer miteinander verbundenen Körper. Jacks Finger fühlten aufgerichtete Brustknospen, die sich gegen ihr Seidenmieder preßten. Geschickt schob er den Stoff beiseite. Ihre Brüste fielen in seine Hände, und er umfaßte sie. Dann beugte er sich vor und nahm eine voller Leidenschaft in den Mund.

Die Saugbewegung unterstrich den Rhythmus seiner Hüften und ließ den Hunger, den Miranda in sich fühlte, unerträglich werden. Ihre Haut prickelte, und eine Flutwelle von Verlangen überschwemmte sie. »Laß mich fliegen«, hauchte Miranda, als seine Hand sich in die festen Locken schob, die mit seinen verwoben waren. Sein Daumen glitt tiefer hinein und fand das Zentrum ihrer Leidenschaft. »Laß mich in den Himmel fliegen.«

Mit seiner freien Hand umfaßte Jack ihre Kniekehlen, zog sie weiter zu sich und drang noch tiefer in sie ein. Seine Stöße wurden heftiger, und Miranda wurde von einer stürmischen Windbö hochgerissen. Sie zitterte unkontrollierbar, wand sich und schwebte auf den Schwingen der Lust. Und Jack wurde mit ihr hochgeschleudert und befreite sich explosionsartig von den Fesseln des Daseins.

Es war eine kraftvolle Vereinigung von zwei Körpern und zwei Seelen, heftiger und dennoch zarter als alles, was sie je erfahren hatten. Ein Anfang, schwor Miranda. Irgendwie würde sie dafür sorgen, daß dies der Anfang ihres gemeinsamen Lebens war. Doch ihr Ehemann, dieser vom Leben gehärtete Pirat, nannte es anders: das Ende.

Als sie gegen seine Brust fiel, umarmte Jack seine Frau. Er glättete ihrer beider Kleidung und zog seine Frau an sich. »Schlaf, Miranda. Wir beide werden morgen unsere ganze Kraft brauchen.«

Doch Jack schlug seinen eigenen Rat in den Wind. Lange nachdem ihre weiches, gleichmäßiges Atmen von ihrem Schlaf zeugte, lehnte er noch an den Steinen und beschwor Bilder der morgigen Ereignisse herauf. Er wollte jede Möglichkeit bedenken, um Miranda hier herauszubringen.

Er mußte geschlafen haben, denn der schwere Schlag der Tür gegen die Wand weckte ihn auf. Jack rappelte seinen

feuchten und steifen Körper auf und zog Miranda mit sich hoch.
Sie warf das schwarze Haar über die Schultern zurück und sah zur Tür. Licht wurde von der Laterne verbreitet, die einer ihrer Wärter vor sich hielt. Sie konnte die Silhouetten von zwei weiteren Männern ausmachen – und alle trugen Schwerter. Der Anführer forderte sie zum Gehen auf, und Miranda griff nach Jacks Hand.
»Denk an dein Versprechen«, sagte er nur noch, ehe er zur Tür ging.
Kerzen steckten auf eisernen Dornen entlang des tristen Flurs, durch den sie geführt wurden. Ein Mann, der Befehle auf Spanisch murmelte, die Miranda übersetzte, ging vor Jack und Miranda her, und die beiden anderen Männer folgten dicht hinter ihnen.
Jack wartete so lange, bis sie sich einer offenen Tür näherten, die in den Innenhof führte. Er atmete tief ein, drückte Mirandas Finger ein letztes Mal und verlangsamte den Schritt. Der Mann, der direkt hinter ihm war, brummte und stach ihn in den Rücken. Jack drehte sich herum und fluchte.
Mirandas Hand auf seinem Arm hielt Jack davon ab, sich auf ihn zu stürzen. »Er möchte, daß du dich beeilst«, sagte sie.
Jacks Kopf fuhr herum. »Ich weiß genau, was er will.« Gott im Himmel, *er* wußte, was ein Stich bedeutete. Doch es sah ganz so aus, als wüßte seine Frau nicht, wie man Verwirrung stiftete. Seine Augen sahen schnell zu der offenen Tür und dann wieder zu ihr, und er hatte den ersten Verdacht, daß sie beschlossen haben könnte, ihr Versprechen ihm gegenüber nicht einzuhalten. Sie schüttelte leicht den Kopf.
Wieder starrte er zur offenen Tür, und diesmal stürzte er sich auf den Wärter, als dieser ihn schubste.
Miranda wandte sich dem kleinen Spanier zu. Mit empörter

Miene und lauter Stimme schimpfte sie ihn zusammen. Der Mann schien genauso schockiert zu sein wie die beiden anderen Männer, die sie durch den Flur geführt hatten.
Jack nutzte den Augenblick aus.
So schnell, daß sie nach Luft schnappte, ergriff er Mirandas Schultern und drehte und schubste sie gleichzeitig in den Hof. Er trat um sich, brachte den Soldaten zum Straucheln, der hinter ihr herrennen wollte, und streckte ihn in Richtung der beiden anderen Wärter zu Boden. Beide verloren das Gleichgewicht und fielen gegen die Wand.
Einen Augenblick lang spielte Jack mit dem Gedanken, ins Tageslicht hinauszurennen und zusammen mit Miranda zu fliehen. Doch die Soldaten rappelten sich wieder auf und griffen nach ihren Schwertern, und er wußte, daß er sie aufhalten mußte, damit Miranda weglaufen konnte.
»Lauf«, schrie er, knallte die Tür zu, wirbelte herum und versperrte den Durchgang mit seinem großen Körper. Mit einem Hieb schlug er einen der Wärter so heftig beiseite, daß dieser im Schmutz zusammensackte. Doch ein anderer ging mit gezogenem Schwert und wutverzerrter Miene auf Jack los.
Jack täuschte zur Rechten und achtete dabei darauf, daß er zwischen den Soldaten und der Tür blieb und dem wütenden Stich des Stahls entging. Die Waffe fiel dem Spanier aus den tauben Fingern, als Jacks Handkante auf seinem Handgelenk landete.
Jack griff nach dem Heft, sprang nach vorn und durchbohrte den Soldaten mit seinem eigenen Schwert. Mit einem schnellen Ruck wandte sich Jack seinem nächsten Gegner zu. Der Mann zögerte, weil er von dem, was er eben mit angesehen hatte, offensichtlich beeindruckt war.
Jack wog das Schwert in seiner Hand und genoß diese

Verlängerung seines Arms. Er grinste seinen Gegner an und machte sich lustig über seinen Unwillen, mit ihm zu kämpfen. Jack spürte einen Anflug von Heiterkeit in sich und einen Funken Hoffnung. Wenn er diesen einen Mann noch besiegte, dann hatte er eine Chance, zu de Segovia zu gelangen und Rache an ihm zu nehmen, und auch eine Chance, mit Miranda zusammen zu entkommen.

Der Soldat stürzte sich plötzlich auf ihn, doch Jack war schneller und vereitelte den Angriff. Er sprang vor und fuhr dem Spanier mit der Spitze des Schwerts so über die Brust, daß Blut herausspritzte. In dem engen Flur zu kämpfen war schwierig, doch Jack war eindeutig der bessere Kämpfer. Er parierte jeden Stoß und trieb den Spanier rückwärts durch den Flur. Mit jedem weiteren Schritt wurde Jack immer aggressiver.

Dann schleuderte Jack mit einer schnellen Bewegung seines Handgelenks die Waffe seines Gegners zu Boden. Schweiß brach auf dem geröteten Gesicht des Mannes aus, als er sich flach gegen die Steinwand preßte.

Jack lehnte sich vor. »Wo ist de Segovia?« Seine Schwertspitze spielte mit den Knöpfen, die die Vorderfront der Uniformjacke des Soldaten schmückten. »De Segovia?« wiederholte er, als der Mann nicht reagierte.

Der Soldat warf sich zur Seite und versuchte zu fliehen, doch Jack folgte ihm und durchbohrte den Körper des Mannes mit einem einzigen Stoß.

Im gleichen Moment fühlte Jack, daß sich ihm die Nackenhaare aufstellten. Er wirbelte herum und machte sich wütend auf einen neuen Widersacher gefaßt. Doch zu spät. Dem Schlag des Knüppels konnte er nicht mehr ausweichen, der auf seinen Kopf herabsauste.

Ein blindwütiger Schmerz explodierte in Jacks Kopf und

raste durch seinen Körper. Seine Knie gaben nach, und Jack versuchte vergeblich, sich aufrecht zu halten. Als er sich der Niederlage bewußt wurde, sah Jack den schmutzigen Boden auf sich zukommen.
Kurz bevor die Dunkelheit ihn umfing, beschwor er das Bild von Miranda in sich herauf, wie er sie zuletzt gesehen hatte. Sie starrte ihn an, und ihre blauen Augen waren voller Liebe und Bedauern, und ungeweinte Tränen glitzerten in ihnen. Gott im Himmel, er hoffte aus vollem Herzen, daß sie hatte entkommen können.

Ah, der Sünde Sold.
Jack schmachtete schmerzgequält vor sich hin. Er war sicher, daß er gestorben war und seinen Weg in die Tiefen des Hades gefunden hatte. Er war jedoch noch immer ein Pirat.
»Wie ich sehe, bist du schließlich doch angekommen.«
Jack hörte auf, seinen letzten Bestimmungsort zu beklagen, und riß die Augen auf. Er erkannte die Stimme, nach zwölf Jahren und obwohl sie jetzt in einem Englisch mit starkem Akzent sprach. Und obwohl die Hölle der ideale Ort für de Segovia war, hatte Jack nicht das Vergnügen gehabt, ihn dorthin zu schicken.
Als Jack seine Augen fokussiert hatte, sah er de Segovia auf einer Holzbank neben der Zellentür sitzen. Sein dunkles Haar war zwar mit Grau durchzogen, doch ansonsten sah er noch fast so aus wie an jenem Tag vor langer Zeit am Strand von Port Royal. Mit einem wilden Schrei versuchte Jack aufzuspringen. Doch die Kettenglieder, die in seine Handgelenke schnitten, ließen ihn abrupt innehalten.
»Du hast schon immer Ärger gemacht, nicht wahr, Jack?«
Die höhnische Miene des Spaniers ließ Jack an den Ketten zerren. Die Bewegung brachte ihm nur weitere Schmerzen,

amüsierte jedoch de Segovia. Er lachte teuflisch, und das war ein Geräusch, das sich in Jacks Kopf mit den Erinnerungen an das Massaker von Port Royal vermischte. Der Spanier hatte damals die Zähne entblößt und schallend über den Jungen gelacht, der lang ausgestreckt zu seinen Füßen gelegen hatte.

»Diesmal wirst du mir nicht entkommen, Jack. Ich habe dich, und ich lasse dich nicht mehr gehen – außer, natürlich, in einen schmerzvollen Tod.«

»Du plärrender ...« Jack biß die Zähne zusammen und zerrte mit aller Kraft, doch schließlich konnte er sich nur zurückfallen lassen, erschöpft, besiegt, und er mußte sich noch mehr von diesem gemeinen Gelächter anhören. Die feuchten Wände schienen es zurückzuwerfen, und es schien Jack zu umgeben und unter seine Haut zu kriechen.

»Ich werde dich töten, du blutdürstiger Bastard«, zischte Jack, als das peinigende Gegacker endlich verklang.

»*Du* wirst mich töten? Das siehst du völlig falsch. *Ich* werde das Töten besorgen.« Er lehnte sich vor und stützte die mit Satin bedeckten Ellbogen auf den Knien ab. »Und du wirst Ärger bekommen dafür, daß du mich blutdürstig genannt hast. Piraten kennen ja diese Behandlung.«

»Ich mag zwar ein Pirat sein, aber ich habe noch keine Frauen und Kinder niedergemetzelt.«

De Segovias Miene verhärtete sich, und seine starken, dunklen Brauen zogen sich zusammen. »Wir befassen uns hier mit deinen Missetaten: Diebstahl, Mord und Piraterie.« Die Lautstärke seiner Stimme stieg mit jedem weiteren Wort an, bis er schließlich fast brüllte. »Ruchlose Taten allesamt. Und alle mit dem Tod zu bestrafen.«

Er stand auf und ging auf Jack zu, während er sorgsam darauf achtete, daß er außerhalb der Reichweite des Piraten blieb. »Du hast mir vom ersten Moment an nur Ärger gemacht. Schon damals hätte ich dich mit meinem Schwert durchbohren sollen. Doch dummerweise habe ich dich verschont.«

»Verschont, um in deinem Steinbruch zu schuften und Kalksteine zu schlagen oder von Sonnenaufgang bis Sonnenuntergang den Graben auszuschachten.« Jack erinnerte sich lebhaft an die beiden Jahre, die er als Gefangener unter de Segovias grausamer Fuchtel verbracht hatte. »Sag mir, de Segovia, hast du mich verschont, um dich im Umgang mit der Peitsche zu üben?«

»Dir war nicht zu trauen«, stellte de Segovia nur fest.

»Ja. Und jetzt kannst du mir auch nicht trauen.« Die Gehässigkeit in Jacks Stimme ließ die hervorgetretene Ader auf de Segovias Stirn pulsieren, doch er lachte herzhaft.

»Mutige Worte von einem Gefangenen. Ich werde nicht den gleichen Fehler noch einmal machen. Es wird keine Kanonen eines Piratenschiffs geben, die deine Flucht verschleiern. Das *Castillo* ist jetzt fertig. Und es kann mit Leichtigkeit jeden Angriff von See vereiteln.«

De Segovia blieb vor Jack stehen, und sein Lächeln war böse. »Als ich vor zehn Jahren merkte, daß du fort warst, habe ich gehofft, daß dich die Piraten töten würden oder der Sumpf. Ich verließ Spanien in dem Glauben, daß du tot seist. Dann hörte ich Geschichten über einen Piraten, der das spanische Festland durchstöberte. Ein Pirat mit Namen Jack Blackstone.«

»Ich habe dich gesucht, de Segovia.«

»Und nun hast du mich gefunden.« Der Spanier schien das höchst amüsant zu finden. »Glücklicherweise wird dir das nichts nützen.«

Jacks Finger ballten sich zusammen, und er sehnte die Ge-

legenheit herbei, die Hände um den Hals dieses Mannes legen zu können. Doch Jack konnte nur in dem schmutzigen Stroh knien und mußte das Gegeifer des Spaniers ertragen.
Jack hörte de Segovia nicht mehr zu, bis dieser die Snebley-Bucht erwähnte.
»Ah, das erregt dein Interesse. Dort habe ich dich fast erwischt. Leider bist du mir durch die Finger geschlüpft. Aber diesmal nicht.«
»Dann war das also deine Galeone bei der Snebley-Bucht? Wie konntest du wissen ...«
»Von deinem geheimen Versteck? Deinem sicheren Hafen?« De Segovia kicherte. »Ich glaube nicht, daß es etwas schaden wird, wenn ich es dir jetzt erzähle – jetzt, da es für dich zu spät ist, noch irgend etwas zu unternehmen.« Er legte den Kopf schief. »Ich hatte eine Nachricht von jemandem bekommen, den du nie verdächtigen würdest. Du hast mehr Feinde, als du dir vorstellen kannst, mein Piratenfreund.«
Jack hörte entsetzt zu, als de Segovia ihm gegenüber den Verräter entlarvte. Warum hatte er das denn nicht gewußt? Das Hämmern des Bluts in seinen Ohren überdeckte fast die Worte des Spaniers, während Jack an den Judas dachte. Und de Segovia hatte recht: Obwohl er es jetzt wußte, konnte er nun nichts mehr tun.
Es war zu spät für alles – selbst für irgendeine Art von Rache.

Die Dämmerung tauchte die modrige Zelle in schmutziggraues Licht, und in der Dämmerung dieses Tages würde er sterben.
Seltsam, dachte Jack, als er sich gegen die rohe Steinwand lehnte, daß sein Hals nicht mehr juckte. Dieses Prickeln, das ihn seit dem Tag, an dem er Pirat geworden war, geplagt

hatte, war fort. Und dabei hatte er gedacht, daß es gerade heute unerträglich sein würde. Allerdings wurde er nicht gehängt, wie er befürchtet hatte, denn das war die englische Strafe für Piraterie.

Die spanische Methode war zwar ähnlich, aber noch gemeiner. Oder vielleicht schien es nur deshalb so zu sein, weil de Segovia darin schwelgte, sie in quälenden Einzelheiten zu beschreiben.

Erdrosselung.

Sie würden ihn auf einen Stuhl setzen, ihm einen Strick um den Hals legen und dann Schrauben drehen, die das Hanfseil zuzogen, das langsam das Leben aus ihm strangulierte.

Jack atmete tief ein und wunderte sich wieder darüber, daß er keinen Drang fühlte, sich den Hals zu kratzen. Vielleicht war das schlimmste am Sterben, daß er sich so viele Gedanken darum gemacht und es angstvoll erwartet hatte. Nun, in ein paar Stunden würde alles vorbei sein.

Jack schloß die Augen und wünschte sich, daß er bei klarem Bewußtsein sterben konnte, und auch, daß er nicht voller Bedauern sterben mußte. Doch das Bedauern nagte an ihm wie die Ratten, die mit ihm die Zelle teilten.

Er hatte versagt. Versagt, de Segovia die gerechte Strafe zuteil werden zu lassen, auch wenn das seine eigene Art von Strafe gewesen wäre. Versagt, seine Schwester zu retten. Versagt, die Viper zu erkennen, die sich an seine Brust geschmiegt hatte.

Das war seine Hölle.

Jack schauderte, und er zwang sich, nicht länger solchen morbiden Gedanken nachzuhängen. Er lächelte, als er an Miranda dachte. Sein einziges Bedauern betraf in diesem Fall die Tatsache, daß er sie der Gefahr ausgesetzt hatte und daß er nicht sicher wußte, ob sie entkommen war. Doch er betete darum, daß es ihr gelungen war. Miranda war einfallsreich. Wider alle Vernunft würde er mit der Hoffnung in den Tod gehen, daß sie in Sicherheit war.

Als sich die schwere Holztür quietschend öffnete, rappelte Jack sich auf. Er wischte sich, so gut er konnte, das Stroh von der Hose und straffte die Schultern. Er war, bei Gott, Gentleman Jack Blackstone, und er würde mit soviel Würde in den Tod gehen, wie die Spanier ihm erlaubten.

Es gab drei Gardisten. Zwei von ihnen hatten Pistolen auf ihn gerichtet, während der dritte ihm die Fußeisen löste. Seine Handgelenke erholten sich, als man ihm die Metallbänder abnahm, doch diese wurden schnell durch ein Hanfseil ersetzt. Mit auf dem Rücken gefesselten Händen wurde Jack vorwärtsgestoßen.

Nach drei Tagen im Halbdunkel schmerzte das Sonnenlicht in Jacks Augen. Er blinzelte und zwang sich dann, sie zu öffnen. Der Hof war mit Menschen gefüllt, und Volksfeststimmung lag in der Luft. Dann bemerkte ihn plötzlich jemand, und ein allgemeines ›Pscht‹ schaffte unter den Anwesenden Ruhe. Weitere Soldaten schlossen sich den Gardisten an. Als sie sich um ihn versammelten, wußte Jack nicht, ob sie die Menge vor ihm schützen wollten oder ihn vor der Menge.

Die Soldaten stießen Jack vorwärts und schoben die Menschen beiseite. Langsam und zögernd öffnete sich ihm eine Gasse. Die Gesichter waren haßerfüllt, und obwohl Jack nicht verstehen konnte, was sie sagten, war es offensichtlich, daß sie kein Mitleid mit ihm hatten.

»Die Bürger von St. Augustine hassen Piraten wie dich«, hatte de Segovia gestern zu ihm gesagt. »Sie werden deinen Todestag zu einem Feiertag erklären.«

Seine Worte hatten Jack einen Schauer über den Rücken

gejagt. Als er jetzt den Beweis dafür sah, hob er das Kinn noch ein wenig mehr an. Er sah strikt geradeaus, und dann sah er sie. Eine hohe Holzplattform, auf der sich nur der Stuhl und der Pfosten dahinter befanden.
Er zögerte nur einen Augenblick, ehe er seinem Schicksal weiter entgegenging.
De Segovia stand am Fuß der Plattform. Er war angetan mit allen militärischen Insignien. Die tropische Sonne wurde von dem Silber und den Juwelen zurückgeworfen, die seinen kurzen Bulldoggenkörper zierten, und die Brise ließ die Federn an seinem Hut flattern.
Aber es war der Ausdruck auf seinem Gesicht, der Jacks Aufmerksamkeit erregte: selbstzufrieden, aufgeblasen und hämisch. Und Jack hätte gern die letzten Minuten seines Lebens dafür gegeben, ihm diesen Ausdruck aus dem Gesicht zu wischen.
Doch er blieb nur unerschütterlich stehen, während de Segovia höhnische Bemerkungen über ihn machte, die die Menge zu Begeisterungsstürmen anstachelten. Als sie sich gegen die Soldaten drängte, gab de Segovia das Zeichen für Jack und den mit einer Kappe verhüllten Henker, die rohen Holzstufen hinaufzusteigen.
De Segovia folgte. Er blieb abseits stehen, während Jack auf den Stuhl geschoben wurde. Dann drehte er sich ihm grinsend zu. »Da ich weiß, daß du der einzig wahren Religion nicht angehörst, habe ich es für Zeitverschwendung erachtet, dir einen Priester zu stellen.«
Jack schwieg.
»Hast du keine letzten Worte? Keine Bemerkungen bei dieser folgenschweren Gelegenheit?«
»Nur, daß ich auf dich in der Hölle warten werde.«
Jack spürte ein wenig Befriedigung, als er sah, daß de Sego-

vias Gesicht alle Farbe verlor. Der Spanier zitterte vor Wut. Er drehte sich der Menge zu und hob die Hand. »Laßt uns mit der Exekution des verachtungswürdigen Piraten Jack Blackstone beginnen!« rief er, ehe er die Stufen hinunterstieg.
Jack zwang sich, die starrenden Blicke der Menschenmenge zu erwidern, als der Strick um seinen Hals schrammte.
Die Zuschauer setzten sich aus Sträflingsarbeitern und Adligen zusammen, aus Männern und Frauen, und Jack fragte sich flüchtig, ob seine Schwester auch anwesend war. Doch der Gedanke, daß Elspeth sich seinen Tod ansah, war so abstoßend, daß er ihn schnell verdrängte.
Sein Blick glitt von einem Gesicht zum nächsten, bis er auf ein dunkelblaues Augenpaar traf. Sein Atem stockte.
»Herr des Himmels.«

Zwanzigstes Kapitel

Noch ehe Jack auch nur zu ergründen beginnen konnte, was Mirandas Anwesenheit in der Menge bedeuten konnte, zog sich der Strick um seinen Hals schmerzhaft zu. Er machte einen japsenden Atemzug und dachte, es wäre sein letzter. Doch kaum hatte sich der Hanfstrick stramm zugezogen, löste er sich auch schon wieder und fiel herab. Jack drehte ruckartig den Kopf, als er eine vertraute Stimme gedämpft unter der Kappe des Henkers hörte.

»Machen Sie sich mal keine Sorgen, Cap'n.«

Dann brach die Hölle los.

Mehrere Explosionen knallten gleichzeitig und ließen Sand und Palmwedel durch die Luft fliegen. Menschen schrien, gerieten in Panik und liefen in wildem Durcheinander in dem Hof herum. Die Soldaten legten ihre Gewehre an, doch auch sie wurden von der allgemeinen Hysterie erfaßt.

Jacks Handgelenke wurden freigeschnitten, und ein Entermesser wurde ihm in die Hand gedrückt. Seine Hand umfaßte den Griff, und Jack fuhr mit dem polierten Stahl durch die Luft.

Eine weiterer Knall ertönte, und Jack sprang zusammen mit Phin von dem Holzgerüst herab. Piraten, die eben noch als abgezehrte Sträflingsarbeiter durchgegangen waren, warfen die Kleider ab und schwangen Pistolen und Schwerter. Jacks

Besatzung hatte sich in der Nähe der Soldaten aufgehalten und fiel nun über diese her.

»Hebt die Zugbrücke!« Der Befehl, den ein spanischer Offizier schrie, war sein letzter.

»Hier entlang, Cap'n.« Phin zog an seinem Arm und ging in Richtung Tor, das jetzt von all den Menschen verstopft war, die sich hindurchdrängen wollten. »Keine Angst, die machen die Brücke schon nicht zu. Ihre Ladyschaft kümmert sich darum.«

»Wo ist sie? Wo ist Miranda!« schrie Jack über das Getöse hinweg. »Ich habe sie in der Menge gesehen.«

Phin zuckte die mageren Schultern. »Auf dem Weg zum Schiff, wette ich.«

Doch Jack wollte nicht um ihr Leben wetten. Er riß sich aus Phins Griff los und eilte auf die Menge zu, die vor ihm zurückwich, als er sich ihr näherte. Es sah ganz so aus, als wollte sich niemand mit dem Piratenkapitän einlassen.

»Miranda!« Jack meinte, ihren glänzenden Kopf zu sehen, und rannte in diese Richtung.

Miranda wandte den Blick von dem Mann neben ihr ab und sah ihm entgegen, als er näher kam. »Ich habe ihn für dich, Jack. Ich habe de Segovia.« In diesem Augenblick schlug der Spanier auf ihren Arm, griff nach der Pistole, die sie auf ihn gerichtet hatte, und strafte ihre Worte Lügen.

De Segovia schlang den Arm um Mirandas Hals und zielte gleichzeitig mit der Pistole auf Jack.

Nach kurzem Zögern hob Jack sein Entermesser und deutete mit der Spitze auf de Segovias Brustkorb. »Laß sie los, du Bastard!«

»Ich töte sie.« In einem Anfall von Panik bewegte der Spanier die Pistole in Mirandas Richtung.

»De Segovia!« schrie Jack, als Miranda den Ellbogen dem

Spanier in die Seite stieß. Der Funke des Feuersteins explodierte in der Zündpfanne und feuerte die Pistole in dem Moment ab, als Jack vorwärts sprang.

Jacks Entermesser stieß auf Fleisch und Sehnen, und erst als das Echo des Schusses verklang, merkte Jack, daß er nicht verwundet war. De Segovia lag mit dem Gesicht nach oben lang ausgestreckt am Boden, und das Schwert steckte mitten in einem Blutfleck auf seiner Jacke. Doch Jack verschwendete keinen Gedanken an den Mann, der jahrelang sein Rachebedürfnis genährt hatte. Er sah nur, daß Miranda reglos dalag und daß der Spanier ihren zarten Körper teilweise bedeckte.

»O Gott, Miranda.« Jack fiel auf die Knie und betete darum, daß der Schuß sie nicht getötet hatte. Er schob de Segovias Körper auf den Sand und war erleichtert, als Miranda den Kopf hob. Sie starrte in aus weit geöffneten Augen an.

»Jack ... O, Jack.«

»Bist du verletzt?« Jack ließ seine Hände über ihre Arme und Beine gleiten. Als sie ihre Beine erreichten, zuckte sie zusammen. »Himmel, was ist das?«

»Nichts Schlimmes. Ich habe mir nur den Fuß verdreht.« Sie versuchte aufzustehen und verlor das Gleichgewicht. Jack wartete keinen weiteren Versuch ab, sondern beugte sich herab, lud sie sich über die Schulter und strebte dem Tor des *Castillos* zu. Er bahnte sich mit den Ellbogen einen Weg durch die Menge. Wie Phin vorhergesagt hatte, war die Brücke noch immer unten. Ein flüchtiger Gedanke an das Ausschachten des Grabens schoß Jack durch den Kopf, als er über die Holzbrücke stampfte. Sobald er den Strand erreicht hatte, entdeckte er einige seiner Männer und eilte zu ihnen.

Weiter unten am Sandstrand in der Nähe von ein paar Zwergpalmen sah er King, Scar und No Thumb. Sie standen hinter einer hastig aufgebauten Barrikade aus Baumstämmen, feuerten ihre Musketen ab, und Jack sah, daß einige spanische Soldaten ihn verfolgten. Einer fiel in den Sand. Ein anderer machte auf dem Absatz kehrt und rannte zum *Castillo* zurück.

»Weiter unten, Cap'n. Hinter dem kleinen Landstück ist ein großes Beiboot.«

»Kommt ihr nicht mit?« Jack verlangsamte den Schritt und schob Miranda ein wenig zurecht.

»Wir kommen nach. Wir haben nur gewartet, um Ihnen einen Vorsprung zu verschaffen.« Scar feuerte seine Muskete auf einen weiteren Soldaten ab und schickte ihn zu Boden, dann sah er auf und grinste. »Bringen Sie Ihre Ladyschaft bloß hier weg, Cap'n.«

Jack zögerte nicht und versprach zurückzukommen, sobald er Miranda sicher an Bord gebracht hatte. Er traf weitere seiner Männer am Strand einer kleinen Bucht. Die *Sea Hawk* lag kurz vor der Küste vor Anker, ein großes Beiboot kam gerade über das ruhige Wasser auf sie zu, und eine weitere Ketsch wurde auf den Strand gezogen.

»Das sind Sie ja, Cap'n.« Phin eilte zu ihnen, als Jack Miranda ins Boot brachte. »Geht es Ihrer Ladyschaft gut?«

»Mir geht es hervorragend.« Miranda atmete tief ein und schob sich Haare aus dem Gesicht.

»Sie hat sich den Fuß verletzt«, widersprach Jack ihr. »Kümmert euch um sie. Ich gehe King und die anderen holen.«

»Nicht nötig, Cap'n. Sehen Sie doch nur.« Phin deutete zu den drei Piraten, die über den Strand zum Boot gehastet kamen. »Nun steigen Sie schon ein, damit wir diese barbarische Küste hier verlassen können.«

Als er ins Boot stieg, sah er Mirandas Gesicht. Sie starrte an seiner Schulter vorbei in die Ferne. Sie berührte seinen Arm.

»Jack«, sagte sie nur, doch die Art, wie ihre Finger zufaßten, machte ihn argwöhnisch.
Jack drehte sich um und sah eine junge Frau am Strand stehen. Sie war klein und feinknochig, und ihr Haar leuchtete rot im Sonnenlicht. Jacks Mund wurde trocken. Miranda mußte ihn nicht anspornen, zu ihr zu gehen.
»Elspeth?« Jack betrachtete forschend ihre Gesichtszüge, in denen er das Kind wiederzufinden versuchte, das er einmal gekannt hatte.
»Ich wollte dich sehen, ehe du fortgehst«, sagte sie in stockendem Englisch, »und dir nur sagen, daß ich glücklich darüber bin, daß du in Sicherheit bist.«
»Wir sind beide in Sicherheit.« Jack griff nach ihren Händen. »Komm.« Er zog sie sanft. »Komm mit mir nach Charles Town. Dort hast du nichts zu befürchten.«
»Ich habe hier auch nichts zu befürchten«, sagte sie und entzog ihm die Hände. »Mein Mann lebt in St. Augustine. Ich werde ihn nicht verlassen.«
Sie bestätigte das, was Miranda schon gesagt hatte, doch Jack wollte es nicht akzeptieren. Nicht nach all diesen Jahren. Er umfaßte ihre Schultern. »Elspeth, hör mir zu ...«
»Isabel, nicht Elspeth, und ich habe schon ... deiner Frau zugehört. Sie wollte auch, daß ich mit dir mitkomme. Aber ich möchte nicht fortgehen. Bitte, laß uns nicht das bißchen Zeit mit sinnlosen Bitten verschwenden. Sei zufrieden, daß ich glücklich bin.«
»Aber ...«
»Cap'n, wir müssen vom Ufer wegkommen!«
»Ich komme gleich.« Jack brüllte die Worte über seine Schulter. Als er seine Schwester wieder ansah, wurde seine Kehle eng. »Ich habe dich zwölf Jahre lang gesucht ... zwölf Jahre. Ich habe mich immer gefragt, ob du noch am Leben bist

oder …« Jacks Stimme wurde dunkler, und er hatte das unangenehme Gefühl, daß er weinen würde, aber das war unmöglich. Er war ein Pirat und atmete tief ein. »Seit jenem Tag, als die Spanier uns angriffen, dem Tag, als du mit mir mitkommen wolltest, um Nafkebee zu treffen, und ich das abgelehnt habe, habe ich gefürchtet, daß du tot bist. Ich kann dich einfach nicht hier … beim Feind lassen.«

»Du mußt.« Elspeth ergriff seine Hand. »Mein Leben hier war gut. Du mußt dir wirklich keine …«

»Cap'n!«

»Du mußt gehen. Durch mein Kommen habe ich dich noch mehr in Gefahr gebracht. Aber ich wollte dich so gern sehen. Geh jetzt … bitte.« Elspeth lächelte und gab ihm einen sanften Schubs. »Geh.«

Er hatte keine Wahl. Jeder weitere Aufenthalt brachte seine Besatzung und seine Frau in Gefahr. Doch es war, bei Gott, wirklich hart. Sie drückte seine Hände, und Jack drehte sich um und hielt nach drei Schritten wieder inne. Er wirbelte herum, ging die paar Schritte zurück, zog seine Schwester in die Arme und drückte sie an sich. »Ich liebe dich«, flüsterte er, ließ sie los und eilte zurück zum Beiboot. Mit King zusammen stieß er das Boot vom Strand ab.

Sie hatten das Schiff fast erreicht, als spanische Soldaten durch die Bäume brachen und das Feuer eröffneten. Doch die Entfernung war zu groß, und die Kugeln fielen ins Wasser, ohne Schaden anzurichten.

Jack schirmte seine Augen ab, während die anderen die Strickleiter zum Deck der *Sea Hawk* hinaufkletterten. Sein Blick suchte die Küste nach Elspeth ab.

»Sie hat die Küste verlassen, ehe du ins Beiboot gestiegen bist«, sagte Miranda. »Mach dir keine Sorgen um sie. Sie weiß, was sie tut. Sie und Don Luis haben dir zur Flucht verholfen. Elspeth hat uns über de Segovias Pläne auf dem laufenden gehalten. Ihr Mann ist de Segovias Sekretär. Sie hat sein Wissen nur ungern ausgenützt, doch sie konnte nicht zulassen, daß ihr Bruder starb. Und Don Luis war für die Explosionen verantwortlich. Er hat gerade die rechte Menge Schwarzpulver verwendet, um Verwirrung zu stiften, ohne daß jemand ernstlich verletzt wurde. Er war wirklich sehr erfreut darüber, wie sich alles gestaltete ...«

Miranda lachte über seinen erstaunten Gesichtsausdruck. Sie lehnte sich ihm entgegen und berührte seine Wange.

Später, als die *Sea Hawk* unter vollen Segeln auf den Wellen in Richtung Charles Town glitt, nahmen Jack und Miranda ihre Unterhaltung wieder auf.

»Es ist mir unbegreiflich, daß Don Luis, ein Spanier, mir bei der Flucht geholfen hat.«

»Das finde ich nicht. Nachdem ich ihm die Umstände vernünftig erklärt habe ...« In Wirklichkeit, gestand Miranda sich selbst ein, hatte sie sich alles andere als vernünftig verhalten, nachdem sie aus dem *Castillo* entkommen und zu Don Luis geeilt war. Sie hatte geweint und die Hände gerungen und erklärt, daß ihr Leben zu Ende sei, wenn ihr Mann gefangen bleiben würde.

»Aber er ist ein Spanier, um Himmels willen.«

»Jack«, sagte Miranda sanft. »Elspeth hält sich auch für eine Spanierin. Seit ihrem fünften Lebensjahr ist sie bei einer Familie, die sie sehr liebt. Sie nahmen sie nach Spanien mit und zogen sie wie ihr eigenes Kind auf.«

»Aber sie gehört nicht zu ihnen«, sagte Jack und hob trotzig das Kinn. »Hat sie ihre richtigen Eltern vergessen und die Siedlung in Port Royal?«

»Nein. Und sie hat dich auch nicht vergessen.« Mirandas Herz schlug ihrem Mann entgegen, als sie sah, daß seine

Unterlippe zitterte. Er wandte sich ab, ging zu den Fenstern, und Miranda sprach weiter: »Sie hat ihren Mann in Spanien kennengelernt und kehrte mit ihm nach St. Augustine zurück, als de Segovia zurückging. Sie mochte den Kommandeur nie, doch sie hat erst von mir erfahren, daß er für den Überfall auf Port Royal verantwortlich war.«

»Ihr Mann ...« Jack hielt inne und wandte sich Miranda wieder zu. »Als ich floh, sind viele spanische Soldaten getötet worden. Könnte einer von ihnen ...«

»Nein«, versicherte Miranda ihm schnell. »Elspeth hat verhindert, daß er heute ins *Castillo* ging.« Als Jacks Augenbrauen sich fragend hoben, zuckte Miranda die Achseln. »Sie erwartet ein Kind. Ich vermute, daß sie das als Entschuldigung angeführt hat.«

Jack nickte und starrte dann aufs Meer hinaus. »Ich vermute, daß ich eines Tages eine spanische Nichte oder einen Neffen haben werde.« Als Miranda nichts erwiderte, schaute Jack sie über die Schulter an. »Was machst du da eigentlich?«

»Ich stehe auf.« Miranda schwang ihre Beine aus der Koje.

»Aber ...«

»Jack, es geht mir gut.« Miranda drückte gegen seine breite Brust, als er neben ihr niederkniete. »De Segovia ist auf meinem Fuß gelandet, als er fiel, doch jetzt ist wieder alles in Ordnung.«

»Bist du sicher?«

Miranda zog ihren Rock hoch, entblößte den Knöchel und drehte ihn hin und her. Jack widerstand dem Drang, ihr Kleid noch höher zu schieben. Statt dessen stand er auf, verschränkte die Arme und schaute stirnrunzelnd auf seine Frau herab. »Dann muß ich dir etwas sagen. Ich erinnere mich an ein Versprechen, das du mir in der Nacht, die wir zusammen im *Castillo* verbracht haben, gegeben hast. Das

Versprechen, St. Augustine zu verlassen. Offensichtlich hast du das nicht getan.«

Miranda stand auf und sah ihren Mann mit ähnlich finsterem Blick an. »Nein. Statt dessen habe ich deinen schurkischen Hals gerettet. Ist das dein Dank dafür?«

»Wenn du meinen Dank hättest haben wollen, hättest du nicht deinen eigenen Hals riskieren sollen, um meinen zu retten. Du hast versprochen ...«

»Wie kannst ausgerechnet du von Versprechen reden? Oder ist es nur Piraten erlaubt, ihre zu brechen? Wie war das denn mit deinem Versprechen, mich mitzunehmen, als du nach St. Augustine fuhrst?«

Jacks Kinn sprang vor. »Es war zu deinem Besten, daß ich mein Versprechen brach.«

Mirandas Miene wurde liebevoll sanft. »Und es war zu deinem Besten, daß ich mein Versprechen brach.« Sie trat auf ihn zu, und seine Arme umschlangen sie und zogen sie näher zu sich.

»Als ich dich mit de Segovia sah ... Als ich dachte, daß er dich töten könnte ...« Seine Umarmung verstärkte sich, und Jack vergrub das Gesicht in ihrem rabenschwarzen Haar.

»Es ist vorüber. Du hast deine Rache gehabt.«

»Aber es war keine Rache. Als ich ihn tötete, hatte ich weder meine Eltern noch Elspeth oder die Hölle, durch die er mich jagte, im Sinn.« Sein Daumen schob sich unter ihr Kinn und hob ihr Gesicht zu sich hoch. »Ich habe ihn getötet, um zu verhindern, daß er dir etwas antut. Ich habe es für dich getan.«

»Wohin gehst du?« Miranda umrundete gerade rechtzeitig den Treppenabsatz im Haus ihres Vaters, um zu sehen, daß Jack die Eingangstür öffnete. Sie waren in Charles Town vor kaum einer

Stunde angekommen. Jack übertrug Phin die Verantwortung für die *Sea Hawk* und eilte mit Miranda zu dem Haus in der Tradd Street. Als sie dort ankamen, hatte er Miranda vorgeschlagen, nach oben zu gehen und sich auszuruhen.
Sie war müde gewesen, doch obwohl sie sich aufs Bett gelegt hatte, hatte sie nicht schlafen können. Ihr Geist war noch viel zu aktiv, denn er war erfüllt von Gedanken an ihren Mann und sein Verhalten, das ihr Sorgen machte.
Auf der Rückreise nach Charles Town war er liebevoll gewesen – obwohl er ihr nicht noch einmal gesagt hatte, daß er sie liebe, wie in jener Nacht in der Zelle. Meist hatte er geschwiegen,und häufig hatte sie ihn dabei angetroffen, daß er gedankenverloren aus den Sprossenfenstern herausgeschaut hatte. Und er hatte das, was ihn bewegte, nicht mit ihr besprechen wollen.
Miranda fürchtete, daß er vorhatte, sie zu verlassen.
Sie hatte gehört, wie Phin und die anderen von den Reichtümern im Indischen Ozean gesprochen hatten. Sie waren Piraten, und der Ruf des Reichtums und der Reiz des Abenteuers steckte ihnen im Blut. Und das war bei ihrem Mann nicht anders.
Jetzt wollte er gehen, doch eingestehen wollte er ihr das nicht. Wie ein wahrer Schuft wollte er sich einfach in die Nacht hinausstehlen.
Doch es war Morgen, die Sonne schien, und Miranda hatte nicht vor, sich von ihm verlassen zu lassen. Sie eilte die Treppe hinunter.
»Wohin gehst du?« wiederholte sie, weil seine Miene leicht schuldbewußt war.
»Spazieren. Hinunter zu den Docks«, erklärte er.
»Laß ihn gehen, Tochter. Du kannst nicht ewig um ihn herumspringen.«

Miranda drehte sich ihrem Vater zu, der gerade in die Diele gekommen war. »Ich springe nicht um ihn herum. Ich habe einfach nur gefragt.«
»Ich bin bald zurück.« Jack neigte sich herab und gab seiner Frau einen schnellen Kuß, ehe er aus der Tür ging.
»Jack.« Miranda griff nach dem Schnappschloß, doch ihr Vater war schneller.
»Laß ihm ein bißchen Zeit, Miranda.«
»Nur, wenn du mir sagst, was los ist. Ich weiß, daß etwas im Busch ist. Er verläßt mich, nicht wahr?«
»Nein.« Ihr Vater schien ehrlich überrascht zu sein. »Darum geht es überhaupt nicht.«
»Um was denn sonst? Ich habe ein Recht dazu, es zu erfahren.«
Henry nahm seufzend ihre Hand und führte sie in Richtung Salon davon. »Ich vermute, du hast recht.«

Jack verhielt den Schritt vor dem schmalen Stadthaus aus Backstein und holte tief Luft. Die Konfrontation stand kurz bevor. Er hatte sich gleichzeitig danach gesehnt und davor gefürchtet, seit de Segovia ihm den Verrat offenbart hatte.
Er wußte, was geschehen war.
Nun würde er herausfinden, warum.
»Master Jack, was für eine Überraschung.«
»Hallo, Molly.« Jack trat durch die paneelierte Tür. »Ist mein Onkel zu Hause?«
»Ja, Sir, er ist in der Bibliothek. Ich werde Sie anmelden.«
»Mach dir keine Mühe.« Jacks Hand auf ihrer rundlichen Schulter unter dem Baumwollstoff hielt die schwarze Frau auf. »Ich möchte *ihn* auch überraschen.«
»Wie Sie meinen, Master Jack.« Die Frau durchquerte brummelnd die Diele. »Wie Sie möchten.«

Jack hielt sich nicht damit auf, anzuklopfen. Er öffnete einfach die Tür und trat in den Raum. Die Möbel waren eindrucksvoll. Sie waren aus dem Heimatland importiert worden oder, wie bei dem Schreibtisch, hinter dem sein Onkel saß, von einer spanischen Galeone ohne irgendwelche Kosten gekapert worden.

»Jack!« Roberts lange, schlanke Finger ließen den Federkiel fallen. »Ich habe nicht erwartet, dich so früh wiederzusehen.«

»Oder überhaupt, was das betrifft.«

»Was willst du damit sagen?«

»Nichts.« Jack wedelte die Bemerkung mit einer Handbewegung beiseite. »De Segovia ist tot«, sagte er übergangslos. »Ich wußte, daß vor allem du dich über diese Nachricht freuen würdest.«

»Tot? Bist du sicher?«

»Ja. Durch meine eigene Hand.«

»Nun, das ist ... das ist ja wunderbar.«

»Nun sind sie alle gerächt worden. Meine Eltern. Dein Bruder und all die Mitglieder der Siedlung von Port Royal.«

Robert begann sich zu erheben, doch Jack schlenderte zum Schreibtisch und bedeutete ihm, sich wieder zu setzen. Robert kam der Aufforderung nur zögernd nach. »Du mußt sehr glücklich sein.«

»Wie du auch. Du hast doch sicher immer einen gesunden Haß dem Spanier gegenüber empfunden, der den Überfall anführte.«

»Du weißt, daß es so war.«

»Jedenfalls hast du das immer behauptet.«

»Was soll denn das nun wieder heißen? Hör mal, Jack, ich bin gerade mit der Buchführung für die Plantage beschäftigt. Vielleicht können wir später darüber sprechen.«

»Wir sprechen jetzt darüber.« Jack stieß Robert in den Sessel zurück, als dieser aufzustehen versuchte. »Ich werde dir von meinem knappen Entkommen aus St. Augustine berichten und davon, daß ich ohne die Hilfe meiner Frau und meiner Besatzung jetzt tot wäre – vor einer großen Zuschauermenge erdrosselt.

Hast du jemals solch ein Schicksal vor dir gehabt, *Onkel* Robert? Hast du dir jemals Sorgen darum machen müssen, daß deine Frau vielleicht nicht fliehen könnte? Sind dir jemals die Tage, die du für deine letzten gehalten hast, von dem Wissen vernichtet worden, daß du von deinem eigenen Fleisch und Blut betrogen worden bist?«

Roberts Gesicht verlor alle Farbe, und er starrte Jack schweigend und mit einem grimmigen Zug um den Mund an.

»Was, keine hektischen Fragen, wie ich das meinen könnte? Aber du weißt ja, wovon ich spreche, nicht wahr, Robert?«

»Ich habe keine Ahnung, von was ...«

Jack sprang vorwärts, packte Roberts Spitzenkrawatte und zerrte ihn hoch, bis ihrer beider Nasen sich fast berührten. »Lüge nicht auch noch zu allem anderen,« fauchte Jack mit zusammengebissenen Zähnen. »Er hat es mir gesagt. De Segovia hat mir von deinem Brief erzählt, als ich als sein Gefangener auf die Hinrichtung wartete. Daß du ihm von der Snebley-Bucht berichtet hast und auch darüber, daß ich seinetwegen nach St. Augustine kommen würde. Der Teufel soll dich holen, er hat es mir erzählt!«

In einem Wutanfall stieß Jack den alten Mann zurück auf den Sessel, wirbelte herum und durchquerte den Raum. »Ich weiß, was du getan hast. Das Warum interessiert mich noch.« Er wandte sich um. »Warum, verdammt noch mal?«

Er hatte kaum die Frage gestellt, als er auf der Schreibtischplatte etwas liegen sah. Als er genauer hinschaute, erkannte er den schimmernden Lauf einer Pistole, die auf seinen Bauch zielte.

»Sie ist geladen und schußbereit, falls du dich das fragen solltest.«

»Hast du vor, mich jetzt gleich zu töten?«

»Ja, das ist genau das, was ich beabsichtige. Du hast dich für mich zu einem Ärgernis entwickelt.«

»Weil ich von deiner Doppelzüngigkeit weiß?«

»Auch.« Robert zielte weiter auf Jack, während er aufstand. »Aber ich wollte dich schon lange loswerden. Sei bloß nicht so schockiert. Mit meinem Sendschreiben an de Segovia habe ich zum ersten Mal etwas unternommen. Bis dahin hatte ich darauf gebaut, daß dein impulsiver Charakter und dein gefährlicher Beruf das Problem für mich lösen würden.

Aber leider ist das nicht geschehen. Es schien unerheblich zu sein, in wie vielen Seeschlachten du gekämpft hast oder wie oft du den Spaniern in die Nase gekniffen hast. Du hast immer überlebt und warst anschließend sogar besser dran als zuvor.«

»Hast du dich deshalb dazu entschlossen, dem Schicksal aufzuhelfen?«

»Ich entschloß mich an dem Tag dazu, als du mit deinem dummen Gerede zu mir kamst, daß du deinen Abschied als Pirat nehmen und deinen rechtmäßigen Platz in der Plantage einnehmen wolltest. Ah, ich sehe, daß du dich an diese Unterhaltung erinnerst.«

»Das ist Monate her. Und es war nicht mehr als ein Einfall.«

»Ja, aber du hast mehr und mehr die Lust an deinem bisherigen Leben verloren. Mir ist das nicht so gegangen.«

»Das bedeutet?«

»Das bedeutet, daß ich keine Lust habe, die Führung der Royal-Oak-Plantage an dich abzugeben. Ich habe die Plantage zu einem blühenden Unternehmen aufgebaut.«

»Mit Hilfe des Geldes, das ich durch die Piraterie erwirtschaftet habe«, warf Jack ein, doch sein Onkel weigerte sich, auf seine Worte einzugehen.
»Ich möchte nicht, daß du nach all der Zeit zurückkehrst und sie mir wegnimmst.«
»Aber sie hat dir nie gehört. Royal Oak gehörte schon immer mir.«
Roberts Lächeln war böse. »Aber nicht mehr nach dem heutigen Tag.«
Jack schnaubte. »Du willst mich einfach erschießen. Hier? In deinem Haus? Meinst du nicht, daß die Polizei das verdächtig finden wird?«
»Nicht, wenn ich ihr berichte, daß du – ein blutrünstiger Pirat – hier hereingestürmt bist und von mir Geld verlangt hast. Nachdem ich mich so lange schon bemüht habe, die Leute davon zu überzeugen, daß du als Freibeuter tätig warst.« Er hob die Pistole und wog sie in der Hand. »Dank meiner gar nicht so subtilen Hinweise habe ich die Polizei davon überzeugen können, daß du Miranda Chadwick entführt hast.«
»Auch dieser Ärger geht also auf dein Konto.«
»Ja, tatsächlich. Aber ich glaube, wir haben genug gesprochen.« Roberts Augenbrauen zogen sich zusammen, und der Druck seines Fingers am Abzug verstärkte sich. Sein Blick war konzentriert, doch er riß den Kopf herum, als er den Lärm an der Tür hörte.
»Master Robert, diese Frau hier besteht darauf, daß sie ...« Mollys Mund klappte zu, als sie die Waffe sah.
Miranda drängte sich an ihr vorbei, doch Jack erhaschte nur einen flüchtigen Blick von ihr, weil er sich über den Schreibtisch hinweg auf seinen Onkel stürzte.
Jack war zwar stärker, doch die Waffe, die noch immer auf

ihn zielte, machte das wieder wett. Jack schlug auf den Arm seines Onkels und hob damit den Lauf an, doch nicht weit genug. Er zielte nur knapp über Jacks Gesicht hinweg. Und Robert kämpfte darum, die Mündung Millimeter für Millimeter herunterzudrücken.
Jacks Finger krallten sich weiter in Roberts Handfläche, und seine Muskeln wölbten sich, während er lang ausgestreckt über dem Schreibtisch lag. Robert, der gegen den Ledersessel zurückgedrückt wurde, grunzte und knirschte mit den Zähnen. Schweiß brach ihm auf der Oberlippe aus, und die Augen traten ihm aus den Höhlen.
Doch er gab nicht auf.
Als ein Geräusch hinter ihm erklang, kümmerte Jack sich nicht darum. Doch sein Onkel sah zur Seite, und Jack nutzte diese Unterbrechung. Er erhob sich auf die Knie, der Sessel kippte nach hinten und riß Robert und Jack mit sich. Als Robert auf dem Boden aufschlug, ging die Pistole los.
»Jack! Jack!« Miranda rannte um den Schreibtisch herum und glitt neben ihrem Mann zu Boden. Sie griff nach seiner Schulter und versuchte, ihn hochzuziehen. Tränen stiegen ihr in die Augen, als er ihr nicht half. Überall war Blut, rotes, fließendes Blut, das in den Teppich sickerte, und Miranda konnte die Quelle nicht finden. Ihre Hände tasteten ihn ab, doch sie zog sie zurück, als sie das Stöhnen hörte.
Jack ächzte wieder und hob den angeschlagenen Kopf. Miranda warf die Arme um ihn und hätte ihn fast wieder zu Boden geschlagen. Seine Schläfe schmerzte, und er hob eine Hand, um über die Beule zu reiben, die von dem Sturz herrührte.
»Oh, Jack, du bist in Ordnung?«
Miranda weinte jetzt wirklich, und Jack stand auf und zog sie zu sich hoch. Mit einem Blick sah er, daß Robert in einer

Blutlache lag und seine gebrochenen Augen an die Decke starrten. Jack drückte Mirandas Kopf an seine Brust und entfernte sich vom Schreibtisch.

»Papa hat mir gesagt, wohin du gegangen bist«, flüsterte sie gegen seine Jacke. »Er hat mir vom dem Verrat deines Onkels erzählt.«

Diener kamen in die Bibliothek geeilt. Jack ließ den Polizisten holen, und als der kam, nahmen Jack und Miranda ihn an der Tür in Empfang.

»Jetzt ist alles in Ordnung«, murmelte Jack Miranda zu. Doch als er sah, daß Graham Hicks erst auf den Toten am Boden hinabsah und dann zu ihm auf, wünschte Jack, er wüßte mit Sicherheit, daß er die Wahrheit gesagt hatte.

Einundzwanzigstes Kapitel

Es ist spät, Miranda.« Jack schob die Locken beiseite, die ihren Hals verhüllten, und küßte sanft ihren Nacken. Sie drehte sich im Sessel und lächelte ihn einladend an.

»Bist du mit den Büchern fertig?«

»Ja, fürs erste schon.«

Jack begann, seine Frau an sich zu ziehen, und hielt dann inne. »Kannst du denn mit dem Lesen aufhören?«

Miranda lachte und streckte ihm die Arme entgegen. Sie hatte dieses lustvolle Glitzern in seinen Augen schon oft gesehen: Er wollte sie, jetzt. Zum Teufel mit dem Lesen. Und sie wollte ihn nicht anders haben. Trotzdem fand sie es liebenswert, daß er sie gefragt hatte. »Ich habe nur deshalb ins Buch geschaut, weil ich auf dich gewartet habe.«

»Mm.« Jack liebkoste ihren warmen Hals, während er sich mit den kleinen Knöpfen an ihrem Schlafrock abmühte. »Dieses Ding hast du ganz umsonst angezogen.«

»Hätte ich hier lieber nackt sitzen sollen?«

Jack legte den Kopf schief und gab vor, über diese Frage ernsthaft nachzudenken. »Ja, das wäre gut. Vielleicht könnte ich dich ja auch zeichnen.«

»Du kannst nicht zeichnen.« Miranda hielt seine Hände fest und knöpfte den weißen Mantel selbst auf.

»So, das kann ich also nicht.« Sein verspielter Biß in Mirandas nackte Schulter ließ sie kichern. »Aber vielleicht kann ich ja ganz andere Dinge.«

Oh, und wie, dachte Miranda, als ihr Kopf nach hinten sank. Ihr Mann wußte genau, wo er zu liebkosen, zu knabbern, zu saugen hatte, um sie innerlich zerschmelzen zu lassen. Ihre Finger griffen in sein goldblondes Haar, als er sie zu dem großen Himmelbett hinübertrug. Er legte sie auf die Decke und folgte ihr.

Seine Lippen fanden ihre, und sie öffnete sich für ihn und ertrank in sinnlichen Freuden. Sie faßte nach seinem Hemd und schob es nach oben, damit sie seine weiche, muskulöse Haut fühlen konnte. Miranda schwelgte in seiner Hitze.

Als er sich aufsetzte, um seine Stiefel auszuziehen, schlang Miranda sich um ihn herum und legte die Hand auf seinen breiten Rücken. Sie konnte einfach nicht damit aufhören, ihn zu berühren. Sein Lächeln war schalkhaft, als er seine Fingerspitze über ihre Brust gleiten ließ.

»Wir haben heute die Brücke über den Fluß repariert«, sagte Jack, während er zusah, wie Mirandas Brustknospen sich aufrichteten. Als er und Miranda einen Tag nach dem Tod seines Onkels nach Royal Oak gingen, waren sie beide überrascht, wie verwahrlost die Plantage war. Offenbar hatte Robert etliches von dem Geld, das Jack ihm gegeben hatte, dazu benutzt, um in Charles Town ein bequemes Leben zu führen. Es gab zwar Reisfelder, doch das Haupthaus und die Nebengebäude waren in einem traurigen Zustand, und in den vergangenen acht Monaten hatte Jack hart gearbeitet, um alles instand zu setzen.

Er ließ seine Finger liebevoll über Mirandas Bauch hinabgleiten und stand dann auf, um seine Hose auszuziehen. »Die Brücke hat mich an etwas erinnert. An jenem Tag in St. Augustine sagte Phin zu mir, daß ich mir keine Sorgen darum

machen müsse, daß die Zugbrücke geschlossen würde, weil du dich darum kümmern würdest. Ich habe dich nie gefragt, wie du das gemacht hast.«
»Die Zugbrücke?« Mirandas Stirn legte sich in Falten. Sie war so davon in Anspruch genommen, ihren Mann beim Ausziehen zu beobachten, daß sie einen Moment brauchte, um nachdenken zu können. »Oh, das war nicht schwierig. Die Brücke konnte nur gehoben werden, wenn man die Gegengewichte absenkte.« Sie setzte sich auf und schob ihre Locken auf die Schultern zurück. »Du hattest sicherlich keine Gelegenheit, dir den Mechanismus anzusehen, aber er war relativ einfach. Wenn jemand die Winde drehte, half der Zug der Schwerkraft an den Gegengewichten mit, die Zugbrücke zu heben. Ohne Schwerkraft ...« sie zuckte mit den Achseln, »... kann die Brücke nicht angehoben werden.«
»Aber wie bist du die Schwerkraft losgeworden?«
»Ich habe nichts getan. Nicht wirklich.« Sie drehte sich Jack zu, der jetzt auf dem Bett saß. »Die Gegengewichte müssen in ein Loch abgesenkt werden, das so tief wie ihre Länge sein muß, damit die Schwerkraft sie herabziehen kann. Ich habe die Falltür über dem Loch von einigen deiner Männer zunageln lassen.«
»Also ruhten die Gewichte auf dem Holz?«
»Genau. Ohne den Einfluß der Schwerkraft auf die Gegengewichte hatten die Männer nicht genug Kraft, um die Brücke anzuheben. Und bei all dem Durcheinander und dem Gewehrfeuer hatten sie auch nicht die Zeit, die Falltür wieder zu öffnen.«
»Sehr clever, Weib«, sagte Jack, als er sie unter sich zog.
»Ich habe schon gewisse Fähigkeiten.«
»Ja, das hast du wirklich.« Jack hatte gerade mit einem sinnlichen Kuß begonnen, als ein Geräusch auf dem Weg vor

ihrem Schlafzimmerfenster seine Aufmerksamkeit erregte. Er setzte sich auf. »Was, zum Teufel, ist das?«
»Es klingt wie ein Reiter.« Miranda sah Jack an. Sie schwiegen beide, als Jack sich wieder anzog.
»Du bleibst hier«, sagte er nur, als er aus dem Schlafzimmer eilte.

»Wer war es?« Miranda kauerte auf den Knien in der Mitte des Himmelbetts. Sie schaute ihren Mann durch die feine Gaze des Moskitonetzes an, als er in der offenen Tür stehenblieb.
»Es war ein Bote ... aus Charles Town«, erwiderte er und schwieg wieder, als er die Tür schloß. Er hielt Mirandas Blick fest, während er den Raum durchschritt. Er setzte sich aufs Bett und legte den Brief auf die zerknitterte Tagesdecke. Sie beide ignorierten ihn geflissentlich.
»Sein Klopfen hat Missy aufgeweckt«, sagte Jack und meinte die Küchenhelferin. »Sie gibt dem Reiter etwas zu essen, und dann wird er in einem unbenutzten Zimmer unten schlafen, ehe er zur Stadt zurückkehrt.«
»Vielleicht sollte ich helfen.« Miranda machte Anstalten, das Bett zu verlassen, doch Jacks Hand hielt sie auf.
»Missy schafft das schon.« Sein Blick fiel auf die Pergamentrolle mit dem Königlichen Siegel und irrte sofort wieder ab. Miranda hatte das mitbekommen, und ihr Herz schlug ihrem starken Ehemann entgegen. »Jack, wir müssen sie öffnen, damit wir erfahren, was in ihr steht.«
»Ich weiß.« Er seufzte. »Ich wollte einfach nur einen Moment lang noch so tun, als ob alles weiterhin so bleibt, wie es in den letzten Monaten gewesen war.«
Miranda konnte seine Gefühle gut verstehen. Das Leben nach Roberts Tod war für sie idyllisch, aber zerbrechlich gewesen. Ein Rückzug von der Wirklichkeit.

Ihre ursprüngliche Angst, daß der Polizist Jack wegen Mordes an seinem Onkel belangen würde, erwies sich als Irrtum. Nach Mirandas Aussage, die von Molly bestätigt wurde, daß Robert seinen Neffen mit einer Pistole bedroht hatte, mußte Graham Hicks Jack einfach glauben.
Doch Jacks Erklärung hatte den Verdacht im Hinblick auf seine mögliche Piraterie geweckt. Und Fragen hatte Jack nicht beantworten wollen. Also hatte er sich mit Miranda nach Royal Oak abgesetzt.
Zuvor jedoch hatte er ein Gnadengesuch an den König geschickt.
Seitdem hatten er und Miranda auf der Plantage hart gearbeitet. Jack stand früh auf, um das Fluten der Reisfelder zu überwachen, und arbeitete bis spät in die Nacht, um sich mit der Buchführung vertraut zu machen. Miranda befaßte sich mit der Führung des Haushalts mit dem gleichen Feuereifer, den sie einst nur für ihre wissenschaftlichen Studien eingesetzt hatte. Sie lernte, sich um die Kranken zu kümmern und die Herstellung von Kerzen zu beaufsichtigen. Und trotzdem hatte sie noch Zeit für ihr Mikroskop und das Studium ihrer Bücher. Jack hatte ihr eine sonnige Ecke in ihrem Schlafzimmer dafür zur Verfügung gestellt.
Das Leben gefiel ihnen. Sie waren verliebt und glücklich. Doch Jacks Vergangenheit hing wie ein Schwert über ihnen, das ständig herabzufallen und sie zu zerstören drohte.
Sie kosteten jeden Tag bis zur Neige aus, und nachts lagen sie in dem großen Himmelbett und liebten sich.
»Es hilft ja alles nichts«, sagte Jack schließlich und nahm das Pergament auf. Er brach das Siegel und hielt nur inne, als Mirandas Hand sich auf seine legte.
»Du weißt, daß ich dich liebe, wie immer auch das Dekret des Königs lauten mag. Und ich werde dir überallhin folgen.«

»Ja.« Er wußte, daß sie das tun würde, doch sein Blick glitt über die leichte Wölbung ihres Bauches, und er dachte an das Kind, sein Kind, das sie unter dem Herzen trug. Er wollte mehr für seine Familie als das Wanderleben eines Ausgestoßenen.

Seine Augen überflogen den Brief, dann beugte er sich der Kerze entgegen und las langsamer. Ein Lächeln glitt über sein Gesicht.

»Es ist ein Straferlaß«, rief er aus. »Er hat mir einen kompletten Straferlaß gewährt.« Er warf das Papier beiseite, riß sie in die Arme und wirbelte mit ihr durch den Raum, bis sie vor Freude zu quietschen begann.

»Ich wußte es.« Miranda lachte. »Ich wußte, daß sich alles zum Guten wenden würde.«

»Noch mehr logisches Denken?« neckte Jack sie, als er sie aufs Bett zurücksetzte.

»Vielleicht.« Miranda rückte zur Seite, um ihrem Mann Platz zu machen. »Warum sollte der König einen respektablen Pflanzer wie dich bestrafen wollen?«

»Ja, warum eigentlich? Aber ich glaube, es war eher mein Versprechen, daß ich die Piraterie aufgebe, was ihn hat einlenken lassen.« Jack lachte, und Miranda stimmte in das Lachen ein. Doch als er sich gegen die Kissen lehnte und sie zu sich herabzog, wurde Mirandas Miene ernst.

»Jack?«

»Hmmm?«

Miranda stützte sich auf den Ellbogen auf. »Du wirst es nicht vermissen, oder? Als Phin und die anderen mit der *Sea Hawk* in Richtung Indischen Ozean aufbrachen, habe ich gefürchtet, daß du es bedauern würdest.«

»Daß ich nicht mit ihnen mitfahren würde?« Jack berührte ihre Nasenspitze, als sie nickte. »Nein. Ich habe genau hier

meinen sicheren Hafen gefunden.« Er zog sie wieder in die Arme.
Miranda schmiegte sich an ihn, lächelte und gab dann zu: »Es gibt ein paar Dinge, die ich vermissen werde.«
»Wirklich?« Jack neigte den Kopf, um seine Frau ansehen zu können. »Und welche?«
»Erstens, daß ich mal mit einem lüsternen Piraten verheiratet gewesen bin.«
Jack bewegte sich so, daß er sie unter sich ziehen konnte. Sein Lächeln war teuflisch. »Habe ich dir bisher Grund dafür gegeben, zu glauben, daß ich als Farmer nicht mehr lüstern bin?«
»Ehrlich gesagt, nein.«
»Und das werde ich auch nicht«, sagte Jack und küßte als Beweis ihren Hals.
»Was ist eigentlich aus deinem goldenen Ohrring geworden?«
Jack hob den Kopf und sah ihr in die Augen. »Was soll damit sein?«
»Ich mag ihn.«
»Dann werde ich ihn tragen. Manchmal. Für dich.« Er unterstrich jeden Satz mit einer sanften Berührung ihrer Lippen. »War das schon alles?«
»Ja.«
»Keine weiteren Fragen?«
»Nein ... außer, ob ich dir schon mal erzählt habe, daß Antony van Leeuwenhoek animalcules in deiner Samenflüssigkeit entdeckt hat.«
»Meiner was?« Schockiert hörte Jack damit auf, der entzückenden Kurve ihres Kinns weiter zu folgen.
»Nun, nicht unbedingt deine. Aber als er einen Tropfen der Flüssigkeit durch das Mikroskop betrachtete, entdeckte er winzige ...«

»Himmel noch mal, Miranda. Müssen wir jetzt unbedingt darüber sprechen?«

Als Miranda seine Lippen wieder auf ihren spürte, stimmte sie zu, daß es andere Dinge gab, die sie jetzt lieber tun würde.